針の眼

ケン・フォレット

暗号名はフィ[illegible]，即ち《針》。アドルフ・ヒトラーの信任厚いドイツ屈指の情報将校ヘンリーは，英国内で諜報活動を続けるうち，連合軍の欧洲進攻に関する重大な機密を入手した。上陸地点はカレーかノルマンディか。第二次大戦の輸贏《しゅえい》を決する極秘情報をフィルムに納めヒトラーの許へ向かう彼と，英国陸軍情報部の攻防。U＝ボート目指して船を出した《針》は嵐に翻弄され，北海の孤島に流れ着く。美しく孤独な人妻との危険な愛，そして祖国への凱旋を懸けた脱出行の行方は。アメリカ探偵作家クラブ賞に輝いた，冒険スパイ小説不動の名作。

登場人物

ヘンリー・フェイバー……………ドイツ情報部員。暗号名《針《デイー・ナーデル》》
パーシヴァル・ゴドリマン……大学教授。中世英国史研究家
アンドリュー・テリー…………ゴドリマンの叔父。イギリス陸軍情報部大佐
フレデリック・ブロッグズ……ロンドン警視庁公安部警部補
デイヴィッド・ローズ…………元イギリス空軍航空中尉
ルーシイ……………………………デイヴィッドの妻
ジョー………………………………ローズ夫妻の息子
トム・マキャヴィティ…………羊飼い
ビリー・パーキン………………イギリス陸軍軍曹
ヴェルナー・ヘーア……………ドイツ海軍少佐。U＝ボート艦長
ヴォール……………………………ドイツ情報部少佐

針の眼

ケン・フォレット

戸田裕之訳

創元推理文庫

EYE OF THE NEEDLE

by

Ken Follett

針の眼

マルコム・ハルクに感謝する。
彼は貴重な援助を惜しみなく与えてくれた。

序章

一九四四年の早い時期、ドイツ情報部に集まってくる情報は、明らかにイングランド南東部に大規模な軍事勢力が集結しつつあることを示していた。偵察機が撮った写真には、兵舎、飛行場、そしてウォッシュ湾に停泊する艦隊が捉えられ、ジョージ・S・パットン将軍が、紛うことなき彼の印である赤い乗馬ズボンをはいて愛犬の白いブルドッグを散歩させる姿が認められていたし、当該地域の部隊間で活発になった無線の交信がイギリスにいるドイツのスパイによって確認されていた。

もちろん、軍隊など存在しなかった。艦隊はゴムとブリキで作られた偽物で、兵舎は映画のセットもどきであり、パットンは一兵卒たりと率いてはいなかった。さらに、無線交信はまったく意味のないものであり、スパイは二重スパイだった。

その目的は、上陸地点をパ・ドゥ・カレーだと思い込ませて敵の目を引きつけ、D=デイのノルマンディ奇襲を有利にすることにあった。

それは文字どおり数千の人間が関わった、ほぼ不可能に近い大偽装工作であり、もしヒトラーのスパイが一人としてそれに気づかなかったとすれば、奇跡というしかない。

では、スパイはいなかったのか。その当時、人々はいわゆる《第五列》が至るところでスパイ活動にあたっていると考えていた。逆に戦後になってからは、すでに一九三九年のクリスマスにはＭＩ５が彼らを根こそぎひっ捕まえていたのだという話が、まことしやかに喧伝された。しかし実際のところは、非常に数は少ないものの、どうやらその網をかいくぐった者がいたということのようである。

それは一人いればよかったのだ……。

現在では、当時東アングリアで企図されていたことをドイツが胡散くさく思い、偽装工作ではないかと疑って、懸命に事実を究明しようとしたことがわかっている。

ここまで書いたことは史実である。そして、以下はフィクションである。

フィクションではあるが、この作品のようなことが現実だったとしても、何ら不思議ではないはずである。

――一九七七年六月、サリー州キャンベリーにて

《ドイツはほぼ完璧に騙されていた――ただヒトラーのみが正しい推測をしていたのだが、
彼は自分の勘を信じることをためらった……》

――A・J・P・テイラー『英国史一九一四―一九四五』

第一部

1

四十五年ぶりの厳しい冬だった。テームズ河は凍り、イングランドの田舎の村々は雪で寸断された。一月のある日など、グラスゴウ―ロンドン間の列車がユーストン駅に着くのに丸一日遅れたことさえあった。雪と灯火管制があいまって、車の運転が危険になり交通事故が倍増した。人人は、オースティン・セヴンで夜のピカディリーを走るぐらいなら、ドイツの誇る鉄壁のジークフリート・ラインを戦車で突破するほうがまだ安全だなどと軽口を叩いた。

やがて、素晴らしい春が訪れた。輝く青空には阻塞《そさい》気球が堂々と浮かび、ロンドンの街角では、休暇中の兵士がノースリーヴ姿の娘たちとふざけ合っていた。

戦時の首都には見えなかったが、もちろんその兆候はあった。ヘンリー・フェイバーは、ウォータールー駅からハイゲイトへ向かって自転車を漕ぎながら、そういうものをしっかりと記憶していった――重要な公共の建物のまわりに積まれた土嚢、郊外の民家の庭に作られたなまこ板製のプレハブ爆風よけ、疎開を勧め空襲時の注意を呼びかけるプロパガンダ・ポスター。フェイバーの目は、平均的な鉄道事務員よりもはるかに注意深かった。公園にいる子供の数を見て疎開ははかどっていないようだと考え、通りを往《ゆ》く車の数に慎重に目を配った。ガソリンの配給制が始まっているにもかかわらず、自動車会社が新型モデルを発表したというニュースを読んだからである。つい数カ月前まで昼の仕事もろくになかった労働者たちが、いまは夜勤のために工場へ吸い込まれていくのも見落とさなかったし、その意味に気づいてもいた。なかでも注目したのが、イギリスの鉄道網を利用した軍隊の動きだった。書類はすべてフェイバーのオフィスを通過していき、人は書類から多くを知ることができる。たとえば今日、彼はゴム印を捺した書類の束を処理したが、それによって、新たな派遣軍が編成されつつあると信じるに至ったばかりでなく、その数は数十万、目的地はフィンランドというところまで、かなりの確信をもって推測できたのだ。

そう、もちろん戦争の兆候はあった。だが、すべて冗談のようにしてすまされていた。ラジオのショウ番組は戦時の心得をやかましく説きつづける官僚主義を皮肉り、防空壕からは歌声が響いて、ファッショナブルな女たちは、ガスマスクをデザイナーズ・ブランドのバッグに入れて持ち歩いたりした。こりゃボーア戦争か、と人々はいった。大仰なわりに、巡回映画みたいに退屈だ。空襲警報も、軒並み誤報だった。

フェイバーは異なった見方をしていたが、それは彼が異なった種類の人間だったからである。

彼は自転車をアーチウェイ・ロードに乗り入れると、上半身を前傾させて坂道を上りはじめた。長い脚が、倦むことを知らない機関車のピストンのようにペダルを踏みつづけた。三十九歳にしては引き締まった身体といってよかったが、それは実年齢ではなかった。彼は身の安全を図るための予防措置として、年齢のみならず、たいていのことを偽っていた。

上り坂がハイゲイトにかかるころには、さすがの彼も汗をかきはじめていた。住いはロンドンでもっとも小高い場所にあり、それが居を構えた理由だった。建物はヴィクトリア朝様式のレンガ造りで、彼が住んでいるのは六軒つづきのテラスハウスの一番端だったが、まるで建てた人物の気分を反映しているかのように高く、暗く、狭かった。六軒すべてが地上三階建てで、使用人用出入口のついた地下室があった。十九世紀のイギリス中流階級は、なぜかその出入口にこだわり、たとえ使用人がいなくてもそれは変わることがなかった。フェイバーからすれば、いかにもイギリス人が執着しそうな下らない見栄だった。

その六番の家は、もともと《ガーデンズ・ティー・アンド・コーヒー》という小さな会社を経営していたミスター・ハロルド・ガーデンの持ち物だったが、大恐慌のあおりを受けて会社が倒産してしまい、債務不履行は地獄へ落ちる大罪であるという考えで生きてきた彼は、破産した以上、死を選ぶしかなかったのである。その結果、家だけが未亡人に残され、彼女は食べていくために部屋を貸さざるをえなかった。未亡人は近所の手前いくらか恥ずかしそうにしてはいたものの、結構下宿の女主人役を楽しんでいた。フェイバーが借りているのは最上階の天窓のついた部屋で、月曜から金曜まではここに住み、週末はエリスにいる母のところへ行くのだと、ミセス・ガーデンには話していた。事実、彼はブラックヒースにも部屋を借りており、そこの女主人は彼のことを、平日は地方を回っている事務用品セールスマンのミスター・ベイカーだと信じていた。

フェイバーは正面の部屋の、爆風で飛び散らないようにテープを貼った長窓の下の小道に入ると、自転車を納屋に入れ、芝刈機につないで南京錠をかけた――乗り物に鍵をかけずにおくことは法律に触れた。納屋のまわりに置かれた箱のなかで、種芋が芽を吹いていた。ミセス・ガーデンは花壇を菜園に変えて、彼女なりの戦争努力をしていた。

フェイバーは家に入るとホールスタンドに帽子をかけ、手を洗って、ダイニングルームへ向かった。

ほかの三人の間借り人は、もう食事を始めていた。一人は陸軍に入ろうとヨークシャーからやってきたにきび面の少年、二人目は砂色の髪が後退しはじめた菓子屋のセールスマンだ。三人目は退役した海軍士官で、この男は変態だとフェイバーは確信していた。彼は三人に会釈して、席についた。

　セールスマンが笑い話を披露している。「それで中隊長がいうんだ。『ずいぶん早く帰ってきたじゃないか』するとパイロットが振り返って、『はい、リーフレットを束ごと落としましたから。いけませんでしたか？』それを聞いて中隊長いわく、『何てことだ！　下で怪我人が出てなきゃいいんだがな！』」

　海軍士官が笑い声を上げ、フェイバーも頬を緩めた。そのとき、ミセス・ガーデンがティーポットを持って現われた。「お帰りなさい、ミスター・フェイバー。ごめんなさいね、先に始めさせてもらったわ」

　フェイバーはスライスしたパンに薄くマーガリンを塗りながら、太いソーセージを恋しく思った。「そろそろ種芋を植えたほうがいいですよ」と、ミセス・ガーデンに教えてやった。

　フェイバーはそそくさとお茶を飲み、ほかの三人は、チェンバレンを辞めさせてチャーチルを後釜に据えることの是非について議論を始めた。ミセス・ガーデンも議論に加わり、自分の意見を述べてはフェイバーの反応をうかがった。彼女は赤ら顔で、体重が増えすぎた嫌いがあった。フェイバーと同年配と思われたが、着ているものは三十女のそれで、彼の見るところでは再婚を望んでいる様子だった。フェイバーは議論に加わらなかった。

　ミセス・ガーデンがラジオをつけた。しばらく空電が流れたあとで、アナウンサーの声が聞こえた。「こちらはBBC全国放送、《またあの男だよ《イッツ・ザット・マン・アゲイン》》の時間です」

フェイバーも聴いたことのある定期番組で、フュンフ（《第五列》の男の意）という名前のドイツ人スパイを主人公にしたコメディだ。フェイバーは断わりをいって、自室に引き揚げた。
《イッツ・ザット・マン・アゲイン》が終わると、ミセス・ガーデンは独り取り残された。海軍士官はセールスマンとパブへ繰り出し、ヨークシャーの少年は信仰が篤く、祈禱会に出かけたのである。彼女はジンのグラスを手にリヴィングルームに坐り、灯火管制用の遮光カーテンを見つめて、フェイバーのことを考えていた。あの人はどうしてあんなに閉じこもっているのかしら。わたしにはお友だちが、それもあの人のようなお友だちが必要なのに。

　彼女はあらぬことを思っている自分に後ろめたさを感じ、罪悪感を払拭しようと亡き夫のことを考えた。なじみ深い思い出がよみがえったが、それぞれの場面は色褪せて、フィルムの耳が擦り切れた映画のように不鮮明であり、声も不明瞭だった。いま彼とここにいたらどんなふうかということは容易に思い浮かべられたが、顔や服装や、戦争のニュースにどういうコメントをするかといったことは想像しにくかった。あの人は小柄だったけど、立ち居振る舞いはきびきびしていたわね、と彼女は追想した。仕事では浮き沈みの激しい人だった。人前では控えめだけどベッドでは信じられないほど情熱的だった。わたしはあの人が大好きだった。戦争がつづいたら、きっとわたしみたいな女がたくさん出るでしょうね。

　ミスター・フェイバーは物静かだけど、そこが問題なのよ。まるっきり聖人君子で、煙草も吸わなければ酒くさい息を吐いていたこともない。夜はほとんど自室にこもってラジオのクラシック音楽を聴く。新聞を何紙も読んで、長いこと散歩をする。つまらない仕事をしているけど、きっと頭はいいんだわ。食事のときの話しぶりが、いつだってほかの誰より思慮深く聞こえるもの。就こうと思えば、もっといい仕事に就けるはずよ。そんな気はないようだけど。

それは外見についても同じだった。彼はなかなかのスタイルをしている。長身で、首と肩は贅肉がそがれてしかもたくましく、脚も長い。力強い顔は額が秀で、目は青く澄み、顎はすっとしていた。映画スターのような二枚目ではないが、女性にアピールする顔というのか。ただ、口だけは小さくて唇が薄く、酷薄な印象を与えていた。故ミスター・ガーデンは、残酷さとは縁遠い人物だった。

とはいえフェイバーは、女が一目見て振り返りたくなるタイプではなかった。古びたスーツのズボンは一度もアイロンが当てられた形跡がなく――ミセス・ガーデンは喜んでアイロンを当ててやるつもりだったが、彼は一度も頼んでこない――いつもみすぼらしいレインコートを着て、平べったい港湾労働者の帽子をかぶっていた。髭は伸ばさず、髪は二週間に一度、短くなった。望んで、そういうぱっとしない恰好をしているかのようだった。

あの人だって、女がいらないってことはないはずよ。絶対にそうだわ。ひょっとして同性愛者ではないかという思いが頭をかすめたが、彼女はすぐにその疑念を打ち消した。いいえ、あの人には身のまわりの世話をしてきちんとした服装をさせ、やる気を出させる奥さんが必要だわ。わたしにも、話相手になってくれて――それに――愛してくれる人が必要よ。

だが、フェイバーは一度もそんな素振りを見せなかった。彼女は悶々として、金切り声を上げたくなるときがあった。自分に魅力があるという自信はあった。ミセス・ガーデンはジンを注ぎ足して、鏡を覗いた。顔だって捨てたものじゃないし、カールした金髪だってすてきだし、男を虜にする何かだって……と考えて、彼女はくすくすと含み笑いを洩らした。どうやら酔いが回りはじめたようだった。

　彼女はジンをすすりながら考えた。こっちから先手を打ったらどうかしら。ミスター・フェイバーは徹頭徹尾内気だけど、性的な欲望がないわけじゃない。二度ばかり、わたしのナイトドレス姿を見たときの目がそういっていた。こっちが大胆に押していけば、いかに内気なあの人でも本性を現わすんじゃないかしら。でも、失うものは何？　ミセス・ガーデンは拒絶されるという最悪の場合を想定し、そのときの気持ちを想像した。きっと惨めよ、誇りを打ち砕かれて屈辱的な思いをすることになるわ。黙ってれば誰にもわかりはしないでしょうけど、あの人には出ていってもらわないといけなくなるわね。

　やっぱり拒絶されるのはいやだわ。彼女はその計画を放棄した。ゆっくりと立ち上がりながら、自分にいい聞かせた――そもそもあなたは、そんな大胆なことのできるタイプじゃないでしょう。さあ、そろそろベッドに入りなさい。ベッドでもう一杯ジンを飲《や》れば、きっと眠れるわ。彼女はジンのボトルを持って二階に上がった。

　ベッドルームはフェイバーの部屋の真下だった。ミセス・ガーデンは彼の部屋から聞こえてくるラジオ音楽を聴きながら服を脱ぎ、ネックラインに飾りを施した、ピンクの、見てくれる者のいない新しいナイトドレスに着替えて、最後の一杯を注いだ。ミスター・フェイバーの裸ってどんなかしら、と彼女は想像した。きっとおなかも出てなくて、乳首に毛が生えていて、痩せているから肋《あばら》が見えるんじゃないかしら。お尻だってきゅっと引き締まってるはずよ。そして、またくすくすと笑った――あなた、ふしだらよ。

彼女はグラスをベッドに持ち込み、読みさしの本を手に取った。だが、どんなに努力しても、活字は目の前を素通りするばかりだった。それに、恋愛小説で恋の気分を味わうのでは、もう満足できなくなっていた。夫と安全なセックスをしているときには危険な情事の物語も刺激的だが、結局のところ、女はバーバラ・カートランド（一九〇一―二〇〇〇　イギリスの女性作家）がこしらえる恋では物足りないのだ。そろそろミスター・フェイバーがラジオを消してくれないかしらと思いながら、彼女はジンをすすった。これじゃ、夕方のお茶の時間に開かれたダンスパーティの最中に眠ろうとしてるようなものよ。

そうか、ラジオを消してくれと頼みに行ってもいいんだわ。ミセス・ガーデンはベッドサイドの時計を見た。十時を過ぎたところだ。このナイトドレスに合ったドレッシングガウンを羽織り、ちょっと髪を直してから、バラの模様のかわいいスリッパをはいて、静かに、でも急いで階段を上り、彼の部屋をそっとノックすればいい。彼がドアを開ける。きっと、ズボンにアンダーシャツという姿だ。彼がわたしを見る……バスルームへ行く途中の、ナイトドレス姿のわたしを見たときと同じ目で……。

「馬鹿ね」ミセス・ガーデンは独りごちた。「あそこへ行くための口実を探すなんて」

でも、口実なんて必要かしら。わたしは立派な大人だし、ここはわたしの家だ。そこへ夫が死んでから十年たって、初めて自分にぴったりの男性が現われたのだ。誰に何といわれようと、もう待てない。毛深く、強い、確かな身体にのしかかられて、耳許に荒い息を聞きながら、胸を揉みしだかれ、大きな手で腿を割られたい。だって、明日にもドイツからガス弾が飛んできて、みんな毒にあえぎながら窒息死することになるかもしれないんだもの。そうなったら、わたしの最後のチャンスもそれまでだわ。

　ミセス・ガーデンはグラスを空にすると、ベッドを下りてドレッシングガウンを羽織った。手早く髪を撫でつけ、スリッパをつっかけて、鍵の束を取り上げる。ドアに鍵がかかっていて、ラジオの音でノックが聞こえなかった場合の用心だった。

　踊り場には誰もいなかった。闇のなかに階段が見えた。階段には一カ所だけ軋んで音を立てるところがあり、そこを飛ばしていこうとしたが、絨緞が波打った部分につまずいて、思い切りその段に足をついてしまった。だが、誰にも聞かれた様子はなく、彼女はそのまま階段を上って、最上階のドアをやさしくノックした。そうっとノブを回すと、案の定、鍵がかかっていた。

　ラジオの音が低くなり、フェイバーの声がした。「はい」

　フェイバーはきれいな英語を話した。コックニー訛りも外国の訛りもない、実に耳に心地よい、癖のない発音だった。

　ミセス・ガーデンはいった。「ちょっとおしゃべりしたいんだけど、どうかしら」

　フェイバーはためらっている様子だったが、やがて答えた。「もう服を脱いでしまったんです」

「わたしだってそうよ」彼女は含み笑いを洩らし、合鍵を使ってドアを開けた。

　彼はラジオの前に立っていた。手にはドライヴァーのようなものがあった。ズボンははいていたが上半身は裸で、真っ青な顔がひどく怯えた様子だった。

　彼女はなかに入ると、ドアを閉めた。何といっていいのかわからないでいると、不意に、いつか観たアメリカ映画の科白が頭に浮かんだ。「寂しい女に一杯奢ってくださらない？」馬鹿ね、と彼女は思った。ミスター・フェイバーの部屋にお酒がないことはわかってるじゃないの。それに、わたしだってお酒を飲みに行くような恰好はしてないのよ。でも、色っぽく聞こえたんじゃないかしら。

願ったとおりの効果があったようだ。彼は何もいわずに、ミセス・ガーデンに歩み寄った。やはり、乳首に毛が生えていた。彼女は一歩前に出た。フェイバーの両腕が身体に回された。目を閉じて顔を上げると、彼の唇が重なった。その腕のなかでかすかに身じろぎしたとき、背中を耐えがたい激痛が貫き、彼女は悲鳴を上げようと思わず口を開けた。


彼には階段でつまずく音が聞こえていた。ミセス・ガーデンが一分遅くドアを開けていたら、彼は無線をケースに納め、暗号帳を引き出しにしまうことができ、彼女も死ななくてすんだはずだ。しかし、証拠を隠す前に鍵を回す音が聞こえ、ドアが開いてしまった。そして、彼の手には錐《きり》のような小型の短剣、スティレットがあったというわけである。

腕のなかで身じろぎされたために第一撃は心臓をそれてしまい、手を喉に突っ込んで悲鳴を上げさせないようにしなくてはならなかった。第二撃も、また彼女が動いたせいで刃が肋骨に当たって弾かれ、浅く皮膚を切り裂いただけに終わった。血が噴き出し、もうきれいに殺すことは無理だなとフェイバーは諦めた。一回目をしくじったら、それは仕方がない。

こうものたうち回られては、刺し殺すのは不可能だ。フェイバーはミセス・ガーデンの喉に手を突っ込んだまま、残った親指を顎にかけると、彼女の背中を手荒くドアに押しつけた。彼女の頭がしたたかに木の扉にぶつかり、大きな音を立てた。ラジオの音を小さくするんじゃなかったと後悔したが、こんなことになると予測できたはずもなかった。

フェイバーはとどめを刺すのをためらった。頭のなかではすでに殺人の偽装計画が形を成しつつあり、そのためにはベッドで死んでくれるほうが大いに助かるからだ。しかし、そこまで音を立てずに彼女を連れていけるかどうか、自信がなかったのである。彼は顎を押さえる手に力を込め、頭をドアに押しつけておいてから、スティレットで、大きく、ほとんど一周するまで首を切り裂いた。しかし、スティレットというのは刺すことを目的とするもので、切るための道具ではない。喉はフェイバーの好みの的ではなかった。

その喉から血がほとばしった。フェイバーは後ろへ飛びすさってよけると、ふたたび足を踏み出して、床に崩れ落ちようとするミセス・ガーデンを抱き留めた。そして、喉の傷を見ないようにしながら彼女を引きずって、ベッドに横たえた。

人を殺すのは初めてではなかったから、このあとに何が襲ってくるかはわかっていた。それは、安堵した直後に訪れる。彼は部屋の隅の流しへ行き、それを待った。髭剃り用の小振りな鏡に映った蒼白な顔がこちらを睨みつけていた。彼はその自分を見て思った——人殺し。そして、吐いた。

吐き気が治まると、気分も落ち着いた。もう仕事にかかっても大丈夫だ。手順は、彼女を殺しているあいだに細かい点まで練り上げられていた。

彼は顔を洗い、歯を磨き、流しをきれいにして、無線を置いたテーブルについた。ノートの目当ての場所を捜し出すと、そこを見ながらキイを叩きはじめた。それはフィンランドへ向かうと思われる部隊の集結に関する長いメッセージで、半分ほど送ったところでミセス・ガーデンが邪魔をしたのだ。電文はすでに暗号化してノートに書き留めてあった。本文の最後に《ヴィリーによろしく》とつけ加えて、フェイバーは送信を終えた。

　特製のスーツケースに送信機を納め、残りの私物をもう一つのスーツケースに押し込んだ。ズボンを脱いで血痕を拭き取り、自分の身体もきれいにした。

　すべてが終わって、彼はようやく死体に目を向けた。

　もう、彼女を見ても何の感慨も湧かなかった。いまは戦時で、イギリス人は敵なのだ。この女を殺さずにおいたら、後々自分の命が危うくなる。フェイバーにとって彼女は脅威だったのであり、いまの彼には脅威を排除した安堵しかなかった。ミセス・ガーデンはやらずもがなのことをしてしまったのだ。

　それでも、最後の仕事は気が進まなかった。彼はミセス・ガーデンのローブをはだけると、ナイトドレスを腰のあたりまでまくり上げた。ニッカーズがあらわになった。それを引き破って、陰毛が見えるようにした。かわいそうに、おれを誘惑したかっただけだろうに。だが、送信機を見られずに部屋の外へ連れ出すのはまず無理だったし、スパイに注意しろというイギリス政府のプロパガンダはこういう連中にも行き届いている。まったくおかしなことだ。もしドイツ情報部《アプヴェーア》が新聞で伝えられるほど多数のスパイを送り込んでいたら、イギリスはとっくの昔にこの戦争に負けているはずなのに。

　フェイバーは一歩下がって死体を眺め、首をかしげた。どうもしっくりこなかった。おれが性的変質者ならどうするか。ウーナ・ガーデンのような女に欲望を感じて、好きに弄ぼうと殺した場合、このあとはどうするだろう。

　そうだ、そういう変態は胸を見たがるはずだ。フェイバーは死体に覆いかぶさると、ナイトドレスの襟をつかんで腰まで引き裂いた。豊かな乳房がだらりと横に垂れた。

検死医は強姦されていないことをすぐに見抜くに違いないが、問題はないと思われた。彼はハイデルベルク大学で犯罪学を学び、性的暴行事件の多くが未遂に終わることを知っていた。それに、たとえ祖国《ファーターラント》のためであろうと、偽装のためにそこまではできなかった。おれはSS（ナチスの親衛隊）じゃない。あいつらなら、死体を犯そうと順番待ちの行列を作るだろうが……フェイバーはその想像を頭から追い払った。

彼はもう一度手を洗い、服を着た。午前零時に近かった。一時間待ってここを出よう。遅いほうが危険が少ない。

彼は腰を下ろして、どうしてこういうはめになったかを考えた。

自分に落ち度があったことは間違いない。隠れ蓑が完璧であれば、正体がばれることはない。正体がばれなければ、秘密を知られることもない。ミセス・ガーデンに秘密を知られた――正確にいうと、あと数秒殺すのが遅れたら知られることになった――ということは、正体を隠しおおせていなかったということであり、それは隠れ蓑が完全でなかったということであり、すなわち自分に落ち度があったということだ。

ドアの内側にボルト錠をつけて、かけておくべきだった。それでどんなに人嫌いだと思われても、ナイトドレス姿の女主人に忍び込まれるよりはましだったはずだ。

しかし、それは表面的な過失にすぎなかった。妻を持つためのあらゆる条件を備えているにもかかわらず独身だということが、そもそも疑われるもとなのだと考えて、彼はうぬぼれではなく苛立ちを覚えた。女に好かれるだけの魅力があるのになぜ独身なのか、その理由が明らかでないからだ。あちこちのミセス・ガーデンからい寄られないように、うまい理由を考えておかなくてはならない。

心の奥底を探せば、本当の自分のなかに思い当たる節があるはずだった。なぜ独身なのか。フェイバーは落ち着かなげに身じろぎした——本当の理由を見つけたくなかった。答えは簡単じゃないか、と彼は自分にいい聞かせた。職業上の理由だ。もっと深い原因があるとしても、知りたくなかった。

今夜はハイゲイトの森で過ごし、朝になったら鉄道駅の手荷物一時預かり所にスーツケースを預けて、夕方遅くにブラックヒースの部屋へ行こう。

それ以後は、二つ目の身分を名乗ることになる。警察に捕まる恐れはまずないだろう。あちこち営業の旅をして週末だけブラックヒースの部屋に戻るセールスマンと、女主人を殺した鉄道事務員が、そう簡単に結びつくはずがない。ブラックヒースの男は、あけっぴろげで、派手で、世間ずれしていて如才がない。幅広のネクタイをし、大酒飲みで、髪の撫でつけ方も違っている。警察が手配するのは、むさ苦しい変質者、それも欲望に狂うまでは恐ろしく臆病で引っ込み思案な変質者だ。だが、ストライプのスーツを着たセールスマンの顔なんて、誰が見直すものか。それに彼は、いつでも多少なりと女に興味を持ち、わざわざ殺さなくても胸ぐらい見せてもらえるタイプなのだ。

もう一つ、新しい身分をこしらえる必要があった。フェイバーは常に、少なくとも二つ以上の身分を持つことにしていた。そのためには、新しい職業と新しい書類——パスポート、身分証明書、食糧配給手帳、出生証明書——が必要だ。それを手に入れるには、かなりの危険が伴う。ミセス・ガーデンも何てことをしてくれたんだ、いつものように酔っ払って眠ってくれればいいものを。

一時になった。フェイバーは最後にもう一度室内を見渡した。家じゅうに指紋が残っているから、誰が見たって犯人の見当はつくだろうなと思いながらも、彼は手掛かりを残すことを意に介さなかった。二年間住んだこの場所を離れることにも、何の感傷もなかった。住いだと思ったことはなかったし、それはここに限らず、どこへ行っても同じだった。

ここのことを忘れないとすれば、ドアにボルト錠をつけることを教えてくれたところとしてだろう。

フェイバーは明かりを消すと、スーツケースを持ち、階段を降りて、玄関から夜のなかへ出ていった。

2

ヘンリー二世は驚くべき王だった。《飛行機でひとっ飛び》などという言葉のない時代に、イングランドとフランスのあいだを足繁く往復し、その早業は魔法でも使っているのではないかといわれるほどだったが、そのあからさまな噂を、彼はとりたてて否定しようともしなかった。一一七三年の六月などは——九月という説もあるが、いずれも根拠は間接的なものでどちらとも決めがたい——イングランドへ着くやいなや、フランスへ取って返している。あまりの素早さに、記録を残すべき同時代の人々もそのことに気づかなかった。その事実がわかったのは、後世の歴史家が、当時の財務府大記録にその出費を発見したからである。当時、王国は彼の息子たちから北と南の端、つまりスコットランド国境と南フランスを攻めたてられていたが、それにしても、彼の訪問の正確な目的は何だったのか？　誰と会ったのか。なぜ秘密だったのか。いつ彼の魔法のような迅速さが軍に匹敵する力を持ったのか。彼は何を成し遂げたのか。

それが一九四〇年夏のパーシヴァル・ゴドリマン教授の課題だった。おりしも、ヒトラーの軍隊がフランスのトウモロコシ畑を鎌で刈り取るように蹂躙し、イギリスがダンケルクから算を乱して潰走しているころだった。

当時、中世に関してゴドリマン教授の右に出る者はなく、黒死病についての著作は従来の中世研究を覆し、ペンギン・ブックスに収められてベストセラーになっていた。いまはさらにさかのぼった、いまだ明らかになっていない部分の多い、より手強い時代に手を伸ばそうとしている。

ロンドンの六月のある日、よく晴れた十二時三十分、秘書が入っていくと、ゴドリマン教授は彩色写本にかがみ込むようにして中世ラテン語を苦心して翻訳しながら、決して読みやすいとはいえない文字でメモを取っていた。秘書はこれからガーデン・スクウェアで昼食をとるつもりだったが、彼女にとって、死の臭いのする写本室はいまに限らず足を踏み入れたいところではなかった。その部屋へ入るにはいくつもの鍵が必要で、まるで霊廟へ入るときのようだった。

ゴドリマンは書見台の前に立って、横木に片足をかけていた。頭上のスポットライトに照らされた顔は寒々として、著作を物している修道士が寒さをこらえて自分の貴重な原稿の寝ずの番をしているようにも見えた。秘書は咳払いをして自分がきたことを気づかせようとしたが、案の定、近視で撫で肩にツイードのスーツを着た五十代の小男は、例によって中世の世界にのめり込んでいた。彼女はもう一度咳払いをして、ついに声をかけた。「ゴドリマン教授?」

彼はようやく顔を上げ、秘書を見て笑みを浮かべた。寒々とした修道士は消えて、気弱な父親のような男がそこにいた。「やあ」と、彼はサハラ砂漠で隣人と出くわしたかのような、意外そうな声を上げた。

「サヴォイでテリー大佐と昼食の約束があるから、時間になったら教えてくれとおっしゃったじゃありませんか」

「ああ、そうだったね」彼はヴェストのポケットから時計を出して時間をあらためた。「歩いていくとしたら、もう出たほうがいいな」

秘書がうなずいた。「ガスマスクも持ってきました」

「気がきくね」今度は秘書が見とれるような微笑を返し、ガスマスクを受け取った。「コートがいるかな」

「そもそも今朝は着ていらっしゃいませんでしたけど。それに、結構暖かいですよ。鍵はわたしがかけておきましょうか？」

「ああ、ありがとう、お願いするよ」ゴドリマンはノートを上衣のポケットに突っ込むと、部屋をあとにした。

秘書はあたりを見回して身震いし、教授につづいた。

アンドリュー・テリー大佐は赤ら顔のスコットランド人で、髪をポマードでべっとりと撫でつけ、大量に煙草を吸うせいか、貧相なほどに痩せていた。ゴドリマンがサヴォイ・グリルの隅のテーブルに私服姿の彼を見つけたとき、灰皿にはすでに三本の吸い殻があった。大佐が立ち上がり、二人は握手をした。

「おはようございます、アンクル・アンドリュー」テリーはゴドリマンの母の末弟である。

「元気が、パーシイ」

「プランタジネット家のことを書いていますよ。ヘンリー二世からリチャードまでの王家のことです」と答えて、ゴドリマンは腰を下ろした。

「おいおい、原稿をまだロンドンに置いてるのか？」

「いけませんか」

テリーが煙草に火をつけた。「田舎へ移せ。空襲でやられたらどうする」

「やっぱり、そうしたほうがいいでしょうかね」

「もうナショナル・ギャラリーの半分は、ウェールズのでかい洞穴《ほらあな》に放り込まれたぞ。ケネス・クラークなんか、若造のくせにお前さんよりよっぽどやることが早い。危ないことはわかっているんだから、逃げ出すぐらいの分別はあってもいいいんじゃないのかね。それに、学生だってあんまり残ってないだろう」

「そうですね」と応じて、ウェイターからメニューを受け取った。「飲み物は結構だ」

テリーはメニューに目もくれなかった。「真面目に答えてほしいんだが、パーシイ、お前はどうしてここに残ってるんだ？」

ゴドリマンの目がようやく焦点を結んだ。それはプロジェクターの投じる画像がスクリーン上で鮮明になるときさながらで、席についてから初めて頭を働かせだしたかのようだった。「子供たちが疎開するのはいいことです。バートランド・ラッセルのような国家的財産についても同様です。しかし、私のような者まで戦いを他人《ひと》まかせにして逃げ出すのはどうでしょうね。もちろん、まったく論理的でないことはわかっています。でも、気持ちの問題なんです」

テリーが微笑した。わが意を得たりという満足の笑みだった。彼はそれ以上深追いせず、メニューに目を落としていたが、やがて声を上げた。「ル・ロード・ウールトン・パイがあるのか！」

ゴドリマンはにやりとした。「きっと芋と野菜ばかりですよ」

注文をすませると、テリーがいった。「われらが新首相をどう思う？」

「あれは抜け作ですよ。もっともヒトラーもいかれてますからね。まあ、お手並み拝見というところじゃないですか。あなたの意見はどうなんです？」

「ウィンストンなら、われわれも我慢できる。少なくとも、やつは喧嘩っ早いからな」

ゴドリマンは眉を上げた。「われわれ？　ゲームから足を洗ったんじゃなかったんですか」

「引退なんかしてないぞ、知ってるだろう」

「でも、そういったじゃ――」

「パーシイ、わからんのか。たとえ陸軍の仕事をしていても、そんなことはおくびにも出さない部局だってあるんだ」

「それはそうでしょうが、だけど今度ばかりは……」

料理が運ばれ、二人はボルドーの白から始めた。ゴドリマンは缶詰のサーモンを口に運びながら、物思いに耽る様子だった。

とうとう、テリーが口を開いた。「この前の戦争のことを考えてるのか？」

ゴドリマンはうなずいた。「あのころは若かった。ひどい時代でしたがね」しかし、彼の口調にはそれを懐かしむ響きがあった。

「今度の戦争は、あのときとは大違いだ。あのころお前がしたような、敵の前線の背後に回り込んで露営のテントの数を数えるなんてことはしなくていい。まったくやらないわけではないが、重要度からいうとはるかに低くなっているんだ。いまは無線に耳を澄ましていればいい」

「暗号でやりとりされてるんじゃないですか？」

テリーが肩をすくめた。「暗号は解読できる。いまや必要なことは全部知ることができるんだ」

ゴドリマンはちらりとあたりをうかがった。声の届きそうなところに人はいなかった。それに、叔父に向かって、命に関わる話を不用意にするなとたしなめるのも憚られた。

テリーがつづけた。「実際のところ、私の仕事は、やつらが必要とするわれわれについての情報を、絶対に渡さないようにすることなんだ」

二人はチキンパイに手を伸ばした。牛肉はメニューから姿を消していた。ゴドリマンは沈黙し、テリーは話しつづけた。

「カナリスというのは面白い人物だな。知ってるだろう、ドイツ国防軍情報部長ヴィルヘルム・カナリス提督のことだ。この戦争が始まる前に会ったことがあるが、親英的だったよ。ヒトラーのことがいたく気に入らないらしい。侵攻に備えて一大情報戦を命じられているにもかかわらず、あの男は大したことをしていない。何しろ、戦争が勃発した翌日に、連中のうちでもっとも腕利きといわれるやつが早々と捕まって、ワンズワースの刑務所に放り込まれたんだからな。カナリスのスパイというのは、役立たずの集まりだ。下宿屋のばあさんとか、熱に浮かされたファシストとか、けちな犯罪者とか、そんな連中ばかり――」

「やめてください」ゴドリマンは腹立たしげに、かすかに身体を震わせていた。なぜ、いまここでそんなことを。「いまの話は、全部機密扱いでしょう。聞きたくもありませんよ」

テリーは平然としていた。「もっと何か食べないか。私はチョコレート・アイスクリームをもらうがね」

ゴドリマンは立ち上がった。「いや、結構です。仕事に戻らせてもらいます」

テリーが冷静にゴドリマンを見上げた。「プランタジネット家の再評価は後回しにしたらどうだ、パーシイ。そうしたって世間は許してくれるさ。いまは戦争の最中なんだからな。それで、どうだろう、ぜひ手伝ってほしいことがあるんだがな」

ゴドリマンはしばらくのあいだ、まじまじとテリーを見下ろしていた。「何をしろと?」

テリーが狼のような笑みを浮かべた。「スパイを捕まえるのさ」

大学へ戻る道々、ゴドリマンの気分は天気と正反対に沈んでいた。自分がテリー大佐の申し出を断わらないことはわかりきっていた。自分の国が戦争を、それも正しい戦争をしているのだ。実際に武器を手にして戦うには年を取りすぎているとしても、側面援助ができるぐらいの若さは残っている。

だが、研究を離れること、それがいつまでつづくかわからないことを思うと、気持ちは暗くならざるをえなかった。歴史を愛し、十年前に妻を亡くしてからはすべてを中世イングランドに捧げて、謎を解き明かし、かすかな手掛かりを発見し、矛盾を解明し、虚偽やプロパガンダや作り話の類いを暴くことに無上の喜びを感じていたのである。それにいま執筆中のものは、過去数世紀に書かれたその分野の作品と較べて抜きん出たものとなるに違いなく、百年は比肩するものも出てこないはずだった。あまりに長くそのことに人生を支配されていたために、それを放棄するという考えに現実感が伴わなかった。両親だと思い込んでいつもそう呼んできた人たちが実は赤の他人であり、自分は孤児だったとわかったときのような、何とも整理のつかない気分だった。

思いは耳障りなサイレンの音に破られた。ゴドリマンは空襲警報を無視しようとした。いまや多くの人がそうしていたし、十分も歩けば大学へ戻れるのだ。だが、研究室へ帰らなくてはならない理由はないし、いずれにしても今日はもう仕事にならない。彼はそう思い直して地下鉄駅に潜り込み、階段や薄暗いプラットフォームにひしめくロンドンっ子の群れに加わった。そして壁際に立ち、《スープの素ならボヴリル》というポスターを見つめながら思った。気が進まないのは、自分が置き去りにしようとしているもののせいだけじゃないな。

あのゲームに戻ることも、気が滅入る理由の一つだ。もっとも、そこにも面白いことがないわけではない。ささいなことが重要だという点、緻密で鋭い理性と、細心さと、推理力を要求される点がそうだ。しかし、脅したり、騙したり、絶望に追い込んだりといった背中から切りつけるようなやり方は、どうにも好きになれない。

プラットフォームに避難してくる人の数が増えつつあった。ゴドリマンはまだ隙間があるうちに腰を下ろすことができたが、気がつくと、バスの運転手の制服を着た男に寄りかかる恰好になっていた。男が笑みを浮かべた。「〝ここはもう夏、イングランドにいられたら〟――誰がいったか知ってるかい」

「あそこはもう四月、ですよ」ゴドリマンは訂正した。「ブラウニングです」

「おれはヒトラーだと聞いたがね」運転手は、隣にいた女が甲高い声で笑いだすのを聞いて、今度は彼女を相手にすることにしたようだった。「あんた、疎開者が農民の女房に何ていったか知ってるかい」

ゴドリマンはその二人をうっちゃって、イングランドを恋しがっていたころの四月のある日を思い浮かべた。あの日、彼はドイツの前線の裏側に回り込み、プラタナスの高枝にうずくまって、冷たい霧に霞むフランスの谷を覗いていた。望遠鏡をもってしてもぼんやりと黒い形しか見えなかったので、木を降りてもう一マイルかそこら敵に近づこうと考えた矢先に、忽然と三人のドイツ兵が姿を現わした。彼らはゴドリマンが取りついているプラタナスの根元に坐り込むと、煙草を吸い、カードに興じはじめた。こっそり任務を抜け出して、一日ここにいるつもりなのだろう。

彼は身動きもできずに枝に釘付けにされることになった。身体が震えはじめ、筋肉が硬直し、いまにも膀胱が破裂しそうになったとき、彼はやむなくリヴォルヴァーを抜いて、短く刈った頭のてっぺんを次々と撃ち抜いた。さっきまで笑い、悪態をつきながら給料を賭けて博打に耽っていた三人は、あっという間もなく存在することをやめてしまった。それがゴドリマンにとって最初に人を殺した経験だった。おれは小便をしなくちゃならなかったんだと、そのときの彼はそれしか考えられなかった。

プラットフォームの冷たいコンクリートの上で楽な姿勢をとろうと身じろぎしているうちに、思い出は次第に薄らいでいった。トンネルから生温かい風が吹いてきて、列車が到着した。降りた客は隙間を見つけ、そこにいる者の仲間入りをした。ゴドリマンは周囲の話し声に耳を澄ました。

「ラジオのチャーチルの演説を聞いたか？　おれたちはデューク・オヴ・ウェリントン亭でたまたま聞いてたんだが、ジャック・ソーントンのやつ、泣きだしやがってさ。まったく情けない野郎だぜ……」

「もう長いことフィレ・ステーキを拝んでないな。メニューからも消えてるもんな。あのいかした味も忘れちまった……ところで、ワイン委員会が戦争を見越して二万ダースも買い込んだって噂だぞ、やれやれだ……」

「そうよ、すごく地味な結婚式だったけど、でも、待ったからってどうなるの。明日がどうなるかもわからないっていうときに」

「いや、ピーターはダンケルクから帰ってこなかったんだ……」

バスの運転手が煙草を勧めてきたが、ゴドリマンは断わって自分のパイプを取り出した。誰かが歌いはじめた。

灯火管制巡視員が喚いてる
「奥さん、ブラインドを下ろしなさい――
あなたの恰好を見てごらん」
そこで、おれたちがいい返す
「気にすることなんかあるもんか」
おや、ブラウン婆さんの脚が上がってる……

歌声は次第に広がっていき、ついには全員の合唱となった。ゴドリマンも加わった。しかし、戦争に負けようとしている国の市民が、人が墓場を通り抜けるときに口笛を吹くように、歌うことでその恐怖を紛らわそうとしているのだとわかっていた。それに、突然自分がロンドンとロンドンっ子に感じたいとおしさが、集団ヒステリーに似た一時の感傷であることも知っていた。また、「これが戦争というものだ、このために人は戦うのだ」と煽りたてる内なる声を信じるものでもなかった。だが、とりあえずそういう一切を忘れることにした。本当に久し振りに感じる一体感であり、その鳥肌立つような強烈な快感は嫌いではなかった。

警報解除のサイレンが鳴り、避難していた者たちは階段を上って通りに出ていった。ゴドリマンは電話ボックスを探して、テリー大佐に電話した――頼まれた件はいつから始めるのか、と。

3

フェイバー……ゴドリマン……三角形の二辺をなす二人。そして、将来その三角形の決定的な最後の一辺となるデイヴィッドとルーシイの結婚式が、小さな田舎の教会で執り行なわれていた。それは時を経た美しい教会で、空積み《ドライストーン》の壁に囲まれた墓地には、野の草花が茂っていた。この教会――一部ではあるが――は、ほぼ千年前、最後にイギリスが侵略されたときすでに存在していた。数フィートの厚さを持つ、小さな窓が二つしかない身廊《ネイヴ》の北側の壁が、その侵略の時代を彷彿させた。そのころの教会は魂の聖域であると同時に肉体の避難所でもあり、てっぺんの円《まる》い小さな窓は、神々しい陽光を採り込むよりも、矢を放つにふさわしかった。事実、地方防衛義勇軍は、かつてのヨーロッパの悪党の現代版がイギリス海峡を渡ってきたときに備えて、その教会をどう使うか、詳細な計画を練り上げていた。

しかし、一九四〇年八月のいま、タイル張りの聖歌隊席に長靴《ジャックブーツ》の響きはまだ聞こえなかった。聖像を破壊したクロムウェルの時代も、カトリックの財産を取り上げようとしたヘンリー八世の御代をも生き抜いたステンドグラスの窓からは明るい陽差しが注ぎ、虫に食われて乾燥腐敗が進んでいるに違いないオルガンの音が天井に谺した。

すてきな結婚式だった。ルーシイは白いドレスをまとい、五人の妹は杏色《アプリコット》の衣装で花嫁の付添役《ブライズメイド》を務め、デイヴィッドはこの日初めて袖を通す、糊のきいた真新しいイギリス空軍航空中尉の会食用制服に身を固めていた。彼らは詩篇二十三「主はわが羊飼い」を、クリモンドの調べに乗せて斉唱した。

ルーシイの父親は、長女を——それも姉妹のなかで一番美しい娘を——制服の似合う立派な若者に嫁がせる日の父親らしく、実に誇らしげだった。彼はもともと農業を営んでいたのだが、ずいぶん前にトラクターに乗ることをやめて、耕作に向いた土地は人に貸し、残った土地で競走馬を育てていた。だが、今年の冬はその放牧地にも鋤《すき》が入れられ、ジャガイモが植えられるはずだった。彼はもはやまったくの紳士といってよかったが、陽にさらされた肌、分厚い胸板、節くれだった大きな手は、やはり農民のそれだった。教会の一方の側にいる男たちのほとんどが彼と同じで、樽のような胸と赤銅色に灼けた顔をし、燕尾服ではなくツイードのスーツとがっしりした靴を好む傾向があった。

妹たちも同じく田舎娘風だったが、ルーシイだけは母親似だった。濃い栗色の豊かな髪は長くつややかに輝き、卵形の顔に琥珀色の目がくりっと輝いていた。彼女は澄んだ瞳でまっすぐ牧師を見つめ、きっぱりといった。「誓います」そのとき、結婚式を司る者としては奇妙なことだが、牧師はその口調に圧倒された。

身廊の反対側に並んでいる一族にも、共通の表情があった。デイヴィッドの父親は弁護士だったが、長年その仕事をしてきたせいか、いつも気難しそうな表情を顔に貼りつけて、本来の陽気な性格を押し隠していた(彼は陸軍少佐として先の大戦に参加していたが、イギリス空軍だの空の戦いだのといったものは、所詮すぐに打ち捨てられてしまう流行《はや》りものだと考えていた)。だが、彼に似ている者は一人もいなかった。祭壇に立って、死が——その死は、すぐにも訪れるかもしれない——二人を分かつまでの愛を誓っている息子でさえそうだった。彼らはみな、夫の隣に坐っている母親に似て、髪は黒く、肌も浅黒く、ほっそりしていた。デイヴィッドはなかでも一番の長身で、去年はケンブリッジ大学のハイジャンプの新記録を打ち立てていた。彼は男としては容貌が整いすぎているぐらいで、日に二度剃らなくてはならないほど濃い髭の剃り痕がなければ女といっても通りそうな、まつげが長く、聡明で——実際そうだった——繊細そうな顔だちをしていた。

イギリスを支えているともいうべきタイプの、経済的にも不自由のないしっかりした家庭に育った幸せな美男美女が、イギリスの提供しうる最高の夏の日に結婚式を挙げている——どこからどこまで、田園詩のように美しい風景だった。

二人が夫婦になったことが宣言されたとき、母親はどちらも涙を見せなかったが、父親のほうはともに声を上げて泣いた。

誰彼なしに花嫁にキスするなんて、まったく野蛮な風習だわ、と腹立たしく思いながら、ルーシイはまたシャンペンに濡れた唇に頬を汚されることになった。きっと、中世の暗黒時代の野蛮な風習の名残なんでしょうね。あのころ、部族の男たちはこれ以上のことを許されて——まあ、それはともかく、ここまで文明化したんだから、もうこんな悪習はやめるべきよ。

彼女は結婚式のこういうところが好きになれなかった。シャンペンはともかく、鶏の脛《ドラムスティック》や冷えたトーストの切れ端にキャビアを載せたものには食指が動かなかった。ましてやスピーチだの記念写真だのハネムーン・ジョークだのときた日には……でも、まだよしとするべきかしら。

これが平和な時代だったら、お父さまはアルバート・ホールを借り切ったに違いないもの。

ここまで、九人が九人とも同じ言葉で同じことをいっていた――「平和な家庭を築かれますように」。残る一人の祝辞も至ってありきたりだった――「たくさんの子宝に恵まれますように」。ルーシイは「今夜はぼくがデイヴィッドのパジャマを着ちゃだめかな」というような下種《げす》な冗談が聞こえない振りをしながら、果てしなく握手を交わしつづけた。デイヴィッドは先ほどのスピーチで、娘を自分に与えてくれた両親に感謝すると述べた。一方ルーシイの父親は、娘を失うのではなく息子を得たという心境であると、実際にそういった。まったく願い下げのおめでたさだったが、それもこれも親のためだ、とルーシイは諦めていた。

遠い叔父に当たる人物が、いささかおぼつかない足取りで、不意にバーのほうから現われた。ルーシイは懸命に身震いをこらえ、叔父を夫に紹介した。「デイヴィッド、こちらはアンクル・ノーマン」

ノーマンがデイヴィッドの骨張った手を取り、勢いよく握手をした。「ところで、任務にはいつ戻るのかね」

「明日です」

「何だって？　ハネムーン抜きでか？」

「これからまだ丸一日あります」

「それにしても、まだ訓練期間が終わったばかりじゃないのかね」

「はい。ですが、私は飛行機を操縦できるんですよ。ケンブリッジで覚えたんです。それにこういう状況ですから、軍としてもパイロットを遊ばせておくわけにはいかないでしょう。明日からでも飛ぶことになるんじゃないでしょうか」

ルーシイはそっとたしなめた。「デイヴィッド、もういいでしょ?」しかし、アンクル・ノーマンは遠慮の素振りも見せなかった。

「何に乗るんだ?」彼は子供のように勢い込んで訊いた。

「スピットファイアです。すてきな戦闘機《カイト》ですよ」デイヴィッドはすでに、どっぷりとイギリス空軍のスラングに浸かっていた——カイト、棺桶《クレイト》、不時着《ドリンク》、二時の方向に敵機《バンディッツ・アット・ツー・オクロック》。「機銃が八挺、時速三百五十ノット、それに信じられないほど小回りがきくんです」

「そりゃすごいな、まったくすごい。それなら、ドイツ空軍《ルフトヴァッフェ》をいいように蹴散らしてるんだろうな、どうだね?」

「きのうは敵六十機を撃墜し、こちらの損害は十一です」デイヴィッドが誇らしげにいった。全部自分が撃ち落としたかのような口ぶりだ。「おとといは、ヨークシャー上空に侵入してきた敵を迎え撃って、ノルウェイへ叩き出してやりましたよ。わがほうの損害はゼロでした!」

アルコールでいささか高ぶっているアンクル・ノーマンが、ぐいとデイヴィッドの肩をつかんだ。「過去において」彼は胸を反らした。「かくも多くの者が、かくも多くのことを、かくも少数の者に負うたことはない。先般のチャーチルの演説だ」

デイヴィッドが控えめに微笑した。「それは食糧の配給のことだったと思いますが」

こんな残虐で破壊的なことを、よく平気な顔で話せるものね、とルーシイは辟易した。「デイヴィッド、もう着替えに行かなくちゃ」

二人は別々の車でルーシイの家に戻った。彼女の母親が、ドレスを脱がせてやりながらいった。

「あなたが今夜に何を期待しているか知らないけど、でも、これだけは教えてあげておいたほうが――」

「やだ、お母さまったら。いまは一九四〇年よ」

母がかすかに頰を染めた。「それならいいのよ」と、彼女はやさしくいった。「でも、相談したいことがあったら、あとで……」

さっきの言葉は母にしてみればかなり勇気のいることだったのだと気づいて、ルーシイは、あんなににべもなくはねつけるんじゃなかったと後悔した。「ありがとう、お母さま」彼女は母の手を取った。「そうします」

「それじゃ、もう何もいわずにおくけど、何かあったら声をかけるのよ」母は娘の頰にキスをし、出ていった。

ルーシイはスリップ姿で鏡台の前に坐り、髪をとかしはじめた。今夜何を期待すべきかは、よくわかっていた。思い出して、彼女はぽっと赤くなった。

あれは六月、初めてグラッド・ラグ・ダンスパーティで出会ってから一年後のことだった。そのころ二人は毎週会う仲になっていて、デイヴィッドはすでにその年のイースター休暇をルーシイの家族と過ごしていた。父母も、彼を気に入った。ハンサムで頭がよく、紳士的で、社会的な階層もまったく同じだったからである。彼にはいくぶん頑固なところがあるというのが父親の見立てだったが、母のほうは、地主階級は六百年も前から大学生のことをそういいつづけているじゃないのと笑った。デイヴィッドはやさしい夫になるはずよ、長い夫婦生活ではそれが何より大事なことだわ。そして、同じ六月、今度はルーシイがデイヴィッドの家族と週末を過ごすことになった。

　そこはヴィクトリア朝様式を模した十八世紀の豪農の屋敷で、ベッドルームが九つあり、並木を眺め通すことのできるテラスがついていた。彼女はこの並木に感動した。きっとこれを作った人たちは、自分たちが死んで、若木が育ったあとの風景を考えていたに違いない。気のおけない雰囲気で、二人はその日、午後の陽を浴びながらビールを飲んだ。デイヴィッドから、大学の飛行クラブの仲間四人とともにイギリス空軍の訓練士官になったことを聞かされたのはそのときだった。戦闘機のパイロットになりたいんだ、と彼は打ち明けた。

「もう操縦はできる。戦争が始まったら、空軍には優秀なパイロットが必要だ。勝つには勝つが、空軍じゃかなわないといわれているようだからね」

「怖くないの？」ルーシイはそっと訊いた。

「まさか」と答えて、しかしデイヴィッドは彼女を見つめた。「いや、やっぱり怖いというのが本当だな」

　すごい勇気だわ、とルーシイは彼の手を取った。

　そのすぐあと、二人は水着に着替えて、湖へ下りた。水は澄んで冷たかったが、陽差しはまだ強く、空気も暖かく、彼らは無邪気に水を跳ね散らかしてふざけ合った。

「泳ぎはうまいの？」デイヴィッドが訊いた。

「あなたよりはね」

「それなら、あの島まで競争だ」

　彼女は手をかざして、陽差しの向こうを眺めやった。腕を上げ、肩をそびやかした姿は、水着が濡れていることもあってひどく挑発的だったが、ルーシイはそれに気づかない振りをし、しばらくそのポーズをとりつづけた。島は湖の中央、三百ヤードほど向こうにあって、小さな藪と木立が見えていた。

彼女は腕を下ろすと、叫んだ。「行くわよ！」そして、速いピッチで抜き手を切りはじめた。

勝利は、もちろん、長い手足を持ったデイヴィッドのものだった。島まで五十ヤードのところで、ルーシイは自分が泳げなくなっていることに気がついた。平泳ぎに切り替えてみたが余力が足りず、ついには仰向けに浮いているだけになった。デイヴィッドは早くも島へたどり着き、岸に坐って息をととのえていたが、ルーシイを見て水のなかに戻り、彼女の背後へ回って海難救助の要領で両腋を抱え、後ろ向きのままゆっくりと岸へ引き返した。彼の両手は、ルーシイの胸のすぐ下にあった。

「これもなかなかいいもんだな」とデイヴィッドがいうと、ルーシイが喘ぎながらもくすくす笑った。

しばらくして、彼がいった。「教えてやるとするか」

「何を？」

「この湖は、深さが四フィートしかないんだ」

「何ですって……！」ルーシイは彼の手からもがき逃れると、派手に水を跳ね上げながら、水のなかに立った。

デイヴィッドは彼女の手を引いて水から上がり、木立のあいだを抜けていった。木のボートがサンザシの下で裏返しになり、半ば朽ちていた。彼がそれを指して、「子供のころ、あれでよくここへきたもんさ。マッチと、パパのパイプと、《セント・ブルーノ》をひとつまみ失敬してね。ここは煙草を吸うときの隠れ処《が》だったんだよ」

二人がいる空き地は、四方を完全に藪に囲まれていた。足下の芝はふかふかできれいだった。そこにルーシイが坐り込んだ。

「帰りはゆっくり泳ごう」デイヴィッドがいった。

「やめて。泳ぐなんて、いまは聞くだけでもうんざりなんだから」

彼はルーシイの横に腰を下ろすと、キスをし、そっと彼女を後ろに押し倒した。彼の手が腰を撫で、唇が喉を伝った。ルーシイの震えはすぐに収まった。やさしい手が両脚のあいだの柔らかな膨らみにおずおずと触れたとき、彼女は催促するように腰を浮かせ、デイヴィッドの顔を引き寄せて、情熱的なキスをした。彼の手が水着の肩紐にかかり、引き下ろそうとした。「だめよ」

デイヴィッドが彼女の胸に顔を埋《うず》めた。「お願いだよ、ルーシイ」

「だめだったら」

彼がルーシイを見つめた。「ぼくに次のチャンスはないかもしれないんだ」

ルーシイはデイヴィッドから離れて立ち上がると、一気に水着を脱ぎ捨てた。それは戦争のせいであり、彼が頰を染めて懇願したせいであり、自分の身体のなかで消える気配を見せない熱いもののせいだった。スウィミング・キャップを取って頭を一振りすると、濃い栗色の髪が肩へ流れ落ちた。彼女はデイヴィッドの前にひざまずき、両手で顔を包むようにして、唇を自分の胸に導いた。

彼女は熱く、痛みもなく、そしてややあっけなく、処女を失った。

なにがしかの後ろめたさが、その思い出を逆に歓ばしいものにしてくれた。それが周到に計画された誘惑だったとしても、自分は結局、いそいそととはいわないまでも、喜んでその罠にはまったのだ。

ルーシイは新婚旅行用の服に着替えはじめた。あの日の午後、あの島で、彼女は二度デイヴィッドを驚かせていた。一度目は自分の胸にキスさせようとしたとき、二度目は自らの手で彼自身を彼女のなかに誘《いざな》ったときである。そういうことは、どうやら彼の読んだ本には書いてなかったらしい。ルーシイのほうは、多くの友人と同様、D・H・ロレンスからセックスに関する情報を仕入れていた。肉体の交わりそのものについてはそのとおりだと思ったが、音についてはそうではなかった――登場人物は素晴らしかったなんていい合ってたけど、実際はそうでもないじゃない。セックスのときにトランペットやシンバルや雷鳴が鳴り響くとはとても思えない。

デイヴィッドは彼女より少しうぶだった。だが、彼はやさしく、彼女の歓びを自分の歓びとしていたし、彼女自身もそれが一番重要なことだと確信していた。

二人はもう一度だけ、愛を交わしたことがあった。結婚式のちょうど一週間前のことで、それが初めての口論の原因となった。

場所はルーシイの実家で、朝、みんなが出ていったあとのことだった。デイヴィッドがローブ姿で彼女の部屋に現われ、ベッドに潜り込んできたのである。ルーシイはもう少しで、ロレンスのトランペットとシンバルに関する部分の考えを変えるところだったが、デイヴィッドは事がすむと、すぐにベッドを出てしまった。

「行かないで」

「人がくるかもしれないよ」

「いいじゃないの。ねえ、戻ってきて」ルーシイは暖かさと気怠《けだる》さと心地よさに包まれていて、彼に隣にいてほしかった。

デイヴィッドがローブを羽織った。「落ち着かないよ」

「五分前には落ち着いていたじゃない」彼女は手を伸ばした。「わたしのそばへきてよ。あなたの身体のこと、もっと知りたいわ」

大胆な言葉に当惑をあらわにし、デイヴィッドが顔をそむけた。

ルーシイは怒りに胸を膨らませて跳ね起きた。「わたしを娼婦みたいに扱わないでよ!」ベッドの端に坐った彼女の目から、涙があふれた。

デイヴィッドが彼女を抱くようにしていった。「ごめん、悪かった、謝るよ。ぼくもきみが初めてなんだ。だから、そういう言葉を予期していなかったから、どぎまぎしてしまって……つまり、その、誰かに教えてもらったわけじゃないんだろ、そうだろ?」

ルーシイは鼻を鳴らしてうなずき、そのときに気がついた。この人のいらいらの本当の原因は、八日後にちっぽけな飛行機で出撃し、雲の上で命を懸けて戦わなくちゃならないことなんだわ。だから、赦してあげよう。彼女は涙を拭き、二人はベッドに戻った。そのあとの彼はとてもやさしかった……。

支度がととのい、ルーシイは全身が映る姿見で服装をあらためた。スーツはいくぶんミリタリー調で、肩飾りのついたかっちりしたものだが、ブラウスを女性的にしてバランスをとってあり、縁のない粋なピルボックス・ハットからは長めにカールした髪が覗いていた。華美な服装で新婚旅行というには今年はふさわしくなかったが、彼女はそれでも、こざっぱりと機能的で、しかも女らしさを損なわない恰好ができたと思っていた。事実、それは急激に流行しつつあった。

デイヴィッドはホールで待っていたが、彼女が姿を現わすと、キスをした。「よくお似合いですよ、ミセス・ローズ」

二人は挨拶をするために披露宴の会場へ引き返した。今夜はロンドンのクラリッジ・ホテルに泊まり、それからデイヴィッドはビギン・ヒルへ向かい、ルーシイは家へ戻る。彼女は実家で両親と暮らすが、デイヴィッドが休暇で帰ってきたときにはコテッジを使わせてもらうことになっていた。

さらに三十分も握手攻め、キス攻めに遭ったあと、二人はようやく車にたどり着いた。MGのオープンカーには、デイヴィッドの従兄弟《いとこ》たちの手でいろんな悪さがしてあった。バンパーにはブリキの缶と古いブーツが長い紐でくくりつけられ、ステップは紙吹雪が山をなし、ボディの至るところに、真っ赤な口紅で《新婚ほやほや《ジャスト・マリード》》と書き殴られていた。

通りにあふれんばかりの人たちに見送られ、二人は笑顔で手を振りながら車を出した。一マイルほど走ったところで車を止め、ブリキ缶やブーツを外し、口紅を拭き取った。

ふたたびエンジンをかけるころには、もう薄暗くなっていた。ヘッドライトには灯火管制用の遮光マスクがかかっていたが、デイヴィッドは委細構わず突っ走った。ルーシイは隣に坐って、浮き立つような気分を味わっていた。

デイヴィッドがいった。「ダッシュボードに泡の出るやつが入ってるよ」

開けてみると、ティッシュ・ペーパーで丁寧にくるんだグラスが二つと、シャンペンが一本。ボトルはまだ十分に冷たかった。ぽんと大きな音を立ててコルクが夜のなかへ飛んでいき、ルーシイが酒を注ぐあいだに、デイヴィッドは煙草に火をつけた。

「夕食には間に合わないかもしれないな」

「構わないわ」ルーシイはデイヴィッドにグラスを手渡した。

彼女は疲れが出て飲む気にならず、眠たくなってきた。とてつもないスピードで走っているようだった。デイヴィッドは注がれるままにシャンペンをあらかた飲み干し、《セントルイス・ブルース》を口笛で吹きはじめた。

灯火管制下の真っ暗なイングランドを走るのは、決して気味のいいものではなかった。戦争前なら気にも留めなかったはずの明かり——コテッジのポーチの明かり、聖堂の尖塔の明かり、宿屋の看板を照らす明かり、とりわけ、遠くの空をぼんやりと染める町の明かり——が無性に恋しかった。たまに明かりに出くわしても、その明かりで見るべき標識がなかった。いつパラシュートで降りてきても不思議のないドイツ兵を道に迷わせるために、すべて取り払われていたのである（事実、ほんの数日前も、ミッドランドの農夫がパラシュートと無線機と地図を見つけていた。しかし、そこからの足跡がなかったため、降下した者はいず、人々をパニックに陥れようとするナチの攪乱作戦だったのだと結論づけられていた）。だが、そんなものがなくても、デイヴィッドはロンドンへの道を知っていた。

長い上りにかかり、小型スポーツカーは苦もなくそれをこなしていった。ルーシイは半分ふさがった目で、前方の闇を見つめていた。下りは急で、曲がりくねっていた。ルーシイの耳に、遠くから近づいてくるトラックのうなりが聞こえた。

MGはタイヤを鳴らしながら、かなりのスピードでカーヴを曲がりつづけていた。「速すぎるんじゃない？」ルーシイは穏やかにデイヴィッドをたしなめた。

左へ曲がるとき、車の後部が横滑りした。デイヴィッドは二度目の横滑りを警戒して、ブレーキを踏む代わりにシフトダウンした。薄暗いヘッドライトに、片側の低木の列がぼうっと浮かび上がった。右へ急カーヴを切ろうとして、MGがまた尻を取られた。そのカーヴは終わりがないように思われた。小さな車は横に振られながら百八十度回転し、後ろ向きになっても回転をつづけていた。

「デイヴィッド！」ルーシイは絶叫した。

不意に月が顔を出し、そこにトラックが見えた。トラックはてっぺんの煙突から、月明かりで銀色に見える煙をもうもうと吐き出して、苦しげに、かたつむりのようにのろのろと坂を這い上っていた。一瞬、ルーシイは運転手の顔を見た。男は布の帽子をかぶり、髭を生やして、口を開けながら、立ち上がってブレーキを踏み込んでいた。

MGはまた正面を向いて走り出していた。車がいうことを聞いてくれれば、脇を擦り抜けられそうだった。デイヴィッドはハンドルを切って、アクセルを踏んだ。それが間違いだった。

MGは頭からトラックに突っ込んだ。

4

各国の例に洩れず、イギリスにも諜報機関が存在する。陸軍情報部《ミリタリー・インテリジェンス》と呼ばれるその組織は、それではあからさますぎるとでもいうかのように、MIと省略されている。一九四〇年当時、MIは陸軍省に属して、当然のことながらさまざまな部局に分かれ、番号で分類されていた。たとえば、MI9は捕虜収容所から被占領ヨーロッパをかいくぐって中立国へ抜ける脱出経路を設営し、MI8は敵の無線を傍受して六個連隊に勝る力を発揮し、MI6はフランスに密かに工作員を展開させる、という具合である。

一九四〇年の秋にパーシヴァル・ゴドリマン教授が加わることになったのは、MI5と呼ばれる部局だった。冷え込みの厳しい九月の朝、彼はホワイトホールの陸軍省に姿を現わしたが、前夜はイースト・エンドの火災を鎮めるのに大わらわだった。ロンドン空襲の最盛期で、彼も補助消防隊員になっていたのである。

平時の軍情報部が軍人によって切り回されていることはいうまでもない。ゴドリマンの考えでは、そういうときに諜報活動に関心を持つ者などほとんどいない。しかし、いまの軍情報部には至るところに素人《しろうと》民間人の姿があり、うれしいことには、MI5の半分が顔見知りだった。初日だけでも、同じクラブのメンバーである弁護士、かつて同じ大学に通っていた美術史家、いま勤めている大学の公文書係、お気に入りのミステリー作家に出くわしたのである。

午前十時、ゴドリマンはテリー大佐のオフィスに出頭した。テリーは数時間前から執務していて、ごみ箱に空の煙草の袋が二つ、早くも投げ込まれていた。

ゴドリマンはいった。「これからは〈サー〉をつけて呼んだほうがいいでしょうかね」

「ここにはそんな面倒なことをいうやつはおらんよ、パーシイ。アンクル・アンドリューで十分だ。まあ、かけろ」

それでも、今日のテリーはきりっとしていて、サヴォイ・ホテルで昼食をともにしたときの弛緩した感じは微塵もなかった。笑みを浮かべず、顔も上げずに、机上のメッセージの山に目を通している。

テリーが時計を見ていった。「状況をかいつまんで説明しようか。このあいだ、昼飯を食いながら始めたやつのつづきだ」

ゴドリマンは口許を緩めた。「今度は最後まで謹聴しますよ」

テリーが煙草に火をつけた。

イギリスにいるカナリスのスパイは、これまでどいつもこいつも役立たずだった（実際にその話が中断したのは三カ月前だったにもかかわらず、テリーの口振りは五分前の話を再開するかのようだった）。ドロシー・オグレイディなんか、その典型だ。ワイト島で電話線を切断しているところを捕まえたんだが、あの女ときたらポルトガル宛の通信文を書くのに、そこらの玩具屋《おもちゃ》で売ってるような、子供騙しのあぶり出しインクを使ってたんだからな。

ところが、九月になって、新たなスパイが押し寄せてきた。やつらの任務は、侵攻の前段階としてイギリスの下見をすることだ。つまり、上陸に適した海岸、兵員輸送グライダーの着陸できる野原や道路、対戦車壕や障害物、有刺鉄線のバリケードなどを探して報告しろというわけだ。だが、どうやら今度の連中も、いい加減に選抜され、急いで召集されて、まともな訓練も受けないまま、ろくな道具も持たされずに送り込まれたらしい。恰好の例が、九月二日から三日にかけての夜に潜り込んできた四人——マイヤー、キイブーム、ポンズ、ヴァルトベルク——だ。キイブームとポンズはハイスの近くに上陸したんだが、運悪く浜でサマーセット軽歩兵部隊のトラヴェイ二等兵に出くわし、散々にぶちのめされて逮捕された。

ヴァルトベルクはそれでも、何とかハンブルクへの送信に成功した。文面はこうだ——《無事上陸。書類は処分した。海岸から二百メートルにイギリス軍パトロールあり。海岸には防御網と、五十メートル間隔で鉄道の枕木が埋設されている。地雷はなし。兵隊も少数。トーチカは未完成。新たな道路が一本あり。ヴァルトベルク》

あの男は自分がどこにいるかも知らず、コードネームも持っていなかった。やつの受けた説明がどんなにお粗末だったかは、酒を売る時間と場所を制限する法律の存在を知らなかったことからもわかる。やっこさん、朝の九時にのこのこパブへ現われて、林檎酒《サイダー》を一クォートくれといったんだとさ。

（ゴドリマンがそれを聞いて笑うと、テリーはいった。「待てよ、面白くなるのはこれからだ」）

十時に出直してくれ、と店の主人はいった。村の教会でも見物して時間を潰したらいいってな。そうしたら、たまげたことにヴァルトベルクのやつ、十時ぴったりに戻ってきて、二人の自転車警官に御用とあいなったわけだ。

（「まるっきり《イッツ・ザット・マン・アゲイン》の台本じゃありませんか」と、ゴドリマンはいった）

マイヤーはその数時間後に捕まった。それからの数週間、さらに十一人のスパイが、イギリスの土を踏んで何時間もたたないうちに捕まっている。そのほとんどが絞首刑になるだろうな。

（「ほとんど？」とゴドリマンに訊き返されて、テリーはいった。「そうだ。二人はすでに、われらがセクションB＝1（a）に送られてきてる。そのセクションのこともすぐに説明するよ」）

残りの連中はエールに潜り込んだ。一人はエルンスト・ヴェーバー＝ドロールという有名な軽業師で、《世界一強い男》と称してミュージック・ホールを巡業していたんだが、そのときに私生児を二人もこしらえてしまい、国家警察《ガルダ・シヨシアーナ》に逮捕されて三ポンドの科料を払わされたあと、これもセクションB＝1（a）送りになった。

ヘルマン・ゲーツという男は間違ってエールじゃなくアルスターにパラシュート降下し、IRAに身ぐるみはがれたあげく、毛の下着一つでボイン川に飛び込んだ。結局は自決用の錠剤を飲んで死んだが、そいつの持っていた懐中電灯は《メイド・イン・ドレスデン》だった。

（「こんなに簡単に見つけられるんなら、どうしてお前さんたちのような頭のいい先生方の力を借りる必要があるかと訊きたいんだろうが」と、テリーはいった。「理由は二つある。一つは、何人捕まっていないかを知る方法がないということだ。二つ目は、絞首刑にしない連中を何とか使えないかということだ。ここでセクションB＝1（a）が出てくるんだが、それを説明するには、一九三六年にさかのぼる必要がある」）

アルフレッド・ジョージ・オウエンズという男がいるんだ。電気技師で、会社を経営し、政府関係の仕事もしていたが、三〇年代に何度かドイツへ行って、そのたびに仕入れてきた技術情報を自ら進んで海軍省に提供していた。彼は最終的に海軍情報部からMI6へ移され、工作員としての訓練を受けるようになった。それとほぼ時を同じくして、アプヴェーアも彼を雇った。MI6がそれを知ったのは、彼がドイツの秘密住所に出した手紙を横取りしたときだった。忠誠心なんてかけらもない、ただひたすらスパイにあこがれていただけの男というわけさ。われわれは彼を《スノウ》と呼び、ドイツは《ジョニー》と呼んでいた。

一九三九年一月、スノウは一通の手紙を受け取った。それには無線送信機の使用説明書と、ヴィクトリア駅の携帯品一時預かり証が入っていた。

彼は開戦の翌日に逮捕され、本人も送信機も――やつは預かり証を呈示して、スーツケースに入れた送信機を受け取ったところだった――ワンズワース刑務所に収監された。彼はそこからハンブルクに送信をつづけたが、そのメッセージはすべてMI5のセクションB＝1（a）が書いたものだった。

知らぬが仏のアプヴェーアは、彼にイングランドにいるもう二人のドイツのエージェントと連絡を取らせた。おかげで、われわれは即刻その二人をひっ捕らえることができた。彼は暗号と詳しい無線送信手続きも教えられていて、それもわがほうにとって貴重この上ない情報だった。

スノウ以後も、チャーリー、レインボウ、サマー、ビスケットと、同様の人材の確保に成功し、われわれはついに、定期的にカナリスと連絡を取り、明らかに彼に信頼されていると思われるが、完全にイギリス防諜機関の掌中にある、敵スパイの小軍団を持つに至った。

その時点でMI5の前には、ぼんやりとではあるが、恐るべき欲望をそそる展望がちらつきはじめた。幸運に恵まれれば、イギリスにおけるドイツの全スパイ網を手中に収め、自在に繰ることができるのではないかと考えたわけだ。

「スパイを縛り首にするのではなく、二重スパイにすることには」と、テリーが結論に入った。「二つの決定的な利点がある。敵は自分たちのスパイがまだ機能していると考えるから、別の人間を送り込もうとしない。それに、彼らが工作管理官《コントローラー》に伝える情報はすべてわれわれが提供するのだから、敵を欺き、向こうの作戦立案者をミスリードすることができる」

「口でいうほど簡単にはいかないでしょう」

「それはそうだ」テリーが窓を開け、煙草とパイプの煙を追い払った。「うまく機能させるためには、スパイのほぼ全員を掌握しなくてはならない。本物のドイツのスパイがある程度の人数でも残っていたら、彼らの送る情報と二重スパイの送る情報に食い違いが出て、アプヴェーアに勘づかれるからな」

「でも、面白そうな話じゃないですか」と、ゴドリマンはいった。パイプの火は消えていた。

その朝初めて、テリーが相好を崩した。「ここの連中に訊いたら、きつい仕事だというぞ。時間は長いし、ひどい緊張は強《し》いられるし、欲求不満になる。だけど、面白いってな」そして、時計を見た。「さて、部下を一人紹介しよう。若いがとてもできるやつだ。悪いが、彼のオフィスまできてくれるか」

二人は部屋を出ると、階段を上っては廊下を歩くということを繰り返した。「フレデリック・ブロッグズというんだが、大仰な名前に凡人なんて意味のある姓がくっついてるだろう。そのことでからかうと怒るんだ。もともとはロンドン警視庁《スコットランド・ヤード》公安部の警部補なんだが、ここへ出向してもらってる。必要とあれば、手足として使ってくれ。軍の階級はお前さんのほうが上だが、それはあまり重要視しないほうがいいと思うし、実際ここでは重きも置かれていない。まあ、いうまでもないことだろうがね」

　二人は狭いがらんとした部屋に入った。外には隣の壁が見え、床は剝き出しで、壁に美人の写真と、帽子掛けに手錠が一対ぶら下がっているだけだった。

「フレデリック・ブロッグズ、パーシヴァル・ゴドリマンだ。あとはまかせた」とテリー。

　机の向こうに坐っている男は、金髪で、がっちりとして背が低かった。もうちょっと低かったら警察に入れなかったんじゃないか、とゴドリマンは思った。ネクタイは不細工だが、快活そうな人好きのする顔で、にやりと笑ったところが魅力的だった。握手にも力がこもっていた。

「ところで、パーシイ——ちょうど昼飯を食いに帰ろうと思っていたところなんですが、よかったら一緒にどうです？　うちの女房は素敵なソーセージ・アンド・チップスをこしらえるんですよ」ブロッグズがコックニー訛り丸出しでいった。

　ソーセージ・アンド・チップスは好物とはいえなかったが、ゴドリマンは一緒に行くことにした。二人はトラファルガー・スクウェアまで歩き、そこからホクストンまでバスに乗った。「最高の女房だけど、料理下手が玉に瑕疵《きず》でしてね。毎日、ソーセージ・アンド・チップスを食わされてます」

　イースト・ロンドンではまだ煙が上がっていた。前夜の空襲の名残である。消防士やヴォランティアが、くすぶる火に水をかけ、瓦礫を掘り返し、通りをふさぐ残骸を取り除いている。一人の老人が、半ば崩れ落ちた家からラジオを運び出していた。

ゴドリマンはいった。「きみと協力して、スパイを捕まえるというわけだ」

「忙しくなりますよ」

ブロッグズの家はスリー＝ベッドルームの二戸建て住宅で、その通りには同じような家がずらりと並び、猫の額ほどの前庭は一つ残らず菜園に姿を変えていた。ミセス・ブロッグズは壁にかかっていた写真のあの美人だったが、疲れている様子だった。「彼女は空襲のときに救急車の運転をしてるんです」ブロッグズが誇らしげにいった。クリスティーンという名前だった。

そのクリスティーンがいった。「毎朝帰ってくるたびに、家は無事かって気が気じゃないんですよ」

「これだ、彼女が心配してるのは私じゃなくて家のことなんですからね」ブロッグズが茶化した。

ゴドリマンはマントルピースの上の、ケースに納められたメダルを取り上げた。「これは？」

クリスティーンが答えた。「主人が郵便局強盗からショットガンをもぎ取ったときにもらったんです」

「二人とも大したもんだ」

「結婚は、パーシイ？」ブロッグズが訊いた。

「いまは独りだ」

「気の毒に」

「妻は一九三〇年に結核で死んだんだ。子供もいない」

「われわれもいまのところ、子供を作るつもりはないんですよ。世の中が落ち着くまではね」

「よしなさいよ、フレッド、きっとミスター・ゴドリマンには興味のない話だわ」クリスティーンがキッチンから出てきた。

三人は四角いテーブルを囲んで食事に取りかかった。この二人と家庭的な光景に心を動かされ、ゴドリマンはいつしかエリナーのことを思っていた。珍しいことだった。感傷という言葉とはもう長いこと縁がなかったのに、またそういう心が復活しようとしているらしい。戦争とは奇妙なものだな、とゴドリマンは思った。

クリスティーンの料理は、確かにお世辞にも褒められたものではなかった。そもそもソーセージが焦げていた。ブロッグズはそれをトマトケチャップまみれにして、ほとんど嚙まずに吞み込んでいた。ゴドリマンは喜んで先例に従った。

ホワイトホールに戻ると、ブロッグズはゴドリマンに、いまもイギリスで活動していると思われる、身許を特定できない敵の工作員のファイルを見せた。

そういう人物に関しては、三つの情報源があった。一つ目は内務省の移民記録である。陸軍情報部は長いことパスポート取り締まりを担当し、第一次大戦までさかのぼって、イギリスに入国後、死んだわけでも帰化したわけでもないのに出国していない外国人のリストを作り上げていた。戦争の勃発に伴って、彼らは法の裁定を受け、三つのグループに分けられた。そして、とりあえず《A》グループの外国人だけが拘禁された。新聞が騒いだため、一九四〇年七月に《B》および《C》グループは対象から外されたのである。そのなかに少数ながら身許の特定できない人物がいて、そのうち何人かがスパイである可能性はかなり高かった。

彼らの書類は、ブロッグズのファイルに収められていた。

二番目の情報源は無線の傍受である。MI8のセクションCは夜な夜な宙を飛び交う電波に耳を澄まし、明らかに自分たち側の電波だとわかるもの以外は、記録して政府の《暗号作成／解読学校》へ送っていた。この機関はロンドンのバークリー・ストリートからブレッチリー・パークの田舎家へ移転していたが、学校とは名ばかりで、チェスのチャンピオン、音楽家、数学者、クロスワード・パズル狂といった、人の考え出した暗号なら解けないはずはないと信じて疑わない者の寄せ集めだった。イギリス諸島から発せられて、それがいかなる政府機関のものでもない信号は、すべてスパイのメッセージであると仮定された。

そういう解読されたメッセージも、ブロッグズのファイルに収められていた。

三つ目の情報源は二重スパイである。だが、彼らのもたらす情報は、実際的というより、主として見込みの段階に止《とど》まるものが多かった。アプヴェーアから彼らに送られたメッセージは、数人の新たな工作員が送り込まれることを通告し、すでに在外工作員《レジデント・スパイ》の一人を放棄したと伝えていた。それはボーンマスのミセス・マティルダ・クラフトで、彼女はスノウに郵便で送金したあと、ホロウェイ刑務所に投獄された。しかし、秘密情報機関にとってかけがえのない、有能な職業スパイについては、二重スパイの力をもってしても、居場所も身許も突き止めることができなかった。だが、そういう連中がいることは疑う余地がなかったし、そういう形跡もあった。たとえば、無線送信機を買って、ヴィクトリア駅の携帯品一時預かり所に預け、スノウに取りに行かせた人物などがそうである。とはいえアプヴェーアにしろそのスパイたちにしろ、二重スパイに尻尾をつかまれるほど迂闊ではなかった。

それでも、そういう形跡、証拠も、やはりブロッグズのファイルに収められていた。
もう一つの情報源は、いままさに開発中だった。専門家によって、三角測量法の改良――無線発信者を方位から特定しようという試み――が進められていたのである。それに加えてMI6は、ヒトラー軍の大波によってずたずたにされた、ヨーロッパ・スパイ網の再建に乗り出そうとしてもいた。

そのあるかなしかの情報も、ブロッグズのファイルに収められていた。

「こういうことをしてると、ときどき無性に腹が立つことがありますよ。これを見てください」

ブロッグズはファイルから、一通の無線傍受記録を取り出した。イギリスがフィンランドへ軍を派遣しようとしていることについての、長い報告だった。「今年の早い時期に傍受されたんですが、情報としては完璧です。発信源を特定しようとしている最中に、特に理由がありそうでもなく通信が中断し――たぶん、邪魔が入ったんでしょう――数分後に再開されたんです。ですが、そのときには逆探知が間に合いませんでした」

ゴドリマンは訊いた。「《ヴィリーによろしく》というのは何だろう」

「さあ、そこですよ」と、ブロッグズが応じた。彼は次第にのめり込みつつあった。「これはつい最近のメッセージの切り抜きです。ほら、《ヴィリーによろしく》とあるでしょう。それから、これは彼の報告にたいする返信なんですが、宛名が《ディー・ナーデル》となっているんです」

「針《ザ・ニードル》か」

「こいつはプロですよ。彼の通信文を見てください。簡潔で過不足なく、詳しい上にまったくあいまいな点がないでしょう」

ゴドリマンは二つ目のメッセージをあらためた。「爆撃の結果を報告したもののようだな」

「間違いなく、イースト・エンドをその目で見てるんです。やることがプロですよ」

「《針》について、ほかにわかっていることは？」

若い、熱のこもった表情が崩れた。「残念ながら、それだけです」

「コードネームが《針》で、通信を《ヴィリーによろしく》で締めくくり、優れた情報収集能力がある――それだけしかわかっていないのかね」

「ええ、残念ながら」

ゴドリマンは机の端に腰かけて、窓の外を睨んだ。向かいの建物の装飾を施した窓枠の下に、イワツバメの巣が見えた。「それだけの情報で、われわれが彼を捕らえる可能性はどのぐらいあるんだろう」

ブロッグズが肩をすくめた。「それだけの情報で彼を捕らえる可能性は、ゼロです」

5

《荒涼》とは、こういう場所のために作られた言葉である。

その島は北海から陰鬱に突き出したJ字形の岩のかたまりで、折れたステッキの上半分に似た姿を、赤道と平行に――といっても、はるか北だが――地図の上に横たえている。曲がった把手に当たる部分はアバディーンを指し、折れたぎざぎざの部分は遠くデンマークを脅かす。全長は十マイル。

島の周囲は大半が冷たい海から切り立つ断崖で、浜と呼べるものはほとんどない。静かに打ち寄せるべき場所のない波は、その無礼に腹を立て、闇雲な怒りを岩にぶつける。そして島は、一万年にも及ぶその激発を、大過なく、そ知らぬ顔でやり過ごす。

それでも、ステッキの握りの内側に当たる部分はいくらか穏やかで、打ち寄せる波も静かだ。その波が、砂、海藻、流木、小石、貝殻などを運び、いまは断崖のはざまの水際に、三日月形の砂浜のようなものを作っている。

毎年夏になると、崖のてっぺんの植物が、金持ちが乞食に小銭を恵んでやるように、一握りの種を砂浜にばらまく。冬が暖かく春の訪れが早ければ、いくつかは根づくだろうが、花を咲かせ、種をまき散らすほどの力を蓄えることは決してない。というわけで、この砂浜は毎年、空しく施しを受けるばかりだ。

しかし、断崖が波をさえぎる場所では、緑が育ち、繁茂している。ほとんどは雑草だが、それでも痩せた羊を養い、表土を根こそぎにされないだけの力は持っている。そして、点在するイバラの藪が、ウサギに宿を提供している。さらに、島の東端のまともに風を受ける丘の傾斜地には、勇敢にも針葉樹の一群がへばりついている。

もっと高いところは荒野に自生する常緑低木ヒースの支配地だ。数年ごとに、男が——そう、ここには一人の男がいる——ヒースを焼き払う。そのあとに草が生え、ここでも羊が草を食《は》む。だが、二年もすると、どこからともなくヒースがよみがえって羊を追い払い、また男が火を放つ。

ウサギはここで生まれたからここにいる。羊は連れてこられたからここにいる。そして、男は羊の世話をするためにここにいる。しかし鳥は、好きだからここにいるのだ。ここには何万羽もの鳥がいる。脚の長いイワヒバリは、ピー、ピー、ピーとさえずりながら舞い上がり、ピ、ピ、ピ、ピ、ピと短い鳴き声を響かせて、さながら太陽を背に現われたメッサーシュミットに向かってダイヴしていくスピットファイアのように急降下する。ウズラクイナが男の目に映ることは滅多にないが、彼はその鳥がそこにいることを知っている。なぜなら、その鳴き声で眠れない晩があるからである。カラス、ハシボソガラス、ミツユビカモメ、そして無数のカモメがいる。さらには、イヌワシの一番《ひとつがい》がいる。男はその姿を見ると、必ず銃をぶっぱなす。それが屍肉だけでなく、生きた仔羊までつつき回すことを知っているからである。エディンバラの自然保護主義者や専門家が何といおうと、構うことではない。

この島をもっとも頻繁に訪れるのは、風である。ほとんど、フィヨルドと氷河と氷山からなる酷寒の地方から吹き込む北東の風で、しばしば雪と、横殴りの雨と、身を切るような冷たい霧という、ありがたくない贈り物を運んでくる。たまに何も持たずにやってくるときも、うなり、吼《ほ》え、藪を引きちぎり、木をへし曲げ、ただでさえ機嫌の悪い海に鞭を振るって、新たな怒りの泡を掻きたてる。その風は倦《う》むことを知らず、そして、倦むことを知らないという過ちを犯している。ときたま不意討ちを食らわせていたら、島は本当の痛手をこうむっているはずなのに。だが、いつも吹き荒れているために、島はそれと共生するすべを覚えてしまっている。植物は深く根を張り、ウサギは藪の奥深く潜り込み、木は少々のことでは折れないしなやかさを持って育ち、鳥は庇《ひさし》の突き出た岩棚に巣を作り、愚かな風を知っている男は見事な腕前を見せて、腰の据わった頑丈な家を建てている。

その家は大きな灰色の火山岩で作られ、屋根は灰色のスレート葺《ぶ》きで、海と同じ色だ。窓は小さく、扉はぴったり閉まるように建てつけられて、端に煙突が一本立っている。それは島の東端、折れたステッキのぎざぎざの部分に近い丘の頂にあって、風も雨もものともせずにあたりを睥睨《へいげい》しているかに見えるが、それは虚勢を張っているわけではなく、男が羊を見張ることができるからにほかならない。

これとそっくりの家が、十マイル離れた島の反対側の端にある。例の浜のようなものの上である。だが、いまは誰も住んでいない。かつてそこに住んでいた男は、自分のほうが島のことをよく知っていると自惚れ、麦とジャガイモを育て牛も飼えるはずだと考えた。そして三年間、風と寒さと痩せた土地を相手に格闘した末、ついに自分が間違っていたことを認めたのである。彼が去って以後、そこに住もうという者は一人も現われない。

ここは厳しい土地である。厳しいものだけが、ここで生きていける。たとえば、硬い岩、雑草、しぶとい羊、野生の鳥、頑丈な家と強い男である。

《荒涼》とは、こういう場所のために作られた言葉である。

「嵐の島《ストーム・アイランド》と呼ばれているんだ」アルフレッド・ローズがいった。「気に入ってもらえると思うがね」

デイヴィッドとルーシイは漁船の舳先《へさき》に坐り、うねる海面の向こうを見つめていた。十一月の晴れた日で、いくぶん風があって寒かったが、空気は澄んで乾いていた。弱い陽差しがさざなみにきらめいた。

「一九二六年に買ったんだ」アルフレッド・ローズがつづけた。「ちょうど革命が起こりそうな気がしていたときで、労働者階級の目を逃れる隠れ処にと手に入れておいたんだが、回復期の人間にも打ってつけだ」

お父さまったら妙にご機嫌ね、とルーシイは思ったが、それがかわいらしく見えることも認めざるをえなかった。きっと、この自然のせいね。風に吹かれた、目に新しい自然の。これなら、この引っ越しも納得がいくわ。そろそろ両親のもとを離れて結婚生活の新たなスタートを切る時期だったが、お互いが十分に助け合うことのできないいまは、空襲にさらされる都会で住いを探すわけにはいかなかった。そのとき、デイヴィッドの父親が、スコットランドの沖合に島を所有していることを明らかにしたのだ。それは夢のような話に思われた。

「羊もいるんだ」アルフレッドがいった。「毎年春になると、本土から毛を刈る職人がやってくる。羊毛の売り上げが、ちょうどトム・マキャヴィティの給料ぐらいになるんだ。トムというのは、羊飼いの年寄りの名前だよ」

「おいくつなんですか？」

「そうだな、確か――七十になるかな？」

「きっと、変わった人なんでしょうね」ボートが入江を向き、ルーシイは桟橋に小さな二つの姿を見つけた。男と犬だった。

「変わった人かって？　二十年もたった独りで暮らしていれば、たいていの人間なら変わり者にもなるだろうさ。トムは犬と話すんだ」

ルーシイは小舟の船長を振り返った。「ここへはよく立ち寄るんですか？」

「二週間に一遍だね。トムに頼まれた買い物を少々と、滅多にないが郵便物を届けにくるんです。隔週月曜日にリストをくれれば、あんたのだって買ってきてあげますよ。もっとも、アバディーンに売ってなきゃ無理だけどね」

彼はエンジンを切ると、トムにロープを投げた。犬が興奮して吠えながら、主人の脇を走り回った。ルーシイは片足を船べりにかけ、桟橋に飛び移った。

トムが握手の手を差し出した。その顔は風雪にさらされてなめし革のようで、蓋付きのパイプをくわえていた。背は彼女より低かったが、がっちりと肩幅が広く、滑稽なぐらい健康そうだった。見たこともないほどけばだったツイードのジャケットの下に、どこかに住んでいる姉さんの手になったものに違いない手編みのセーターを着込んで、チェックの帽子をかぶり、軍用ブーツをはいていた。鼻は大きく、赤く、血管が浮いて見えた。「ようこそいらっしゃいました」彼は言葉こそ丁重に挨拶したが、その口調は、十四日ぶりに人の顔を見たというより、今日九人目の訪問者にたいするような、いささか素っ気ないものだった。

「ほら」船長が段ボールの箱を二つ、トムに手渡した。「今回は卵はなしだ。だけど、デヴォンから手紙がきてるぞ」

「姪からだろう」

セーターはそういうわけだったのね、ルーシイは独り納得した。

デイヴィッドはまだ船にいた。船長が背後に立って訊いた。「いいですか？」

トムとアルフレッド・ローズが船に身を乗り出すようにして手を貸し、車椅子に乗ったデイヴィッドを三人がかりで桟橋に降ろした。

「私はここで失礼するよ。さもないと、次のバスまで二週間も待つはめになるからな」アルフレッド・ローズが笑顔でいった。「見ればわかると思うが、家は実によくできているし、必要なものは揃えてある。何がどこにあるかは、トムが教えてくれるはずだ」そして、ルーシイにキスをし、デイヴィッドの肩を握り、トムと握手をした。「何カ月か休んで、回復に努めることだ。完全に元気になったら、戻っておいで。今度の戦争で、お前たちには大事な仕事が山ほどあるんだからな」

戦争が終わるまで帰ることはないと、ルーシイにはわかっていた。しかし、それはまだ、誰にもいっていなかった。

アルフレッドが船に戻った。船長はぐいと舳先の向きを変えて、外海を目指した。その姿が岬の向こうに隠れるまで、ルーシイは手を振りつづけた。

トムが車椅子を押し、ルーシイは段ボールを抱えた。桟橋が突き出している平地の端から崖の頂上までは長く険しい上り坂で、その細い道は、まるで浜のはるか高みにかかる橋の上を歩いているような感じだった。てっぺんまで車椅子を押し上げることはルーシイならとうてい無理だっただろうが、トムはそう骨を折る様子もなくやり遂げた。

それは非の打ちどころのないコテッジだった。

こぢんまりとした灰色の家で、風を防ぐために、小高い地面の陰になるように建てられていた。木の部分は新しく塗り直され、玄関の階段の脇には一群の野バラが育っていた。立ち昇る煙突の煙は風に吹き払われて、小さな窓から入江を望むことができた。

「すてき！」ルーシイは思わず声を上げた。

家のなかはきれいに掃除してあり、風を通して塗装もし直され、石の床には厚い絨緞が敷いてあった。部屋は四つあった。階下にはいまふうに作り直されたキッチンと石の暖炉のあるリヴィングルーム、二階にはベッドルームが二つである。家の一方の端は注意深く改造されて、二階のバスルームと階下のキッチンに、近代的な配管が施されていた。

衣類はワードローブに、タオル類はバスルームに、食糧はキッチンに、完璧に揃っていた。

トムがいった。「納屋へきてください。いいものを見せますよ」

物置といったほうがいいような納屋だった。コテッジの裏に隠れているその納屋に、真新しいジープが駐まっていた。

「ミスター・ローズがおっしゃってます。これは若いほうのミスター・ローズが運転できるように、特別に改造したものだそうです。ギヤはオートマティック、アクセルもブレーキも手で操作するようになっています。そういうことです」トムはいわれたことを鸚鵡《おうむ》返しにしているだけのようで、ギヤが何だか、アクセルとブレーキが何だか、さっぱり知らないようだった。

「すごいじゃない、デイヴィッド」ルーシイは歓声を上げた。

「最高だな。だけど、これに乗ってどこへ行くんだ？」

トムがいった。「いつでも私のところへどうぞ。パイプとウィスキーを一緒にやりましょう。かねがね隣人がほしかったんですよ」

「ありがとう」ルーシイは応えた。

「これが発電機です」と、トムが振り返って指さした。「私のところにあるのと同じです。燃料はここから注いでください。交流式です」

「珍しいな——小型発電機は直流式が普通だけど」デイヴィッドがいった。

「ええ、詳しいことは知りませんが、そっちのほうが安全なんだそうです」

「そのとおりだ。感電しても、交流式なら部屋の向こうまで吹っ飛ばされるぐらいですむが、直流式だと死んでしまうからな」

三人はコテッジに戻った。「さて、少しゆっくりなさりたいでしょう。私は羊の世話があるんで、失礼します。ああ、これだけはいっとかなくちゃいけない——緊急の場合には、無線で本土と連絡が取れますから」トムがいった。

デイヴィッドがびっくりした。「きみは無線送信機を持ってるのか？」

「持ってますよ」トムが誇らしげに応じた。「私はイギリス防空監視隊の敵機監視員なんです」

「これまでに何機見つけたのかね」

その声に皮肉のとげを聞きつけて、ルーシイはあわてて目顔でたしなめた。だが、トムはそのとげに気がつかないようだった。「いや、一機も」

「ご立派だな」

トムが帰ったあとで、ルーシイは咎めた。「彼は自分の役目を果たしたいと思ってるだけじゃないの」

「自分の役目を果たしたいと思ってる人間は山ほどいるさ」

そこが問題なのね、とルーシイは気がついた。彼女はそれ以上深入りするのを避け、車椅子を押して、夫を新しい家に誘《いざな》った。


病院の精神科医を訪ねるよういわれたとき、まずルーシイの頭に浮かんだのは、デイヴィッドが脳を損傷したということだった。しかし、そうではなかった。「頭の怪我は何でもありません。左のこめかみに切り傷があるだけです」といって、その女医は先をつづけた。「問題は両脚を失ったことです。そのことが、心の傷となるはずです。それがどういう形で精神状態に影響を及ぼすかは予測できません。彼はとてもパイロットになりたがっていましたか？」

ルーシイはしばらく考えた。「怖いとはいっていましたが、それでも、どうしてもパイロットになりたかったはずです」

「彼にはあらゆる慰めと支えと、それに忍耐が必要です。それを与えられるのはあなたです。これからしばらくのあいだ、彼はおそらく、恨みがましく、怒りっぽくなるでしょうが、それを癒すのは、愛と休養しかありません」

しかし、島へきて最初の数カ月を見る限り、彼には愛も休養も必要ないようだった。身体の交わりはなかったが、それはたぶん、傷が完全に治ってからにしようと彼が考えているからだと、ルーシイはそう思っていた。それにしても、彼は休まなかった。進んで牧羊に精を出し、ジープの後部に車椅子を積んで島じゅうを駆け回った。そして、危険な崖に沿って柵を巡らしたり、イヌワシを撃ったり、老犬のベッツィの目が見えなくなりはじめたためにトムが新しく手に入れた犬の訓練を手伝ったり、ヒースを焼き払ったりした。春には羊の出産で、家で夜を過ごすことはほとんどなかった。ある日など、トムのコテッジの近くにある古い松の巨木を伐り倒し、二週間がかりで皮を剝ぐと、薪の大きさにして、家の裏へ運んで積み上げもした。彼はきつい肉体労働を楽しんでいるふうで、ついには、椅子に身体を縛りつけて訓練し、坐ったまま斧や槌を振るうすべを習得した。さらには木を削って一対のインディアン・クラブを作り、仕事がないとトムにいわれたときは、それを使って何時間でも身体を鍛えていた。そういうことの結果、彼の上半身は、ボディビル・コンテストの優勝者のように、グロテスクといっていいほど隆々とした。

ルーシイにとっても、それは喜ばしいことだった。日がな暖炉のそばに坐り込んでわが身の不幸を呪いつづけるのではないかという心配が、杞憂に終わったからである。憑かれたような精励ぶりが多少不安でないことはなかったが、少なくとも、彼は無為に日を送ってはいなかった。

ルーシイはクリスマスの日に、赤ん坊のことを打ち明けた。

その朝、彼女は夫にチェイン・ソウをプレゼントし、夫は妻に一反の絹を贈った。夕食にはトムを招んで、彼の獲物の野鴨に舌鼓を打った。デイヴィッドがトムを送って帰ってくると、ルーシイはブランディの封を切った。

「実はもう一つプレゼントがあるんだけど、それは五月まで開けられないの」

デイヴィッドが笑った。「一体何をいってるんだい、ぼくがいないあいだに酔っ払ったんじゃないだろうな」

「赤ちゃんができたの」

デイヴィッドがまじまじと彼女を見つめた。笑い声も笑顔も、すっかり影をひそめていた。

「唯一われらに欠けていたものってわけか？」

「デイヴィッド！」

「それにしても、一体……一体、いつそんなことになったんだ？」

「想像もつかないほど難しいことじゃないでしょ？　結婚式の一週間前に決まってるじゃない。あの事故で流産しなかったのは奇跡だわ」

「医者に診せたのか？」

「もう――いつそんな暇があった？」

「だったら、どうしてわかるんだ？」

「デイヴィッド、いい加減にしてよ。生理が止まったし、乳首も痛い。それに毎朝吐き気がするし、ウェストも昔より四インチ太くなった。ちゃんとわたしを見ててくれれば、わかるはずでしょう」

「もういいよ」

「どうしたの？　もっと喜んでくれてもいいはずよ」

「ああ、うれしいとも。きっと男の子だろう。いずれは散歩に連れていって、サッカーごっこができるってわけだ。そして、大きくなったら、父さんみたいに戦争の英雄になりたいというんだろうよ。脚のない役立たずの英雄か？　ふざけるのもたいがいにしろ！」

「デイヴィッド、デイヴィッドったら」とささやいて、ルーシイは車椅子の前にひざまずいた。「お願いだから、そんなふうに考えないで。彼はあなたを尊敬するわ。あなたを仰ぎ見るようになるわよ。だって、人生をきちんと取り戻し、車椅子に乗りながらも男二人分の仕事をこなし、勇気と明るさと忍耐力を持って障害と共存――」

「心にもない持ち上げ方をしてくれるじゃないか」デイヴィッドが吐き捨てた。「まるで慇懃無礼な坊主の説教だ」

ルーシイが立ち上がった。「わたしが悪いみたいなことをいわないでよ。男だって予防措置は講じられるんですからね」

「真っ暗闇で、どうやって見えないトラックに予防措置を講じろというんだ！」

ちぐはぐなやりとりだった。それは二人ともわかっていたから、ルーシイは何もいわなかった。この先、永久にクリスマスに用はない。壁に張り巡らされた色紙も、隅に置かれたツリーも、キッチンで捨てられるのを待っている鴨の残りも、もうわたしの人生には縁のないものなのだ。愛してくれていそうにもない夫と、夫の望んでいない赤ん坊と一緒に、わたしはこの島でこれからどうするんだろう。そうよ、ここを出たっていいんじゃないかしら……いえ、だめよ、やっぱりほかに行くところはないわ。ほかに自分の人生はないし、わたしはミセス・デイヴィッド・ローズ以外ではありえない。

ついに、デイヴィッドが口を開いた。「寝る」彼は自分で車椅子を操作してホールへ向かい、車椅子から身体を引っぱり出すと、後ろ向きに階段をずり上がっていった。やがて頭上から、彼が身体を引きずる音、ベッドに這い上がる音、脱いだ洋服を部屋の隅に放り投げる音が聞こえ、最後に毛布を引き上げたときにベッドが軋んだ。

泣くもんですか、とルーシイは思った。

ブランディのボトルを見て、考えた。あれを全部飲んで、熱いお風呂に入ったら、明日の朝には流産してるんじゃないかしら。

彼女は長いことその企てに思いを巡らせていたが、ついに、デイヴィッドとこの島と赤ん坊のない人生は、あまりに空しくて、いまよりもっと寂しいものになるだろうと結論した。

やはり、彼女は泣かなかった。ブランディをあおることも、島を出ていくこともしなかった。その代わりに二階へ上がり、ベッドに入って、眠っている夫の隣に横になった。何も考えまいと風の音に耳を澄ましていたが、カモメが鳴き、北海の雨もよいの灰色の夜明けが寒々とした青白い光を部屋に満たすころになって、ようやく眠りに落ちた。

春になると、ある種の平穏が訪れた。赤ん坊が生まれるまで、すべての脅威が先延ばしになったかのようだった。二月の雪がとけると、キッチンと納屋のあいだの空き地に、育つかどうか自信はなかったが、花の種をまき、野菜を植えた。家じゅうを徹底的に掃除し、八月までにまた大掃除がしたくなったら、そのときは独りでやってくれとデイヴィッドに通告した。母に手紙を書き、山ほど編物をし、郵便でおむつを注文した。実家に戻って出産したらどうかとみんなが勧めたが、一度島を出たら二度と戻ってこないだろうと考えて、ルーシイはそれが怖かった。鳥類図鑑を小脇にヒースの荒れ地を越えて長い散歩をしたが、やがて体重が増えて、そう遠くへは出かけられなくなった。デイヴィッドが決して手を触れない食器戸棚には例のブランディのボトルがしまってあり、くじけそうになると必ずそれを見て、危うく失いかけたもののことを思い出した。

予定日の三週間前に、ルーシイは漁船でアバディーンに向かった。デイヴィッドとトムが、桟橋で見送った。海がひどく荒れたため、彼女も船長も、本土に着く前に産気づくのではないかと戦々兢々だった。しかし無事アバディーンの病院に入院し、四週間後には赤ん坊を抱いて、同じ船で戻った。

デイヴィッドは出産について何も知らなかった。きっと羊の出産ぐらいにしか思っていないんだわ、とルーシイは決めつけた。陣痛の苦しみも、この世のものとは思えない分娩の痛みも、そのあとの疼痛も、さらには知ったふうな看護師の、あんたたちは手際が悪くて訓練も受けてないし、消毒もしてないから赤ん坊には触らせないという横柄な態度も、彼にはわかるはずがない。彼は桟橋でわたしを見送り、きれいな白い産着にくるまれて帰ってきた健康な男の赤ちゃんを見て、「名前はジョナサンにする」といっただけなのだから。

名前についていえば、ジョナサンのほかにも、デイヴィッドの父のアルフレッド、ルーシイの父のマルコム、トム老人のトーマスの名がつけ加えられたが、ジョナサンというにも小さすぎるために——ましてジョナサン・アルフレッド・マルコム・トーマス・ローズなど論外だった——赤ん坊はただジョーと呼ばれた。デイヴィッドも授乳の仕方やげっぷのさせ方、おむつの替え方を覚え、ときには膝に抱き上げるようになった。だが彼の関心は、遠く、それと無関係なところにあるようだった。彼の姿勢は看護師と同じで、その場に対処するというだけだった。赤ん坊はルーシイのもので、自分のものではないというわけである。むしろトムのほうが、ジョナサンをかわいがった。ルーシイは子供のいるところで煙草を吸わせなかったから、この老人は大きなブライヤーのパイプを何時間でもポケットにしまい込んで、喉を鳴らさんばかりに小さなジョーを眺め、赤ん坊が足を蹴伸ばすところに見入り、あるいはお湯を使わせるルーシイの手伝いをした。羊がほったらかしになってるんじゃないのと婉曲に注意すると、彼はこういった——羊は私が見てなくたって食いますが、ジョーがおっぱいを飲むところは見ててやらなくちゃ。流木をくり抜いて小さな丸石を詰め、手製のガラガラのようなものを作って持ってきたこともあった。そして、使い方も教えないうちにジョーがそれを手にして振るのを見て、大喜びした。

依然として、デイヴィッドはルーシイの身体に触れようとしなかった。

最初は彼の怪我のせいだと思い、二度目は自分が妊娠したからだと思い、三度目は産後の回復期だからだと思った。だが、もうその理由はなくなった。

ある晩、ルーシイはついにいった。「わたし、もう普通よ」

「何のことだい」

「赤ちゃんを生んだあと、わたしの身体がもとに戻ったといってるの。完全に回復したのよ」

「ああ、そういうことか。それはよかった」

ルーシイは常に一緒にベッドに入るよう心がけ、自分が裸になるところを見せるようにしたが、そういうとき、デイヴィッドはいつも背を向けた。

二人でまどろんでいるとき、彼女は手が、太腿が、胸が、デイヴィッドに触れるように身じろぎした。さりげない、しかし紛うことのない誘《いざな》いだったが、それでも反応はなかった。

自分は間違ったことはしていない、とルーシイは固く信じていた。わたしは色情狂なんかじゃない——ただセックスをしたいんじゃなくて、デイヴィッドとセックスをしたいのよ。この島に七十以下の男がもう一人いたとしても、絶対にその男によろめくことはない。私はセックスに飢えた娼婦じゃなくて、愛に飢えた妻なのよ。

危機が訪れたのは、そういうある晩のことだった。二人は背を向け合ったまま、まんじりともせずに横になり、風と、隣室でジョーが立てるかすかな物音を聴いていた。そろそろ、と彼女は思った。デイヴィッドが行動に出るか、もしくは、なぜそうしないか理由を説明してくれるころじゃないかしら。それとも、わたしのほうから強いるまで、この問題を避けつづけるつもりなの。だとしたら、いまが強いるときかもしれない。

ルーシイは腕をすっと彼の太腿の向こうに伸ばし、そのことをいおうと口を開いた。そのとき、彼女は驚きのあまり危うく声を上げそうになった——デイヴィッドは勃起していた。できるんじゃないの！　したいんじゃないの！　それとも、ほかにわけでも——ルーシイは意気揚々とその欲望の印に手を添え、夫ににじり寄って、息を吹きかけるようにしてささやいた。「デイヴィッド——」

「おい、よせ！」デイヴィッドがルーシイの手首をつかみ、その手を引き剝がして背を向けた。

しかし、今度はルーシイもおとなしく引き下がるつもりはなかった。「どうしていけないのよ」

「くそ！」デイヴィッドが毛布をはねのけ、床に下りると、羽根布団を手に出口へ向かった。

ルーシイはベッドに起き上がって、金切り声を上げた。「なぜ、なぜいけないの？」

ジョーが泣きだした。

デイヴィッドが膝から下を切り落としたパジャマのズボンをまくり、傷口がくっついて引きつれた、白い切断部分を指で示した。「これだよ！　これがその理由だ！」

彼は階下へ這い降りてソファで眠り、ルーシイは隣室へ行ってジョーをあやした。いくらなだめても、ジョーはなかなか眠ろうとしなかった。それは、彼女のほうが慰めてもらう必要があり、子供をあやすゆとりがないせいかもしれなかった。ジョーに両頰を伝う涙をなめられながら、ルーシイは思った。この子にはこの涙の意味がわかるのかしら。涙って、赤ん坊が最初に理解するものの一つじゃないかしら。彼女は子守歌を歌うことも、大丈夫よとなだめてやることもできず、抱き締めて揺すってやるだけだった。幼い息子はしっかりと抱きつき、そのぬくもりで母を慰め終えると、ようやく寝息を立てはじめた。

ルーシイは息子をベビーベッドに戻し、しばらく寝顔を見下ろしていた。いまさらベッドに戻っても仕方がない。リヴィングルームからは、デイヴィッドが熟睡したとき特有のいびきが聞こえていた――彼は強い睡眠薬を常用していた。そうしないと古傷の痛みで眠れないのだ。彼の姿も見えず、声も聞こえないところへ行かずにはいられなかった。たとえ彼が捜しても、何時間かは見つからないところへ逃げ出したかった。彼女はズボンとセーターに着替えると、厚いコートをまとってブーツをはき、そうっと階段を降りて外へ出た。

この島の特徴ともいうべき、湿気を含んで身を切るように冷たい霧が、一面に渦を巻いていた。ルーシイはコートの襟を立て、一瞬スカーフを取りに戻ろうかと考えたが、思いとどまった。ぬかるんだ道に足を取られたが、息をするたびに喉を刺す冷たい霧は大歓迎だった。その小さな不快感が、胸のうちのより大きな痛みを取り去ってくれるからである。

断崖の上までやってきた彼女は、滑りやすい踏み板の足下を確かめながら、注意深く、険しい細道を下りはじめた。下にたどり着くと砂浜に飛び降り、水際へ歩いていった。

そこでは永遠の争いがつづいていた。風は舞い下りて波をあざけり、海はしぶきを上げてその怒りを大地に叩きつける。それは両者の終わりのない運命だった。

ルーシイは風のうなりと波のざわめきを聴き、天気のことだけを考えながら、硬い砂地を歩いた。そして、海と断崖が出くわすまさにその地点まで行って、引き返した。彼女は一晩じゅう浜を歩きつづけたが、夜が明けるころになって、ふとあることが頭に浮かんだ――あれは、強くあるための彼なりのやり方なのだ。

とはいっても、それで答えが出たわけではなく、そうすることとの意味は依然として固い拳のなかに封じ込められたままだった。しかし、しばらく考えているうちに拳は徐々に開き、小さな知恵の真珠らしきものが姿を現わしはじめた――たぶん、デイヴィッドの冷たさは、彼が木を切ったり、自分で服を脱いだり、ジープを運転したり、インディアン・クラブを投げたり、北海の寒い苛烈な島へ移住したりするのと、出発点は同じなのだ……。

彼はいわなかったか。「……父さんみたいに戦争の英雄になりたい……脚のない役立たずの英雄……」と。きっと何かを、言葉に出せば陳腐になってしまう何かを証明しようとしているのだ。その何かとはこういうことだ――自分は戦闘機のパイロットになりたかったが、いまは木を切り、柵を作り、インディアン・クラブを投げて、車椅子を操らなくてはならない。だから、試験を受けることはないだろう。ただ、こんなふうにいえるようにはなりたい。「でも、受けてれば合格したに決まってる。私がどんな試練に打ち勝ったか、ほら見るがいい」

それは悲鳴を上げたくなるほど残酷な不公平だ。彼にはその勇気があった。そして障害を克服した。だが、それを誇ることができないのだ。もし彼の脚を奪ったのがメッサーシュミットだったなら、車椅子は勇敢さをたたえる勲章の代わりになっただろう。でも、これからは、一生こういわなくてはならないのだ。「戦争中には違いないが——でも、そうじゃないんです。私は一度も戦場に出たことはないんです。この脚は自動車事故のせいなんですよ。訓練も終えて、いよいよ明日出撃というときでした。愛機もこの目で確かめていたんですよ、美しい飛行機で……」

そう、あれは強くあろうとする、彼なりの方法なのだ。それなら、わたしも強くなれるかもしれない。人生のほころびを繕う方法が見つかるかもしれない。デイヴィッドもかつては雄々しくやさしくて、人を愛することができたのだ。わたしも忍耐するすべを身につけて、彼が昔のデイヴィッドに戻る戦いに勝利する日を待ちつづけられるかもしれない。新しい希望を、新たな生き甲斐を見つけられるはずよ。夫が死んだり、捕虜収容所にいたり、爆撃で家を壊されたりした女性だって、そうやって頑張ってるんだもの。

ルーシイは小石を拾うと、全身の力を振り絞って放り投げた。それが落ちるところも見えなかったし、落ちた音も聞こえなかった。どんどん飛んでいって、空想科学小説に出てくる衛星のように地球を回りつづけたりして、と彼女は思った。

「わたしだって強くなれるんですからね!」ルーシイはそう叫んで踵を返し、コテッジへつづく険しい坂道を引き返した。そろそろジョーにミルクをやる時間だ。

6

それは屋敷のように見えた。そして、ある程度までは、そのとおりだった。北ハンブルク郊外の緑豊かなヴォールドルフの町にある、自前の敷地を持つ大きな建物には違いなかった。かつては、鉱山主か成功した輸入商、あるいは産業資本家の住いだったのかもしれない。しかし、現在の所有者は、事実上ドイツ情報部《アプヴェーア》だった。

その屋敷の運命を決したのは、気象――ここではなく、二百マイル南東に位置するベルリンの気象――だった。そこの大気の状態が、イングランドとの無線通信に適さなかったのである。

その地上部分はどこからどう見ても屋敷でしかなかったが、その下には二つの大きなコンクリート・シェルターが構築され、数百万ライヒスマルクを投じた無線機器が鎮座していた。その電子装置を作り上げたのはヴェルナー・トラウトマン少佐で、見事な出来栄えだった。シェルターにはそれぞれ二十の狭い防音聴音哨がしつらえられ、そこに坐っている通信員たちは、封筒の表書きで母の筆跡を見分けるのと同じぐらい簡単に、通信文の打ち方でどのスパイかを特定することができた。

受信装置は特に高性能だった。というのも、スパイがメッセージを送る機器は、出力よりも小型化に重点が置かれていたからである。それらのほとんどは、スーツケースに納まるよう小型化された《クラモッテン》と呼ばれる装置で、テレフンケン社がドイツ情報部長ヴィルヘルム・カナリス提督の要請で開発したものだった。

その晩は比較的無線のやりとりが少なく、《針《ディー・ナーデル》》が送信してきたときには、全員がそれに注目した。そのメッセージは古参の通信員の一人が受信した。彼は受信確認の合図を送ると、すぐに内容を書き留め、素早くそれを引きちぎって電話のところへ行った。そして、ハンブルクのゾフィエン・テラスにあるアプヴェーア本部の直通電話に向かって文面を読み上げたあと、自分のブースに戻って煙草に火をつけた。

彼は隣のブースの新米にも煙草を勧め、二人は数分間、壁にもたれて紫煙を吐いていた。

「何かあったんですか？」新米が訊いた。

年上のほうが肩をすくめた。「あいつが連絡してくるときは、必ず何かがあるんだ。もっとも、さっきのは大したことじゃなかったけどな。空軍《ルフトヴァッフェ》がまたセント・ポール大聖堂をやり損ねたんだとさ」

「彼に応答してやらないんですか？」

「あいつはそんなもの期待してないだろう。勝手にやるっていうやつなんだ。昔からそうだったけどな。知ってるか、あいつに無線のことを教えたのは、おれなんだよ。だけど、教習が終わったとたんに、自分のほうが上だと、口には出さなかったが腹のなかで思っていたはずだ」

「《針》に会ったことがあるんですか。どんな人物なんです？」

「くそ面白くもない野郎さ。だけど、スパイとしちゃ飛び抜けてる。これまでで最高だ。噂だと、五年間ソ連のNKVDで腕に磨きをかけ、最終的にはスターリンがもっとも信頼する男の一人になったんだそうだ……真偽のほどは定かじゃないが、あいつならそうだったとしても不思議はないな。本物のプロなんだ。総統《フューラー》もそのことはご存じだ」

「ヒトラー総統が？」

年上がうなずいた。「ひところは、《針》の送ってよこしたものには全部目を通すといっておられた。いまでもそうかどうかは知らないけどな。だけど、《針》にとっちゃ、それだってどうでもいいことなんだ。うれしいって感情のない男なんだよ。知ってるか、あいつは誰を見るときでも同じなんだ。相手が妙な動きをしたらどうやって殺そうかと、いつでも考えてるみたいだった」

「《針》を教えなくてすんで、ありがたい限りです」

「とにかく覚えが早い。それは認める。一日二十四時間勉強してマスターしてしまうと、おれになんか挨拶もしない。おれの知ってる限りじゃ、カナリス提督に敬礼しただけだ。あいつはいつも《ヴィリーによろしく》で電文を止めるだろう。どれほど階級を意識してるかわかろうってもんじゃないか」

二人は煙草を吸い終えると、床に落として足で踏み消した。年上のほうが吸い殻を拾ってポケットに入れた。地下での喫煙は許されていないのだ。無線は依然として静かだった。

「そう、あいつは自分のコードネームを使わないんだ」と、年上の通信員がつづけた。「名付け親はフォン・ブラウンなんだが、あいつはそのコードネームを嫌ってる。それに、フォン・ブラウン本人をも嫌ってるんだ。あのときのことを覚えているかな――いや、あれはお前がくる前か――フォン・ブラウンがケント州ファーンボロの飛行場偵察をあいつに命じたことがあるんだ。そのときの返信がふるってる。《ケント州ファーンボロに飛行場はない。ハンプシャー州ファー

ンボロにならー ヵ所ある。お前さんも空軍の地図の正確さを見習うことだ。このあほう》と、こんな具合だ」

「それはわからないこともありませんよ。こっちの間違いが、あっちでは生死に関わるわけですからね」

年上のほうがむっとした。自分の評価に意見をさしはさまれるのが嫌いなのだ。「まあな」

「そのコードネームを嫌う理由は何なんでしょう」

「そのコードネームには意味があり、意味のあるコードネームを使うと正体がばれるおそれがあると、本人はいってる。もっとも、フォン・ブラウンは聞く耳を持たないだろうけどな」

「意味ですか。針でしょう？　針にどんな意味があるんですか？」

そのとき年上の担当する無線が鳴りだし、彼は急いで持ち場に戻った。質問への答えは返ってこなかった。

第二部

そのメッセージはフェイバーを苛立たせた。それに応じると、彼がずっと避けてきた問題に直面することになるからだ。

7

そのメッセージがちゃんと届いたことを、ハンブルクは知っていた。なぜなら、彼がこれから送信するとコールサインを送ったとき、いつもの《受信確認——打電続行せよ》の代わりに、《ランデヴー・ワンを行なえ》という、そのメッセージを送り返してきたからである。

彼はその指示を受信した確認信号を送り、報告を打電して、無線機をスーツケースにしまった。そして、自転車でエリス湿地帯をあとにし——彼はバード＝ウォッチャーということになっていた——ブラックヒースへの道を引き返した。二部屋の狭苦しいアパートへとペダルを踏みながらも、彼は依然として、その指示に従ったものかどうかを考えつづけていた。

従わないとすれば、その理由は二つだった——プロのスパイとして職業的なものが一つ、個人的なものが一つ。

職業的な理由は、その《ランデヴー・ワン》が古いものだということである。それは一九三七年にカナリスが案出した、工作員同士の接触方法だった。まず、レスター・スクウェアとピカディリー・サーカスのあいだにある店の入口で、工作員と会う。それが当該人物であることは、双方がバイブルを持っているかどうかで確認する。そして合言葉だ。

「今日の章は？」

「列王紀上、第十三」

そこで、尾行されていないことを確かめ、その章が〈もっとも示唆に富んでいる〉といい合う。尾行の恐れがある場合は、最初に訊いたほうが答える。「残念ながら、私はまだそこを読んでいないんです」

そもそも、その店の入口というものがもう存在しないかもしれないが、フェイバーの懸念はそういうところにはなかった。おそらくカナリスは、一九四〇年に海峡を越え、MI5が待ち受けるところへ上陸したへまな素人スパイのほとんどに、《ランデヴー・ワン》という暗号を教えているはずだった。フェイバーはその大半が捕まったことを知っていた。なぜなら、明らかに《第五列》に動揺する人心の安定を図るためと思われる、彼らの絞首刑が公にされたからである。その連中は、死ぬ前に機密を白状しているはずだ。そうだとすれば、イギリスが古いランデヴー・コードを知っているのは間違いない。彼らがハンブルクからのメッセージを傍受していれば、いまごろあの店の入口には、バイブルを持ち「もっとも示唆に富んでいる」とドイツ訛りで発音する訓練を受けた、若い標準英語の使い手が群がっていることだろう。

イギリス進攻が間近いと思われていたあの日々、アプヴェーアは忙しさにかまけてプロフェッショナリズムを打ち捨ててしまった。以来、フェイバーはハンブルクを信用しなくなった。居所も知らせず、イギリスにいるほかの工作員との接触も交信も拒否し、さらにはほかの者の邪魔になろうがどうしようが、頻繁に送信周波数を変更した。

ハンブルクのいいなりになっていたら、ここまで生きてはこられなかっただろう。

フェイバーはウリッジで自転車の群れと出くわした。日勤の終わった労働者が、軍需工場からあふれ出したところだった。その多くが女性だったが、彼女たちの疲れてはいるが陽気なたたずまいを見て、彼は命令不服従の個人的な理由を思い出した――ドイツは戦争に負けかけている。勝ちかけていないことは確かだった。ソヴィエトとアメリカが参戦、アフリカでは敗北し、イタリアは崩壊した。連合軍が今年、一九四四年のうちにフランスに侵攻することは確実と思われた。

無意味なことに命を懸けるのは嫌だった。

彼はアパートに戻って自転車をしまった。顔を洗っているとき、すべての論理に反して、ランデヴーをしたいという思いが膨らみはじめた。

失われた大義のために危険を顧みないというのは愚かに決まっていたが、それでも彼はそのじりじりするような気持ちを抑えられなかった。理由は単純だった。えもいわれぬほど退屈だったのである。定期的な送信、バード＝ウォッチング、自転車、下宿のお茶――戦いというにはかけ離れているが、最後にそれらしいものを経験してからすでに四年がたっていた。危険とは縁のないところにいるような気がした。だから、目に見えない脅威を想像したとき、身体がうずいたのだ。彼にとって一番幸せなのは――そう頻繁では困るが――脅威を特定し、それを排除するための手順を踏んでいるときだった。

よし、ランデヴーをやろう。ただし、ハンブルクが思ってるのとは違うやり方でだ。

ロンドンのウェスト・エンドは、戦争中だというのに相変わらずの賑わいを見せていた。ベルリンも同じだろうか、とフェイバーは思った。彼はハチャード書店でバイブルを買い、外から見えないようにコートのポケットに押し込んだ。いくぶん湿度が高く、ときどき霧雨が降る日で、彼は傘を持っていた。

このランデヴーは午前九時から十時のあいだか、午後五時から六時のあいだと決められていて、相手が現われるまで毎日そこへ通い、五日つづけても相手が現われない場合は、一日おきにさらに二週間通って、それでもだめなら諦める、ということになっていた。

フェイバーは九時十分にレスター・スクウェアに着いた。接触の相手はすでにそこにいて、黒い表紙のバイブルを小脇にはさみ、煙草屋の軒下で雨宿りの振りをしていた。フェイバーは目の端に男を捉えたまま、うつむいて足早に前を通り過ぎた。まだ若い部類に入る男で、栄養が足りていると見えて血色のいい顔に金髪の髭を蓄え、黒のダブルのトレンチコートを着て、ガムを嚙みながら《デイリー・エクスプレス》を読んでいた。顔に見覚えはない。

通りの反対側を歩きながら一度観察しているとき、尾行に気がついた。背の低いがっちりした男が、イギリスの私服警官が好んでかぶる鍔幅の狭い《トリルビー・ハット》中折れ帽にトレンチコートといういでたちで、オフィスビルのフォワイエのすぐ内側に立ち、ガラスのドア越しに、通りの向かいの煙草屋の軒下の男を見つめていた。

それについては二つの可能性があった。もしあの工作員が本物で、尾行に気づいていないのなら、彼にそのことを教えて尾行をまくようにいうだけでいい。だが、本来接触すべき工作員が捕まっていて、いま煙草屋の前にいるのが囮《おとり》だとすれば、その男にも、尾行にも、顔を見られるわけにはいかなかった。

フェイバーは悪いほうを想定し、対処法を考えた。

スクウェアには電話ボックスが一台あった。フェイバーはそこに入って番号を覚え、次いで列王紀上第十三のページをちぎり取ると、その余白部分に《スクウェアの電話ボックスへ入れ》としたためた。

それからナショナル・ギャラリーの裏へ回り込んで、裏通りをうろついた。しばらくそうしていると、玄関の階段に坐って水溜まりに石を投げている、十歳かそこらの男の子が目に留まった。

フェイバーはいった。「スクウェアの煙草屋を知ってるか？」

「うん《イエルスト》」

「ガムは好きか？」

「うん《イエルスト》」

フェイバーは、メモを書きつけたバイブルの切れ端を子供に渡した。「煙草屋の入口に男の人がいるんだ。これを渡してくれたら、その人がお駄賃にガムをくれるぞ」

「わかった」少年は立ち上がった。「そのおっさんはアメリカ兵《ギーザーヤンク》かい」

「そうだ《イェルスト》」

少年は駆けだした。フェイバーはあとを追い、その子が工作員に近づいていくと、反対側のビルの玄関へ向かった。尾行はまだそこにいて、ガラスの向こうを睨みつけていた。フェイバーは玄関のすぐ外に立って傘を開こうと苦労しているふうを装い、なかにいる尾行に少年と工作員のやりとりが見えないよう、視野をさえぎった。やがて、工作員は少年に何かを渡して立ち去った。フェイバーも傘と格闘する芝居に幕を下ろし、工作員と逆の方向へ歩きだした。肩越しに見やると、尾行は外へ飛び出して、見失った工作員を捜していた。

フェイバーは手近の公衆電話に取りついて、スクウェアの電話ボックスの番号をダイヤルした。つながるのに数分かかったが、ついに太い低音が応えた。「もしもし？」

「今日の章は？」フェイバーは訊いた。

「列王紀上、第十三」

「もっとも示唆に富んでいる」

「ああ、そうだろうな」

この馬鹿野郎は自分がどういう状況にいるかまったくわかってないじゃないか。フェイバーは内心で舌打ちし、声を高くして相手に答えを促した。「それで？」

「あんたに会わなくちゃならないんだ」

「それはできない」

「だけど、会わなくちゃならないんだ！」その声は絶望の瀬戸際にあるように聞こえた。「非常に高いところからのメッセージなんだ――わかるか？」

フェイバーは気持ちが揺らいだ振りをした。「そういうことなら、仕方がない。一週間後に、ユーストン駅のアーチの下だ。時間は午前九時」

「もっと早くならないか？」

フェイバーは電話を切るとそこをあとにし、足早に角を二つ回って、スクウェアの電話ボックスを見通せる場所に出た。工作員はピカディリーの方向へ歩いていくところだった。尾行の姿はなかった。フェイバーは工作員のあとをついていった。

男はピカディリー・サーカス地下鉄駅へ入り、ストックウェルまでの切符を買った。その瞬間、フェイバーは気がついた——もっと直線的に行く方法がある。彼は駅を出ると急いでレスター・スクウェアへ引き返し、地下鉄ノーザン線に乗った。あいつはウォータールーで乗り換えなくてはならないが、この電車は直通だから、ストックウェルにはおれのほうが早く着く。悪くても、同じ電車で到着だ。

事実、工作員が姿を現わすまで、ストックウェルの駅の外で二十五分も待った。フェイバーは尾行を再開した。男はカフェに入った。

そのあたりは、大の男がたとえ短時間でもさりげなく時間を潰せるところではなかった。ウィンドウ・ショッピングができる店も、腰を下ろしていられるベンチも、散策に適した公園も、バスストップも、タクシー乗り場も、公共の建物も、きれいさっぱり何もなかった。フェイバーとしては、あたかもどこかへ向かっているふうを装いながらカフェの前を通り過ぎ、そこに以前の人気《ひとけ》がなくなったところで、今度は通りの向かいに渡って引き返すということを繰り返す以外になかった。その間《かん》、男が暖かなカフェに落ち着き、お茶とトーストにありついているというのが業腹だった。

男が出てきたのは、三十分してからだった。フェイバーが後ろからついていくと、男は急ぐでもなく、目的ありげに住宅街を歩いていった。もうその日は用事のない男が家路に就いているといった感じで、振り返りもしなかった。こいつも素人だな、とフェイバーは思った。

ついに、男は一軒の家に入った。貧相で何の変哲も特徴もない、いかにもスパイや放蕩な女房持ちが使いそうな下宿屋だ。屋根からは明かり採りの窓が突き出していた。あそこがあいつの部屋に違いない。無線を受けるには高いところのほうが都合がいいのだ。

フェイバーはその家の前を通り過ぎながら、それとなく街路の反対側をうかがった。よし——あそこだ。二階の窓の奥で、ちらりとジャケットとネクタイが揺れ、向かいを注視していた顔が引っ込んだ。敵はここにもいた。あの工作員はきのうもランデヴーに出かけ、まんまと家までMI5につけられたに違いない——もちろん、あの工作員自身がMI5でないとしての話だが。

フェイバーは角を曲がると、家の数を数えながら、さっきの通りと並行に走る次の通りへ出た。さっき工作員が入っていった家のほぼ真後ろは、二戸建て住宅が爆弾を食らって骨組みだけになっていた。おあつらえ向きだな、とフェイバーはほくそ笑んだ。

駅へ戻る足取りは軽く、心なしか胸がときめいた。あたりを見る目も生き生きと輝いていた。いいぞ、いよいよゲームの始まりだ。


その晩、彼は黒いものだけを身につけた。ウールの帽子も、丈の短い革の飛行ジャケットも、その下のタートルネックのセーターも、ズボンも、その裾をたくしこんだソックスも、ゴム底の靴も、すべて黒だった。灯火管制で黒いロンドンでは、その姿は完全に闇に溶けてしまうはずだった。

彼の自転車は幹線道路を避けて、暗く静まり返った通りを走っていた。夜半を過ぎて、人気は皆無だった。フェイバーは目的地まで四分の一マイルのところで自転車を降り、空き地の柵に南京錠でつなぎとめた。

そして歩きだしたが、行く先は工作員の隠れ処ではなく、隣の通りの、爆弾で骨組みだけになった二戸建て住宅だった。彼は慎重な足取りで前庭の瓦礫を越え、口を開けた入口から裏へ抜けた。真っ暗だった。厚い雲が垂れ込めて、月も星も隠していた。両手を突き出して前方を探りながら、ゆっくり歩かなくてはならなかった。

フェイバーは庭の端にたどり着くと、柵を飛び越え、さらに二つの庭を横切った。そのうちの一軒で、一瞬、犬が吠えた。

工作員の下宿の庭は、まったく手入れというものがされていなかった。彼はブラックベリーの茂みに突っ込んでとげに顔を引っかかれ、かろうじて見分けることのできた物干しの紐をすんでのところでくぐり抜けた。

フェイバーはキッチンの窓を見つけ、スコップ形の刃がついた小さな道具をポケットから取り出した。窓のパテはもろくなって、ところどころ欠け落ちていた。彼は二十分かけて静かにパテを剝がし、枠からガラスを外して、そっと草の上に置いた。懐中電灯でがらんとしたホールを調べ、音を立てそうなものが行く手にないことを確かめてから、留め金を外して窓を開け、潜り込んだ。

暗い家のなかは、煮魚と消毒薬の臭いがしていた。フェイバーは急いで脱出しなくてはならないときの用心に裏口の鍵を外し、ホールへ入った。そこでペンシルライトをつけ、すぐに消した。その一瞬の明るさのなかで、彼はタイル張りの廊下、迂回しなくてはならないキドニー・テーブル、フックにかかったコートの列、そして右手の絨緞敷きの階段を目に焼きつけた。

彼は静かに階段を上っていった。

上り切り、次の階段にかかろうと踊り場を半ばまで行ったところで、ドアの下から明かりが洩れていることに気がついた。直後に、喘息のような咳が聞こえ、トイレの水を流す音がした。フェイバーは二またぎでそのドアまで行き、壁にへばりついた。

ドアが開いて、踊り場に明かりがあふれた。フェイバーは袖に隠したスティレットを抜いた。老人がトイレから出てきて踊り場を横切ったが、部屋の入口まで戻ったところで明かりを消し忘れたことに気づき、不満げに鼻を鳴らして引き返してきた。

見られる、とフェイバーはスティレットを握る手に力を込めた。老人は半ば目を閉じてうつむいていたが、明かりの紐に手を伸ばそうとして顔を上げた。殺そうとした瞬間、彼は老人がその紐を握り損なったのを見て、これだけ眠そうだということは、完全に寝惚けているのだと気がついた。

やがて老人は明かりを消し、よたよたと部屋へ帰っていった。フェイバーはまた息ができるようになった。

二つ目の階段を上がったところに、部屋は一つしかなかった。そっとノブを回してみると、鍵がかかっていた。

ジャケットのポケットから別の道具を出し、トイレのタンクを満たす水の音に紛らせて鍵を外した。ドアを開けて耳を澄ます。

深い、規則的な息遣いが聞こえた。一歩踏み込むと、その音の源が向こうの隅だとわかったが、何も見えなかった。フェイバーは漆黒の闇のなかで一歩ごとに気配を探りながら、これ以上できないほどゆっくりと進み、ようやくベッドの脇にたどり着いた。

彼は左手に懐中電灯を持ち、その袖に緩くスティレットを納めて右手を自由に使えるようにすると、いきなり懐中電灯をつけ、眠っている男の喉を力まかせに絞め上げた。

工作員はとたんに目を開けたが、声を出すことは叶わなかった。フェイバーはベッドをまたぐようにして男に馬乗りになり、ささやいた。「列王紀上、第十三」そして、喉にあてがった手を緩めた。

男はさっきまで絞め上げられていた喉を撫でながら、懐中電灯の明かりを透かして、フェイバーの顔を見ようとした。

「じっとしてろ!」フェイバーは懐中電灯の光をまともに男の目に向け、右手でスティレットを抜いた。

「起きてもいけないのか」

「ベッドにいてもらうほうが、これ以上損害を出さずにすみそうなんだよ」

「損害? これ以上の損害とはどういうことだ?」

「お前はレスター・スクウェアで監視されていた。そして、おれにここまで尾行を許した。さらに、この家は見張られている。これで、お前のやることの何を信用しろというんだ」

「何てことだ、すまん」

「どうしてお前が送り込まれたんだ」

「直接伝えなくてはならないメッセージがあったからだ。高いところからの指示だ。それも非常に高い――」といいかけて、男は口をつぐんだ。

「それで? どんな指示だ?」

「それは……その前に、あんたが本人だということを確かめなくちゃならん」

「どうやって？」

「顔を見せてもらいたい」

フェイバーはためらったのちに、ちらりと懐中電灯の明かりを自分に当てた。「これでいいか」

「《針《ディー・ナーデル》》！」

「お前は？」

「フリードリヒ・カルダー少佐です」

「敬語を使うとしたら、おれのほうだろう」

「いいえ、あなたは海外派遣任務中に二度昇進されて、現在の階級は中佐です」

「ハンブルクはそんなくだらんことしかすることがないのか」

「うれしくないんですか」

「ハンブルクへ帰って、フォン・ブラウン少佐に便所掃除でもさせたらうれしいかもしれないがな」

「起きてよろしいですか」

「だめだ。本物のカルダー少佐はワンズワース刑務所にとらわれていて、お前が替え玉だったらどうするんだ。向かいで見張っているお友だちに合図する隙をくれてやるようなものじゃないか……さあ、その非常に高いところからの指示とやらを教えろ」

「今年じゅうにフランスへの逆侵攻があることは、まず間違いありません」

「ほう、それで？」

「最上層部はほぼ以下のとおりに確信しています。パットン将軍がイングランドの東アングリアと呼ばれる地方にアメリカ陸軍第一軍を集結させつつある。それが侵攻部隊だとすれば、パ・ドゥ・カレーを経由して攻め込んでくるであろう」

「確かにつじつまは合うが、おれはそのパットンの部隊らしきものの影も見たことがないな」

「それに関してはベルリンの最高指導部も疑いを捨て切れずにいて、総統の占星術師は――」

「何だと?」

「はい、総統は占星術師をそばに置かれていて、その占星術師がノルマンディの防備を固めるよう、総統に進言しているのです」

「何ということだ。そこまでひどいざまになっているのか」

「もとより、地に足のついた助言も多く受けておられます。これは私見ですが、将軍たちの意見が間違っているけれども論理的にそれを覆せないと思われたときに、総統は便法として占星術師をお使いになっているのではないでしょうか」

フェイバーはため息をついた。とうとう聞きたくない話を聞いてしまった。「先をつづけろ」

「あなたの任務はアメリカ陸軍第一軍の戦力を評価することにあります。兵員、火器、航空機の――」

「戦力評価のやり方なら、いまさら教えてもらうには及ばん」

「もちろんです。ただ、この任務がいかに重要であるかを強調するよういわれているものですから」

「いわれたとおりにやっているということか。ところで、ベルリンはそんなにどうしようもなくなってるのか?」

男がためらった。「いえ、そんなことはありません。士気は旺盛ですし、軍需物資の生産も月を追って増大しています。市民はイギリスの爆撃機に唾を吐きかけ――」

「そんなことを訊いてるんじゃない。プロパガンダは、ラジオで聞かされるだけでたくさんだ」

男が沈黙した。

フェイバーはいった。「ほかに、任務のことで聞いておくことはあるか」

「はい。あなたには特別な脱出手段が準備してあります。それは任務が終わるまで変わることはありません」

「上層部は今度のことによほど重きを置いているようだな」

「その脱出手段ですが、北海でU=ボートに乗っていただきます。場所はアバディーンという町の真東、十マイルの沖です。あなたの通常無線周波数で呼べば、その艦が浮上します。この指示が私からあなたへ届けられたことを、私かあなたがハンブルクへ通知し次第、この脱出ルートは開かれます。U=ボートは、毎週金曜と月曜の午後六時にその地点にいて、翌朝六時まで潜航待機することになっています」

「アバディーンは大きな町だからな。正確な位置がわかるか？」

「はい」男が口述した経緯度を、フェイバーは頭に叩き込んだ。

「それで全部か、少佐？」

「はい、以上です」

「向かいの家にいるＭＩ５の紳士はどうする？」

工作員が肩をすくめた。「まくしかないでしょうね」

それじゃだめだ、とフェイバーは思った。「おれと会ったあとはどうすることになっているんだ、脱出についての指示はあったのか」

「いえ、特にありません。でも、ウェイマスという町へ出てボートを盗み、それでフランスへ渡ります」

場当たりもいいところだ。要するに、カナリスはこの男を見捨てたということだろう。それなら、かえって好都合だ。

「イギリスに捕まって拷問されたときはどうするんだ」

「自決用の錠剤を持っています」

「できるか？」

「はい」

フェイバーは男を見た。「お前ならできそうだ」そして、男の胸に左手をつき、それを支えにしてベッドを出ようとするかのように、前傾した。そうやって、肋骨の下の柔らかな部分を探ったのだ。彼は探り当てた肋骨の終わりのすぐ下にスティレットを突き刺し、心臓へ向かって斜め上へ押し込んだ。

一瞬、男の目が丸くなった。喉までせり上がった声がそこで止まった。痙攣が始まった。フェイバーはさらに一インチ、スティレットを押し込んだ。男の目が閉じ、身体から力が抜けた。

「おれの顔なんか見るからだ」

8

「籠の鳥は逃げてしまったか」パーシヴァル・ゴドリマンはいった。

フレデリック・ブロッグズがうなずいた。「私の責任です」

何という沈んだ顔だ、とゴドリマンはブロッグズを見て思った。一年前、ホクストンの自宅に爆弾が落ち、瓦礫の下敷きになった妻が死んで以来、その顔は変わることがなかった。

「私に関心があるのは、誰の責任かということじゃなくて、きみがブロンディを見失った数秒のあいだに、レスター・スクウェアで何かがあったという事実だ」

「接触に成功したということですか」

「たぶんな」

「ストックウェルでもう一度あの男が見つかったとき、てっきりその日の接触は諦めたんだと思ってしまいました」

「もしそうなら、あの男はきのうも、そして今日も、ランデヴーに出かけているはずだろう」ゴドリマンは机の上にマッチ棒の幾何学模様を作りつづけていた。それは考え事をするときの、彼独特の癖だった。「あの家で、まだ動きはないのか?」

「はい。もう四十八時間、閉じこもったままです」と答えて、ブロッグズが繰り返した。「私の責任です」

「まあ、そう落ち込むな」ゴドリマンはなだめた。「彼を泳がせておけば別のスパイに突き当たるだろうと考えて、そうすると決めたのは私なんだ。それは間違っていなかった。私はいまでもそう思っている」

ブロッグズはうつろな顔で、両手をレインコートのポケットに突っ込んだまま、身じろぎもせずに坐っていた。「接触があったのなら、すぐにでもブロンディをひっ捕らえて吐かせるべきだと思いますが」

「それをやると、ブロンディを尾けることによってもっと重要なやつに突き当たるチャンスを、みすみす放棄することになる」

「決めるのはあなたです」

ゴドリマンのマッチ棒の模様は、教会の形を完成させていた。彼はつかの間それに見入っていたが、やがてポケットから半ペニーの銅貨を取り出し、宙に放り上げた。「裏だ。あと二十四時間待ってみよう」

下宿の大家はアイルランドのクレア州リスドゥーンヴァーナ出身で、ドイツがこの戦争に勝ち、それによって緑の島《エメラルド・アイル》アイルランドが永久にイギリスの軛《くびき》から解き放たれることを密かに願っている人物だった。彼は毎週家賃を取り立てにきて、関節炎にでもかかっているかのようによたよたと古いアパートを歩き回った。そして、世間相場並みに家賃を上げられたらどれだけ実入りが増えるかと、そればかり考えていた。家主といっても、このアパートと、もっと小さい自分の住いがあるだけで、決して裕福とはいえなかった。彼はいつもいらいらと不機嫌だった。

彼は一階で、老人の部屋をノックした。この店子《たなこ》はいつでも大家を大歓迎したが、それは大家に限ったことではないようだ。「いらっしゃいミスター・ライリー、お茶を一杯いかがかね」

「今日は時間がないんでね」

「それは残念」彼は家賃を手渡した。「ところで、キッチンの窓は見ただろうね」

「いや、台所には行ってないんだ」

「そうか。いや、窓ガラスが外れてるんだよ。遮光カーテンで応急処置はしといたが、隙間風までは防げないからね」

「誰が割ったんだ？」大家が訊いた。

「奇妙なことに、割れてはいないんだ。草の上に置いてあったんだよ。パテが古くなって、自然にずり落ちたんじゃないかね。パテさえそっちで買ってくれれば、私が直しても構わんよ」

何を能天気なことをいってるんだ、ミスター・ライリーは苛立ちをそのまま口にした。「泥棒が入ったかもしれないなんてことは、あんたの頭には浮かばんのかね」

老人が仰天した。「夢にも思わなかったな」

「誰も貴重品はなくなってないのかな」

「少なくとも、私は聞いてないね」

大家が帰り際にいった。「わかった、あとで見てみよう」

「上の新入りはいないかもしれんよ。もう二日も静まり返ってる」

大家が鼻をくんくんさせた。「ずっと料理でもしてるのか？」

「さて、私に訊かれてもね」

二人は階段を上がっていった。老人がいった。「いるにしても、やけに静かだな」

「何を作ってるんだか知らないが、すぐにやめさせなくちゃ。この臭いはどうだ」

大家がノックした。返事はなかった。彼はドアを開けてなかに入り、老人があとにつづいた。

「おい、おい、おい」年配の巡査部長が景気のいい声を上げた。「あんた、死人を住まわせてたのか」彼は入口に立って、部屋を見回した。「何も触ってないだろうな、アイルランドのじいさん」

「ああ」と、大家が答えた。「それから、私はアイルランドのじいさんじゃない。ミスター・ライリーと呼んでもらいたい」

警官は耳も貸さなかった。「そう時間はたってないな。そうであれば、もっとひどい臭いがするもんだ」そして、古いチェスト、低いテーブルの上のスーツケース、色褪せた絨緞、明かり採りの窓にかかる汚れたカーテン、シーツが皺になった隅のベッドに目を走らせた。どこにも争った形跡はない。

警官はベッドのところへ行った。若い男の顔は穏やかで、手は胸の上で組み合わされていた。

「もうちょっと年がいってりゃ、心臓の発作ってところだろうな」自殺にしては、空になった睡眠薬の瓶も見当たらなかった。彼はチェストの上の革の財布をあらためた。身分証、配給手帳、分厚い紙幣の束。「書類も金も無事だとすると、物盗りの仕業じゃなさそうだ」

「一週間ほど前に引っ越してきたばかりなんだ」と、大家がいった。「だから、この男のことはほとんどわからない。北ウェールズから、工場へ働きにきたといってた」

「この身体つきと同じように健康なら、陸軍にいても不思議はないけどな」警官は低いテーブルの上のスーツケースを開けた。「こりゃ何だ?」

大家と老人も、そのころには部屋に入り込んでいた。「無線だ」と大家が、「血が出てる」と老人が、同時にいった。

「死体に触るんじゃないぞ!」巡査部長は注意した。

「腹を刺されてる」と、それでも老人がいった。

巡査部長が死者の胸の上に組まれた手の片方を慎重に持ち上げると、少量の血が乾いてこびりついていた。「血が出てた、だ」と、彼は老人の言葉を訂正した。「一番近い電話はどこだ」

「ここから五軒下ったところだ」大家が教えた。

「さあ、出ていくんだ。鍵をかけて、おれが戻るまで誰も入るんじゃないぞ」

巡査部長は下宿屋を出ると、電話のある家をノックした。女が顔を出した。「おはようございます、マダム。電話を拝借したいんですが」

「どうぞ」彼女はホールの電話の前に案内した。「どうしたんですか——何か事件でも?」

「そこの下宿屋で、間借り人が一人、死んだんですよ」警官はダイヤルを回しながらいった。

「殺されたんですか?」女が目をみはった。

「それは、私じゃなくて専門家が決めることでしてね。もしもし、カンター巡査部長だ。ジョーンズ警視を頼む。マダム、私が上司と話すあいだ、キッチンへでも行っててもらえるとありがたいんですがね」

女はがっかりして姿を消した。

「もしもし、警視。死体の腹に刺し傷があって、スーツケース収納式の無線を持っていました」

「もう一度、住所を教えてくれ」

カンター巡査部長は所番地を繰り返した。

「よし、連中が見張っていた男に間違いない。そうなると、これはMI5の仕事だ。四十二番地の家へ行って、そこにいる男に、きみが見たことを教えてやってくれ。私は連中のボスに連絡する。頼んだぞ」

カンターは女に礼を述べ、道路を渡った。胸がどきどきしていた。警視庁《ヤード》に奉職して三十一年、ようやく二回目の殺人事件に出くわしたと思ったら、スパイ絡みときたじゃないか。これなら、警視昇進だって夢じゃないかもしれんぞ！

四十二番地の玄関をノックすると、男が二人現われた。

カンター巡査部長はいった。「MI5の秘密工作員ですか？」


ブロッグズはロンドン警視庁公安部のハリス警部補と同時に現場に到着した。彼はブロッグズがスコットランド・ヤードにいたころからの知り合いだった。カンターが二人に死体を見せた。

二人はしばしその顔を見下ろした。ブロンドの口髭を生やした、若い穏やかな顔だった。

ハリスが先に口を開いた。「何者だ？」

「コードネームはブロンディだ」ブロッグズは答えた。「たぶん、二週間前にパラシュートで降りてきたはずだ。われわれはこの男とのランデヴーを指示する、もう一人の在外工作員への無線を傍受した。そこに出てくる《ランデヴー・ワン》というコードはすでに知っていたから、その場所を見張ることができた。われわれとしては、ブロンディを泳がせて、もう一人の在外工作員のところへ連れていってもらうつもりだったんだよ。はるかに危険なやつなんだ」

「それで、ここで何があったんだ？」

「こっちが訊きたいぐらいだ」

ハリスが死体の腹の傷を見た。「凶器はスティレットか？」

「そういう種類のものでしょうね。鮮やかな手際ですよ。肋骨の下からまっすぐ、しかも一気に心臓を突き上げてる。ところで、どうやって侵入したか、ご覧になりますか」

二人はカンターのあとについてキッチンへ行った。窓ガラスが外れ、無傷で草の上に横たわっていた。

カンターがいった。「死体のあった部屋ですが、鍵が外から開けられた形跡があります」

ブロッグズとハリスはキッチンテーブルに腰を下ろし、カンターがお茶をいれた。ブロッグズはいった。「おれはレスター・スクウェアでさっきの男を見失ったんだ。殺されたのはその晩に違いない。何もかも、おれが台なしにしたんだ」

「そう自分を責めないことだ」ハリスが慰めた。

彼らはしばらく黙ってお茶を飲んでいたが、やがてハリスがいった。「ところで、どうなんだ。このところ、さっぱりヤードへ顔を出さないじゃないか」

「忙しいんだ」

「クリスティーンは元気か？」

「空襲で死んだよ」

ハリスがびっくりして目を丸くした。「そりゃ気の毒だったな」

「お前のほうは大丈夫なのか?」

「北アフリカで弟がやられた。ジョニーには会ったことがあったかな?」

「いや、ない」

「酒に目がないやつだったよ。あんな大酒飲みは見たことがないな。酒代がかさんで、結婚する金もなかった——でも、それでよかったんじゃないか。少なくとも女房を悲しませることはなかったわけだからな」

「みんな、たいてい誰かを死なせてるんだな」

「もし相手がいないんなら、日曜日に晩飯を食いにこいよ」

「ありがとう。だけど、いまは日曜も仕事なんだ」

ハリスがうなずいた。「その気になったときでいいさ。いつでも大歓迎だ」

私服巡査が顔を覗かせて、ハリスに訊いた。「証拠採取を開始してもいいでしょうか」

ハリスがブロッグズを見た。

「おれのほうはもういい」

「よし、始めてくれ」ハリスが許可を与えた。

「おれが見失ったあとで、あいつが例の在外工作員と連絡を取り、ここへこさせるようにしたとしたらどうだ? その工作員は罠を警戒したのかもしれない。それなら、窓から忍び込んだことも、部屋の鍵を外から開けた形跡があることも、説明がつくだろう」

「そうだとしたら、途方もなく疑い深いやつということになるな」と、ハリス。

「だから、ここまで捕まらずにきたのかもしれないぞ。ともかく、やつがブロンディの部屋に入る、そして彼を起こす。そこで罠ではないとわかる。いいか？」

「ああ」

「そこで問題は、なぜブロンディを殺すかだ」

「喧嘩になったとか」

「争った形跡はない」

ハリスが難しい顔で空のカップを覗き込んだ。「見張られていることに気づき、ブロンディがおれたちに捕まって白状させられるのを恐れた、というのはどうだ」

「そうだとしたら、途方もなく冷酷なやつということになるな」

「だから、ここまで捕まらずにきたのかもしれないぞ」


「入って、かけてくれ。たったいまＭＩ６から電話があった。カナリスが更迭されたそうだ」

ブロッグズは部屋に入って、腰を下ろした。「それはいい知らせですか、それとも悪い知らせなんでしょうか」

「非常に悪い知らせだ」ゴドリマンがいった。「タイミングが最悪だ」

「理由を教えてもらえますか」

ゴドリマンはブロッグズを見つめていたが、やがて口を開いた。「きみにも知っておいてもらうほうがいいだろうな。われわれは現在、四十名の二重スパイを使って、連合軍のフランス進攻作戦に関する偽情報をハンブルクに流しつづけている」

ブロッグズがひゅうと低く口笛を鳴らした。「そんな大がかりなことをやっているとは知りませんでした。さしずめ、二重スパイにはシェルブールだといわせておいて、実はカレーというわけですか。あるいは、その逆か」

「まあ、そんなようなものだろう。私は詳しいことを知る必要がないようだし、実際、教えてもらってもいない。だが、いまやこの作戦全体が危機に瀕していることは間違いない。カナリスのことなら、われわれにはわかっていたんだ。彼がすっかりわれわれに騙されていることもわかっていたし、騙されつづけてくれるという手応えも感じていた。だが、彼のあとを襲う者が、カナリスのスパイを信用するとは限らない。それだけじゃない――ここのところ何人か亡命してきた者がいるんだが、そのままでいてくれれば、まだ騙されていないアプヴェーアのやつらを丸め込むことができたはずの者ばかりなんだ。それができなくなったいま、ドイツがわれわれの二重スパイを疑いはじめる可能性は十分にあると考えなくてはならない。

それから、情報が洩れるおそれもある。この欺瞞工作システムのことを知っている人間は、それこそ何千人もいるんだ。アイスランドにもカナダにもセイロンにも二重スパイはいるし、中東でもわれわれは欺瞞工作を行なった。

それに、去年、われわれはエーリッヒ・カールというドイツ人を本国へ返してしまうという大失態を演じている。あとでわかったことだが、彼はアプヴェーアの本物の工作員で、マン島に収容されているあいだに、マットとジェフという二人の二重スパイと、それからテイトと呼ばれていた二重スパイのことを知られた可能性があるんだ。

そういうわけで、われわれはいま薄氷を踏んでいる。アプヴェーアの工作員がイギリスにいて、

《フォーティテュード（堅忍不抜）》――この偽装計画のコードネームだ――のことをかぎつけたら、戦略全体が危険にさらされる。ありていにいえば、この糞《ファッキング》戦争の勝ちが危うくなる」

ブロッグズは笑いを噛み殺した――プロフェッサー・ゴドリマンも、ついにこういう言葉の意味と使い方を理解したというわけだ。

ゴドリマンがつづけた。「それで二十人委員会から私に、しかるべきアプヴェーアの工作員は一人たりとイギリス国内に放置してはならないという、実に明確な通達があった」

「先週がその絶好のチャンスだったんですがね」ブロッグズが悔しそうにいった。

「だが、少なくとも一人はいることがわかったんだ」

「でも、指のあいだからすり抜けられてしまいました」

「もう一度見つけるさ」

「私には見当がつかないんですが」ブロッグズが浮かない声を出した。「活動範囲も、どんな人相風体なのかもわからない。送信中に三角法で場所を特定しようにも、手際がよすぎて逆探知できない――もっとも、それができればとうの昔にひっ捕まえているでしょうがね。それより何より、コードネームもわからない。これで、一体どこから始めればいいんですか」

「未解決の犯罪だよ」ゴドリマンはいった。「いいかね、スパイというのは何らかの形で法を破っているに違いない。書類を偽造し、燃料や弾薬を盗み、検問をくぐり、立入禁止区域に入り、写真を撮り、通報されそうになるとその相手を殺す。だから、ある程度活動をつづけている者なら、必ずそういう犯罪に手を染めて、警察の知るところとなる。その犯罪ファイルを開戦のときにさかのぼって洗っていけば、必ず手掛かりが見つかるだろう」

「わかってるんですか？　ほとんどの犯罪が未解決なんですよ」ブロッグズが信じられないという声を出した。「ファイルなんて、きっとアルバート・ホール一杯分ぐらいありますよ」

ゴドリマンは肩をすくめた。「そういうことなら、範囲をロンドンに絞ろう。そして殺人事件から始めるんだ」

二人が探していたものは、ファイル渉猟作業の初日に見つかった。ゴドリマンがたまたま目を通したのだが、最初はその重要性に気がつかなかった。

それは一九四〇年にハイゲイトで起こった、ミセス・ウーナ・ガーデン殺害事件のファイルだった。喉を掻き切られ、性的ないたずらをされていたが、強姦されてはいなかった。死体は間借り人の部屋で発見され、血液から多量のアルコールが検出されていた。そのときの状況もかなり確かなものと思われた——彼女は間借り人と密会しており、男のほうが彼女の許す限界を超えようとしたため争いになり、男は彼女を殺してしまった。人を殺したことが男の性欲を奪い、強姦には及ばなかった、というものである。だが、その間借り人は発見されずじまいだった。

ゴドリマンはすんでのところでそのファイルを読み流すところだった。スパイが性犯罪を犯すことは、まずありえないからである。しかし、記録に関しては非常に細かいところまで神経を遣う性癖が幸いして、気の毒なミセス・ウーナ・ガーデンの背中に、首の致命傷とは別の、スティレットの傷があることを発見できた。

ゴドリマンとブロッグズは、オールド・スコットランド・ヤードの記録室で、木のテーブルをはさんで向かい合っていた。ゴドリマンはブロッグズにファイルを放った。「たぶん、これだ」

ブロッグズがファイルに目を走らせた。「スティレットですね」

二人はファイルを借り出し、すぐそばの陸軍省へ持ち返った。ゴドリマンの部屋に戻ってみると、解読された通信文が机の上で待っていた。彼は何気なくそれに目を通したが、とたんに興奮してテーブルを叩いた。「やつだ！」

ブロッグズも読んでみた――《指示は受け取った。ヴィリーによろしく》

「ディー・ナーデルのことを覚えてるか？」ゴドリマンが訊いた。

「ええ」ブロッグズは歯切れが悪い。「《針》でしょう。でも、これじゃ大したことはわかりませんよ」

「考えるんだよ！　スティレットは針のようなものといえなくもない。そして、ミセス・ガーデン殺しも、われわれが逆探知できなかった一九四〇年の無線送信も、ブロンディとのランデヴーも、みな同一人物が主人公ではないのか……」

「可能性はありますがね」ブロッグズが思案げにいった。

「証明してやろう。フィンランドに関する送信のことを覚えているか？　私がここへきた初日に、きみが見せてくれたやつだ。途中で中断が入ったやつのことだよ」

「ええ」ブロッグズはそのファイルを捜しに立った。

「私の記憶に間違いがなければ、送信の日付は、ミセス・ガーデンが殺された日と同じだ……そして、絶対に死亡時間と中断時間も一致するはずだ」

ブロッグズが通信文を見つけた。「日付も時間も、おっしゃるとおりです」

「それみろ！」

「やつは少なくとも五年、ロンドンで活動してきたわけですよ。それなのにわれわれは、いまようやくやつだとわかったんですからね」ブロッグズが物思わしげにいった。「捕まえるのは容易じゃないでしょうね」

ゴドリマンが突然、人が変わったように荒々しくなった。「やつは頭がよくて抜け目がないかもしれん。だが、私にかなうはずはない」と、語気鋭くいい放った。「必ず、あいつを糞《ファッキング》壁に釘付けにしてやる」

ブロッグズは声を上げて笑った。「教授ともあろう人がファッキングとはね、変われば変わるもんですね」

ゴドリマンがいった。「わかってるかい？　きみは一年ぶりに笑ったんだぞ」

9

ストーム・アイランドの青空の下に軽いエンジンの音が響き、二週間に一度の連絡船が、岬を回って湾に入ってきた。乗っているのは二人——亭主が召集されたために船長を代行している女房と、ルーシイの母である。

男っぽい上衣に膝上までのスカートという実用的なスーツ姿で、母が桟橋に飛び降りた。ルーシイは力いっぱい彼女を抱き締めた。

「お母さまったら！　出し抜けにどうしたの？」

「あら、手紙を書いたわよ」

その手紙は本人と一緒に船に乗っていた。ストーム・アイランドへの郵便が二週間に一度しか届かないことを、彼女はすっかり失念していたのだった。

「これがわたしの孫ね？　ずいぶん大きいのね」

もうすぐ三つになるリトル・ジョーが、恥ずかしそうにルーシイのスカートの陰に隠れた。黒髪でかわいらしい面《おも》だちの、年のわりに大柄な男の子だった。

「お父さん似じゃないの」

「ええ」と、ルーシイは一言で片づけた。「ここにいたら凍えるわ。おうちに帰りましょう。ところで、そのスカートはどうしたの？」

二人は食料品を抱え上げ、ジョーを連れて坂道を上りはじめた。道々、母はしゃべりつづけた。

「こういうスカートが流行《はや》りなのよ。生地の節約になるでしょ。それにしても、ここは寒さが違うわね。風だってすごいし。スーツケースは桟橋に置いたままで平気よね。盗る人がいないんだもの。ジェインがアメリカの兵隊さんと婚約したわ――白人でほっとしたわよ。ミルウォーキーの出身で、ガムを嚙まないところがいいわ。残る娘はあと四人ってわけ。もう教えたかしら、いまお父さまは国土防衛軍の大尉よ。毎晩半徹夜で地区をパトロールして、ドイツの空挺部隊を見張ってらっしゃるわ。それから、アンクル・スティーヴンの倉庫が空襲でやられたの。あの人、これからどうするのかしらね。ああいうことって、国際法で禁じられた不当な戦争行為みたいなものに当たらないのかしら――」

「お母さま、そんなにあわてて話さなくても大丈夫よ。二週間もあるんだから」ルーシイは笑った。

コテッジを見て、母がいった。「すてきなおうちじゃないの」なかに入って、またいった。「すごくすてきよ」

ルーシイは母をキッチンのテーブルに坐らせて、お茶をいれた。「スーツケースはトムに取りに行ってもらえばいいわ。もうすぐお昼に帰ってくるから」

「羊飼いの人でしょ？」

「そうよ」

「デイヴィッドに仕事を見つけてくれてる？」

ルーシイがころころと笑った。「その反対よ。まあ、そのことは本人が話すでしょうから聞いてあげて。それはともかく、どうしてここへきたの？」

「顔を見たくなったのよ。用もないのに旅行をする時期じゃないことはわかってるけど、四年ぶりですもの、それぐらいは赦されるでしょう」

そのとき、外でジープが止まり、デイヴィッドが自力で車椅子を操って入ってきた。彼は義理の母にキスをし、トムを紹介した。

「トム、桟橋から母のスーツケースを取ってきてもらえないかしら。お礼にお昼をごちそうするわ。母には食料品を運んでもらったの」

デイヴィッドがストーヴで手を温めながらいった。「今日は冷えるな」

「あなた、本気で牧羊をやってるのね」母がいった。

「羊は三年前の倍になりましたよ。父は本気でこの島と取り組まなかったけど、ぼくは崖の上に六マイルの柵を巡らし、牧草地を改良して、近代的な飼育法を導入したんです。だから、数が増えただけじゃなくて、一頭から取れる肉の量も、羊毛の量も増えたんです」

母がためらいがちに探りを入れた。「トムが力仕事をして、あなたが指示するという仕組みなのね？」

デイヴィッドが笑った。「ぼくたちは同等のパートナーですよ。仕事も同じことをするんです」

みんな待ちかねたように昼食の席につき、デイヴィッドとトムは山盛りのジャガイモを平らげた。母はジョーの行儀を褒めた。食事を終えると、デイヴィッドが煙草に火をつけ、トムはパイプを詰めた。

母が明るい笑顔でいった。「次の孫の顔はいつ見られるの？　ぜひとも教えてもらいたいわね」

長いこと、誰も何も答えなかった。

「デイヴィッドは素晴らしいわ。本当によくやってると思う」母が話題を変えた。

ルーシイは答えた。「そうね」

二人は崖の上を歩いていた。母がきて三日目に、ようやく風がやんで、外出できるぐらいの穏やかな日和になったのだ。ジョーもフィッシャーマンズ・セーターに毛皮のコートを着て、一緒にいた。彼らは高台に立ち、デイヴィッドとトムと犬が羊を追うさまを眺めた。母は胸のうちの気がかりを口にしたものかどうか、思いあぐねている様子だった。ルーシイはそれを見て、葛藤を取り除いてやることにした。

「彼はわたしを愛してないの」と、彼女はいった。

母がさっとジョーを振り返り、その言葉が聞こえていないことを確かめた。「そう悲観しなくてもいいんじゃないかしら。男の人の愛の表わし方は、百人百様――」

「お母さま、わたしたちは結婚してから、本来の意味で夫と妻になったことがないのよ」

「でも……？」母がジョーを顎で示した。

「あの子は結婚式の一週間前にできたの」

「まあ！　それじゃ、そのあとできないのは、あの事故のせいなのね？」

「ええ。でも、それはお母さまが考えているのとは違うの。肉体的には問題ないんだけど、彼に……そのつもりがないのよ」ルーシイは声を殺して泣き、涙が風にさらされた頬を伝った。

「話し合ったの？」

「わたしはそうしようと努力したわ」

「たぶん、時間をかければ——」

「四年近くもそういう状態がつづいてるのよ！」

沈黙が落ちた。午後の弱い陽の下、彼らはヒースの茂みを縫って歩きだした。ジョーはカモメを追いかけていた。母がいった。「わたしも一度、お父さまと別れそうになったことがあるのよ」

今度はルーシイがびっくりする番だった。「いつ？」

「ジェインが生まれてすぐだったわ。あのころは、そんなにお金があるってわけではなかったの。お父さまはまだお祖父《じい》さまの下で働いていて、景気も悪かった。そのとき、わたしは三人目を身ごもっていたの。三年で三人よ。子供を産んで苦しい家計をやりくりするだけの人生がつづくような気がしたし、その単調さを救ってくれるものがあるとも思えなかったわ。そんなとき、お父さまが昔の恋人と会っていることがわかったの。ブレンダ・シモンズという女性よ。あなたは知らないわ。ベイジングストークへ引っ越してしまったからね。それで、突然思ったの。わたしは何のためにこんなことをしてるんだろうって。でも、納得のいく答えは見つからなかったわ」

ルーシイはそのころのことを、ぼんやりと、断片的にではあるが憶えていた——白い髭を蓄えた祖父、もっと痩せていた父、広い農家のキッチンで、家族揃ってゆっくりととる食事、賑やかな笑い声と豊かな陽光と大勢の動物。あのころの両親は、いつまでも満ち足りて幸せな夫婦でいるように見えたのに。「どうしてやめたの？　どうして別れなかったの？」

「あのころは離婚しないものだったのよ。いまとは全然違うの。女には仕事もなかったしね」

「いまはあらゆる職場に進出してるわ」

「この前の戦争のときもそうだったわ。でも、戦争が終わったら様子がまるで変わって、大勢の女性が首を切られたのよ。きっと今度も同じだと思うわ。この世は男のものなのよ」

「別れなくてよかったと思ってるんでしょう」それは質問ではなかった。

「わたしぐらいの年齢で人生を決めつけちゃいけないんでしょうけど、わたしの場合はそのときそのときを何とかしのいできただけね。でも、ほとんどの女性はそうなのよ。我慢ばっかりしてるように見えるけど、たいていはそうじゃないわ。ともかく、あなたにアドヴァイスなんかするつもりはないの。したって聞かないでしょうし、聞けば聞いたで、あとからあんたのせいだと文句をいわれるのが落ちでしょうからね」

「まあ、お母さまったら」ルーシイは微笑した。

母がいった。「そろそろ帰らない？　一日分にしてはずいぶん遠くまで歩いた気がするわ」


ある晩、ルーシイはキッチンでデイヴィッドにいった。「母がうんといえば、もう二週間いてもらいたいんだけど」母は二階で、ジョーにお話をして寝かしつけているところだった。

「ぼくの性格を解剖するには、二週間じゃ短すぎるというわけかい」

「馬鹿なことをいわないでよ、デイヴィッド」

デイヴィッドがルーシイに車椅子を寄せた。「お母さんに、ぼくの話をしてないのか？」

「するわよ、当然でしょ――あなたはわたしの夫なんですもの」

「どんな話だ？」

「何を心配してるの？」ルーシイはさすがにむっとした。「母に聞かれて困ることでもあるわけ？」

「うるさい、そんなものがあってたまるか。自分のことをとやかくいわれて喜ぶやつはいないんだ。それをいうのが陰口好きな女二人とあればなおのこと――」

「あなたの陰口なんかきいてないわ」

「それなら、どんな話をしてるんだ」

「あなた、考えすぎなんじゃないの？」

「質問に答えろよ」

「あなたと別れたいといったのよ。そしたら、母がそんなことはやめなさいって思いとどまらせようとしてくれたの」

デイヴィッドがくるりと車椅子を回して、背中を向けた。「頼むからそんなお節介はするなと、お母さんにそういうんだな」

「そんなこと、本気でいってるの？」

デイヴィッドが車椅子を止めた。「ぼくは誰にいてもらわなくてもいいんだ、わかったかい。自分で何でもできるんだからな」

「そしたら、わたしはどうなるの？」ルーシイはつぶやくようにいった。「たぶん、誰かにいてもらわなくちゃ困るわ」

「何のために？」

「わたしを愛してもらうためよ」

母が入ってきて、その場の雰囲気を察知した。「寝つきのいい子ね。シンデレラが舞踏会に着く前に眠ってしまうんですもの」と、彼女はいった。「今夜のうちに、いくらか荷造りしておこうかしらね。そうしたら、あしたが楽だから」そして、そそくさと出ていった。

「この先、変わると思う?」ルーシイは訊いた。

「何が?」

「わたしたちが、いつか……昔のように戻れるかってことよ。結婚する前のように」

「ぼくの脚がまた生えてくるかという意味なら、無理だな」

「ねえ、わたしがそのことは気にしてないって、どうしてわかってくれないの? わたしは愛してもらいたいだけなのよ」

デイヴィッドが肩をすくめた。「それはきみの問題だ」彼は出ていき、ルーシイは泣きだした。


母は滞在を延ばさなかった。翌日、ルーシイは土砂降りのなかを、母と桟橋へ降りていった。二人ともゴム引きの防水コートに身を固め、船を待ちながら、海面に無数の小さな穴をうがつ雨を黙って見つめていた。

「そのうちに変わるわよ」ジョーを抱いた母がいった。「四年なんて、長い結婚生活では時間のうちに入らないわ」

「わからないけど、大して何かができるわけでもないものね。ジョーがいて、戦争とデイヴィッドの身体のことがあるんですもの、別れられっこないわ」

船が着くと、ルーシイは食料品の箱を三つと五通の手紙を受け取って、代わりに母を乗船させた。波が高い。母は狭いキャビンに腰を下ろした。残った二人は、船が岬を回るまで手を振りつづけた。ルーシイはひどい孤独感に襲われた。

ジョーが泣きだした。「ぼく、おばあちゃんに帰ってほしくないよ」

「わたしだって、帰ってほしくないわ」

10

空襲に傷めつけられたロンドンのショッピング街を、ゴドリマンとブロッグズが肩を並べて歩いていた。それは実におかしな組み合わせで、片や分厚い眼鏡にパイプをくわえ、自分がどこを歩いているのかも無頓着にひょこひょこと先を急ぐ、猫背で鳥のような大学教授。片やいかにも刑事風のレインコートにこれ見よがしの帽子をかぶり、目的ありげに決然と足を運ぶ金髪の若者という、一種説明しようのない漫画的な光景だった。

ゴドリマンが口を開いた。「《針》にはよほどの後ろ盾があるように思うんだがね」

「どうしてです?」

「そうでなければ、命令不服従で罰せられないはずがないよ。あの《ヴィリーによろしく》が利いてるんだろう。ヴィリーというのはカナリスのことに違いないからな」

「あいつはカナリスと友だちというわけですか」

「ああ、誰かと友だちなんだ――たぶん、カナリス以上の力を持った誰かとな」

「今度は何かにぶち当たりそうな気がしてるんですがね」

「そういうつながりは学校時代にできるのが普通なんだ。大学とか、軍の学校とかね。ところで、あれを見ろよ」

二人は一軒の店の前にいた。かつては一枚ガラスのウィンドウだったところに大きな穴があい

ていて、その窓枠に手書きのぞんざいな看板が打ちつけてあった。《平常通り以上に営業中》

ブロッグズが笑い声を上げた。「爆弾を食らった警察の前でも、同じようなやつを見ましたよ。《いい気になるな、まだ目は光ってるぞ》だそうです」

「いよいよ前衛芸術の領域だな」

歩きつづけながら、ブロッグズがいった。「それで、《針》がドイツ国防軍《ヴェーアマハト》上層部の誰かと同窓だったらどうなるんです？」

「学校時代にはよく写真を撮るじゃないか。ミドルトンという男が、ケンジントンの、戦前はMI6が使っていた建物の地下にいるんだが、そいつが何千人ものドイツ軍将校の写真を集めてる。学校の記念写真、食堂でどんちゃん騒ぎをしているところ、課程修了時の行進をしているところ、アドルフと握手をしているところ、新聞に載ったもの、何でもあるんだ」

「なるほど」と、ブロッグズ。「もしあなたの見込みどおり、《針》がドイツ版のイートンとかサンドハーストにいたとしたら、そのなかにやつの写真があるかもしれませんね」

「ああ。スパイはカメラを警戒するが、やつらにしても学生のころからスパイだったわけじゃない。ミドルトンのファイルのなかに、きっと若き《針》がいるに違いない」

彼らは床屋の前の、爆弾があけた大きな穴を迂回した。店そのものは無事だったが、おなじみの紅白のねじり棒は粉々になって歩道に倒れていた。窓に看板がかかっていた――《当店名物、髭剃り中の至近弾。体験希望者歓迎》

「でも、どうやって見分けるんです？　あいつを知ってる者はいないんですよ？」

「いや、いるよ。ミセス・ガーデンがやっていた、ハイゲイトの下宿屋の住人だ。彼らなら、よく知ってるはずだ」

そのヴィクトリア朝様式の建物は、ロンドンを一望する丘の上に建っていた。ブロッグズの目には、その赤レンガが、この町にたいするヒトラーの蛮行に、真っ赤になって怒っているように映った。これだけの高台なら無線送信には打ってつけだ。《針》は最上階にいたに違いない。われわれが何も知らなかったあの一九四〇年、やつはここからどんな秘密をハンブルクに送っていたのか。航空機製造工場や製鋼所の位置、沿岸守備の詳細や政治的な噂、ガスマスクやなまこ板の爆風よけ、土嚢、イギリスの士気に関する情報、空襲の戦果などだろうか。くそ、《よくやった、とうとうクリスティーン・ブロッグズを仕留めたぞ——》なんてやってやがったのか。

ドアを開けたのは、黒い上衣にストライプのズボンの老人だった。

「おはようございます、ロンドン警視庁のブロッグズという者です。ここのご主人にお話をうかがいたいのですが」

老人の目に恐怖の色が浮かんだように見えたとき、その背後に若い女性が姿を見せた。「どうぞ、お入りください」

タイル張りの玄関ホールには、つや出しの匂いが漂っていた。ブロッグズはコートと帽子をスタンドにかけた。老人は奥に引っ込み、女のほうがブロッグズをラウンジに案内した。そこは金をかけ、昔風に贅沢に装われて、ワゴンにはいずれも封を切っていないウィスキー、ジン、シェリーの瓶が並んでいた。女は花柄のアームチェアに腰を下ろして、脚を組んだ。

「ご老体はなぜ警察を恐れておられるんですか」

「わたしの義父なんです。ドイツ系ユダヤ人で、一九三五年にヒトラーの手を逃れてこの国へきたんですが、一九四〇年にここで強制収容所へ入れられてしまったんです。義母は絶望して自殺しました。義父はついこのあいだマン島から釈放されたんです。迷惑をかけたことにたいする、王からの謝罪文も持っていますよ」

「わが国に強制収容所はないはずですが」

「南アフリカに作ったじゃありませんか。ご存じなかったんですか？　わたしたちイギリス人は自国の歴史を知ったかぶりしてしゃべるけど、ところどころ忘れるのよね。都合の悪い事実を見ないようにするのが上手なのよ」

「そのほうがいいこともあるんじゃないですか」

「え？」

「一九三九年、われわれは、単独ではドイツとの戦争に勝てないという都合の悪い事実を見ないようにしました。ところが、いまはどうです？」

「義父も同じことをいってますけどね。彼はわたしほどニシカルじゃないから。それで、どんなお手伝いをすればいいんでしょう」

ブロッグズはその議論が面白くて仕事に戻りたくなかったが、残念ながらそうはいかなかった。

「四年前にここで起こった殺人事件なんですが」

「そんな昔のことですか！」

「新たに可能性のある証拠が出てきたので、その確認をしたいんです」

「もちろん、その事件のことは知っています。前の所有者が間借り人に殺されたんですよね。ここは、夫が遺言執行人から買ったんです。相続する人がいなかったんですよ」

「当時ここに下宿していた人たちの消息を知りたいんですが」

「わかりました」聡明な顔から敵意が消えて、懸命に記憶を呼び戻そうとしていた。「わたしたちがここへきたときには、事件前からの間借り人が三人残っていましたね。退役海軍士官と、セールスマンと、ヨークシャー出身の若い男の人でした。若い人は陸軍に入って——いまでもときどき手紙をくれます。セールスマンは召集され、航海中に亡くなったそうです。あの人には五人も奥さんがいて、そのうちの二人から知らせがありました。それから、中佐はここで健在です」

「まだここにいるんですか!」ブロッグズは思いがけない幸運に声を上げた。「会わせてください、お願いします」

「もちろんです」彼女が立ち上がった。「もうずいぶんな高齢なので、申し訳ないけど部屋までご足労願えるかしら。ご案内しますから」

絨緞敷きの階段を二階へ上りながら、彼女がいった。「あなたが中佐と話しておられるあいだに、陸軍に入った若者から届いた一番最近の手紙を捜しておきますわね」そして、部屋をノックした。うちの女大家じゃここまではしてくれないだろうな、とブロッグズは場違いなことを考えた。

「開いておるよ」という声を聞き、ブロッグズはドアを開けて入った。

中佐は窓辺の椅子に坐っていた。眼鏡をかけ、ブレザー・コートを着て、きちんと襟《カラー》をつけたシャツにネクタイを締めていたが、膝は毛布に隠れ、頭髪は薄くなり、髭も灰色に褪せ、かつては力強かったであろう顔も肌がたるんで、無数の皺が刻まれていた。室内は航海中の船の絵、六分儀と望遠鏡、戦艦ウィンチェスターに乗り組んでいた若いころの写真が飾られて、まさに思い出に生きる過去の人の世界だった。

「あれを見なさい」中佐が振り返りもせずにいった。「なぜあの若造は海軍に入らんのだ」

ブロッグズは窓辺へ寄った。一頭の馬に引かせたパン屋のヴァンが、家の前の路肩に止まっていた。老馬が頭から吊したかいば袋に鼻を突っ込んで、配達が終わるのを待っていた。《若造》は女だった。金髪を短く刈ってズボンをはいていたが、胸が大きく膨らんでいた。ブロッグズは笑って、「あれはズボンをはいた女ですよ」

「おや、ほんとだな」中佐がようやくブロッグズを振り返った。「まったく、最近はどうなっとるんだ。女がズボンをはくとはな」

ブロッグズは自己紹介をして、用件を切り出した。「実は、一九四〇年にここで起こった殺人事件の捜査が再開されたのです。あなたは容疑者のヘンリー・フェイバーと同じ時期にここにおられましたね？」

「おったよ。それで、どういう用件かね」

「フェイバーのことは憶えておられますか」

「完璧に憶えているさ。長身で髪が黒く、きれいな英語を話す物静かな男だった。着ているものは貧しかったがね。もしきみが服装《みなり》で判断して疑っておるのなら、見当違いかもしれんぞ。私はあの男が嫌いではなかった——もっとよく知り合うにやぶさかではなかったが、向こうにその気がなくてな。確か、きみぐらいの年配だったはずだ」

ブロッグズは頬が緩みそうになるのをこらえた。刑事というだけで、どうしてこうしょっちゅう年齢を上に見られるんだろう。

中佐がつけ加えた。「断言してもいいが、犯人は彼ではないな。私は多少人を見る目を持っているつもりだが――さもないと、艦の指揮など執れんからな――あの男が性的変質者なら、私はヘルマン・ゲーリングだ」

ブロッグズの頭のなかで、ズボンをはいた金髪女性を男と見誤ったことと自分の年齢を間違われたことが、不意に結びついた。やがてある結論にたどり着いた。「あの……警察官には必ず身分証を呈示させたほうがいいですよ」彼は老人を試すことにした。

中佐はやや意表をつかれた様子だった。「そうか、では見せてもらおう」

ブロッグズは身分証入れを開いて折り返し、クリスティーンの写真が見えるようにした。「どうぞ」

中佐はそれを見つめていたが、やがていった。「本人のようだな」

やっぱりな、とため息が出た。この爺さん、ほとんど目が見えないんじゃないか。

「今日のところは、これで結構です」ブロッグズは立ち上がった。「ありがとうございました」

「いつなりと声をかけてくれ。できることなら何でも協力するぞ。最近では、私もイングランドにとって価値があるとはいえんようだ――国土防衛軍にも入れてもらえん人間なんて、よほどの役立たずに違いないからな」

「失礼します」

階下へ降りると、玄関ホールで待っていた女が手紙を差し出した。「住所は部隊の私書箱になっています。名前はパーキン……これだけわかっていれば、あなたたちなら捜し出すのは簡単でしょう」

「中佐が使い物にならないことを、知ってたんじゃないですか？」

「ええ、そうだろうとは思っていました。でも、お客さまがあると喜ぶんですもの」彼女はドアを開けた。

ブロッグズは思わず口走った。「夕食でもいかがですか」

女の顔がさっと曇った。「わたし、夫がまだマン島にいるんですよ」

「失礼――ただ、その――」

「いいんです。それに、お世辞でしょ」

「われわれがゲシュタポでないことをわかってもらいたくて」

「そんなことはわかってます。女が一人でいると、皮肉っぽくなるんですよ」

「私も一人なんです。妻を空襲でやられてしまいましてね」

「それなら、孤独がどんなに人をねじ曲げるかはご存じよね」

「ええ。孤独は人をねじ曲げます」ブロッグズは玄関を出て階段を降りた。背後でドアが閉まった。雨が降りはじめていた……。


あのときも雨が降っていた。ゴドリマンと新しい可能性を検討しているうちに帰りが遅くなり、ブロッグズは大急ぎで家に向かっていた。三十分でもクリスティーンと一緒にいて、救急車の運転に出かける彼女を送り出してやりたかった。あたりは暗く、空襲はすでに始まっていた。夜のあいだにあまりにおぞましいことを目の当たりにすると見えて、彼女は仕事の話をしなくなっていた。

ブロッグズは妻をとても誇りに思っていた。彼女は男二人分以上の仕事をするという評判だった――灯火管制下のロンドンを猛スピードで突っ走り、ヴェテラン運転手顔負けに車体を傾けてコーナーを回るかと思うと、あたりの火の海をものともせずに口笛を吹き、冗談を飛ばす。《怖いもの知らず》――彼女はみんなからそういわれていた。だが、ブロッグズはその裏側を知っていた。彼女は怖いもの知らずなのではない。恐怖を表に出さないだけなのだ。そのことは、朝、彼と入れ違いにベッドに入るクリスティーンの目を見ればわかった。彼女が気を緩めるのは眠っている数時間にすぎない。怖くないのではなく、勇敢なのだ。そして、ブロッグズはそういう妻が誇りだった。

バスを降りたとき、雨は激しさを増していた。ブロッグズは帽子の鍔《つば》を下げ、襟を立てると、煙草屋に寄ってクリスティーンの煙草を買った。昨今の女性のご多分に洩れず、彼女も煙草を吸うようになっていた。店の主《あるじ》は品不足を理由に五本しか売ってくれなかった。彼はそれを、ウールワースで買ったベークライトのシガレットケースにしまった。

警官に止められ、身分証の呈示を求められて、さらに二分が無駄になった。一台の救急車が彼を追い越していった。果物屋のトラックを徴発して灰色に塗り替えたもので、クリスティーンが運転しているのとよく似ていた。

家が近くなるにつれて、彼は気が気でなくなりはじめた。爆発音も近づいていたし、航空機の爆音もはっきりと聞き分けることができた。今夜もイースト・エンドが蹂躙されていた。またモリソン防空壕で寝ることになるのかと思っていると、すぐそばで大きな爆発音がした。ブロッグズは足を速めた。どうやら、夕食も防空壕ということになりそうだった。

わが家のある通りに入ったとたん、救急車と消防車が目に飛び込んだ。彼はついに走りだした。

さっきの爆弾は、通りの彼の家のある側に落下していた。彼の家の近くに違いなかった。神さま、わが家ではありませんように、絶対にそんなことが――。

爆弾は屋根を直撃し、家は文字どおりぺしゃんこになっていた。ブロッグズは夢中で、弥次馬と消防士とヴォランティアを掻き分けた。「私の妻は無事ですか？　外にいるんですか？　それともなかに？」

一人の消防士が彼を見ていった。「出てきた者は一人もいない」

瓦礫をどかしていた救出隊から、突然声が上がった。「ここだ！」そして、すぐにその隊員がいった。「何てことだ、怖いもの知らずのクリスティーンじゃないか！」

ブロッグズはその男のところへすっ飛んでいった。クリスティーンは大きなレンガの壁の下敷きになって、目を閉じた顔だけが覗いていた。

救出隊員が怒鳴った。「ジャッキを持ってこい、急げ！」

クリスティーンがうめき、身じろぎした。

「生きてるぞ！」ブロッグズは声を上げざまに彼女の脇に膝をつき、レンガの壁に手をかけた。

「よせ、無理だ」救出隊員がいった。

しかし、壁は持ち上がった。

「あんたが死ぬぞ」救出隊員は手を貸そうと腰を屈めた。

二フィートほど持ち上げたところで、彼らは壁を肩で支えた。これでクリスティーンを押さえつけているものはなくなった。三人目、四人目が加わり、彼らは一気に壁を持ち上げた。ブロッグズがいった。「引っぱり出すからな」

彼は三人の男が支えているレンガの傾斜の下に潜り込み、妻を両腕で抱きかかえた。

「くそ！　滑りだした！」救出隊員が叫んだ。

ブロッグズはクリスティーンをしっかりと胸に抱き、あわててその下から這い出そうとした。彼が逃れ出た瞬間、救出隊がレンガから手を離して飛びすさった。レンガの壁は不気味な音とともにふたたび地面を打った。あれだけ重たいものがあの勢いでクリスティーンの上に落下したのなら、とブロッグズは観念した。いずれにしても助かるはずがない。

彼が妻を運び込んだとたんに、救急車は走りだした。彼女は死ぬ前に一度目を開け、ブロッグズにいった。「わたしがいなくても、戦争には必ず勝つのよ」

あれから一年以上がたったいま、ブロッグズはハイゲイトからロンドンの市内へ向かう道を下りながら、雨と涙に濡れて思った。あの下宿屋の女がいったことは、まったくそのとおりだ。孤独は人をねじ曲げる。

戦争は少年を男にし、男は兵士になり、兵士は昇進する。ビリー・パーキンはそうなりたかった。だから、ハイゲイトの下宿屋にいた十八歳のとき、スカボロにある父親のなめし革工場の見習いになるのをやめてまで、二十一歳と年齢を偽って陸軍に入ったのである。彼はいまや軍曹に昇進し、先遣分隊を率いて、暑く乾いた森のなかを、埃っぽく白茶けたイタリアの村へ向かっていた。

イタリアはすでに降伏していたが、ドイツはしぶとかった。進攻してくるイギリス・アメリカ合同軍にたいして、イタリア防衛に当たっているのも彼らだった。連合軍が目指しているのはローマだったが、それまでにパーキン軍曹の率いる分隊は、長い道のりを踏破しなくてはならなかった。

彼らは森を抜けて丘の頂に出ると、俯せになって下の村をうかがった。パーキンが双眼鏡を手にしていった。「糞《ファッキング》茶を糞《ファッキング》カップに糞《ファッキング》一杯ほしいな。そしたら、何でも糞《ファッキング》くれてやるんだがな」彼はすでに酒も煙草も女も覚え、言葉遣いもすっかり兵隊風が板についていた。もとより、祈禱会に顔を出すはずもなかった。

こういう村には、敵兵がいるところもあれば、いないところもあった。パーキンは手堅くいくことを宗《むね》としていた。敵がいないとわかっていない以上、用心深く、時間をかけて近づかざるえない。

下り斜面には、いくつか藪があるだけで、ほとんど身を隠す場所がなかった。そして、斜面を下り切ったところからすぐに村だった。白い家が数軒、川が一本、そこにかかる木橋が一つ。狭い広場を囲んでさらに家が数軒と、村役場と時計台。時計台からは橋を一直線に見通すことができた。敵がいるとすれば、時計台だろう。周囲の畑に数人の姿があるが、正体などわかるはずもない。本物の農夫かもしれないし、何らかの組織の連中かもしれない。ファシストかマフィアか、コルシカ人かパルチザンか、あるいはコミュニストか……もちろんドイツ兵かもしれない。どっち側かは、撃ち合いが始まるまでわからない。

パーキンがいった。「よし、いいぞ、伍長」

ワトキンズ伍長が森のなかへ姿を消したと思うと、五分ほどして村へ入る泥道に姿を現わした。そのときの彼は、民間人の帽子をかぶり、ぼろぼろの古毛布をまとって軍服を隠していた。タマネギから死んだウサギまで、何が入っていても不思議はないような包みを肩にかけ、歩くというより足を引きずるようにして進んでいく。村はずれの橋のそばまで行ったとき、その姿は低いコテッジの闇のなかに消えた。

ワトキンズはすぐに姿を現わすと、村のほうから見えないよう壁際に立って、丘の上にいる分隊に向かって手を振った——一回、二回、三回。

分隊は斜面を駆け下って、村に入った。

「家は全部からっぽですね」ワトキンズ伍長が報告した。

パーキンはうなずいたが、それに意味はなかった。

分隊は家のあいだを縫って、川のほとりへ出た。パーキンはいった。「スマイラー、今度はお前の番だ。ミシシッピを泳いでみせてくれ」

《いつも笑顔の《スマイラー》》・ハドスン二等兵は装備を外してきちんとまとめ、ヘルメットとブーツと軍服の上衣を脱いで、大した幅でもない流れに入っていった。やがて向こう岸に浮かび上がると土手を上り、集落のなかに姿を消した。今度は調べる場所が広いせいで、少し時間がかかった。しばらくして、ハドスンが木橋を渡って引き返してきた。「いるとしたら、隠れてるんです」

分隊は彼が装備を身につけ直すのを待ち、橋を渡って村の向こう側へ入ると、通りの両側に分散して広場を目指した。一羽の鳥が屋根から飛び立って、パーキンを驚かせた。通りすがりに家のドアを蹴り開けてみたが、人の気配はなかった。

広場の端にたどり着くと、パーキンは村役場を顎で示した。「あのなかも見たんだろうな、スマイラー」

「はい」

「それなら、この村はおれたちのものらしいな」

「はい」

パーキンが広場を横切ろうと足を踏み出したとたん、平和は破られた。ライフルの銃声がしたかに耳をつんざき、銃弾の雨が降りそそいだ。誰かの悲鳴が聞こえた。パーキンは頭を引くし、中腰になってジグザグに走りだした。前にいたワトキンズが脚を押さえて苦痛の叫びを上げた。彼を引きずろうとしたパーキンのヘルメットに銃弾が跳ねた。彼は一番近い家に突進し、ドアをぶち破ってなかに倒れ込んだ。

銃声がやんだ。パーキンは危険を承知で外を覗いた。一人、広場に倒れていた。ハドスンだ。彼が動いたと見えたとき、一発の銃声が鳴り響いた。ハドスンはまた動かなくなった。「くそったれどもが」パーキンは吐き捨てた。

ワトキンズが悪態をつきながら脚をいじくり回していた。「弾丸《たま》が入ってるのか」と、パーキンは訊いた。

ワトキンズが声を上げた。「痛っ!」そして、にやりとして何かをつまみ上げた。「もう大丈夫です」

パーキンはもう一度外をうかがった。「敵はあの時計台だ。大して広いとも思えないから、そう大勢は入れないだろう」

「でも、撃つことはできますよ」

「ああ、このままじゃ釘付けだな」パーキンは渋い顔をした。「花火はあるか？」

「はい」

「見せろ」パーキンはワトキンズの背嚢を開けてダイナマイトを取り出した。「よし、十秒にセットしてくれ」

そして、通りの向かいの家に退避している隊員に声をかけた。「おい」

顔が一つ、入口から覗いた。「何です、軍曹？」

「トマトを一発お見舞いしてやろうと思うんだ。おれが撃てといったら、掩護してくれ」

「諒解」

パーキンが煙草に火をつけると、ワトキンズがダイナマイトの束を手渡した。パーキンの声がとどろいた。「撃て！」彼は導火線に点火すると、通りに飛び出し、時計台めがけて力まかせにダイナマイトを投げつけた。そして、鼓膜が震えるほどの掩護射撃に助けられて、急いで家のなかへ引き返した。そのとき、一発の銃弾が木の柱をえぐり飛ばし、その破片が彼の顎の下に当った。とたんにダイナマイトの爆発音が聞こえた。

確認する前に、通りの向こうで声がした。「お見事！」

外へ出てみると、古くなっていた時計台はもろくも崩れ落ち、残骸の上に舞う埃のなかで、チャイムが見当外れな時を告げていた。

ワトキンズ伍長がいった。「軍曹、クリケットの腕に覚えがあるでしょう。鮮やかな一投でしたよ」

パーキンは広場の真ん中へ出た。優に三人のドイツ兵を作れるだけの人体部分が散らばっていた。「いずれにしても、よろよろの時計台だったんだ。みんなが一斉にくしゃみをしたら、それだけでぶっ倒れたんじゃないか?」そして、きびすを返した。「今日も一日《アナザー・ディ》、ご苦労さん《アナザー・ダラー》ってか」

それはアメリカ兵が使っていた文句だった。

「軍曹、無線が入ってます」通信兵が声をかけた。

パーキンは受話器を受け取った。「パーキン軍曹だ」

「ロバーツ少佐だ。たったいま、きみの作戦任務を解除する」

「なぜですか?」まず頭に浮かんだのは、年齢詐称がばれたのかということだった。

「上層部がロンドンできみを必要としている。理由は訊くな。私も知らないんだ。伍長に引き継いで、基地へ引き返せ。途中まで車を迎えに出す」

「はい」

「それから、決して命を危険にさらしてはならない。これも命令だ。わかったな」

パーキンは時計台とダイナマイトのことを思って、にやりとした。「わかりました」

「よろしい。では、すぐに戻ってこい。まったく運のいいやつだ」

みんなが子供呼ばわりするというが、それは彼が陸軍に入る前のことを知ってる者に限ってだろうな、とブロッグズは思った。いまのパーキンは、どこから見ても一人前の男だった。歩き方にも自信と風格があり、顔も引き締まって、上官たちのなかに入っても畏縮することがなかった。ブロッグズは彼が年齢を詐称していることを見抜いていたが、それは態度容貌からではなく、年齢のことをいわれるたびに必ず現われるちょっとした反応に気づいたからであり、それは長年の尋問で培われた眼力のなせる業だった。

パーキンも頼まれた当初は面白がって写真を眺めていたが、ケンジントンにあるミドルトンの埃っぽい地下室に閉じ込められて三日目ともなると、さすがにうんざりしはじめていた。何より苛立たしいのは、そこで煙草を吸えないことだった。

しかし、坐ってパーキンを眺めているしかないブロッグズは、もっと退屈だった。

あるとき、ついにパーキンがいった。「いくら何でも、四年も前のただの殺人事件の手助けをさせるために、わざわざイタリアから呼び戻したわけじゃなさそうですね。そんなことなら、戦争がすんでからでいいはずですから。それに、見せられる写真ときたら、どれもこれもドイツ軍将校のものばかりだ。口外しちゃいけないことだったら、一言そういってもらえませんか。そうでないと、うっかりしゃべるかもしれませんからね」

「そのとおり、まさに口外しちゃいけないことなんだよ」ブロッグズは応じた。

パーキンは写真に戻った。

写真はみな古くて、ほとんどが茶色くなり、褪色しかけているものすらあった。多くは本、雑誌、そして新聞から取ったものだった。ミドルトンは抜かりなく拡大鏡を準備してくれていたから、パーキンはときどきそれを使って、集団のなかの小さな顔をより慎重にあらためた。ブロッグズの胸はそのたびに高鳴り、パーキンが拡大鏡を脇に置いて次の写真に取りかかると、また静まった。

二人は昼食をとりに近くのパブへ出かけた。戦争が始まってからは大半のビールが水っぽかったが、その店のエールも例外ではなかった。パーキンは一ガロンはいけると豪語したものの、ブロッグズは二パイント以上は飲ませないほうが賢明だと考えた。

「ミスター・フェイバーはおとなしくて」と、パーキンがいった。「誰が見てもそんな度胸のある人じゃありませんよ。まあ、あの大家は美人といえないこともなかったし、男を欲しがってはいましたけどね。いま思えば、おれだってものにできたはずなんだけど、でも、やり方を知らなかったからな。まだ——十八でしたからね」

ブロッグズはチーズを載せたパンを、パーキンはタマネギのピクルスを一ダースばかり、胃袋に落とし込んだ。二人はパブを出て地下室へ引き返した。入る前に、パーキンが外で煙草を一本吸った。

「ちょっと聞いてください」彼はいった。「ミスター・フェイバーは大柄で、ハンサムで、言葉もきれいでした。ただ、着てるものが貧乏くさかったし、乗り物は自転車だし、それに金を持ってなかったから、みんなそう大した人物じゃないだろうと思ってはいましたがね。でも、この事件は巧妙な偽装殺人じゃないですか」そして、どうだろうというように眉を上げた。

「そうかもしれない」と、ブロッグズは答えた。

その日の午後、パーキンは一枚どころか三枚もフェイバーの写真を見つけ出した。そのうちの一枚は、わずか九歳のころのものだった。

ミドルトンはそのネガを持っていた。

ヘンリー・フェイバーことハインリッヒ・ルドルフ・ハンス・フォン・ミュラー＝ギュダーは、

一九〇〇年五月二十六日に、西プロイセンのオルンという村で生まれた。父方はそのあたりで何代もつづいた大地主で、父はその次男、ハインリッヒも次男である。次男は軍人になることになっていた。母は第二帝国の高官の娘に生まれ、貴族の妻になるべく育てられ、実際にそうなった。

ハインリッヒは十三歳でバーデンにあるカールスルーエ幼年学校に入り、二年後には、ベルリンに近い、さらに名門のグロス＝リヒターフェルデに移った。双方とも厳格な規律を校是として設立され、生徒は鞭と冷水浴と粗食で精神を鍛えられた。ハインリッヒはそこで英語とフランス語の会話を習得し、歴史を学んで、今世紀最高得点で最終試験を通過した。その時代で、それ以外に目につく点は三つしかなかった。酷寒の冬に規則を破って夜中に寄宿舎を抜け出し、百五十マイル歩き通して叔母の家へ行ったこと、レスリングの練習で教官の腕をへし折ったこと、反抗のかどで鞭打たれたことである。

彼は一九二〇年、ヴェーゼルに近いフリードリヒスフェルト中立地帯で見習い将校を短期間務め、一九二一年にメッツの士官学校で名ばかりの訓練を受けて、一九二二年に正式に少尉に任官した。

（「きみは何からまいことをいってなかったか」と、ゴドリマンがブロッグズに訊いた。「ドイツ版のイートンとかサンドハースト、だったかな」）

それからの数年は、参謀幕僚への道を歩む者の例にならって、六カ所ほどの短期派遣任務に就いた。その間ずっと運動選手、特に長距離ランナーとして、名を馳せつづけた。親友はおらず、結婚もせず、国家社会主義ドイツ労働者党への入党も断わった。国防省の中佐の娘をはらませたとかいう真偽のあいまいな事件のせいで中尉になるのが遅れたが、それでも一九二八年に昇進を果たした。上官に対等な口をきく癖も、将来有望な将校であり、プロイセンの貴族であるということで大目に見られるようになった。

一九二〇年代後半に、父の兄でありハインリッヒの伯父であるオットーがヴィルヘルム・カナリスと親しくなり、オルンの屋敷へ招いてともに数日を過ごしたことがあった。一九三一年には、首相になる前のアドルフ・ヒトラーも、客としてそこを訪れた。

一九三三年にハインリッヒは大尉に昇進し、ベルリンに勤務することになったが、その任務は明らかでなく、写真についてもこの日付が最後だった。

公開された情報による限り、それ以後の彼は存在するのをやめたかのようだった……。

「それ以降は、たいてい見当がつく」パーシヴァル・ゴドリマンがいった。「まず、アプヴェーアで訓練を受け、無線の操作、暗号、地図の作り方、住居侵入、脅迫、破壊工作《サボタージュ》、音を立てずに人を殺す方法を学んだ。一九三七年ごろロンドンに潜入し、時間をかけて周到に隠れ処と隠れ蓑を準備した。たぶん、二つずつだ。そのあいだに一匹狼のスパイとしての本能に磨きをかけ、戦争が始まると、自らに殺しのライセンスを与えた」机の上の写真を見た。「なかなかの男前じゃないか」

それは第十ハノーファー狙撃大隊の五千メートル競走チームの写真で、中央に、フェイバーがカップを抱いて写っていた。秀でた額、ほっそりとした顎、小さな口、細い口髭、髪は坊主頭に近いほど短かった。

ゴドリマンがビリー・パーキンにその写真を渡した。「どうだろう?」

「もっと老けてたような気がするけど、それは……彼が立ち居振る舞いでそう見えるようにしていたのかもしれません」パーキンはじっくりと写真をあらためた。「それに、髪を伸ばしていたし、髭もなかった」そして、写真を押し返した。「でも、彼です。間違いありません」

「このファイルには、さらに二つの未確認情報がある」ゴドリマンがいった。「一つ目は、彼が一九三三年に情報部入りしたのではないかというものだ。将校の公式記録が明らかな理由もなく途切れた場合は、そう仮定されるのが普通なんだ。二つ目は信頼できるいかなる筋も確認していない噂のようなものだが、彼は数年間、ワシーリイ・ザンコフという名前で、スターリンに信頼されて密かに助言をしていたという」

「まさか」ブロッグズが声を上げた。「いくら何でも、そんなことはありえないでしょう」

ゴドリマンが肩をすくめた。「ヒトラーの擡頭《たいとう》期に、周辺の精鋭将校団を処刑させようとスターリンを説得した人物がいるんだよ」

ブロッグズが首を振って、話題を変えた。「それで、これからの方針は?」

ゴドリマンは考えていたが、やがていった。「とりあえず、パーキン軍曹をわれわれにもらい受けよう。《針《ディー・ナーデル》》の現物を見ているのは、われわれの知る限りでは軍曹だけだからな。それに、彼はもう多くを知りすぎた。いまさら前線に出す危険は冒せない。捕虜になって尋問されるおそれだってないわけじゃないからな。それから、この写真をできるだけ鮮明に現像し直して、髪を伸ばし、口髭を加えて、コピーをばらまこう」

「全面的に公開するということですか?」ブロッグズが疑わしげな声を出した。

「いや、いまのところはまだだ。新聞社なんかにくれてやったら、あいつに教えてやるようなものだからな。当面は警察に配るだけだよ」

「それだけですか？」

「ああ、それだけだ。ほかにいい考えでもあれば別だがね」

パーキンが咳払いをした。「いいでしょうか？」

「何だね？」

「部隊に帰してもらうわけにはいきませんか。いいたいことはおわかりでしょうが、おれはこういう、静かに頭を使う仕事をするタイプじゃないんですよ」

「気の毒だが、軍曹、きみに選択権はないんだ。現段階でイタリアの村の一つや二つが大勢に影響を及ぼすことはない。だが、このフェイバーという男は、わが国を敗戦に導くおそれがある。嘘じゃない」

11

　フェイバーは釣りに出かけていた。

　彼は三十フィートのボートの上で手足を伸ばし、心地よい春の陽を浴びながら、約三ノットで漂うように運河を進んでいた。片手はゆったりと舵をとり、もう一方の手には釣り竿が握られて、糸が後ろへ流れていた。

　が、釣果《ちょうか》はなかった。

　同時に、彼はバード＝ウォッチングも楽しんでいた（事実、彼は鳥についてずいぶん多くの知識を得はじめていた）。それに、そうしていれば、双眼鏡を持ち歩いても怪しまれなかった。彼はもっと早い時間に、カワセミの巣を見つけていた。

　ノリッジの貸しボート屋は、二週間借りるという太っ腹の客に大喜びだった。このところ商売上がったりで、持ち舟を二艘に減らしたにもかかわらず、その片方はダンケルクで負けて以来、艇庫につながれたままだったのである。フェイバーは形だけ借り賃を値切り、交渉はあっという間に成立して、缶詰の食糧がボートのロッカーに積み込まれた。

　餌は近くの店で買ったが、釣りの道具はロンドンから持参していた。餌屋は釣り日和がつづくだろうと天気予報までしてくれ、盛大な釣果を祈ってくれた。身分証を見せろなどとは、誰もいわなかった。

ここまでは順調だった。

しかし、ここからが難関だった。軍隊の戦力評価は難しい作業である。その軍隊を見つけることからしてやさしくはなかった。

平時であれば、軍も道路に標識を立てているからそう大変ではないが、いまは軍の標識どころか、あらゆる標識が取り払われていた。

一番簡単な方法は軍用自動車を尾けていくことだが、フェイバーは車を持っていなかった。一般市民が車を借りるのは不可能に近かったし、仮に借りられたとしても、ガソリンが手に入らなかった。それに、民間人が車で軍用車を尾け回し、駐屯地を眺めていたら、逮捕してくれといっているようなものだ。

というわけで、ボートを選んだのである。

何年か前、まだ地図を売ることが違法でなかったころに、彼はイギリス内陸には数千マイルに及ぶ水上交通路が延びていることを発見した。十九世紀に、もともとの河川網から蜘蛛の巣のように運河が張り巡らされたが、いくつかの地方では、それが道路に匹敵するほどの発展ぶりを示していた。ノーフォークもその一つだった。

ボートには多くの利点があった。道路だと人はどこかへ行かなくてはならないが、川なら漂っていることができる。駐めた車のなかで寝たりすれば不審に思われるが、もやった舟で寝るのは普通のことだ。水路では人に出くわすことがないし、水路の検問など聞いたこともない。

不利な点もあった。飛行場や兵舎は道路の近くと相場が決まっていて、水路からの出入りは考慮されていない。夜間に舟をもやって、月明かりを頼りに、延々と探索しなくてはならないが、四十マイルも円を描いて歩けばたいていへとへとになるし、闇と時間に追われる二重苦できちんと目を配ることができず、探しているものを容易に見落とすおそれもある。

夜明けから二時間ほどして戻ると昼まで眠り、また舟を出す。思いつくまま近くの丘によじ登り、あたりを調べる。閘門《こうもん》で、一軒家の農家で、川辺のパブで、近くに軍事施設があるような話が出ることを期待しながら、世間話を試みる。しかし、いまのところ成果はなかった。

フェイバーもさすがに場所を間違えているのではないかという気がしはじめ、パットン将軍になったつもりで考えてみた。もし東イングランドからフランスへ、それもセーヌの東へ進攻しようと考えたら、自分ならどこへ基地を置くだろうか。やはり、ノーフォークだ。人気《ひとけ》のない広大な片田舎で、飛行場に適した平坦な土地がふんだんにあり、海が近いからすぐに上陸部隊を送り出せる。さらに、艦隊を集結させるに打ってつけのウォッシュ湾がある。しかし、おれの知らない理由があれば、必ずしもそうとは限らないのではないか。だとしたら、もたもたしないで移動しなくてはならないが、それはどこだ。フェンズか。

前方に閘門が見えてきた。フェイバーは帆を調節して速度を緩め、ゆっくりと閘門に滑り込んで、ゲイトにやさしく舟を当てた。番人の家が土手の上にあった。彼は両手をメガフォン代わりにして声をかけ、気長に待つことにした。閘門番は急ぐことを知らない人種だということを、彼はすでに学んでいた。ましていまはお茶の時間で、彼らが腰を上げることはまずありえない。

女が玄関から顔を出して、手招きした。フェイバーは手を振り返し、土手に飛び移ると、ボートをもやって家へ向かった。閘門番は腕まくりをしてキッチンテーブルに腰を据えていた。「急いじゃいないんだろ？」

「ええ」フェイバーは笑顔で答えた。

「お茶をさしあげてくれ、メイヴィス」

「いや、お気遣いなく」フェイバーは丁重に断わった。

「まあ、いいさ。ちょうどいれたところなんだ」

「そういうことなら」フェイバーは腰を下ろした。狭いキッチンはこざっぱりと清潔で風通しがよかった。彼の前にかわいらしい磁器のカップが置かれた。

「釣り休暇かね？」

「それに、バード＝ウォッチングもね。そろそろ舟を繋留して、二日ばかり陸で過ごそうと思ってるんですよ」

「ああ、なるほど。それなら、運河の向かいにもやっておくといい。こっち側には立入制限区域があるからな」

「そうですか。こんなところに軍の施設があるとは知らなかったな」

「ああ、半マイルほど行ったところからがそうなんだ。軍の施設かどうかは知らんよ。連中は何も教えてくれないからな」

「まあ、知る必要もないでしょうけどね」

「そうだな。さあ、飲んでくれ。そうしたら、閘門を開けるから。待たせて悪かったな」

家を出ると、フェイバーはボートに乗り込んでもやい綱を解《ほど》いた。後ろでゆっくりとゲイトが閉まり、水門が開いた。ボートが閘門の水位とともに次第に下がっていった。やがて、閘門番が前のゲイトを開けた。

フェイバーは帆を上げて滑り出た。閘門番が手を振った。

彼は四マイルほど行ったところでふたたびボートを止め、土手の太い木につないだ。そして日が落ちるのを待ちながら、缶詰のソーセージと乾燥ビスケット、瓶詰の水で食事をすませた。黒い服に着替え、ショルダーバッグに双眼鏡、カメラ、《東アングリアの珍しい鳥》のコピーを入れ、コンパスをポケットにしまって、懐中電灯を手にした。準備はととのった。

彼はカンテラを消し、キャビンに鍵をかけると、土手に飛び移った。そこで懐中電灯をつけてコンパスを確認し、運河に沿って延びる森へ潜り込む。

ボートから真南へ半マイルほど歩いたところで、フェンスに出くわした。高さ六フィートの金網で、てっぺんにはコイル状の有刺鉄線が巡らされていた。フェイバーは森のなかへ戻り、高い木によじ登った。

空は雲に覆われていたが、ときどき雲の切れ間から月明かりが射した。フェンスの向こうはなだらかに傾斜した広大な空き地だった。彼はビギン・ヒル、オールダショット、それに南イングランドのあちこちで何度も似たようなことをやり、こういう場所には二段構えの警備体制が敷かれていることを経験から知っていた。フェンスの周囲をパトロールが巡回し、各施設には歩哨が立っているのが普通だ。

辛抱と注意を怠りさえしなければその目をかいくぐることができる、彼はそう考えていた。

フェイバーは木を降りてフェンスへ戻ると、藪に身を隠して、待つ態勢をとった。

パトロールがここを通過する時間を知る必要があった。世が明けるまでにこなければ、おとなしくボートに帰って明日の晩を待つことになる。運がよければ、間もなくここを通過するはずだ。

これだけの広さだったら、フェンスの周囲をパトロールするにしても一晩に一回りがせいぜいだろう。

運がよかった。十時を過ぎてすぐに足音が聞こえ、三人編成のパトロールがフェンスの内側を通り過ぎていった。

五分待って、フェイバーはフェンスを越えた。

彼は真南へ向かった。直線的に進むのが一番いい。懐中電灯は使わず、できるだけ木や藪のそばを歩き、高いところは避ける。不意に月明かりが射したとき、自分の姿が浮かび上がるおそれがあるからだ。茫漠たる風景は、黒と灰色と銀色の抽象画のようだった。足下はじっとりと軟らかく、近くに湿地帯があるのではないかと思われた。一匹のキツネが、猫のように柔らかな身ごなしで、グレイハウンドのように素早く、目の前を横切っていった。

午後十一時三十分、正面に軍事施設らしきものが現われた。だが、様子がおかしい。月明かりに透かしてみると、おそらく四分の一マイルほど向こうに、平屋の建物が規則正しく何列にも並んでいた。その正確さは兵舎の配列に違いなかった。すぐに地面に伏せたものの、そのときにはすでに、彼は目の当たりにしているものを疑いはじめていた。本物にしては明かりもついていないし、物音一つ聞こえないではないか。

疑いを解くような事実が明らかになるのではないかとさらに十分間伏せたまま待ったが、期待は空しかった。アナグマが飛び出してきてフェイバーを見、またあっという間に姿を消しただけだった。

彼は匍匐前進を開始した。

近づいてみて謎が解けた。兵舎は人がいないどころか、完成してもいなかった。そのほとんどは支柱に屋根をかけただけで、壁があるとしても一面だけだった。

不意に物音がして、フェイバーは動きを止めた。男の笑い声だった。伏せたまま身を硬くして、声のほうをうかがう。一瞬マッチの炎が揺らめいて消え、作りかけ兵舎のなかに、真っ赤に輝く二つの点が残された。歩哨が煙草に火をつけたのだ。

フェイバーは袖に隠したスティレットを確かめ、匍匐前進を再開して、歩哨に近づかないようにしながら兵舎の横手を目指した。

未完成の兵舎には、基礎もなければ床もなかった。あたりに建設作業車輌は一台もなく、コンクリートミキサーも手押し車もシャベルも、積み上げたレンガすら見当たらなかった。車の轍は確かに残っていたが、その窪みには春の草が伸びはじめ、最近は何も通っていないことが一目瞭然だった。

一万人収容の兵舎を作ると決めて工事を始めたものの、数週間で気が変わったかのようだ。だが、それだけでは納得できない何かがあった。

フェイバーは歩哨にパトロールを思いつかせたりしないよう、用心しながらあたりを歩いてみた。兵舎群の中央には軍用車輌の一団がいた。だがそれらはみな古く、錆が浮き、エンジンも内部の部品も抜き取られて、車体だけになっていた。しかし、いらなくなった車の生かせる部品を取り外したのなら、ボディが無傷で残っているのは不自然ではないか。

一面しか壁のない兵舎は一番外側の列のものばかりで、しかも壁は外にしか向いていなかった。建設現場というより映画のセットだ。

この場所で仕入れられる情報はすべて仕入れたと考えて、フェイバーは兵舎群の東端へ歩いていき、そこから四つん這いになって藪の陰を進んだ。半マイルほど行って小高い場所から振り返ると、完全な兵舎の一群に見えた。

ちらりと頭をかすめるものがあったが、いまはそれを考えるときではなかった。

土地は依然として比較的平坦で、緩やかなうねりがある程度だった。点在する林と湿地の藪が味方になってくれ、湖を迂回しなくてはならなくなると、そのとたんに月が出て、水面を銀色に照らした。フクロウの声の方向を見ると、遠くに荒れ果てた納屋が一軒あった。

さらに五マイル歩いたところで、飛行場が見えた。

フェイバーが想像していたイギリス空軍全体の航空機の数よりもずっと多くの飛行機が並んでいた。照明弾を投下するパスファインダー、爆弾を投下して敵の士気と抵抗力をそぐランカスターとアメリカのB17、偵察と地上掃射を担当するハリケーンとスピットファイアとモスキート。進攻に十分な航空機の数だった。

しかし、一機の例外もなく軟らかな土に脚をめり込ませ、胴体を地面につけていた。

そしてここでも明かりは見えず、物音も聞こえなかった。

フェイバーはさっきと同じ手順を踏み、歩哨の位置がわかるところまで匍匐前進した。飛行場の真ん中に小さなテントがあり、キャンヴァスの生地を透かしてランプの明かりがぼんやりとにじんでいた。あそこにいるのは二人か、おそらく三人だろう。

近づくと、飛行機は押し潰されたかのように平たく見えた。

手近の飛行機に触って、彼は仰天した。それは厚さ半インチのベニヤ板をスピットファイアの形に切り、迷彩塗装を施して地面にロープでくくりつけただけのものだった。

ほかもみな同じだった。

千を超えるベニヤの飛行機の群れだ。

フェイバーはテントを目の端に捉え、わずかな気配でもすぐに伏せられるよう身構えながら、用心深く立ち上がった。そして偽物の戦闘機や爆撃機の並んだ偽物の飛行場を調べて歩き、この光景とさっきの映画セットもどきの兵舎を結びつけて、その意味するものに呆然とした。

偽飛行場や作りかけの兵舎は、おそらくここだけではないはずだ。ウォッシュ湾へ行けば、ベニヤ板の巡洋艦や輸送船が群れをなしているに違いない。

実に大胆で大がかりなトリックだ。しかも、金をかけ、細心の注意が払われている。

もちろん、地上の目はそういつまでも欺き通すわけにはいかないだろうが、これは、それを目的にしたものではない。

これは空から見えるように作られたのだ。

空からであれば、偵察機がどんなに低空を飛び最新のカメラと高感度フィルムをもって撮影しても、写っているのは疑う余地のない人と機械の一大集結ということになるだろう。

ベルリンがセーヌの東を上陸地点と予想するのも無理はない。

これを偽装工作と疑うべき要素はほかにもあるぞ、とフェイバーは思った。イギリス軍の通信にはアメリカ第一軍《ファースト・ユナイテッド・ステイツ・アーミイ・グループ》を指すFUSAGというコードが出てくるが、それが解読されていることを彼らはすでに知っているはずだ。あるいはまた、偽のスパイ情報がスペインの外交行嚢《こうのう》に交じってハンブルクに流されているということだってありえなくはない。そういう可能性は、数え上げれば切りがない。

イギリスは四年がかりでこの進攻作戦の準備をしていたのだ。一方ドイツは、ほとんどの戦力をロシア戦線に取られている。連合軍が爪先でもフランスの土に触れたら、もう勢いを止めるすべはないだろう。ドイツにとって唯一のチャンスは、上陸部隊を水際で殲滅することだ。待ち受ける場所を間違えれば、その唯一のチャンスも失われてしまう。

その戦略が間もなく全貌を現わそうとしているのだ。単純で、しかし圧倒的な戦略が。

ハンブルクに知らせなくてはならない。

だが、彼らは信じるだろうか。

戦争では、一人の男の言葉で戦略が変更されることは滅多にない。確かにおれは高い地位にいるが、そういうことができるほどの地位だろうか。

おそらくフォン・ブラウンは信じないだろう。あいつは馬鹿だし、昔からおれを嫌って隙あらば足を引っぱろうと狙っている。カナリスは、フォン・レンネはどうか……あいつらはおれのほうが信じられない。

それに、もう一つの問題がある。無線だ。この情報に関しては無線を使いたくない……もう何週間も前から、暗号が解読されているような気がする。無線を使ったために、秘密がばれたことをイギリスに知られたら……。

方法は一つだ。自らベルリンへ乗り込んで報告するしかない。

そのためには、証拠となる写真が必要だ。

巨大な偽軍隊の写真を撮り、スコットランドへ行ってU=ボートと待ち合わせ、その写真を自分の手で総統に渡す。これ以上の方法も、これ以下の方法もないはずだ。

しかし、夜の闇のなかで写真を撮るわけにはいかず、夜明けを待たなくてはならない。フェイバーはここへくる途中の荒れ果てた納屋を思い出し、そこで明るくなるまで待機することにした。

彼はコンパスで方角を確かめて、出発した。納屋は思ったより遠く、一時間も歩かなくてはならなかった。それは古い木造で、屋根は至るところに穴があき、かつてはいたはずのネズミも食糧がなくなったと見えて姿がなく、屋根裏の乾草置場にコウモリが巣くっているばかりだった。

フェイバーは板の上に横になったが、頭は冴え渡っていた。自分が戦争の行方を左右する情報を持っていることを思うと、とても眠れるものではなかった。

夜明けは〇五二一時。フェイバーは〇四二〇時に納屋をあとにした。眠りはしなかったものの、二時間身体を休め、そのあいだに冷静さを回復し、精神的にも充実していた。月はすでに沈んでいたが、西風が雲を吹き払ってくれたおかげで、星が明るく顔を出していた。

計算どおり、《飛行場》に近づいたところで空が白みはじめ、目標が遠目にも捉えられるようになった。

警備兵はまだテントのなかだった。ひょっとすると、眠っているのかもしれない。こういう警備任務では、最後の数時間を眠らずにいるのが一番難しいということを、フェイバーは経験から知っていた。

しかし、万一姿を現わしたら殺す以外にない。

彼は撮影位置を決め、三十六枚撮りのアグファ三十五ミリ高感度フィルムをライカに装填した。そして、フィルムの感光剤の無事を祈った。そのフィルムは戦争の前からスーツケースに眠っていたものだ。新しく買おうにも、最近のイギリスでは手に入らなかった。大丈夫なはずだ、と彼は自分にいい聞かせた。光を通さない袋に入れて、涼しいところに置いておいたのだから。

太陽の真っ赤な上端が地平線に覗くと、それを合図にシャッターを切りはじめた。角度を変え、距離を変えての撮影は、偽飛行機のクローズアップを撮ったところで終了した。これらの写真が、幻と現実の両方を見せてくれるはずだった。

最後の一枚を撮り終えたとき、目の隅で働くものがあった。フェイバーはさっと伏せて、ベニヤ板のモスキートの下に這い込んだ。兵隊が一人テントから現われ、何歩か行ったところで立ち小便を始めた。そして、伸びとあくびをして煙草に火をつけると、一渡り飛行場を見回し、身震いしながらテントへ帰っていった。

フェイバーは立ち上がって、走りだした。

四分の一マイル走ったところで振り返ると、もう飛行場は視界から消えていた。彼は兵舎を目指して西へ向かった。

これはありきたりの殊勲とはわけが違うぞ、とフェイバーは考えた。総統はいまや誰も歩調を合わせてくれなくて孤立している。そこへ総統が正しく専門家どもが間違っているという証拠を携えていくのだから、おざなりな褒め言葉以上を期待できるはずだ。総統はすでにおれをアプヴェーア屈指の工作員と位置づけてくれているが、今度の手柄の褒賞としてカナリスの地位を与えてくれるのではあるまいか。

しかし、それはすべてをやりおおせてからの話だ。

彼は二十ヤードごとに小走りになり、歩き、また小走りになることを繰り返して先を急ぎ、何とか〇六三〇時までに兵舎のある区域へたどり着いた。もう真昼の明るさだったから、夜のように近づくわけにはいかなかった。警備兵がテントから出てきて、四方を完全に見通せる壁のない兵舎にいたからである。フェイバーは藪に隠れて俯せになり、遠くからシャッターを切った。普通に現像したのでは何の変哲もない兵舎に見えるだろうが、拡大すれば偽装の詳細が明らかになるはずだ。

ボートへ引き返すときには、三十枚分の写真を撮り終えていた。フェイバーはふたたび先を急いだ。見つかるわけにはいかなかった。黒ずくめで、肩にはカメラを入れたキャンヴァス・バッグといういでたちの男が、さえぎるものとてない立入制限区域を小走りに駆けているのだ。不審に思われないわけがない。

彼は一時間でフェンスのところへ戻った。そのあいだに出くわしたのは、野鴨の群れだけだった。金網の反対側へ降り立った瞬間、どっと緊張が解けた。フェンスの向こうとこちらとでは、不審に思われる度合いがまるで違う。こちら側にいれば、バード＝ウォッチングと釣りとボートを楽しむ、休暇中の市民で押し通すことができる。一番危険な時間は終わったのだ。

フェイバーは一息入れると、運河沿いの林のなかをゆっくりと歩きだした。夜のあいだ張りつめていたものが、徐々にほぐれていった。ボートを何マイルか移動させたところで繋留し、そこで何時間か眠ろう。

運河に着いた。もう大丈夫だ。朝の陽に、ボートが美しく映えていた。舟を出したらすぐにお茶をいれ、それから——。

ボートのキャビンから制服姿の男が現われて、声をかけた。「きみは誰だ?」

フェイバーはそこに立ったまま動かなかった。氷のような冷静さと本能がよみがえった。男が着ている制服は、国土防衛軍の大尉のものだ。ボタン留めのフラップがついたホルスターには、型式はわからないが拳銃が収められていた。長身で痩せているが、五十代後半というところか。帽子の下から白い髪が覗いていた。銃を抜く様子はなかった。フェイバーはそういうことを観察してからいった。「あんたが乗っているのは私の舟だ。誰かと訊くのは私のほうだと思うがね」

「国土防衛軍のスティーヴン・ランガム大尉だ」

「私はジェイムズ・ベイカーだ」フェイバーは土手から動かなかった。大尉というからには、部下がどこかにいるはずだ。

「ここで何をしている?」

「休暇を楽しんでいるところだ」

「どこへ行っていた?」

「バード=ウォッチングだ」

「夜が明ける前からか? ワトスン、こいつを逃がすな」

デニムの制服を着た若そうな男が、ショットガンを構えて、フェイバーの左に現われた。ぐるりと見回すと、右にも一人、後ろにも一人、身構えていた。

大尉が声を張り上げた。「伍長、この男はどっちの方角からきたんだ?」

樫の木のてっぺんから声が返ってきた。「立入制限区域のほうからです」

フェイバーは計算した。木の上にいる伍長が降りてくるまでは四対一。銃は大尉の拳銃と、左のショットガンだけだ。連中は基本的には素人だし、ボートが役に立ってくれるだろう。

「立入制限区域？　そういえばフェンスらしきものがちらちらしていたが、私が見たのはそれだけだ。さあ、このおんぼろショットガンを下げさせてくれないか。暴発しそうでおっかなくてたまらん」

「どこの誰が夜の夜中に野鳥観察なんかするものか」と、大尉がいった。

「夜のうちに闇に紛れて隠れる場所を作り、鳥が起き出すのを待つんだ。バード＝ウォッチングの常套的な方法だ。ともかく、国土防衛軍が愛国的で、熱心で、とにかくよくやっていることは認めよう。だが、これはやりすぎだ。身分証を調べて報告書を提出すれば、それですむことだろう」

それでも、大尉の顔からは疑いの色が消えなかった。「そのキャンヴァス・バッグには何が入っているんだ」

「双眼鏡、カメラ、それに鳥の図鑑だ」フェイバーはバッグに手を伸ばした。

「動くな」大尉がいった。「ワトスン、なかをあらためろ」

そらきたぞ。やっぱり素人だ。

ワトスンがいった。「両手を上げるんだ」

フェイバーは両手を差し上げながら右手を上衣の左袖に近づけ、しばしその恰好でいた。そうしていれば、撃たれることはない。

ワトスンはフェイバーの左側に近づくと、ショットガンを向けたまま、キャンヴァス・バッグの蓋を開けた。その瞬間、フェイバーは袖からスティレットを引き抜き、ワトスンの懐に飛び込んだ。そして深々と首にスティレットを刺し通し、左手でショットガンをもぎ取った。

土手の上にいた二人はフェイバーに向かって突進し、伍長は大あわてで枝にぶつかりながら木を降りはじめた。

フェイバーはワトスンの首からスティレットを抜き、彼を地面に放り出した。大尉がホルスターのボタンをもどかしげにまさぐっている。それを見て、フェイバーはボートに飛び移った。舟が揺れ、大尉がよろめいた。突き出したスティレットは距離があったために狙いに届かず、切っ先は制服の襟をかすめて顎を切り裂いた。大尉がその傷を押さえるために、ホルスターから手を離した。

土手を振り返ると、大尉の部下の一人がボートに飛び移るところだった。フェイバーは一歩踏み出し、右手を突き出して、スティレットを握る腕に力を込めた。飛び込んできた男は、八インチのスティレットに自ら串刺しになった。

しかし、その勢いでフェイバーも後ろへ飛ばされ、手を離れたスティレットは男に突き刺さったまま、その下敷きになってしまった。フェイバーは両膝をついて起き上がった。スティレットを取り戻している暇はなかった。大尉がホルスターを開けようとしていた。フェイバーは大尉に飛びかかり、両手でその顔を襲った。拳銃が現われた。フェイバーは親指で相手の両目をえぐった。大尉は悲鳴を上げ、手を払いのけようともがいた。

そのとき、四人目の男がどすんとボートに飛び乗った。フェイバーは大尉をうっちゃって、その男のほうを向いた。たとえ安全装置を外せても、目が見えなくては発砲できないはずだ。四人目の男は警棒を構え、頭をめがけて力まかせに振り下ろした。フェイバーは危うく右によけて、左肩で受けた。左腕が一瞬しびれた。彼は相手の首にチョップを見舞った。しかし、狙ったところに打ち込んで手応えも十分だったにもかかわらず、驚いたことに男は何とか持ちこたえて、ふたたび警棒を振り上げた。フェイバーは距離を詰めた。左腕の感覚は戻りつつあったが、ひどく痛みはじめてもいた。彼は両手で男の顔をつかむと、押し、ねじり、また押した。首の折れる、短く乾いた音がした。同時に、警棒がフェイバーの頭を直撃した。彼はぐらりとよろめいた。

大尉がよろよろと体当たりしてきた。フェイバーがぐいと押すと、彼は帽子を飛ばしながら後ろへたたらを踏み、舟べりから足を滑らせると、大きな水しぶきを上げて運河に墜落した。

伍長は最後の六フィートを残したところで、木から飛び降りた。フェイバーは串刺しになった男からスティレットを引き抜き、土手に飛び上がった。ワトスンは生きていたが、もう長くない様子だった。首の傷から、どくどくと血があふれていた。

フェイバーは伍長と向かい合った。彼は銃を持っていた。

伍長は明らかに怯えていた。相手は一人で三人を殺し、残る一人を運河に放り込んだのだ。それも、彼が木から降りるほんのつかの間に。

フェイバーは銃を見た——ずいぶん古いな、博物館にあるような代物じゃないか。こいつがそれを信頼しているのなら、とうにぶっぱなしているんじゃないか。

伍長が一歩踏み出したとき、フェイバーは彼が右脚をかばっていることに気がついた。たぶん、木から降りるときにやったのだろう。フェイバーは横に回った。銃を目標に向けておくために、伍長はやむをえず傷ついたほうの脚に重心をかけて身体をひねった。フェイバーは石の下に爪先を差し入れると、石を蹴り上げた。そして、相手が気を取られた隙を逃さなかった。伍長は引鉄を引いた。だが、何も起こらなかった。古い銃は不発だった。たとえそうでなかったとしても、命中するはずがなかった。目は石を追っていたし、傷ついた脚でよろめいたし、的は動いていたのだ。

フェイバーのスティレットが、伍長の首を刺し貫いた。

あとは大尉一人だ。

大尉は向こう岸に這い上がろうともがいていた。フェイバーは石を拾って投げつけた。頭に命中したが、大尉はついに岸に上がって走りだした。

フェイバーは土手を駆け降りて運河に飛び込み、数ストロークで向こう岸にたどり着いた。大尉は百ヤードも先行していたが、いかんせん年齢には勝てなかった。フェイバーは着々と距離を縮めて、相手の苦しそうな喘ぎが聞こえるところまで追いついた。やがて大尉の足取りが鈍り、とうとう藪に倒れ込んだ。フェイバーは大尉に近づき、仰向けにした。

大尉がいった。「お前は……お前は悪魔だ」

「おれの顔なんか見るからだ」といって、フェイバーは彼を殺した。

12

翼に鉤十字《スワスティカ》を描いた三発のユンカースJu52輸送機が、東プロイセンの森林地帯にあるラステンブルク飛行場の、雨に濡れた滑走路に止まった。鼻も口も耳も大きな小男が足早にアスファルトを横切って、待機しているメルセデスへ向かった。

車がじっとりと湿った陰鬱な森を走りだすと、エルヴィン・ロンメル元帥は帽子を脱ぎ、神経質な手で、後退しはじめた生え際を撫でた。数週間後に別の人物が同じ道をたどることを、彼は知っていた。その男がブリーフケースに爆弾を隠し持っていることも。その爆弾は総統自身を排除するためのものだった。そして、一方で何とか戦いをつづけ、いくらかでも戦況の悪化を防いで、ドイツの新しい指導者——それはロンメル自身かもしれない——が、より有利な状況で連合軍との終戦交渉に当たることができるようにしなくてはならなかった。

メルセデスは十マイル走って《狼の巣《ヴォルフスシャンツェ》》に着いた。ヒトラーと、彼を取り巻く将軍たちの根城である。彼らはますます神経症的になり、ますます閉鎖的になっていた。

霧雨はこやみなく降りつづいていた。敷地内の堂々たる針葉樹の森が、その雨を含んで雫を滴らせていた。ヒトラー専用居住区のゲイト前までくると、ロンメルは帽子をかぶり直して車を降りた。警備隊長のラッテンフーバーSS上級大佐《オーバーフューラー》が黙って手を差し出し、ロンメルの拳銃を受け取った。

会議は、コンクリートで補強された、寒くて湿気が多く、風通しの悪い地下壕で開かれることになっていた。ロンメルが階段を降りて部屋に入ると、すでに十二、三人が雁首を揃えて正午の会議の始まりを待っていた。ヒムラー、ゲーリング、フォン・リッベントロップ、カイテルの顔も見えた。ロンメルは目礼をして、硬い椅子に腰を下ろした。

全員が起立してヒトラーを迎えた。彼はグレイの短い軍服の上衣《チュニック》に黒いズボンをはいて、ロンメルの目には、ますます猫背が昂じたように見えた。ヒトラーはまっすぐ壕の奥へ進んでいった。そこのコンクリート壁に北西ヨーロッパの大きな地図が貼りつけてある。疲れ、苛立った様子の彼は、挨拶抜きで本題に入った。

「いずれ連合軍はヨーロッパへ侵攻してくるはずだ。年内という可能性も十分にある。イギリスを基地とする、アメリカとイギリスの合同軍だ。上陸地点はフランスだろう。われわれはそれを、水際で撃破する。この点については、議論の余地はない」

ヒトラーは、敢えて異論を唱える者はあるまいなと、脅すような目で参加者を見渡した。全員が沈黙を守っていた。ロンメルは身震いした。この壕は死ぬほど寒かった。

「問題は、敵がどこに上陸するかということだ。フォン・レンネ、報告したまえ」

事実上カナリスの後任となった、アレクシス・フォン・レンネ大佐が立ち上がった。開戦時には一介の大尉にすぎなかった彼が地位を確立したのは、フランス軍の弱点に関する卓越した報告によってだった。その報告は、ドイツに勝利をもたらした決定的な要因と見なされていた。彼は一九四二年に陸軍情報局長に就任し、カナリスの失脚に伴ってアプヴェーアをも吸収していた。鼻っ柱が強く、歯に衣着せずに物をいう、しかし有能な人物だと、ロンメルは聞いていた。

フォン・レンネが報告を開始した。「われらが情報は広範囲にわたっておりますが、完璧というわけにはいきません。連合軍はこの侵攻作戦を《オーヴァーロード》というコードネームで呼んでいます。イギリスにおける部隊集結状況は以下のとおりです」指示棒を手にして地図に歩み寄る。「一、南部海岸沿い。二、東アングリアと呼ばれるこの地域。三、スコットランド。いまのところ、東アングリアに集結しているものが最大です。われわれは、敵が三面作戦をとってくると考えています。つまり、まずノルマンディに陽動部隊を繰り出し、次いでドーヴァー海峡を渡ってカレーの海岸に主力を差し向ける。そして、スコットランドからは北海を渡ってノルウェイに打って出るというものです。すべての情報がこの予測を支持しています」彼はそう結論して、腰を下ろした。

「意見のある者は？」ヒトラーが促した。

フランス北部海岸を防衛管区に持つ、B軍集団司令官のロンメルが口を開いた。「いまの意見を支持する報告があります。パ・ドゥ・カレーにたいする爆撃が飛躍的に激しくなっています」

ゲーリングがいった。「きみの予測を支持する情報の出所はどこだ、フォン・レンネ？」

フォン・レンネがまた立ち上がった。「三つあります。空中偵察と敵無線の傍受、工作員からの報告です」そして、腰を下ろした。

ヒトラーが股間を護るように手を組んだ。演説を始めるときの神経質な癖だった。「いいか」と、彼は始めた。「私がチャーチルなら、まず二つの選択肢で迷うだろう。セーヌの西か東かだ。東には利点が一つある。より近いということだ。しかし、近代兵器には二つの距離しかない。戦闘機の航続距離の内側か、外側かだ。この場合、西も東も航続距離の範囲内だ。だから、距離は考慮の対象にならん。

西にはシェルブールという大きな港があるが、東にはない。それに何といっても、西より東のほうが防御が固い。敵だって偵察機は持っているから、それぐらいは知っているはずだ。

したがって、私なら西を選ぶ。そして、そのあとはどうするか。ドイツに逆のことを考えさせようとするだろうな。毎日ノルマンディへ爆撃機を一機飛ばすとしたら、パ・ドゥ・カレーへは二機飛ばす。セーヌにかかる橋をすべて破壊しようと試みる。攪乱情報を無線で流し、偽の情報を送り、敵を攪乱するように部隊配置する。そして、ロンメルやフォン・レンネが騙されてくれることを、そして総統《フューラー》本人が騙されてくれることを願うのだ！」

室内に長い沈黙が落ちたあと、ゲーリングが最初に口を開いた。「総統はチャーチルを過大評価しておられます。あの男に、あなたと同じ戦略家としての才能などあるはずがありません」

居心地の悪い壕内の緊張が、はっきりと安堵の色に変わった。ゲーリングはお世辞というオブラートにくるんで、異議を唱えたのだ。そして、その異議は正しかった。彼に同調する者が、多少の率直さを加えて、次々と発言していった——連合軍は時間がかかることを嫌って距離の短いほうを選ぶのではないか。イギリス海岸までの距離が近いほうが、航空機が燃料を補給して戻ってくるのに短時間ですむ。南東部のほうが入江や港が多く、発進基地に適している。すべての情報報告が間違っているとは考えにくい。

ヒトラーは意見に耳を傾けていたが、三十分ほどしたところで、手を上げて静粛を求めた。テーブルから黄ばんだ冊子を取り上げ、それを振りながらいった。「一九四一年、私はこの《沿岸防衛線の構築》で将来の指針を著した。このなかで、私は次のように予測している——連合軍の決定的な上陸地点は、ノルマンディかブルターニュの突出部になるであろう。なぜならば、そこには橋頭堡《きょうとうほ》を築くに打ってつけの港が多くあるからである。これは当時の私の直感だが、いまも、やはりこのとおりだと考える！」そう断じるヒトラーの口許に、細かい泡が浮いていた。

フォン・レンネが立ち上がった（こいつは私より勇気があるぞ、とロンメルは思った）。「まったく当然のことではありますが、われわれの情報収集はいまもつづいています。そこで、ある特別な情報収集を行なっていることをお知らせしておくべきかと考えます。私はつい数週間前にイングランドへ工作員を送り込み、《針》《ディー・ナーデル》という工作員と接触させせました」

ヒトラーの目が輝いた。「ああ、その男なら知っている。先をつづけてくれ」

「そして、東アングリアに集結している、パットン将軍率いるアメリカ第一軍の戦力評価を命じました。その結果、これまでの評価が過大だったとわかれば、われわれの予測は立て直さなくてはなりません。しかし、われわれが現在考えているとおりの戦力であれば、カレーが上陸地点であるということにはほとんど疑う余地がないと考えます」

ゲーリングがフォン・レンネを見た。「その《針》というのは何者なのかね？」

ヒトラーが代わりに答えた。「カナリスが採用したなかで、唯一信頼に足る工作員だ。私の指示で採用したのだからな。私はあの家族を知っているが、強く、忠誠心堅固で、立派なドイツ人だ。そして《針》は素晴らしい。実に優秀だ！　私は彼の報告にすべて目を通しているのだ。彼がロンドンに潜入したのは――」

フォン・レンネがさえぎった。「総統――」

ヒトラーが睨みつけた。「何だ？」

フォン・レンネがためらいがちにいった。「それは、《針》の報告を信じるということでしょうか」

ヒトラーはうなずいた。「あの男なら、真実を発見する」

第三部

13

フェイバーは木に寄りかかって、身体を震わせながら嘔吐した。そして、五つの死体を埋めたものかどうか思案した。

埋め方にもよるだろうが、処理を終えるのに三十分から一時間。そのあいだに捕まるおそれがないとはいえない。

死体を隠し、発見を遅らせることによって得られる数時間は確かに貴重だが、問題は、それが捕まる危険を冒す価値があるかどうかだ。五人が行方不明になったことが、そう長く気づかれずにいるわけはない。九時ごろには捜索が始まると考えなくてはならない。あれが定期パトロールだったとしたら、ルートはわかっているはずだ。捜索隊はまずそのルートに人を走らせる。死体を放置したら、すぐにその男に発見され、警戒態勢が敷かれるに違いない。しかし、死体を埋めれば、男は一通りルートを調べた時点で引き返し、見つからなかった旨を報告するだろう。大規模な捜索隊が編成され、警官と警察犬が動員されての山狩りということになる。死体を発見するには丸一日かかるだろう。そのころには、おれはロンドンに戻っていられる。大事なのは、殺人事件と気づかれる前にここを抜け出すことだ。フェイバーはそこまで考えて、危険を冒しても死体を埋めることにした。

彼は大尉を肩に担いで運河を泳ぎ戻り、死体をぞんざいに藪の陰に放った。ボートの二体を土手に引きずり上げ、大尉の上に重ねる。最後にワトスンと伍長が死体の小山に加わった。

シャベルはなかったが、五人を埋めるとなれば大きな穴が必要だ。フェイバーは数ヤード林に入ったところに、地面の軟らかい部分を見つけた。少し窪んでいるのも好都合だ。彼はボートのキッチンからシチュー鍋を持ち出し、それをシャベル代わりに穴を掘りはじめた。

初めのうちは落ち葉の堆積した腐葉土相手の楽な作業だったが、二フィート掘り進んだところで恐ろしく厄介な粘土層にぶち当たった。それでも三十分ほどたったころには、さらに十八インチの深さを加えることができた。何とか使いものになる深さだった。

フェイバーは一体ずつ引きずってきて穴に投げ込むと、最後に、泥と血に汚れた自分の衣服を脱いで、死体の上に放った。穴を埋め戻し、藪から引きちぎった木の葉で覆う。最初にルートの捜索にくる男の目は、これでごまかせるはずだ。

彼は土手に戻り、ワトスンの血が流れ出た痕を踏み消した。ボートにも、スティレットに串刺しにされた男が倒れていたところに血溜まりができていた。フェイバーは布切れを見つけてきて、デッキを拭いた。

処理が完了すると、彼はきれいな服を着て帆を上げ、舟を出した。

釣りをしたり鳥を見たりして、優雅に正体を偽っている場合ではなかった。舟の速度を上げて、殺人現場からできるだけ遠ざからなくてはならない。どこかで舟を捨て、なるべく速い移動手段に切り替える必要もある。フェイバーはボートを操りながら、鉄道を使うのと車を盗むのとどっちがいいかを思案した。そういう車を見つけられれば、速いのは車だ。だがその場合は、国土防衛軍パトロール隊が行方不明になったこととの関連を問わず、すぐに車泥棒の捜査が始まるおそれがある。鉄道の駅を見つけるには手間がかかるかもしれないが、そのほうが安全なようだ。注意さえしていれば、今日一日ぐらいは疑いの目を逃れることができるだろう。

問題はボートをどう始末するかだ。理想的なのは沈めてしまうことだが、人目につく可能性がある。船着き場に置き去りにしたり、運河の岸にもやったままにしておいたりしたら、警察はあっという間に土手の殺人事件と結びつけるだろう。それに、そんなことをしたら、どっちへ向かって移動しているかを教えてやるようなものだ。名案が浮かばないまま、フェイバーは結論を先送りした。

運の悪いことに、彼は自分の正確な位置を把握できなかった。イングランドの水路図には橋も船着き場も閘門も載っていたが、鉄道の路線は対象外だった。一、二時間も歩けば村の五つや六つには出くわすだろうが、村に必ず鉄道の駅があるとは限らない。

その二つの問題は、たちどころに解決した。運河に鉄道橋がかかっていたのである。

フェイバーはコンパスと財布とスティレット、そしてカメラから抜き取ったフィルムを身につけた。あとの持ち物は、ボートと一緒に沈めることにした。

運河の両側は曳き船道に木立が密生し、近くに道路も走っていなかった。フェイバーは帆を畳み、マスト基部の艤装を外して、ポールをデッキに横たえた。そしてキールの栓を抜くと、ロープを持って土手に上がった。

ボートは徐々に浸水しながら、鉄道の下へと漂っていった。フェイバーはロープを引っぱって、舟がレンガ造りの橋の真下で沈むようにした。まず後部デッキが水に洗われていき、つづいて前部が水中に潜って、最後にキャビンの屋根が姿を消した。ぼこぼこと泡が立ち、やがて何も見えなくなった。ボートの輪郭は橋の影にさえぎられて、ちょっと見ただけではわからなかった。フェイバーはロープを運河に投げた。

鉄道は北東から南西へ延びている。フェイバーは土手をよじ登って、南西へ歩いた。ロンドンの方向だ。単線であることからして、一日に何本か、それも各駅停車が走るだけの、田舎の支線らしかった。

次第に陽差しが強くなり、歩いていると暑く感じられるようになった。彼は穴に捨てた血まみれの黒服の代わりに、ダブルのブレザーを着て、厚手のフランネルのズボンをはいていたが、ついに上衣を脱いで肩にかけた。

四十分ほど歩いたとき、機関車の音が聞こえた。フェイバーは線路脇の藪に隠れた。旧式の蒸気機関車がすさまじい煙を吐きながら、石炭を山積みにした貨車を引いて、ゆっくり北東へと通り過ぎた。逆方向だったら飛び乗ったんだがな、と彼は思った。だが、本当にそうすべきなのか。確かに時間は大幅に節約できる。しかし一方で、煤《すす》にまみれることになる。そうなったら、人目につかずに降りることは難しいだろう。だめだ、歩くほうが安全だ。

線路は平坦な田園地帯を一直線に突っ切っていた。彼はトラクターで畑を耕している農夫に出くわした。こう平らなところでは、隠れようもなかった。農夫は仕事の手を休めずに手を振ったが、距離がありすぎて、フェイバーの顔まではわからないはずだった。

十マイルも歩いたころ、前方に駅が現われた。半マイルほど先に、やや高くなったプラットフォームと、一群の信号機が見えた。フェイバーは線路を離れた。畑の境界をなす木立に沿って歩いていくと、やがて道路に突き当たった。

数分後、彼は村に入った。村の名前がわかるようなものは何一つなかった。いまやドイツが攻め寄せてくるおそれはなくなっていたから、たいていのところで標識や地名標示板が復活していたが、この村はまだそこまでいっていなかった。

郵便局と穀物店と《ブル》という名のパブがあった。戦歿者慰霊碑の前を通りかかったとき、乳母車を押した女が「おはよう！」と親しげに挨拶した。小さな駅が春の陽のなかで、眠そうにひなたぼっこをしていた。フェイバーはそこへ入っていった。

時刻表は掲示板にあった。フェイバーがその前に立つと、後ろの小さな切符売り場の窓口から声がした。「私ならそんなもの無視しますがね。そりゃ『フォーサイト家物語』（ジョン・ゴールズワージィの長編小説。一九二二年発表）以来、最大の作りものですよ」

時刻表が古いことはフェイバーにもわかった。ただ、ロンドン行きの列車があるかどうかを確かめる必要があった。それがあることを確かめて、彼はいった。「リヴァプール・ストリート行きの列車が何時にここを出るか、わかるかな」

窓口の駅員が皮肉な笑い声を上げた。「運がよければ、今日じゅうには乗れますよ」

「それなら、ともかく切符を買っておこうか。一枚だ」

「五シリングと四ペンスです。噂だと、イタリアの列車は時間どおりに走ってるそうですがね」

「それはいつの時代の話だ」フェイバーはいった。「いずれにせよ、列車が当てにならなくても、自前の政府のほうがいいだろう」

駅員が神経質な目でフェイバーを一瞥した。「それはもちろんです。《ブル》で待ってたらどうです？　列車がくれば音が聞こえるし、もし聞こえなかったら呼びに行ってあげますよ」

これ以上顔を人目にさらしたくない。「いや、せっかくだがやめておこう。金がかかるだけだ」彼は切符を受け取り、プラットフォームへ出た。

数分後にさっきの駅員がきて、陽溜まりのベンチに坐っているフェイバーの隣に腰を下ろした。「急ぎですか？」

フェイバーは首を横に振った。「今日はついてないんだ。遅刻はする、上司と口論にはなる、乗せてもらったトラックは途中でぶっ壊れると、散々だよ」

「そんな日もありますよ」と慰めて、駅員が時計を見た。「でも、今朝の列車は時刻どおりにきましたからね。人生は差し引きゼロというじゃないですか。今度はついてるかもしれませんよ」そして、オフィスへ引き返していった。

駅員のいったとおり、今度はついていた。列車は二十分後にやってきた。車内は、農夫、家族連れ、ビジネスマン、兵士で満員だった。フェイバーは窓に近いところに場所を見つけて、腰を下ろした。列車はのろのろと進んでいった。彼は二日前の新聞を拾うと、鉛筆を借り、クロスワードに取り組んだ。母国語でないクロスワードを解くのはかなり難しいが、英語に関していえば、密かに自負するところがあった。しばらくすると、フェイバーは列車の揺れに誘われて浅い眠りに落ち、夢を見た。

例の、ロンドンに到着するときの夢だった。

彼はフランスからやってきたところで、ヤン・ファン・ゲルダー名義のベルギーのパスポートを持っていた。職業は《フィリップス》のセールスマンである（税関でスーツケースを開けられたとき、それで無線の説明がつくはずだった）。当時、彼の英語は流暢ではあったが、砕けた言葉を自在に操る域には達していなかった。彼は同盟国のパスポートのおかげで難なく税関を通過し、ロンドン行きの列車に乗った。そのころの列車はがらがらで、食堂車もついていた。彼はローストビーフとヨークシャー・プディングに舌鼓を打ちながら、歴史を専攻するカーディフの学生と、最近のヨーロッパの政治情勢について議論の花を咲かせた。その夢はウォータールーに着くまではほぼ現実をなぞり、そのあと悪夢に変わるのだった。

問題はウォータールーの改札で起こった。ほとんどの夢がそうであるように、彼の夢もまた奇妙に不条理なものだった。出札係が、偽のパスポートではなく、正真正銘本物の乗車券に不審を抱いたのである。「これはアプヴェーアの切符じゃないか」

「違う。そうではない」フェイバーは否定したが、その英語には滑稽なほどドイツ訛りがあった。あのきれいな英語はどこへいってしまったんだ。なぜ出てきてくれないんだ。「私はそれを、ドーヴァーで買ったんだ《ゲカウフト》」くそ、もうだめだ。

出札係はヘルメット姿のロンドンの警察官に変身していた。その警官は相手がちらりと口を滑らせたドイツ語など意に介する様子もなく、慇懃な笑顔でいった。「失礼ですが、この《クラモッテン》をちょっと調べさせていただけますか？」

駅はごった返していた。あの混雑に紛れ込めば、逃げおおせられるのではないか。フェイバーはスーツケース収納式無線を放り出し、人込みを掻き分けて走りだした。そのとき不意に、ズボンを列車に置き忘れて、はいていないことに気がついた。その上、靴下にはスワスティカがついていた。一刻も早く店を見つけて、人々がナチの靴下をはいて走っている男に気づく前にズボンを買わなくては。そのとき、群衆のなかから声がした。「どこかで見たことのある顔だぞ」そして、フェイバーは足を引っかけられ、つんのめって倒れた。そこは自分が眠り込んだ、列車の床だった。


フェイバーは瞬きをしてあたりを見回した。頭痛がしていた。夢だったかと一瞬安堵し、次いで、その夢の象徴が滑稽に思われた――まったく、ナチの靴下ってことはないだろう。

オーヴァーオールを着た男が、横から声をかけてきた。「よく寝てたじゃないか」

フェイバーはさっと顔を上げた。彼はいつも、自分が眠っているあいだに決定的なことをいい、それですべてが御破算になることを恐れていた。「悪い夢を見ていたんだ」と、予防線を張った。

男は何もいわなかった。

暗くなりはじめていた。ずいぶん長いこと眠っていたのだ。突然車内に――裸電球が一個だったが――明かりがともった。あちこちでブラインドが下ろされた。乗客の顔が、青白く、目鼻立ちのあいまいな楕円形になった。オーヴァーオールがまた話す気になったようだ。「あんたは面白いものを見逃したんだぜ」

「何だい」フェイバーはけげんな顔をした。まさか、寝てるあいだに警察の検問があったなんていうんじゃないだろうな。それなら願ったりだが、まずそんなことはありえない。

「アメリカ兵を乗せた汽車が追い越していったんだよ。のろのろした十マイルぐらいのスピードの列車だった。黒人が派手に鐘を鳴らして運転してたな。前にどでかい排障器《カウキャッチャー》がついてて、まるっきり開拓時代の代物さ」

フェイバーは笑みを浮かべ、また夢のことを考えた。実際には、彼は何事もなくロンドンに入り込み、例のベルギー人の名前でホテルにチェックインした。そこを根城に田舎の教会の墓地を何カ所か訪れ、墓石から自分と同年の名前を三つ拾い出して、その三人の出生証明の写しを取り寄せた。そこまで一週間もかからなかった。それから三人になりすまして三軒の下宿に移り、実在しないマンチェスターの会社の信用紹介状をでっち上げてささやかな職に就くと、戦争前にはハイゲイトで選挙権を獲得するまでになった。彼が投票したのは保守党だった。やがて食糧の配給制が始まった。配給帳は世帯主経由で、ある特定の晩にその家で寝ていた者全員に支給されることになっていた。その特定の晩、フェイバーはやりくりして三軒の下宿に滞在し、架空の自分用配給書類を三通ともせしめることに成功した。彼はベルギー人名義のパスポートを焼き捨てた。まずありえないことだが、万一必要になった場合でも、イギリスのパスポートを三通は手に入れることができる。

列車が止まった。外の物音が到着を物語っていた。ほかの乗客に交じって駅に降り立ったとき、フェイバーは初めて空腹と喉の渇きに気がついた。二十四時間前に缶詰のソーセージと乾燥ビスケットと水を胃袋に収めてから、飲まず食わずだった。彼は改札を出ると、駅のビュッフェに入った。そこも人でいっぱいで、客の大半は兵士だったが、彼らはテーブルについたまま眠り、あるいは眠ろうとしていた。フェイバーはチーズ・サンドウィッチと紅茶を注文した。

「食べるものは兵隊さんにしか出せないんです」カウンターの女性店員がいった。

「では、お茶だけ」

「カップはお持ちですか？」

フェイバーは思いがけないことをいわれて驚いた。「いや、持ってないが」

「すみません、ここにもないんです」

グレート・イースタン・ホテルでディナーというのはどうだろう、とフェイバーは半ば本気で考えたが、それでは時間を食いすぎる。結局、パブを見つけて水っぽいビールを二パイントほど流し込み、フィッシュ・アンド・チップスを店で新聞紙に包んでもらって、とりあえず立ち食いと洒落た。びっくりするほど腹が膨れた。

次は、薬局を見つけて押し入らなくてはならなかった。

フィルムを現像して、ちゃんと写っていることを確かめたい。役に立たないフィルムをドイツへ持ち帰るなどという、間抜けな危険を冒すつもりはなかった。写っていなければ、フィルムを盗んで撮影しに戻るしかなかったが、それだけは願い下げにしたかった。

押し入るのは小さな独立店がいい。チェーン店は、フィルムを一カ所に集めてまとめて現像するからである。そういう現像設備を持つ小さな薬局があるのは、カメラを買う余裕のある――あるいは戦争前に余裕のあった――人種が住んでいる地区に違いないが、リヴァプール・ストリート駅があるイースト・ロンドンは、それに該当しなかった。フェイバーはブルームズベリーへ向かうことにした。

月明かりに照らされた通りは静まり返っていた。今夜はまだ、空襲警報も鳴らなかった。チャンセリー・レインで二人組の憲兵に呼び止められ、身分証の呈示を求められた。フェイバーがいささか酔った振りをしていると、憲兵は、こんな時間に何をしているのかとも訊かなかった。

サウサンプトン・ロウの北端で、ついに目当ての店が見つかった。窓に《コダック》の看板が出ていて、意外にもまだ営業中だった。フェイバーは店に入っていった。

眼鏡をかけ、髪が薄くなりはじめた、猫背で気の短そうな男が、白衣を着てカウンターの向こうに立っていた。「もう、医師の処方箋の調剤だけですよ」

「いいんだ。ここで現像ができるかどうか知りたいだけなんだ」

「できますよ。だけど、今日はもう――」

「この店でやるのかな」と、フェイバーは訊いた。「急いでるんだ」

「ええ。明日きてもらえれば――」

「その日のうちにできるか？　弟が休暇で帰ってきてるんだが、持って帰りたいといって――」

「早くても二十四時間はかかります。明日きてください」

「ありがとう、そうしよう」フェイバーはきびすを返したが、もう十分もすれば閉店だと見て取り、通りを渡ると、物陰に隠れて待った。

九時になると、とたんに男が姿を現わし、店に鍵をかけて通りを下っていった。フェイバーは男と逆の方向へ歩いて、角を二つ曲がった。

店の裏へ直接出ることはできないようだが、表から押し入るのは極力避けたかった。そんなことをしたら、鍵が開いていることをパトロールの警官に気づかれて、なかにいることが露見しないとも限らない。フェイバーは平行に走る通りを歩きながら、抜け道を探した。一見したところでは見当たらなかったが、それでも、背中合わせになっている建物のあいだが空きすぎているところからして、必ずそれなりの隙間があるはずだ。

とうとう、大きな古い建物に突き当たった。表札を見ると、近くの大学の寄宿舎だった。玄関のドアには鍵がかかっていなかった。フェイバーはなかに入り、足早に廊下を歩いた。やがて、共同キッチンに出くわした。女子学生が一人テーブルにいて、コーヒーを飲みながら本を読んでいた。「大学の者だ、灯火管制のチェックをしてる」と、フェイバーは小声でいった。女子学生はうなずいて、また本に目を落とした。彼は裏口から外へ出た。

ひとかたまりに置いてあるごみバケツにぶつかりながら裏庭を突っ切ると、小路《こみち》へ出る扉があった。フェイバーは数秒のうちに薬局の裏へたどり着いた。明らかに、この出入口が使われたことはないようだった。彼は古タイヤの小山をよじ登り、積み上げられたマットレスを滑り降りて、肩からドアにぶつかった。腐りかけていた木の扉は簡単に道を譲り、彼を入れてくれた。

フェイバーは暗室を探し出し、入ってドアを閉めた。スイッチを入れると、天井に薄暗い赤色灯がともった。設備はととのっていた。現像液の瓶にはそれぞれラベルが貼ってあり、引き伸ばし器も、写真の乾燥機も揃っていた。

フェイバーはタンクの温度を適正に保ち、現像液を均等に攪拌して、壁の大きな電気時計で時間を計りながら、手早く、しかし慎重に現像作業を進めていった。

ネガは完璧だった。

彼はそれを乾かしてから引き伸ばし器にかけ、八×一〇《エイト・バイ・テン》のプリントを完成させた。現像液のなかで次第に鮮明になっていく画像を見ていると、気持ちが高ぶるのがわかった——上出来じゃないか、ちくしょうめ!

ついに、大きな決断を下す時がきた。

それは一日じゅう頭から離れなかった問題であり、写真ができ上がったいまとなっては避けて通ることのできない問題だった。

ドイツに帰りつけなかったらどうするか？

これから始まる旅は、もっとも控えめにいっても危険きわまりないものになる。もとより旅行制限や沿岸警備の目をかいくぐってランデヴー地点へたどり着く自信は十分以上にあるが、Ｕ＝ボートがそこにいる保証はない。いたとしても、北海を無事に乗り切れるかどうか。それに、ここを出たとたんバスに轢かれることだって、ないとはいえない。

この戦争の最重要機密を発見しておきながら、自分だけならまだしも、その機密をも殺してしまうなど、その可能性を考えるだに恐ろしかった。

情報だけでも生き延びられるよう、万一に備えておく必要があった。連合軍の偽装計画の証拠が間違いなくアプヴェーアに届くよう、次善の策を講じなくてはならない。

当然のことながらイギリスとドイツのあいだに郵便のやりとりはなく、中立国を経由しなくてはならないが、そういう郵便は検閲されているはずだ。暗号で書く手もないではないが、この場合は意味を持たなかった。彼が送らなくてはならないのは写真だったからである。それこそが重要な証拠なのだ。

一つ、使い物になるルートがあることは聞かされていた。ロンドンのポルトガル大使館に、ドイツのシンパが一人いるというのである。その人物は政治的な理由と、そしてフェイバーが恐れていたとおり、賄賂をつかまされていることによって、ドイツに好意的だった。ともかく、その人物が中立国ポルトガルの外交行嚢を使って、リスボンのドイツ大使館へメッセージを届けてくれることになっていた。確かに、そこまで行けば安心だった。このルートは一九三九年の早い時期に開かれたが、フェイバー本人は、カナリスに頼まれて一回だけ、それも試験的に使ったことがあるにすぎなかった。

それを使うのか。使わざるをえないのか。

フェイバーは腹が立ってきた。なぜ自分の忠誠心を他人《ひと》の手に委ねなくてはならないのだ。彼は自分以外の人間を間抜けと決めつけていた。だが、今度ばかりは、自分一人の力を恃《たの》んで一か八かの賭けに出るわけにはいかなかった。この情報には、万一を考えて、どうしても補助的な伝達手段をつけておく必要があった。それは無線より危険が少ないもの——そして、もしドイツに届かなくても、機密がばれたことを敵に知られるおそれの少ない手段でなくてはならなかった。

フェイバーは冷静さを取り戻して考えた。針ははっきりとポルトガル大使館を使うほうに振れた。

彼は腰を下ろして、通信文を書きはじめた。

14

その片田舎で、フレデリック・ブロッグズは不愉快な午後を過ごしていた。

夫が帰ってこないことを心配した五人の妻が地元の警察に届けたとき、そこの巡査はそう豊かともいえない知恵を絞って推理し、いくら何でも全員が無断外出したままということはありえないと結論した。そして、どこかで道にでも迷っているんだろうと決めつけた。いずれもおつむのあったかい連中なんだ。そうでなきゃ、正式に軍に入っているはずだものな。とはいえ、万一のときに責任を問われないよう、一応管区本部に連絡した。連絡を受けたオペレーションルームの巡査部長は、五人のパトロール区域が高度な軍事地域であるとすぐに気づき、上司である警部補に報告した。警部補はスコットランド・ヤードの公安部へ知らせた。公安部は部員一名を派遣すると同時にMI5に通報し、MI5はブロッグズを急派したのだ。

その公安部員というのは、ストックウェルでの殺人事件にも関わっているハリスだった。彼とブロッグズは列車で落ち合ったが、その列車たるや、イギリスが列車不足を理由にアメリカから借り受けた、西部開拓時代を彷彿させる代物だった。ハリスは今度も日曜日に夕食を食べにこいと誘い、ブロッグズは日曜はほとんど仕事なのだと同じ弁解を繰り返した。

二人は列車を降りると自転車を借り、捜索隊に合流するために運河沿いの曳き船道を走った。ブロッグズより十歳年上で、五十五ポンドがところ体重の重いハリスには、かなりの苦行だった。

彼らは鉄道橋の下で捜索隊の一部と出会った。自転車を下りることができて、ハリスはほっとした。「何が見つかったんだ、死体か？」

「いや、ボートだ」警官が答えた。「あんたたちは？」

彼らはそこで自己紹介をした。一人の巡査が下着姿で運河に潜り、舟の様子を探っていたが、やがて栓を手にして水面に顔を出した。

ブロッグズはハリスを見た。「わざと沈めたのかな？」

「そんなふうに見えるな」と答えて、ハリスが運河に潜った巡査に向き直った。「ほかに気づいたことはあるか？」

「沈んでから時間はたってませんね。どこも傷んでません。マストは折れてるんじゃなく、取り外して横にしてあります」

ハリスがいった。「たったあれだけの時間でそこまで観察するなんて、大したもんじゃないか」

「週末には船に乗ってるんですよ」と、巡査が答えた。

ハリスとブロッグズはまた自転車にまたがり、先を目指した。

本体に合流したとき、すでに死体は発見されていた。

「五人とも殺されている」指揮を執っている制服の警部補がいった。「ランガム大尉、リー伍長、それから二等兵のワトスンとデイトンとフォーブズだ。デイトンは首の骨を折られ、あとの四人はナイフのようなものでやられている。ランガムは運河に浸かっていたようだが、五人とも浅い穴に埋められていた。ひどいもんだ」そして、文字どおり身震いした。

一列に並べられた死体をハリスが仔細にあらためた。「この傷には見覚えがあるぞ、フレッド」

ブロッグズは目を凝らした。「何てことだ、これは――」

ハリスがうなずいた。「スティレットだ」

警部補が驚きの声を上げた。「犯人を知ってるのか?」

「たぶんな」ハリスが答えた。「二件の殺人事件の容疑者だ。これもそいつの仕業なら、誰かはわかる。だが、どこにいるかがわからないんだ」

「立入制限区域が近いことと、あなたがた公安部とMI5が顔を揃えてすっ飛んできたところからすると、どうもただごとじゃないようだね。何か気をつけるべきことがあるか?」

ハリスが答えた。「州警察長に何らかの指示がなされるまでは、ともかく口外無用に願いたい」

「ほかに見つけたものは?」ブロッグズは訊いた。

「範囲を広げながら捜索を続行しているが、いまのところ何も。ただ、穴のなかにこの衣類があった」と、警部補が指さした。

ブロッグズが慎重に手に取った。黒いズボン、黒いセーター、黒革のイギリス空軍風ショートジャケット。

「闇に紛れて何かをするときの恰好だな」ハリスがいった。

「しかも、大男のサイズだ」

「あんたたちが目星をつけてる男はでかいのか?」

「六フィート以上だ」

警部補がいった。「部下が沈んだボートを見つけたんだが、そこは通ったか?」

「ああ」と答えて、ブロッグズは難しい顔で訊いた。「一番近い閘門はどこだ?」

「四マイル上流だ」

「犯人がボートできたとしたら、閘門番はそいつを見てるんじゃないかな」

「そうだろうな」警部補が同意した。

「話を聞いたほうがいいな」ブロッグズは自転車へ引き返した。

「四マイルも自転車に乗るのか、勘弁してもらいたいな」ハリスが泣きを入れた。

「腹のまわりにへばりついた日曜の晩飯が、ちっとはそぎ落とせるってもんだ」と、ブロッグズは冷やかした。

二人は小一時間かかって四マイルを走破した。というのも、曳き船道は馬が歩くためのもので、自転車が走るようにはできておらず、しかもぬかるんだでこぼこ道で、あちこちに石や木の根が顔を覗かせていたからである。閘門に着くころには、ハリスは汗びっしょりで悪態をつきつづけていた。

閘門番は小さな家の表に腰を下ろし、パイプをくゆらしながら、穏やかな午後の日和を楽しんでいるところだった。話すのもゆっくりで、動作はもっとのろくさいこの中年男は、自転車に乗ってやってくるハリスとブロッグズを面白そうに眺めていた。

息を切らしているハリスの代わりにブロッグズがいった。「警察の者だ」

「ということは」閘門番は暖炉の前の猫のように目を輝かせた。「何か面白いことがあったってことだな」

ブロッグズは《針》の写真を財布から出し、閘門番に渡した。「この男を見なかったか?」

閘門番は写真を膝に置くと、ふたたびパイプに火をつけた。しばらく写真を眺めて、ブロッグズに返した。

「どうだ？」とハリス。

「ああ、きのうのいまごろここにきて、茶を一杯飲んでいったよ。いいやつだったが、何かしでかしたのか？　灯火管制中に明かりをつけたとか？」

ブロッグズはどしんと腰を下ろした。「やっぱり、あいつだったか」

「あいつはこの下流にボートをもやい、暗くなってから立入制限区域に潜り込んだ」ハリスの声は閘門番に聞こえないよう、低く抑えられていた。「戻ってみたら、国土防衛軍がボートで待ち受けていた。五人を始末し、下流で鉄道橋を見つけて船を沈め……列車に飛び乗った。そんなところじゃないか？」

ブロッグズは閘門番に訊いた。「数マイル下流の鉄橋だが、あれはどこへ通じてるんだ？」

「ロンドン」

ブロッグズは思わず口走った。「ああ、ちくしょう」


ブロッグズは深夜にホワイトホールに帰り着いた。陸軍省でゴドリマンとビリー・パーキンが彼の帰りを待っていた。「やつです、間違いありません」ブロッグズは一部始終を報告しはじめた。

パーキンが興奮し、ゴドリマンは緊張の色を浮かべた。ブロッグズが話し終えたとき、ゴドリマンはいった。「というわけで、やつはロンドンに戻った。われわれはふたたび、文字どおり藁山から一本の針を捜すことになったというわけだ」彼は例によって、机の上にマッチ棒の芸術を作りはじめていた。「あの男の写真を見るたびに、どうもどこかで会ったことがあるような気がしてならないんだ」

「何としても思い出してくださいよ」ブロッグズはいった。「どこで会ったんです？」

ゴドリマンが歯痒そうに首を振った。「たった一度、それも、ひょんなところに違いないんだ。聴講者か、あるいはカクテルパーティの客に交じっていたか。いずれにしても、ちらっと見たとか、たまたま出くわしたとか、そんな程度だろう――思い出したとしても、大して役には立たないんじゃないかな」

パーキンが訊いた。「その地域には何があるんです？」

「知らない。ということは、たぶん非常に重要なものがあるということだろうな」とゴドリマン。沈黙が落ちた。パーキンがゴドリマンのマッチを一本取って、煙草に火をつけた。ブロッグズは顔を上げた。「やつの顔写真を大量に印刷して、あらゆるところにばらまくというのはどうです？　警察官、空襲警戒巡視員、国土防衛軍、軍人、鉄道員、こういった連中に配り、掲示板に貼り出して、新聞にも載せる……」

ゴドリマンが首を横に振った。「危険すぎる。やつがあそこで何を見たかは知らんが、それをすでにハンブルクに知らせていたらどうなる？　あいつのことを公表して大騒ぎをしたら、やつの情報が正しいことを敵に教えるも同然だろう。信用してやれと後押しするようなものだ」

「でも、何かしないと」

「とりあえず、警察官に顔写真を回そう。それから新聞にも、単なる殺人犯ということにして、やつの特徴を教えてやろう。機密に関する部分を除けば、ハイゲイトとストックウェルの殺人事件に関しては詳細を公にしても構わないからな」

パーキンがいった。「それは、片手を後ろで縛って殴り合えというのと同じじゃないですか」

「とにかく、いまのところはそういうことだ」

「ヤードとはさっそく協力態勢を敷きましょう」ブロッグズは受話器を取った。

ゴドリマンが時計を見た。「今夜は大してできることもないな。といって、家に帰る気分でもない。どうせ眠れるはずもないからな」

「そういうことなら、お茶でもいれましょう」パーキンが部屋を出ていった。

ゴドリマンの机の上では、マッチ棒の馬車が完成していた。彼は馬の脚の一本を取ると、それでパイプに火をつけた。「いい女性《ひと》は見つかったかね、フレッド」と、雑談を装って訊く。

「いえ」

「というと、あれ以来――」

「ええ」

ゴドリマンがパイプをふかした。「いかに最愛の妻をなくしたとはいえ、いつまでも悲しみを引きずってはいかんな」

ブロッグズは答えなかった。

「いや、説教などするべきではないんだろうが、きみの気持ちがわかるんだよ――私もずっとそうだったからね。きみと違うのは、私には責めるべき相手がいないというところだけだ」

「あなただって再婚してないじゃないですか」ブロッグズはゴドリマンを見ないようにしていった。

「ああ、だから、きみには同じ過ちを犯してほしくないんだ。中年になって独りで生きるというのは、気の滅入ることなんだよ」

「彼女が《怖いもの知らず》の異命をとってたという話はしましたよね」

「ああ、聞いた」

ブロッグズがようやくゴドリマンに顔を向けた。「それなら教えてください。彼女以外に、あんな勇敢な女性がどこにいるんですか？」

「きみの彼女は英雄でなくてはならんのかね」

「クリスティーンを知ってしまいましたからね……」

「英雄ならイングランドにあふれてるじゃないか、フレッド――」

そのとき、テリー大佐が入ってきた。「いや、立たなくてもいい。これは重要な話だから、よく聞いてほしい。国土防衛軍の五人を殺したのが何者かは知らんが、そいつは重大な機密をつかんだようだ。わがほうの進攻が近いことは、きみたちも知っているな。だが、その日時と場所は知らないはずだ。いうまでもないが、ドイツにいま以上のことを知られないようにしつづけなくてはならん。とりわけ、進攻地点がどこであるかは機密中の機密だ。そのことについて、われわれは莫大な費用と時間をかけて敵の目を欺いてきた。しかしここへきて、その男を取り逃がすと、事が思惑どおりに運ばなくなりそうなんだ。これは間違いなく確認されたことだが、その男はわがほうの偽装を見破った。その情報がドイツに届くのを阻止しない限り、進攻作戦全体が、そして当然のことながら戦争の帰趨そのものが、危うくなる。私は明らかにしたくないことまできみたちに話したが、それは事の緊急性と、その情報を途中で押さえることに失敗した場合の結果を理解してもらうためにやむをえないと考えたからなんだ」彼はノルマンディが進攻地点だとも、東アングリア経由のパ・ドゥ・カレーが陽動地点だともいわなかったが、すでにブロッグズから国土防衛軍殺害事件の経過を聞いているゴドリマンなら、当然後者のことに気づくだろうと覚悟していた。

ブロッグズが訊く。「あの、その男が機密をかぎつけたという確信はどこからくるのでしょう」

テリーがドアのところへ行った。「入りたまえ、ロドリゲス」

長身で真っ黒な髪の、鼻筋の通ったハンサムな男が部屋に入ってきて、ゴドリマンとブロッグズに慇懃に会釈をした。テリーがいった。「セニョール・ロドリゲスは、ポルトガル大使館にいるわれらの味方なんだ。説明してやってくれ、ロドリゲス」

男はドアのそばに立ったままで口を開いた。「ご存じかと思いますが、私はこのところ、大使館のセニョール・フランシスコに目を光らせていました。今日、彼はタクシーに乗った男と会ったんです。そして、一通の封筒を受け取りました。われわれはタクシーの男が走り去ってすぐに、その封筒を失敬したんですよ。それから、タクシーのナンバーも記録することができました」

「そのタクシーは、いま追跡調査中だ」と、テリーがいった。「ありがとう、ロドリゲス。引き取ってもらって構わんよ」

ポルトガル人が部屋を出ていくと、テリーが大きな黄色い封筒をゴドリマンに手渡した。表にマヌエル・フランシスコと宛名が記されている。ゴドリマンは開封済の封筒を開け、二通目の封筒を取り出した。そこにはおそらく暗号と思われる、意味をなさない文字が書き連ねてあった。

二通目の封筒には、手書きの手紙が数枚と八×一〇の写真が入っていた。ゴドリマンが手紙をあらためた。「ずいぶん初歩的な暗号のようですね」

「そんなものは読まなくていい」テリーが焦れた。「写真を見てみろ」

ゴドリマンは三十枚ほどの写真を手に取り、一枚ずつ目を通していったが、やがてそれをブロッグズに渡した。「こんなものが敵の手に渡ったら、致命的だ」

ブロッグズはざっと目を通して、写真を置いた。

ゴドリマンがいった。「これは万一のときの補助手段でしょう。やつはネガを持っていて、自分でどこかへ持っていくつもりなんですよ」

三人は狭いオフィスで身じろぎもせず、タブローのように坐り込んでいた。明かりはゴドリマンの机の照明だけで、クリーム色の壁と窓に下ろした遮光カーテン、貧相な調度と擦り切れた役所風のカーペットといった背景が、芝居がかった状況のわりには殺風景だった。

テリーがいった。「チャーチルに報告しなくちゃなるまい」

そのとき電話が鳴り、大佐が受話器を取った。「そうだ。よし。すぐにここへ連れてきてくれ。その前に客をどこで降ろしたか訊くんだぞ。何？　そうか、ありがとう。ともかく早く頼む」受話器を戻し、「例のタクシーだが、ユニヴァーシティ・カレッジ・ホスピタルで、やつを降ろしたそうだ」

ブロッグズはいった。「たぶん、国土防衛軍と渡り合ったときに怪我をしたんだ」

テリーが訊いた。「その病院はどこにあるんだ？」

「ユーストン駅から歩いて五分ぐらいのところです」ゴドリマンが答えた。「ユーストンからはホリヘッド、リヴァプール、グラスゴウ……アイルランド行きのフェリーに乗れるところへ列車が出ています」

「リヴァプールからベルファストへ渡る気だ」ブロッグズは推測した。「そこから車で国境を越えてエールへ入り、大西洋岸で待っているU＝ボートと合流しようという肚だ。きっと、そのあたりのどこかですよ。だって、ホリヘッドからダブリンへ行くにはパスポートを見せなくちゃならないし、リヴァプールを越えてグラスゴウへ行く意味はありませんからね」

ゴドリマンがいった。「フレッド、ユーストン駅へ急行して、フェイバーの写真を見せて回るんだ。やつが列車に乗るところを見た者がいるかもしれん。駅へは私が電話して、きみが行くことを知らせておく。それから、十時半以降に駅を出た列車も調べておこう」

ブロッグズは帽子とコートをひっつかんだ。「すぐに行きます」

ゴドリマンが受話器を取った。「私のほうもすぐに電話するよ」


ユーストン駅はまだごった返していた。平時なら午前零時ごろには閉まるが、戦時のいまは、最終列車の出発が朝一番の各駅停車《ミルク・トレイン》の到着より遅くなることさえしばしばだった。というわけで、駅のコンコースには旅行かばんが所狭しと並び、人々がそこここで眠りこけていた。

ブロッグズは三人の鉄道警察官に写真を見せたが、三人とも見覚えがないといった。彼は女性ポーターに当たり、改札係全員にも当たった。「おれたちは切符は見るが、顔は見ないんでね」と、そのうちの一人がいった。六人ほどの客にも訊いたが、結果は同じだった。彼はついに切符売り場に入って、一人一人に写真を見せて回った。

ひどく太った、禿《はげ》で入れ歯の嚙み合わせがうまくいっていない係員が、その顔に見覚えがあるといった。「私はゲームをやるんですよ。なぜこの客が列車に乗るか、それがわかるようなものを探して、目的を想像するんです。たとえば、黒いネクタイをしてれば葬式に行くんだろうとか、泥だらけの靴をはいてれば農夫が家に帰るところなんだろうとか、カレッジタイをしてればとか、あるいは左手の薬指に結婚指輪を外した白い痕があればとか……わかるでしょう？　誰でも何かしらそういう目印があるんですよ。こんな退屈な仕事ですからね――いや、別に文句をいってるわけじゃないんですよ――」

「それで、こいつにはどんな目印があったんだ？」と、ブロッグズはさえぎった。

「何もありませんでした。そうなんです、まるっきり見当がつかなかったんですよ。わざと目立たないようにしているみたいでした。いいたいことはわかるでしょう？」

「ああ、わかるとも」と答えて、ブロッグズは少し間を置いた。「それで、ゆっくり考えてもらいたいんだが、その男はどこまでの切符を買ったんだろう。思い出せないかな」

「覚えてますよ。インヴァネスです」

「それは実際の目的地じゃないだろうな」と、ゴドリマンがいった。「あの男はプロだ。ということは、われわれが駅で聞き込みをやることぐらい先刻承知だ。たぶん、口から出まかせの目的地をいって切符を買ったんだろう」そして、時計を見た。「きっと十一時四十五分発の列車に乗ったんだ。そろそろスタフォードに着くころだな。鉄道会社に問い合わせて、信号手に訊いてもらったんだ。クルーの手前でその列車を止めてもらうことになっている。それから、きみたち二人をストーク＝オン＝トレントまで運ぶ飛行機の手配もすんでいる。

パーキン、きみはクルーの手前で止まったときに、その列車に乗り込め。車掌の服装をして、乗客全員の切符を――ということは顔を――調べるんだ。フェイバーを見つけたら、わからないようにそばにいろ。

ブロッグズ、きみはクルーの駅の改札口で待機してくれ。まずそんなことはないだろうが、万一フェイバーがそこで飛び降りた場合に備えるんだ。何事もなかったら、その列車に乗ってくれ。リヴァプールに着いたら真っ先に降りて、改札口でパーキンとフェイバーを待つんだ。地元警察がきみたちを支援してくれることになっている」

「実に見事な作戦ですが、おれが気づかれたらどうします?」パーキンが訊いた。「ハイゲイトの下宿に一緒にいたんですから、思い出さないとも限らないでしょう」

ゴドリマンが机の引き出しを開けて拳銃を取り、パーキンに渡した。「気づかれたら、撃て」

パーキンは黙って拳銃をポケットにしまった。

ゴドリマンがいった。「テリー大佐もいったと思うが、私としてはもう一度、事の重要性を強調しておきたい。もしあの男を取り逃がしたら、ヨーロッパ進攻は延期せざるをえなくなる。たぶん一年ぐらいは延びるだろう。そのあいだに、戦いがわれわれに不利に転じるおそれだって十分にあるんだ。この機を逸すると、チャンスは二度と訪れないかもしれない」

ブロッグズは訊いた。「D=デイはいつなんでしょう。教えてもらえないんですか?」

この二人にも私と同じぐらいのことは知る資格があるはずだ、とゴドリマンは考えた。何といっても、いまから戦いの場に出ていくんだからな。「おそらく数週間以内だろう。私もそれぐらいしか知らないんだ」

パーキンが考えていた。「六月ってことですね」

電話が鳴り、ゴドリマンが受話器を取った。そして、二人を見ていった。「車の用意ができたぞ」

ブロッグズとパーキンはすぐに立ち上がった。

ゴドリマンが制した。「ちょっと待ってくれ」

二人が出口のところで待っていると、ゴドリマンは送話口に向かっていった。「はい、サー。はい、確かに。失礼します、サー」

ブロッグズには、ゴドリマンがサーづけで呼ぶ人物の心当たりがなかった。「誰からですか」

「チャーチルだよ」

「わざわざ何の用で?」パーキンが畏敬の念に打たれた様子で訊いた。

「きみたち二人の幸運と無事を祈っているとのことだ」

15

客車内は真っ暗だった。フェイバーは人々がよく口にするジョークを思い出した。「わたしの膝からその手をどけてよ。いいえ、あんたはいいの。あんたよ」イギリス人は何でもジョークにしてしまう。鉄道事情はかつてないほどに悪化していたが、もう誰も文句はいわなかった。それが大義のためだったからである。フェイバーは暗闇がありがたかった――このほうが顔を見られないですむ。

さっきから歌が始まっていた。通路にいた三人の兵士が最初に歌いだし、やがて客車全体を巻き込んでの大合唱になった。《ビー・ライク・ザ・ケトル・アンド・シング》、《ゼアル・オールウェイズ・ビー・アン・イングランド》を皮切りに、民族的なバランスを考えて《グラスゴウ・ビロングズ・トゥー・ミー》、《ランド・オヴ・マイ・ファーザーズ》とつづき、いまは《ドント・ゲット・アラウンド・マッチ・エニイ・モア》へと正しく移り変わっていた。

空襲警報のせいで、列車が速度を三十マイルに落としたことがあった。乗客は床に伏せることになっていたが、そんな空間的余裕はなかった。どこかで女の声がした。「わたし、怖い」すると、どこかから、コックニー訛りの男の声が応えた。「お前さんは一番安全なところにいるんだよ――あいつらの腕じゃ、動いてる的になんか当たりっこないんだ」全員が笑い、怯える者はいなくなった。誰かがスーツケースを開けて、乾燥卵のサンドウィッチを回しはじめた。

水兵の一人がカードをやろうといいだした。

「真っ暗なのにどうやってやるんだ？　ハリーのカードにゃ全部目印《ガン》がついてるからな」

四時ごろ、何の説明もなく列車が止まった。教養のありそうな声がいった——乾燥卵サンドウィッチの提供者だろう、とフェイバーは見当をつけた——「クルーの手前ぐらいかな」

「いくら鉄道に詳しくたって、昨今のこの有様じゃ、ボルトンからボーンマスまで、どこにいたって不思議はないんじゃないのかね」と、さっきのコックニー訛りがまぜ返した。

不意に列車が動きだすと、全員が喝采した。冷ややかな目で唇を引き結んだ、気難しい典型的なイギリス人はどこにいるんだ、とフェイバーはいぶかしんだ。少なくともここにはいないぞ。

数分後、通路に声が響いた。「切符を拝見します」フェイバーはそのヨークシャー訛りに気がついた。北部に入ったかと思いながら、彼は切符をまさぐった。

ドアに近い隅の席に坐っていたおかげで、通路を見ることができた。車掌は懐中電灯で切符をあらためていた。その明かりの照り返しで、その顔がぼんやりと、薄暗く浮かび上がっていた。どこかで見たことのある顔だ。

フェイバーは座席にもたれて待ち受けた。彼は例の悪夢を思い出した——「これはアプヴェーアのチケットですよ」そして、薄く苦笑した。

次の瞬間、彼は眉をひそめた。おかしいぞ。突然わけもなく列車が止まり、その直後に検札が始まった。そして、見覚えのある車掌……何でもないかもしれないが、何でもないかもしれないことを心配してきたからこそ、ここまで生き延びられたのだ。フェイバーはもう一度通路を覗いたが、車掌は別のコンパートメントに入っていた。

ちょっとのあいだ、列車が止まった。フェイバーのコンパートメントで交わされた会話によると、そこがクルーだった。列車はまた動きだした。

フェイバーはもう一度車掌の顔を見た。そして、思い出した。ハイゲイトの下宿屋だ。陸軍に入るんだといっていた、ヨークシャーのガキだ。

彼は慎重に車掌を観察した。懐中電灯の明かりが必ず客の顔をよぎっていた。切符だけを見ているのではない。

あわてるな、とフェイバーは自分にいい聞かせた。結論を急ぐんじゃない。見つかる可能性がどれほどあるというんだ。おれが乗っている列車を突き止めて、おれの人相を知っているわずか数人の一人を捜し出し、そいつに車掌の恰好をさせて同じ列車に乗り込ませるなんて芸当が、こんなに短時間でできるはずがない……。

名前はパーキン、そう、ビリー・パーキンだ。ずいぶん大人っぽい顔つきだな。その顔が次第に近づきつつあった。

他人の空似だろう――兄弟か何かじゃないのか。いずれにしても偶然に決まってる。

パーキンが隣のコンパートメントに入っていった。もう猶予はできない。

フェイバーは最悪の事態を想定して、それに備えることにした。

彼は席を立つとコンパートメントを出、通路にあふれるスーツケースや旅行かばんや人間をまたいで洗面所へ向かった。そこは空いていた。彼はなかに入り、鍵を下ろした。

これは時間稼ぎにすぎない――車掌が洗面所を調べ忘れるということは、まずありえない。フェイバーは便座に腰を下ろして、この窮地を逃れる方法を思案した。列車は速度を増している。飛び降りるのは無理だ。それに、誰かに見られたら、本当に自分の捜索が行なわれていた場合には列車が止められ、追跡されることになる。

「切符を拝見します」

パーキンがさらに近づいてきた。

ある考えが閃いた。車輛と車輛の連結部には、蛇腹状の覆いで包み込まれた減圧室《エア・ロック》のような狭い空間があり、その両側は客室内への騒音と風を遮断するためにドアで仕切られている。あそこはどうだ。フェイバーは洗面所を出ると、また荷物や人を掻き分けながら車輛の端へ行った。そして、ドアを開けて連結通路に入り込み、ドアを閉めた。

そこは轟音が耳をつんざき、凍えるほど寒かった。フェイバーは床に坐り込んで身体を丸め、寝た振りをした。こんなところで眠れるのは死人だけだろうが、昨今じゃ生きている人間だって何をしようと不思議じゃないからな。彼はそう思いながら、何とか身震いをこらえようとした。

背後でドアが開いた。「切符を拝見します」

フェイバーは聞こえない振りをした。ドアの閉まる音がいた。

「お客さん、起きてください」あの声だ、間違いない。

フェイバーはいま目が覚めたといった様子で、パーキンに背を向けたまま立ち上がった。くるりと振り向いたとき、手にはスティレットが握られていた。彼はパーキンをドアに押しつけ、切っ先を喉に押し当てた。「動くな、さもないと殺すぞ」

彼は左手でパーキンの懐中電灯をもぎ取ると、その顔に光を当てた。意外にも、そこには本来あるはずの怯えがなかった。

フェイバーはいった。「やあ、ビリー・パーキン。陸軍に入りたがってたが、鉄道員止まりか。まあ、どっちにしろ制服は着られたわけだ」

パーキンが応えた。「あんたでしたか」

「知ってたくせに抜け抜けといってくれるじゃないか。リトル・ビリー・パーキン。おれを捜してたんだろう。なぜだ」フェイバーはできるだけ下卑た言葉を使おうとした。

「どうしておれがあんたを捜さなくちゃならないんですか――おれは警官じゃないんですよ」

フェイバーはこれ見よがしにスティレットをひけらかした。「嘘をつくな」

「本当ですってば、ミスター・フェイバー。その手を離してくださいよ――あんたに会ったことは、誓って誰にもいいやしませんから」

フェイバーは疑いはじめていた。パーキンは本当のことをいっているのか、それとも、おれと同じように命懸けの大芝居を打っているのか。

パーキンが身じろぎし、闇のなかで右手が動いた。フェイバーはその手首を万力のような力で絞り上げた。パーキンは一瞬抗《あらが》ったが、スティレットの刃先で喉をつつかれると、動かなくなった。フェイバーはパーキンが手を伸ばそうとしていたポケットに拳銃があることに気づき、抜き取った。

「車掌に拳銃はいらないだろう。誰のために仕事をしてるんだ、パーキン?」

「最近はみんな拳銃を携帯するんです――車内が暗いせいで、犯罪が多発してるんですよ」

少なくとも嘘をつく度胸と創造力は認めてやろう、とフェイバーは思った。どうやら、口を割らせるにはこれしきの脅しじゃ足りないらしい。

彼は握り締めたスティレットを、いきなり、しかもよどみなく正確に躍らせた。切っ先がパーキンの左目を測ったように半インチほど突き刺し、また引き抜かれた。

苦悶の悲鳴は、フェイバーに口をふさがれて、くぐもったまま列車の轟音に呑み込まれた。パーキンは両手で潰れた目を押さえた。

「もう片方が助かるかどうかはお前次第だぞ、パーキン。お前を使ってるのは誰だ？」

「陸軍情報部だ。頼むから、もうやめてくれ」

「誰だ？　メンジーズか、それともマスターマンか？」

「いや、ゴド……ゴドリマン、ゴドリマンだ――」

「ゴドリマンか！」名前にはすぐ思い当たったが、それ以上の記憶をほじくっている時間はなかった。「連中は何を手に入れたんだ？」

「写真だよ――山ほどあるファイルから、おれがあんたを見つけ出したんだ」

「写真だって？　どんな写真だ？」

「競走チームの――長距離の――カップを持ってるやつだ――陸軍の――」

あれか。くそ、どこであんなものを。それはフェイバーが何よりも恐れていたことだった。写真を手に入れられたということは、面が割れたということだ。おれの顔がわかってしまったということじゃないか。

彼はスティレットをパーキンの右目に近づけた。「おれの居場所をどうやって突き止めた？」

「やめてくれ、お願いだ……大使館の人間が……あんたの封筒を手に入れて……タクシーに乗って……ユーストンへ行ったことを——頼む、こっちの目は……」パーキンが両目を手で覆った。

くそ、能なしのフランシスコめ……いまごろ、やつは——「それで、どんな手を使っておれを捕まえるつもりなんだ？　罠はどこに仕掛けられてる？」

「グラスゴウだ。グラスゴウで網を張って、あんたを待ち受けてる。乗客は全員そこで降ろされるんだ」

フェイバーはスティレットをパーキンの腹部まで下げながら、それを気取《けど》られないためにいった。「人数は？」そして、心臓に向かって力一杯スティレットを刺し込んだ。

パーキンの右目が恐怖に見開かれたが、彼は死ななかった。そこが、フェイバーお気に入りの殺人方法の欠点だった。普通は刺されたショックで心臓は止まるのだが、心臓が強い場合には即死しないことがある——外科医がときどき心臓に直接アドレナリンを注射することを考えれば、それはありうることだった。心臓が動きつづければ、当然傷口の周囲にも血が送られ、出血を見ることになる。いずれ死ぬのは間違いないが、時間がかかるのだ。

ようやくパーキンの身体から力が抜けた。フェイバーは少しのあいだ、死体をドアに押しつけたままでいた。パーキンが死ぬ前に垣間見せたものが気になったのである。何だろう。あの勇気の閃きというか、かすかな笑みには何か意味がある。そういうものには必ず意味があるのだ。

彼は死体を横たえると、眠っている恰好にして、傷口が見えないようにした。それから帽子を隅に蹴り飛ばし、パーキンのズボンでスティレットを拭い、両手についた目に見える限りの血を落とした。またもやすっきりとは殺せなかった。

フェイバーはスティレットを袖にしまい、ドアを開けて客車に戻ると、闇のなかを自分のコンパートメントへ引き返した。

席に着くと、例のコックニー訛りがいった。「ずいぶん長かったな――便所も行列かい」

「いや、食べたものが悪かったらしい」

「そりゃきっと、乾燥卵のサンドウィッチだ」と、コックニー訛りが笑った。

ゴドリマンか、とフェイバーは考えた。名前には心当たりがあるし、顔もぼんやりとではあるがよみがえりつつあった。中年で眼鏡をかけ、パイプをくわえて、遠くを見ているような知的な雰囲気……そうだ――大学教授だった。

記憶が戻りはじめた。ロンドンの最初の二年、フェイバーはほとんど何もしなかった。戦争はまだ始まっていなかったし、世の中の大方もそんなことになるとは信じていなかった（フェイバーの考えは、そのオプティミストたちとは異なっていた）。あのころにしたことといえば、アプヴェーアの古い地図をチェックして修正を加え、自分の目で見たことや新聞記事に基づいて概括的な報告を送るぐらいで、さし迫った仕事があるわけではなかった。あちこち見物に出かけては、英語に磨きをかけ、自分がどれだけうまく紛れ込んでいるかを試し、時間を潰していた。

カンタベリー大聖堂を訪れた目的は無邪気なものだったが、それでも一応市街とその大聖堂の鳥瞰地図を買って、ドイツ空軍《ルフトヴァッフェ》に送った。しかし、それはほとんど役に立たなかった――ルフトヴァッフェは一九四二年のほとんどを費やしながら、大聖堂爆撃に成功しなかったのである。その日、彼は丸一日かけて大聖堂を見て回った。壁に掘られた古い飾り文字を読み、異なる建築様式に目を凝らし、ガイドブックの隅々まで丹念に目を通しながら、ゆっくりと見物した。

聖歌隊席の南の回廊に立って行き止まりのアーチ飾りを眺めているとき、隣で一心不乱にそれを見つめている人物に気がついた。年配の男だった。「目を奪われますね、そうでしょう」と男はいい、フェイバーがどういうことかと訊き返したのだった。

「円《まる》いアーチ飾りのなかに、一つだけ尖ったのがあるでしょう。その理由がわからないんですよ。どう見ても、あの部分だけ作り直されたわけではなさそうだ。誰かが何かの理由でああいうことをしたのでしょうが、それが私にはわからない」

フェイバーは男のいわんとするところを理解した。身廊はゴシック様式、聖歌隊席はロマネスク様式だった。しかし、聖歌隊席のそこだけがゴシック風のアーチになっていたのである。「たぶん」と、フェイバーはいった。「僧侶たちが尖ったアーチ飾りがどんなふうに見えるか知りたいといったので、建築家が実際に見せてやったんでしょう」

男がフェイバーを見つめた。「見事な推理だ！　きっとそうですよ。あなたは歴史家ですか？」

フェイバーは笑った。「まさか。ただの事務員です。歴史の本を読むのは好きですがね」

「そういう閃きが博士号に結びつくことがあるんですよ」

「あなたはそうなんですか？　つまり、歴史家かということですが」

「ええ、何の因果か、そういうことです」彼が手を差し出した。「パーシイ・ゴドリマンといいます」

そんなことがあり得るだろうか、とフェイバーはランカシャーを通過する列車に揺られながら考えた。ツイードのスーツを着たあの影の薄い人物に、おれの正体を見破れるものだろうか。スパイは普通、公務員とかそれに類する地味な職業を名乗るものだ。歴史家などとはまずいわない。すぐに嘘だとわかってしまうからだ。しかし、陸軍情報部が大勢の学者に応援を乞うているという噂は確かにある。しかし、フェイバーが頭のなかに描いていたのは、聡明ではあるにせよ、若く、身体も引き締まり、好戦的で喧嘩っ早い連中だった。頭はいいとしても、ゴドリマンはほかの条件を満たしていなかった。あるいは、あれから変わったのか。

そのあともう一度、言葉を交わしこそしなかったが、ゴドリマンを見る機会があった。大聖堂での短い邂逅のあと、ゴドリマン教授が自分の大学でヘンリー二世に関する公開講義を行なうという広告を目にし、好奇心から出かけたのである。講義は該博な知識に裏づけられ、生き生きとして説得力に富んでいた。次第に論題に熱中し、演壇の後ろをせわしなげに行ったりきたりする姿はいささか滑稽な趣があったが、その頭脳がナイフのように鋭いことは明らかだった。だからこそ、あの男は《針《ディー・ナーデル》》に似た人物を見つけ出すことができたのだ。

だが、所詮は素人だ。

これからも、いかにも素人らしい過ちを犯すだろう。たとえば、ビリー・パーキンを送り込んできたことがその一つだ。パーキンはおれを知っているんだ。ゴドリマンはおれの知らない人物を使うべきだった。パーキンはおれのことを見破るかもしれないが、出会ったが最後、生き延びるチャンスもない。プロなら、それぐらいはわきまえているはずだ。

列車が車体を震わせて急停車し、外で、くぐもった声がリヴァプールだと告げた。フェイバーは舌打ちした。パーシヴァル・ゴドリマンの思い出などうっちゃっておいて、次の行動計画を練るべきだった。

グラスゴウで待ち伏せている、パーキンは死ぬ前にそういった。なぜグラスゴウなんだ？　ユーストンの聞き込みで、連中はおれがインヴァネス行きの切符を買ったことを突き止めたはずだ。

それが囮《おとり》だと疑ったとしても、リヴァプールへ向かったと推測するのが普通じゃないか――そこがアイルランドへのフェリー乗り場に一番近いのだから。

結論を急いではならない。手近な答えに飛びつくのは、フェイバーのもっとも嫌うところだった。

しかし、ともかく汽車を降りなくては。

フェイバーはコンパートメントを出ると列車のドアを開け、プラットフォームに降りて改札口へ向かった。

もう一つ、わからないことがあった。死ぬ直前、パーキンの目に閃いたのは何だったのか。憎悪でも、恐怖でも、苦痛でもない。もとよりそれらもあるにはあったが、それを圧していたものは何だ……勝利か。

改札口の向こうを見たとき、疑問は一気に氷解した。

そこに帽子とレインコート姿で立っているのは、レスター・スクウェアにいた若い金髪の尾行だった。

パーキンは苦悶と屈辱のなかでこときれつつも、フェイバーを騙しおおせた。罠が仕掛けられていたのは、ここなのだ。

レインコートの男は、人込みに紛れたフェイバーにまだ気づいていなかった。フェイバーはきびすを返して列車に戻り、ブラインドの隙間から外をうかがった。尾行は乗客の顔をそれとなく、しかし一心にあらためていた。自分の捜している男が列車に戻ったことを、彼は明らかに知らなかった。

しばらく様子をうかがっているうちに乗客はみな改札口を抜け、プラットフォームには人がいなくなった。金髪の男が切迫した様子で改札係に話しかけ、改札係は首を横に振った。それでも男は食い下がっていたが、間もなく、死角にいる誰かに手を振った。すると陰から警察官が現われ、今度は彼が改札係に談判に及んだ。やがてプラットフォームの警備員がそこに加わり、さらには上級職員らしきスーツ姿の男もその後を追ってきた。

機関士と機関助手が列車を降りて改札口へ向かった。全員が腕を振り、首を振り、議論の輪はさらに膨らんだ。

しかし、ついに鉄道員たちは肩をすくめてその場を離れ、あるいは天を仰いで降参した。金髪の男と警察官は、待機していた仲間をプラットフォームに入れはじめた。

列車内を捜索するつもりらしかった。

鉄道員は、機関士と機関助手も含めて、一人残らず姿を消していた。偏執狂どもが鮨詰めの列車を捜索しているあいだ、お茶とサンドウィッチにでもありつこうという算段だろう。そういうことなら、とフェイバーはある計画を思いついた。

彼はドアを開けると、プラットフォームと反対側に飛び降りた。そして列車を盾に警官から身を隠し、枕木につまずき砂利に足を取られながら、線路伝いに機関車のほうへ走った。

もちろん、悪い知らせに違いなかった。ビリー・パーキンがさりげないふうを装って列車を降りてくる様子がないとわかった瞬間、フレデリック・ブロッグズは、《針《ディー・ナーデル》》がまた指のあいだを擦り抜けたのだと悟った。制服警官を二人一組にし、一輛ずつ客車を捜索させながら、ブロッグズはパーキンが姿を見せない理由を考えた。思い浮かぶのは悲観的なものばかりだった。彼はコートの襟を立て、足早にプラットフォームを移動した。是が非でも《針》を捕まえたかった。それはヨーロッパ進攻のためだけでなく――もちろん、それだけで十分な理由だが――パーシイ・ゴドリマンと、国土防衛軍の五人と、クリスティーンと、彼自身のためだった……。

ブロッグズは時計を見た。四時。夜明けが近かった。彼は一晩じゅう一睡もせず、きのうの朝食から何も食べていなかった。ここまでは気が張っていたから何も感じなかったが、罠を破られたいまになって――彼は破られたと確信していた――全身の力が萎えていった。疲労と空腹が一度に襲いかかった。ともすれば湯気の立つ食事と暖かいベッドが目に浮かびそうになるのを、懸命に振り払わなくてはならなかった。

「すみません！」一人の警官が列車から身を乗り出して、ブロッグズに手を振った。「ちょっとお願いします！」

ブロッグズは途中から小走りにそこへ向かった。「どうした？」

「あなたの部下のパーキンじゃないでしょうか」

「じゃないでしょうかとはどういう意味だ？」ブロッグズは車内に入った。

「確かめてくださいという意味です」警官が連結部のドアを開けて、懐中電灯をかざした。

パーキンだった。車掌の制服を見ただけでわかった。彼は床に丸くなっていた。ブロッグズは警官の懐中電灯を借りると、パーキンの脇に片膝をつき、死体を仰向けにした。

「パーキンですか？」

彼はその顔を見るや、目をそむけた。「くそ、何てことだ」

ブロッグズはうなずき、死体を見ないようにしてゆっくりと立ち上がった。「この車輛と隣の車輛の客は、一人残らず尋問するぞ」と、彼はいった。「異常なものを見聞きした者は、誰であれ拘束してさらに尋問する。もっとも大した役には立たないだろうけどな。犯人は列車がここへ到着する前に飛び降りてるだろう」

ブロッグズはプラットフォームに戻った。捜査員は全員が任務を完了して、一ヵ所に集合していた。ブロッグズは尋問係として、六人を選抜した。

警部補がいった。「犯人は飛び降りたんだ」

「そうだな、間違いないだろう。洗面所も車掌車も全部調べてもらったかな」

「ああ、列車の上から下まで、機関車から炭水車まで、くまなく調べ上げた」

そのとき、一人の乗客が列車を降りて、ブロッグズと警部補のところへきた。喘息持ちのような息をする小男だった。「失礼」

「何でしょうか」警部補が応対した。

「誰かを捜してるんじゃないかね？」

「なぜそんなことを？」

ブロッグズが焦れて割り込んだ。「そうです。背の高い男を捜しているんです。さあ、話してください」

「いや、背の高い男が列車の反対側に降りるのを見たというだけなんだがね」

「いつのことです？」

「列車が駅に入って、一分か二分後だ。乗り込んできたと思うと、すぐに降りていった。反対側の線路へ飛び降りたんだ。荷物を持ってなかったが、それもおかしな感じがしたな。それで私は——」

警部補がいった。「やるもんだな」

「罠に気づいたんだ」ブロッグズはいぶかった。「だけど、どうしてわかったんだ？　あいつは私の顔を知らないし、きみの部下は見えないように隠れていたはずだ」

「何かに勘づいたんだろう」

「とすると、やつは線路を渡って向こうのプラットフォームへ上り、そっちへ出ていったというわけか。誰か姿を見てないかな」

警部補が肩をすくめた。「こんな時間だからな、人もそうはいないだろう。見られたとしても、改札口が込んでて待ち切れなかったとか何とか、どうとでもいい抜けられる」

「向こう側の改札は誰も張ってなかったのか？」

「残念ながら、そこまでは考えなかったな……ともかく周辺区域を捜索し、そのあとで市内各所を調べよう。もちろん、フェリーにも目を光らせる——」

「ぜひそうしてくれ」

しかし、なぜかブロッグズには、見つからないだろうという確信めいたものがあった。

列車は一時間以上も駅に止まっていた。フェイバーは左脚にこむら返りを起こし、鼻に粉塵を詰まらせていた。機関士と機関助手が乗り込んできたらしく、車内で死体が発見されたことを話している声が、途切れ途切れに聞こえた。機関助手がシャベルで石炭をくべる金属的な音がし、蒸気の噴き出す音がしたと思うと、列車はピストンを軋ませ、煙を吐きながら、ようやくぐいと動きだした。フェイバーはほっとして少し姿勢を変え、こらえていたくしゃみをした。それで脚が楽になり、鼻も通って、だいぶ気分がよくなった。

彼は炭水車後部の、石炭のなかに身を隠していた。大の男がシャベルで十分も掘らなくてはならないほど深いところに潜り込んでいたのである。彼が願ったとおり、警察の捜索はしばらく炭水車を眺めただけで、それ以上のことはなされなかった。

そろそろ這い出してみようか、と彼は考えた。危険だろうか。間もなく明るくなるはずだから、跨線橋の上からだと姿を見られるだろうか。いや、大丈夫だろう。もう頭のてっぺんから爪先まで真っ黒なのだ。夜明けの薄明かりのなかを走る列車に乗っているのだから、石炭の黒を背景にしてぼんやりと黒いものがあるぐらいにしか見えないはずだ。よし、やってみよう。フェイバーはゆっくりと、用心深く石炭の下から這い出した。

彼は冷たい空気を胸一杯に吸い込んだ。石炭は炭水車前部の小さな穴から、シャベルで掘り出される仕組みだった。石炭の量が減ってきたら機関助手がなかに入ってくるのだろうが、いまのところその心配はなかった。

だいぶ明るくなったところで、彼は自分の姿をあらためた。穴から出てきたばかりの炭鉱夫さながら、全身石炭の粉で真っ黒だった。どこかで身体を洗い、服を替えなくては。

隙をうかがって炭水車の横から顔を出してみた。列車はまだ郊外を走っていて、工場や倉庫や、小さなくすんだ家並みが後ろへ飛び去っていった。そろそろ次の行動を考えなくてはならない。

もともとの計画では、グラスゴウで列車を降り、ダンディー行きに乗り換えて、東海岸沿いをアバディーンへ向かうことにしていた。まだグラスゴウで降りることは可能だった。もちろん駅で降りるわけにはいかないが、その直前、あるいはその直後に飛び降りればいい。しかし、それにはやはり危険が伴った。列車はリヴァプールとグラスゴウのあいだをノンストップで走るわけではないから、止まる駅々で見つかるおそれがある。だめだ、彼は考えた。できるだけ早くこの列車を捨てて、別の移動手段を見つけるしかない。

理想的な場所は、町か村のはずれの、線路だけが延びている人気《ひとけ》のないところだ。炭水車から飛び降りるところを見られないためには人気のないところが絶対条件だが、衣服と車を盗むためには、そこそこ人家も近くなくてはならない。飛び降りるためには、列車の速度が緩む上り坂であることも必要だ。

現在の速度は約四十マイル、フェイバーは横になって待つことにした。誰かに見られる危険を冒してまで、通り過ぎていく田園地帯を見張ってもいられない。列車が減速したときだけ様子をうかがうことにした。

何分かそうしていると、居心地の悪さにもかかわらず、まぶたがくっつきそうになった。彼は両肘で身体を支える姿勢になり、万一眠ったら上半身が石炭の上に落ちて目が覚めるようにした。

列車は速度を増しつつあった。ロンドンからリヴァプールまでは動いているより止まっているほうが長いように感じられたが、いまは快調なペースで突っ走っていた。居心地の悪さを完璧なものにしてくれようとばかりに、雨が降りはじめた。こやみない氷雨《ひさめ》がすぐに衣服に染みとおり、その下の肌を冷やしていった。早く列車を降りなくては。このままでは、グラスゴウに着く前に、雨に打たれて死んでしまう。

それから三十分、列車は一向に速度を落とす気配がなかった。機関士と機関助手を殺して自分で列車を止めようかと、フェイバーは本気で考えはじめていた。しかし、信号所が彼らの命を救った。列車は急ブレーキをかけ、徐々にスピードを緩めた。減速指示があったのだろう。フェイバーが外をうかがうと、列車は田園地帯に戻っていた。列車が速度を落とした理由もわかった——線路の分岐点に近づいていて、信号が赤になっていたのである。

彼は列車が停止してからも、しばらくは炭水車に潜んでいた。五分後、列車はふたたび動きだした。フェイバーは急いで炭水車の縁によじ登ると、一瞬その上にうずくまるようにしてから飛び降りた。

彼は線路脇の土手に着地すると、背の高い雑草のなかへ顔から倒れ込んだ。そして、列車の音が聞こえなくなってから、立ち上がった。人が住んでいそうなところは、さっきの信号所だけだった。それは木造二階建てで、上階の信号操作室らしきところに大きな窓が開いて、階段は外にあり、一階にドアが一つついていた。その向こうに、石炭殻を敷いた小道が延びていた。

フェイバーは大きく弧を描くようにして、裏側から信号所に近づいた。裏手には窓がなかった。彼は一階のドアを開けて入った。期待していたとおりのものがそこにあった。トイレと洗面台、フックにはコートまでかかっていた。

フェイバーは濡れた服を脱ぐと、手と顔を洗い、汚れたタオルで力まかせに全身をこすった。ネガを納めた小さな丸い缶は、まだしっかりと胸にテープで留まっていた。服を着るとき、濡れそぼった上衣は信号手のコートと交換した。

残るは移動手段だった。信号手が何か持っているに違いない。外に出てみると、自転車が小さな信号所の手摺に南京錠でつないであった。スティレットの刃先が鍵の代わりになった。フェイバーは一直線に自転車を走らせた。信号所が見えなくなると、そこで向きを変えて石炭殻を敷いた小道へ向かい、その坂を懸命に上りはじめた。

16

パーシヴァル・ゴドリマンは小さな折畳み式ベッドを自宅からオフィスへ持ち込んでいた。いま、彼はシャツもズボンも脱がずに横になり、何とか眠ろうと空しい努力をつづけていた。大学の卒業試験を最後に縁の切れていた不眠症が、四十年ぶりに復活したのだ。いま彼を眠らせないでいる不安に較べれば、あのころの心配などものの数に入らなかった。

当時の彼はまったくの別人だった。そのことは、彼自身にもわかっていた。若いだけでなく、もっとはるかに……現実的だった。もっと外向的で、積極的で、野心に燃えていた。政治の世界に入るつもりだった。それに勉強家でもなかった。だから、試験のことを心配しなくてはならなかったのだ。

あのころの彼は、ディベートとダンスという、かけ離れた二つのものに夢中になっていた。オックスフォード・ユニオンではその弁舌が際立ち、社交界種を売り物にする雑誌《タトラー》には、社交界にデビューしたばかりの娘とワルツを踊る写真が載った。といって、女たらしだったわけではなく、肉体関係を持つなら愛する女性とそうなりたいと考えていた。もっとも、特に高潔な主義があったからではなく、何となくそう感じていたというにすぎなかったが。

そういうわけで、エリナーと出会うまで、彼は童貞だった。彼女は社交界にデビューするような娘ではなかったが、優雅さと温かさとを備え、四十年炭鉱で働いて肺を病んだ父親の世話をする、優れた数学科の大学院生だった。ゴドリマンは彼女を家族に引き合わせた。彼の父親は州知事で、住いはエリナーには豪邸に見えたようだったが、彼女はいつもどおり自然に魅力的に振舞い、これっぽっちも気圧《けお》された様子はなかった。彼の母親が慇懃無礼なことをいったときも、切れ味鋭いウィットで対処した。そのことで、ゴドリマンはますます彼女が好きになった。

彼は博士号を取得し、第一次大戦後はパブリックスクールの教師を務め、三回の補欠選挙に立候補した。子供ができないとわかったときには二人ともひどくがっかりしたが、お互いに愛し合い、幸福だった。エリナーが突然世を去ったことは、ゴドリマンにとってかつてない辛い悲劇だった。それによって彼は現実世界への関心を失い、中世に隠棲するようになったのである。

お互い最愛の妻を失ったということが彼とブロッグズを近づけ、戦争が彼を現世に呼び戻した。彼を議論の名手にし、優れた教師にし、自由党のホープにした、あの気力と積極性と情熱がよみがえったのである。内向と悲痛から救い出してくれる何かがブロッグズにもあってほしいと、ゴドリマンは心から願っていた。

そんな物思いを破ったのは、ほかならぬブロッグズだった。リヴァプールから、《針》が網をすり抜けたこと、パーキンが殺されたことを報告してきたのだ。

ゴドリマンは起き直って折畳み式ベッドの端に腰かけ、受話器を握ったまま目を閉じた。「きみを列車に乗せるべきだったかな……」

「そりゃまた結構な仰せで」

「きみなら顔を知られていなかったというだけのことだよ」

「いや、知ってるんじゃないでしょうか。やつは罠に気がついたと思われるんですが、列車を降りたとき、顔が見える位置にいたのは私だけなんです」

「しかし、どこできみに会ってるんだ?――レスター・スクウェアかな」

「どうして私の面が割れたのかはわかりませんが……どうやら、やつを甘く見すぎていたようですね」

ゴドリマンは焦れた声でいった。「フェリーは見張らせてあるんだな?」

「はい」

「もちろん、あいつが使うはずはない――あまりに見えすいているからな。むしろ、ボートを盗む可能性のほうが高いんじゃないか。あるいは、まだインヴァネスに向かうつもりかもしれん」

「向こうの警察にも手配しました」

「よろしい。しかし、あいつの行き先については絶対に予測をしないことだ。思考範囲を広く柔軟にしておこう」

「はい」

ゴドリマンは立ち上がり、電話をつかんで部屋のなかを歩き回りはじめた。「それから、列車の反対側へ降りた男についても、それがやつだと決めつけないことだ。リヴァプールに着く前、あるいはその後で降りた可能性も考慮に入れておいてくれ」ゴドリマンの頭脳が一段と活発に稼働しはじめ、さまざまな可能性を組み合わせていった。「警視正と話したいんだが」

「ここにいます」

やや間があって、声が代わった。「アントニー警視正です」

「われわれの追っている男が、あなたの管区内で列車を降りたという考えをどう思われますか」

「ええ、そのように見受けられますね」

「だとすると、やつがまず必要とするのは移動手段です。これから二十四時間のうちにリヴァプールから半径百マイル以内で、車、ボート、自転車、ロバ、こういうものが盗まれたらすべて追跡して、そのたびに私に知らせてください。それから、その情報はブロッグズにも伝えて、彼と緊密に協力しながら手掛かりを追っていただきたい」

「わかりました」

「それから、逃亡者が関わっていそうな、ほかの犯罪にも目配りを怠らないでください。食糧や衣類泥棒、動機不明の強盗、身分証の不正使用などです」

「いいでしょう」

「ところでミスター・アントニー、あなたはもう、この男がただの殺人犯ではないことにお気づきでしょうな」

「ええ、あなた方が首を突っ込んでいるわけですからね。ただの殺人犯でないことは確かでしょうな。もっとも、詳しいことは知りませんがね」

「国家の保安に関わることなのですよ。首相が一時間おきに私のオフィスへ電話をしてくるほど重要なことなのです」

「なるほど……ちょっと待ってください、ミスター・ブロッグズが話があるそうです」

ブロッグズの声が戻ってきた。「どこでどんなふうにあいつを見たか、思い出しましたか？見たことがあると思うといっておられたでしょう――」

「ああ、そうだった――だが、やはり役には立たないよ。たまたまカンタベリー大聖堂で出くわして、あそこの建築様式の話をしたんだ。それでわかったことといえば、あいつがとても頭がいいということだけだ。なかなか鋭い意見を述べていたよ」

「やつが頭がいいことは、もうわかっているんですがね」

「だから、役には立たんといっただろう」

アントニー警視正はリヴァプール訛りを目立たせないよう用心し、断固として中流階級たろうとする人物だったが、MI5に命令されることに腹を立てるべきか、自分の管轄区域でイギリスを救うチャンスが出来《しゅったい》したことを喜ぶべきなのか、判然としなかった。

ブロッグズは以前地方警察と仕事をしたときに同じ場面に遭遇していたから、警視正の葛藤には気がついていたし、それを自分に有利なほうへ仕向ける方法も心得ていた。「あなたの力添えには感謝しています、警視正。こういうことはホワイトホールに伝わらずにはいないでしょう」

「私は義務を遂行しているだけですよ……」アントニーはブロッグズを呼ぶときにサーをつけたものかどうか決めかねていた。

「それでも、仕方なしに協力してもらうのと、進んで力添えをしてもらうのとでは大違いですからね」

「それはそうでしょうな。ところで、あの男の臭いをもう一度かぎつけるまでには、まだ何時間かかかるでしょう。少し眠ったらどうですか」

「そうですね」ブロッグズはありがたく申し出を受けた。「椅子を貸してもらえれば、どこか隅のほうででも……」

「ここでどうぞ」アントニーが彼のオフィスを提供した。「私は下のオペレーションルームにいます。何かわかったら、すぐに起こしてあげますよ。ゆっくり休んでください」

アントニーが出ていくと、ブロッグズはイージーチェアに腰を下ろし、背中を預けて目を閉じた。すぐにゴドリマンの顔が浮かび、まぶたの裏で映画のフィルムを回してでもいるかのように、いつかの場面がよみがえった。「いかに最愛の妻をなくしたとはいえ、いつまでも悲しみを引きずってはいかんな……きみには同じ過ちを犯してほしくないんだ……」ブロッグズは不意に、戦争が終わってほしくないと思っている自分に気づいた。戦争が終わったら、さまざまな問題に直面しなくてはならなくなる。ゴドリマンがいったことも、その一つだ。戦争は人生を単純にしてくれていた——敵を憎み、なすべきことをすればそれでいい。そのあとは……しかし、クリスティーン以外の女性を考えるのは不謹慎なようで気が咎めた。

彼はあくびをして、さらに深く椅子に身体を預けた。次第に睡魔が忍び寄り、思いはぼんやりと取りとめがなくなっていった。もしクリスティーンの死が戦争の前だったら、再婚についてもまったく違う考えを持っただろう。昔から好もしく思い、尊敬もしていたが、彼女が救急車の運転をするようになってからは、尊敬は畏敬に近い称賛に変わり、好もしさは愛に変わった。やがて、二人のあいだに特別なものが芽生えた。それはほかの男女が決して共有しえないものだった。あれから一年以上がたったいま、尊敬し、好もしく思う女性を見つけるのはそう難しくはないだろう。だが、それではもう十分ではないのだ。普通の女性と普通の結婚をしたのでは、おれのような普通の男がもっとも普通でない女性を妻にしていたことを、いつまでも忘れられないに違いない……。

ブロッグズは椅子の上で身じろぎし、そういう思いを振り払って、眠ろうとした。英雄ならイングランドにあふれてる、ゴドリマンはそういった。だが、《針》を取り逃がしたら……。まずやるべきことをやらなくては……。

誰かが揺すっていた。ブロッグズは深い眠りのなかで、夢を見ていた。《針》と同じ部屋にいるのだが、スティレットで目を潰されていたために、その姿を見ることができなかった。揺り起こされたときも、まだ自分が盲目だと思っていた。自分を揺り起こしている相手が見えなかったからである。やがて、それは自分が目をつむっているせいだと気がついた。目を開けると、頭上に、大柄なアントニー警視正の制服姿があった。

ブロッグズは身体を起こして目をこすった。「何かありましたか？」

「山ほどね。ただ、どれが当たりかが問題なんです。朝食を持ってきましたよ」アントニー警視正は紅茶のカップとビスケットを机に置き、自分はその向かいに腰を下ろした。

ブロッグズはイージーチェアを下りると、机に硬い椅子を引き寄せ、お茶をすすった。薄くて、ひどく甘かった。「始めましょう」

アントニーは五、六枚の紙片をブロッグズに渡した。

「まさか、これで全部ってことはありませんよね。あなたの管轄区域全体の犯罪の数――」

「もちろん、全部ではありません」と、アントニーがさえぎった。「酔っ払い、痴話喧嘩、灯火管制違反、交通違反、それからすでに犯人が逮捕されている事件については、本件と関係がないので除外してあります」

「申し訳ない、そのとおりでした。まだちゃんと目が覚めてないらしい。ともかく、読ませてもらいます」

まず三軒の押し込み強盗が報告されていた。そのうち二軒は貴重品を狙ったもので、一軒は宝石、もう一軒は毛皮が被害に遭っていた。ブロッグズはいった。「やつがわれわれを混乱させるためにやったという可能性もありますね。この場所を地図で教えてもらえませんか。何かパターンがわかるかもしれない」そして、二枚の紙片をアントニーに返した。三軒目は報告されたばかりで、詳細がわからなかった。アントニーが地図に現場を記入した。

マンチェスターの食糧事務所で、数百冊の配給手帳が盗まれていた。「やつに必要なのは食糧で、配給手帳じゃない」ブロッグズはそれを除外した。あとは、プレストンのはずれの自転車泥棒と、バーケンヘッドでの強姦事件だった。「強姦するようなことはないと思うが、ともかく印はつけておいてください」

自転車泥棒と三軒目の押し込みは、場所が近かった。「自転車を盗まれた信号所ですが――これは本線のものですか？」

「そうだと思いますよ」

「フェイバーがあの列車に潜んでいて、われわれが見逃してしまったと仮定しましょう。列車がリヴァプールを出てから最初に止まるのは、あの信号所ですか？」

「たぶん」

ブロッグズは報告書を見た。「オーヴァーコートが盗まれて、代わりに濡れたジャケットが残っていた」

アントニーが肩をすくめた。「どうとでも考えられますな」

「車の盗難はありませんか？」

「ありません。ボートもロバも盗まれていません。最近は、車泥棒は多くないんです。盗むにしても、車じゃなくてガソリンですよ」

「絶対にリヴァプールで車を盗むと思ってたんだがな」ブロッグズが悔しそうに膝を叩いた。

「自転車じゃ大して役に立たないはずなんだ」

「ともあれ、それを追うべきでしょうな。いまのところ、一番可能性のある手掛かりだ」

「いいでしょう。しかし、三軒の押し込みをもう一度調べて、衣類とか食糧が盗まれていないか確かめてください。当初は被害者が気づいていなかったかもしれませんからね。それと、強姦事件の被害者にもフェイバーの写真を見せてください。さらに、今後もすべての犯罪をチェックしつづけていただきたい。それで、プレストンまで行きたいんですが、何とかなりますか」

「車を用意しましょう」

「三軒目の押し込みは、どれぐらいで詳細がわかるでしょう」

「いま尋問しているところだと思いますから、あなたが信号所に着いたころには全体像がわかっているはずです」

「急がせてください」ブロッグズはコートに手を伸ばした。「向こうに着き次第、あなたに連絡を入れます」

「アントニー？　ブロッグズです。いま信号所に着きました」

「そんなところで時間を潰してちゃだめです。三軒目の犯人はあいつです」

「本当ですか？」

「ほかの二軒の犯人がスティレットを持ってない限り、間違いありません」

「被害者は？」

「小さなコテッジで二人暮らしの老女です」

「何てことだ。殺されたんですか？」

「いや、興奮して心臓発作でも起こしてなければ大丈夫でしょう」

「え？」

「ともかく、現場へ急行してください。私のいった意味もわかります」

「すぐに向かいます」


それは老女の二人暮らしの定番ともいうべきコテッジだった。小さく、四角く、古く、玄関のまわりには野バラが、大昔からお茶の出し殻を肥料代わりにして群生していた。生け垣は手入れが行き届き、かわいらしい前庭では芽を出した野菜が整然と列をなしていた。鉛枠の窓には白地にピンクのカーテンがかかり、門は開けると軋んだ。玄関のドアは素人の手で丁寧に塗装され、蹄鉄のノッカーが取りつけてあった。

ブロッグズのノックに応えたのは、ショットガンを持った八十代の女だった。

「おはようございます、警察の者です」

「いいえ、あなたは警察なんかじゃないわね。警察ならもうきたもの。さあ、とっとと出ていかないと、頭を吹っ飛ばすわよ」

ブロッグズはあらためて老女を観察した。身長は五フィート足らず、豊かな白髪を丸く結って、皺の刻まれた顔が青白かった。手はマッチ棒のように細いが、ショットガンを握る手はしっかりしていた。エプロンのポケットは洗濯ばさみでいっぱいだ。足下を見ると、男物のワークブーツをはいていた。「今朝うかがったのは地元の警察です。私はスコットランド・ヤードです」

「証明してちょうだい」

ブロッグズは振り返って、警察の運転手を手招きした。巡査が車を降り、門のほうへ歩いてきた。「あの制服では、納得してもらえませんか」

「いいでしょう」老女がブロッグズをなかに導いた。

彼はタイル張りの床の、天井の低い部屋に入った。室内には大きな古い家具がひしめき、その上に磁器やガラスの飾り物が所狭しと並んでいた。暖炉では細々と石炭が燃え、ラヴェンダーの香りと猫の臭いがした。

二人目の老女が椅子から立ち上がった。一人目とよく似ていたが、横幅が倍ほどあった。彼女の膝に乗っていた二匹の猫が、立ち上がった拍子に転げ落ちた。「こんにちは、エマ・パートンです。こちらは妹のジェシー。ショットガンは気になさらないで。幸いなことに、弾丸《たま》が入ってないの。ジェシーはこういう芝居がかったことが好きなのよ。どうぞ、おかけになって。警察官にしては若く見えるのね。ささいな押し込みにスコットランド・ヤードが出てくるなんて、驚きだわね。今朝ロンドンからいらっしゃったの？　ジェシー、この若い方にお茶をさしあげて」

ブロッグズは腰を下ろした。「犯人は、逃走中の犯罪者ではないかと考えられます」

「ほら、わたしがいったとおりじゃないの！」ジェシーが得たりとばかりに声を上げた。「冷酷に、むごたらしく殺されたって不思議はなかったんだわ」

「馬鹿なことをいわないで、ジェシー」とたしなめて、エマがブロッグズを見た。「とてもきちんとした男性《ひと》でしたよ」

「そのときの状況を説明してください」ブロッグズはいった。

「そう、わたしは裏にいたんです」エマが話しはじめた。「卵を産んでないかと鶏舎《とりごや》を覗いていました。ジェシーはキッチンにいて――」

「完全に不意をつかれて」ジェシーが割り込んだ。「銃を取りに行く間もなかったわ」

「あなた、西部劇の観すぎよ」

「あんたのメロドラマよりましだと思うけど――あんなの、涙とキスの大安売りじゃないの」

ブロッグズは財布からフェイバーの写真を取り出した。「この男ですか?」

ジェシーが眇《すが》めるようにしてそれを眺めた。「ええ、こいつよ」

「あなた方の力というのはすごいのね」エマが感嘆の声を上げた。

「本当にすごかったら、もう捕まえてるはずなんですがね」と、ブロッグズ。「それで、この男は何をしました?」

ジェシーが答えた。「わたしの喉にナイフを突きつけて、こういったわ。『ちょっとでも妙な真似をしたら、腹を引き裂くぞ』ってね。あれは本気だったわね」

「ジェシーったら、いってることが違うじゃない。『いうとおりにしてくれれば危害は加えない』でしょ、わたしにはそう教えたじゃないの」

「いずれにしたって、意味はおんなじよ」

「要求は何でしたか」

「食糧と乾いた衣類、車、それから身体をきれいにしたいといったわね。もちろんいうとおりに、卵と洋服を渡しました。洋服はジェシーの死んだ夫のものがあったんです――ノーマンというんですけど――」

「その洋服の特徴を教えてもらえますか」

「ええ。ブルーの防寒防水の厚手の上衣《ドンキー・ジャケット》にブルーのオーヴァーオール、チェックのシャツでした。それから、ノーマンの車も持っていかれてしまいました。あれがなくなったら、どうやって映画を観に行けばいいんでしょうね。あれだけはどうしてもやめられない悪い癖なんですよ――映画のことですけどね」

「車の種類は？」

「モーリスです。ノーマンが一九二四年に買ったんです。小さな車だったけど、本当に役に立ってくれたわ」

ジェシーがいった。「でも、熱いお湯で身体を拭くことはできなかったわ」

「つまり」エマが説明した。「二人暮らしの女の家ですからね。そこのキッチンで、男の人に裸になってもらうわけにはいかないと断わったんです……」

「男の下着姿を見るくらいなら、喉を掻き切られるほうがましだというんでしょう。馬鹿もいいところよ」ジェシーが冷やかした。

「やつは断わられて何といいました？」

「笑ったわ」と、エマ。「でも、わかってくれたみたいでした」

ブロッグズは口許が緩むのを抑えられなかった。「いや、勇敢な人だ」

「それはどうでしょうか」

「それで、やつはオーヴァーオールとブルーのジャケットを着、一九二四年型のモーリスに乗って出ていった。それは何時ごろでしたか」

「九時半ごろです」

ブロッグズの手は知らず知らずのうちに茶色の雌猫を撫でていた。それは瞬きをして、喉を鳴らした。「ガソリンはたくさん入っていましたか」

「二ガロンぐらいかしら——でも、クーポンも持っていったから」

「あなたたちの場合、どういう資格で配給を受けるんです?」

「農業用です」エマが弁明した。その顔が赤らんでいた。

ジェシーがいきまいた。「だって、こんな辺鄙なところに住んでるのよ。年も取ってるし。資格があるのは当然でしょ」

「映画を観るのは食糧の買い出しにいくついでと決めてるんです」エマがつけ加えた。「ガソリンの無駄遣いはしていません」

ブロッグズは笑顔で片手を上げた。「いや、ご心配には及びません——配給に関しては私の領分じゃありませんから。それで、その車はどれくらいのスピードが出せるんですか」

エマがいった。「わたしたち、三十マイル以上では走らないんです」

ブロッグズは時計を見た。「そのスピードで走ったとしても、もう七十五マイルは先へ行っているわけだ」彼は立ち上がった。「リヴァプールへ報告しなくちゃならないんですが、電話はありませんよね?」

「ええ」

「モーリスの種類はわかりますか？」

「カウリーです。ノーマンはブルノーズと呼んでましたけど」

「色は」

「グレイです」

「ナンバーは？」

「MLN29」

ブロッグズはそれを書き留めた。

エマが訊いた。「車は戻ってくるでしょうか。どう思います？」

「戻ってくると思いますよ――ただ、非常にいい状態で、というわけにはいかないかもしれませんね。盗難車は、乱暴に扱われるのが普通ですからね」と答えて、彼は出口へ向かった。

「犯人が捕まることを祈ってますよ」エマが声をかけた。

ジェシーはブロッグズを見送ったが、その手はまだショットガンを握っていた。彼女は戸口でブロッグズの袖をつかみ、芝居がかった声でささやいた。「教えてちょうだいな――相手は何者なの？　脱獄囚？　人殺し？　強姦犯？」

ブロッグズは彼女を見下ろした。小さな緑の目が、興奮してきらきら輝いていた。彼は耳許へ口を寄せて、声をひそめた。「誰にも教えちゃいけませんよ。実はドイツのスパイなんです」

彼女はうれしそうな笑いを洩らした。この人、絶対にわたしと同じ映画を観てるわね。

17

フェイバーはサーク・ブリッジを渡って、スコットランドに入った。正午を少し過ぎたところだった。サーク料金所を通過するとき、その低い建物の掲示板にこう書いてあった――《スコットランドに入って最初の建物》。ドアの上には銘板が掲げられ、結婚に関する伝説らしきものが記されていたが、走りながら読み取るのは無理だった。四分の一マイル走ったと思われるころ、グレトナの村に入った。駆け落ちしてきた者がそこで結婚するのだということは、彼も知っていた。

朝の雨のせいで道路は濡れていたが、太陽が急速に乾かしつつあった。交通標識や地名標示も、ドイツが侵攻してくるおそれがなくなったいまはほとんど再建されていた。フェイバーは一気に低地の小村を駆け抜けた――カークパトリック、カートルブリッジ、エクルフェカン。広々とした田園地帯はとても気持ちがよく、緑の湿原が陽に輝いていた。

フェイバーはすでに一度、カーライルで燃料を補給していた。ガソリンスタンドの従業員は油染みたエプロンをした中年女性だったが、面倒なことは一切訊かなかった。タンクをいっぱいにし、予備のガソリン缶を車の右側のステップにくくりつけることまでできた。

彼はこの小さな二人乗り《ツー＝シーター》がいたく気に入っていた。年を食っているわりには時速五十マイルで突っ走ってくれたし、四気筒一五四八ccのサイド＝ヴァルヴ・エンジンは、疲れも見せず、上機嫌でスコットランドの丘を上り、また下りつづけた。革張りのベンチシートは快適で、彼はバルブホーンを鳴らしては、邪魔になりそうなはぐれ羊を追い払った。

車はロカービーの小さな市場町を抜けて、絵のように美しいジョンストン・ブリッジでアナン川を渡ると、ビートック・サミットへと上りはじめた。彼はわれ知らず、三速のギヤを忙しく入れ替えていた。

アバディーンへの直行ルートをとることは、すでに諦めていた。エディンバラから海岸沿いの道を走るのが一番近いが、スコットランドの東海岸——フォース湾の両側——はほとんどが立入制限区域になっていて、岸から十マイルは一般人が立ち入ることを禁じられていた。そんな長大な範囲に本格的に警官を配備できるはずはないが、それでも、止められたり質問されたりする危険性は低いほうがいい。というわけで、そういう警備が行なわれているはずの場所を避けて通ることにした。

とはいっても、いずれはそこへ立ち入らざるをえなかった。フェイバーは尋問された場合の言い訳を考えておくことにした。人が車で遠出を楽しむということは、この二年で事実上なくなっていた。ガソリンの配給が厳しくなったからである。本格的な旅ができる車を持っている人たちが、個人的な理由でわずか数ヤードでも不必要な道に入ると、往々にしてそれだけで告発された。いつだったか、数人の俳優を劇場からサヴォイ・ホテルに送り届けた有名な興行主が、農業用として支給されたガソリンを使ったかどで投獄されたという記事を、フェイバーは読んだことがあった。あるいはまた、ランカスター爆撃機がルール上空にたどり着くには二千ガロンの燃料が必要だという戦時宣伝が、人々に向かって延々と行なわれていた。普段なら、母国を爆撃するために使われるかもしれない燃料を浪費するぐらい愉快なことはなかっただろう。だが、情報の入った缶を胸にテープで留めているいまは、停止を命じられ、配給規則違反で逮捕されるのは何としても避けなくてはならない。

それは難しい作業だった。走っている車のほとんどは軍関係だったが、フェイバーは軍に関係する書類を持っていなかった。といって、どうしても必要な物資を運んでいると主張することもできなかった。車内にそれらしいものは何もないのだ。彼は難しい顔で思案した。最近、旅行をするのはどんな人種だ？　休暇中の水兵、役人、数はひどく少ないが休みを取って旅行する一般人、あとは熟練技術者か……そうだ、それだ。電気関係の専門技術者がいい。高温ギヤボックス・オイルの専門家で、故障を直しにインヴァネスの工場へ向かうところだということにしよう。どこの工場かと訊かれたら、機密だと答えればすむ（そのための偽の目的地は、本当のそれからできるだけ遠くなくてはならない。近いところにして、尋問してきた相手がそんな工場は存在しないと知っていたらまずいからである）。それにしても、と彼は考えた。そういう顧問技術者のような仕事をする人間が、あの老姉妹のところにあったようなオーヴァーオールを着ているだろうか。いや、戦時中だから、きっと何でもありだろう。

その案を検討し終えると、気紛れな検問ならたいていくぐり抜けられるような気がした。だが、特に逃走中のスパイ、ヘンリー・フェイバーを名指しで捜している人間に止められたときの危険は、また別だった。彼らは写真を持っていて――

おれの顔を知っているのだ。この顔を！

それに、いま乗っている車の特徴を突き止めるにも、そう時間はかからないだろう。目的地を推測するすべはないはずだから路上封鎖があるとは思えないが、それでも警官という警官が、MLN29のナンバープレートをつけたグレイのモーリス・カウリー・ブルノーズに目を光らせていることは覚悟しなくてはならない。

こういう広々とした田園地帯で見つかったのなら、すぐに捕まる心配はない。このあたりの警官の足は自転車で、車ではないからだ。しかし、本部へ電話されれば、数分のうちに車が追いかけてくる。もし警官の姿を見かけたら、この車を捨てて別の車を盗み、予定のルートを変更しよう。もっとも、人口の少ないスコットランドの低地では、アバディーンまで地元の警察と行き合わずにすむということもありえなくはない。だが、市街地は事情が違う。警察の車に追跡される危険が大いにあり、振り切れる可能性はほぼないといっていい。フェイバーの車は古く、速度が比較的遅かったし、一般に警察の運転手は優れた技倆の持ち主が多い。頼みの綱があるとすれば、車を捨てて人込みに紛れるか、裏通りへ入り込むことだった。彼は大きな街へ入るたびに、車を捨て、別の車を盗むことを本気で考えた。だが、そうすると一マイルも行かないうちに足がつき、MI5が追いかけてくるおそれがあった。折衷案を採るしかないようだ。車で街へは入るが、なるべく裏通りを走るということである。彼は時計を見た。黄昏にはグラスゴウへ着くだろう。それ以降は闇を味方にすることができる。

完全に満足できるわけではなかったが、スパイである以上、絶対の安全を確保するのは不可能だった。

高さ千フィートのビートック・サミットのてっぺんにたどり着くと、雨が降りだした。フェイバーは車を止めて、キャンヴァスの屋根を広げるために外へ出た。蒸し暑かった。空があっという間に雲に覆われた。あとは雷と稲妻を待つばかりだ。

ふたたび走りだすと、小さな車の欠点がいくつかあらわになった。キャンヴァスの屋根の隙間から風が吹き込み、雨洩りしはじめた。ちっぽけなワイパーが風防ガラスの上半分を平行に掃きつづけたが、トンネルの向こうを覗くほどの視界しか提供してくれなかった。次第に上り傾斜が強くなっていき、エンジンの音がわずかに不規則になりはじめた。二十年ものの老朽車を強引に走らせているのだから、当然といえば当然だった。

雨がやんだ。恐れていた嵐はやってこなかったが、空は黒いままで、不吉な雰囲気だった。

フェイバーは緑の丘に包まれているクロフォードを、クライド川の西岸に教会と郵便局が建つアビングトンを、そしてヒースの湿原のそばのレスマヘイゴウを走り抜けた。

三十分後、車はグラスゴウのはずれに着いた。市街地に入るや、すぐに街なかを迂回しようと幹線道路を北へ外れた。何本も脇道をたどり、街の東側へ入る幹線道路を横切って、カンバーノールド・ロードでまた東へ折れると、一目散にそこをあとにした。

覚悟していたほどの時間はかからなかった。まだ運は尽きていないようだ。

彼はA八〇号線を走った。工場や鉱山や農場が飛び去っていった。スコットランドの地名が、頭に浮かんでは消えた――ミラーストン、ステップス、ミュアヘッド、モリンバーン、コンドラト。

カンバーノールドとスターリングのあいだで、ついに運に見放された。

両側が開けたやや下りの直線でアクセルを踏み込むと、速度計の針が四十五マイルを指したところで、不意にエンジンが大きな音を立てた。歯車の上で太い鎖を引きずるような、ガラガラという音だった。三十マイルまで減速しても、音が小さくなったようには思われなかった。明らかに、大きくて重要な部分が壊れたようだった。フェイバーは注意深く耳を澄ました。トランスミッションのベアリングが割れたか、あるいは連接棒のビッグ・エンドに穴があいたか。いずれにしても、キャブレターが詰まったとか、スパークプラグが汚れたとかいう類いの、修理工場でなくても直せる単純なものでないことは確かだった。

車を止めて、ボンネットを覗いた。至るところオイルまみれになっていたが、それ以上のことはわからなかった。彼は運転席に戻って車を出した。力ははっきりと落ちていたが、動くことは動いた。

三マイル走ったところで、今度はラジエーターから蒸気が噴き出した。間もなく、完全に動かなくなってしまうはずだ。車を捨てる場所を探さなくてはならない。幹線道路を外れたところに、農道と思われる泥道があった。その道は、百ヤードほど先で、ブラックベリーの茂みの向こうへカーヴしていた。フェイバーは車を茂みのそばまで運び、エンジンを切った。蒸気の音が次第に収まった。車を降りて鍵をかけながら、エマとジェシーに悪いことをしたと、ちくりと良心が痛んだ。戦争が終わるまでは、修理してくれるところも見つからないだろう。

幹線道路へ引き返したが、車の姿は見えなかった。一日二日は誰にも気づかれないだろう。疑われだしたころには、おれはベルリンだ。

彼は歩きだした。早晩町にぶつかるだろうから、どこかで車を盗めばいい。予定は順調すぎるぐらい順調に消化されていた。ロンドンを出てから、まだ二十四時間たっていない。明日の午後六時、つまりU＝ボートがランデヴー地点に浮上する時間までは、まだ丸一日あった。

しばらく前に陽が落ちて、不意に夜の帳《とばり》が下りてきた。ほとんど何も見えなかったが、幸いなことに、道路の中央に白線が引いてあった。灯火管制によって必要になった、安全確保の手段だ。フェイバーは何とかそれをたどっていった。夜は静まり返り、かなり遠くから車の音を聞きつけることができた。

事実、一台きりだったが、フェイバーを追い越した車があった。彼はそのくぐもったエンジンをずいぶん早くから聞きつけて、それが行ってしまうまで、道路の数フィート脇に身をひそめていた。大きな車で、かなりの速度で走っていた。おそらくヴォクスホール・テンだろう。その車をやり過ごすと、彼は道路に戻って歩きはじめた。二十分後、また同じ車に出くわした。今度は路肩に駐まっていた。気づいていれば当然迂回したのだが、車がエンジンを切って明かりを消していたため、闇のなかで危うく突き当たりそうになるまでわからなかった。

あっと思う間もなく懐中電灯の明かりが向けられ、ボンネットの下から声がした。「誰かいるのか?」

フェイバーは明かりのなかに進み出た。「故障ですか?」

「まあ、そんなところですかな」

明かりが下げられた。さらに近づくと、懐中電灯の照り返しで、相手が髭を生やした中年男で、ダブルのコートを着ていることがわかった。男はもう一方の手に大きなレンチを持っていたが、何をどうしていいのか自信がなさそうだった。

フェイバーはエンジンを覗いた。「何がまずいんです?」

「エンジンの調子が悪い《ロース・オヴ・パー》んですよ」と、男が訛りのある言葉で答えた。「一瞬上機嫌になったかと思うと、すぐにすねる。残念ながら、私は機械に強くないんでね」そして、また懐中電灯でフェイバーを照らした。「あなたはどうですか」と、期待を込めた声で訊いた。

「それはご同様だが、リードが外れてるぐらいなら、見ればわかります」フェイバーは男から懐中電灯を受け取ると、エンジンに手を伸ばして、外れているプラグをシリンダー・ヘッドに差し込んだ。「エンジンをかけてみてください」

男が車に乗り込んでエンジンをかけた。「完璧だ!」彼はエンジンの音に負けない声で叫んだ。「あなたは天才だ! さあ、乗ってください」

ＭＩ５苦心の罠じゃないかという疑念がよぎったが、フェイバーはすぐにその疑いを振り捨てた。まず、おれがここにいることを知るはずがない。万に一つ知っているとしても、なぜこんな手緩いやり方をする必要がある? 警官を二十人と装甲車を二台もよこせば、簡単に捕まえられるんだぞ。

フェイバーは車に乗った。

男は車を出すとすぐにギヤを入れ替え、あっという間に速度を上げた。フェイバーは身体を楽にした。男がいった。「申し遅れましたが、リチャード・ポーターといいます」

フェイバーは急いで財布の身分証を思い出した。「ジェイムズ・ベイカーです」

「はじめまして。どうやらどこかであなたを追い越したらしいが、見えなかったな」

おれを拾わなかったことを謝っているんだ、とフェイバーは気がついた。燃料が不足しはじめてからは、みんなヒッチハイカーにやさしくなってるからな。「いいんですよ」と、彼はいった。「ちょうど道路を外れて、藪の陰で用を足していたときでしょう。車の音が聞こえましたからね」

「それで、どちらから?」ポーターが葉巻を勧めた。

「申し訳ない、吸わないんです」フェイバーは断わった。「ロンドンからです」

「ずっとヒッチハイクで?」

「まさか。エディンバラで車が壊れてしまいましてね。部品を交換しなくちゃならないらしいんですが、その工場にはスペアがなかったんですよ。それで、車を修理工場に置いてくるはめになったというわけです」

「それはついていませんでしたな。私はアバディーンまで行くんですが、その道沿いならどこまででも構いませんよ」

信じられないような幸運だった。フェイバーは目を閉じて、スコットランドの地図を思い浮かべた。「願ったりです。バンフへ行かなくちゃならないんですが、アバディーンまで乗せていってもらえれば大助かりです。私としては、海岸沿いでなく内陸を行こうと思っていたんです……つまり、通行証の類いを持っていないんですよ。確か、アバディーンは立入制限区域だったと思いますが」

「港だけですよ」ポーターが答えた。「いずれにしても、この車に乗っているあいだは心配ありません。私は治安判事で、警防委員会のメンバーですからね。いかがです?」

フェイバーは闇のなかで満足の笑みを浮かべた。「それではお言葉に甘えさせてもらいます。ところで、フルタイムの仕事ですか? 治安判事のことですが」

ポーターが葉巻にマッチを近づけ、何度かふかして火をつけた。「いや、違います。実際のところは、半ば引退したようなものですな。昔は弁護士《ソリシター》だったんだが、心臓に問題があるとわかってからは、そう仕事もしなくなりましてね」

「そうですか」フェイバーは声に同情の響きを持たせようとした。

「煙は気になりませんか？」ポーターが太い葉巻を振った。

「はい、お気遣いなく」

「バンフへはどんな用で？」

「私はエンジニアですが、ある工場で機械に不都合が生じましてね……実をいうと、機密に類する仕事なんです」

ポーターが片手を上げた。「いや、穿鑿するつもりはありません。わかっています」

しばらく、沈黙があった。車は瞬く間にいくつかの町を走り抜けた。灯火管制下をこのスピードで走れるのだから、ポーターは明らかに道を熟知している。大馬力のヴォクスホール・テンは、瞬く間にかなりの距離を走り抜けた。滑らかに進む車が、眠気を催させた。フェイバーはあくびを噛み殺した。

「ああ、お疲れでしょう」と、ポーターがいった。「気がつかなくて悪いことをしましたな。遠慮はいりません、眠ってください」

「すみません。そうさせてもらいます」フェイバーは目をつぶった。

車の揺れは列車のそれに似て、フェイバーはロンドン到着の悪夢と再会した。だが、今度は少し趣が異なっていた。食堂車に坐って同乗の客と政治談義をしているのではなく、どういうわけか炭水車に乗せてもらい、無線機を納めたスーツケースに腰かけ、貨車の硬い鉄の壁に背中を預けていた。列車がウォータールー駅に着いたときには、降車客を含めた全員が、例の競走チームの写真の複写を手にしていた。そして、互いの顔を見て、そこに写っているフェイバーの顔と比較しはじめた。改札口で、彼は係員に肩をつかまれた。「この写真はお前だな」フェイバーはいつの間にか口がきけなくなり、ただ写真を見つめて、カップを勝ち取ったときの走り方を思い出していた。なぜあんな走り方をしてしまったのか。あのときはスピードを上げるのもやや早く、ラストスパートに入るのも予定より早くなって、四分の一マイルを全力疾走するはめになった。最後の五百メートルを走るあいだは、死んだほうがましだとさえ思われた。そしていま、ほかでもないそう思ったときの写真のせいで、おそらく本当に死ぬことになろうとは……。その写真を持った改札係が声をかけていた。「起きて！　さあ、起きなさい！」フェイバーは不意に、リチャード・ポーターのヴォクスホール・テンに引き戻された。起こしているのは、ポーターだった。

右手がスティレットの潜んでいる左袖に伸びかかったところで、フェイバーは危うく思いとどまった。そうだ、リチャード・ポーターとおれは、善意のドライヴァーと無害なヒッチハイカーの関係なのだ。彼はほっと気を緩めて、手を下ろした。

「兵隊みたいな目の覚まし方をする人だな」ポーターが愉快そうにいった。「アバディーンですよ」

フェイバーは〈兵隊《ソルジャー》〉が、ソル＝ジューと発音されたことに気づき、ポーターが治安判事で警察当局に関係した人物だということを思い出した。薄明かりで見ると、ポーターは赤ら顔で、鼻の下にワックスで固めた髭を蓄え、上等そうなキャメルカラーのオーヴァーコートを着ていた。金持ちの町の有力者なんだろう、とフェイバーは想像した。だとしたら、いなくなればすぐに騒ぎになる。殺すのはやめておこう。

「おはようございます」フェイバーはいった。

彼は窓から花崗岩《アバディーン》の町を眺めた。車はゆっくりと、両側に商店の並ぶメインストリートを走っていた。早朝から仕事に出るのだろう、何人かが目的ありげに同じ方向へ歩いていた。漁師だな、とフェイバーは推測した。寒く、風の強い町のようだ。

ポーターがいった。「髭を剃って、朝食を食べて出かけたらどうです？　うちへいらっしゃい。歓迎しますよ」

「ありがとうございます――」

「礼には及びませんよ。あなたに助けてもらわなければ、スターリングのA八〇で立往生したまま、修理工場が開くのを待っていたでしょうからね」

「――お言葉に甘えたいのは山々ですが、そうもいきません。先を急ぎたいんです」

ポーターはそれ以上こだわらなかった。断わられて案外ほっとしてるんじゃないのか、とフェイバーは思った。「そういうことなら」と、ポーターがいった。「ジョージ・ストリートで降ろしてあげましょう。A九六号の起点で、バンフへは一直線だ」その直後、角で車が止まった。

「着きましたよ」

フェイバーはドアを開けた。「ありがとうございました」

「どういたしまして」ポーターが手を差し出した。「では《グッド・ラック》」

フェイバーが車を降りてドアを閉めると、ヴォクスホール・テンは走り去った。あの男については心配ないな、と彼は思った。これから家へ帰って一日眠るに違いない。自分が逃亡者の手助けをしたのだと気づいたときには、もう手遅れというわけだ。

フェイバーは見えなくなるまで車を見送り、道路を渡ってマーケット・ストリートへ入っていった。見込みのありそうな名前だった。すぐドックに出た。臭いのする方向へ歩いていくと、魚市場があった。ここなら目立つことはない、と彼は安心した。独特の臭いと喧騒のなかで忙しく立ち働く人々は、みな彼と同じオーヴァーオール姿だった。濡れた魚と罰当たりな言葉が宙を飛び交っていたが、フェイバーは語尾を飛ばし、喉にかかったように発音される言葉をほとんど理解できないことに気がついた。彼は屋台で、縁の欠けたカップに入れた半パイントの熱くて濃いお茶と、ホワイトチーズをはさんだ大きなロールパンを買った。

樽に腰を下ろし、パンをかじってお茶を飲みながら考えた。ボートを盗むなら夜だ。これからの十二時間、陽のあるあいだどこに身を隠すかは問題だが、昼日中に舟を盗む危険を冒すわけにはいかない。どこかに潜んで、暗くなってから仕事にかかるほうが安全だ。

彼は朝食を終えて立ち上がった。町全体が目を覚ますまであと二時間というところか。そのあいだに隠れ処を探そう。

ドックと港を巡回してみると、警備はおざなりで、検問をすり抜けられそうな場所も目についた。彼は砂浜へ出て二マイルの遊歩道《エスプラネード》を歩きだした。その突き当たり、ドン川の河口に、二艘のレジャー用ヨットが繋留されていた。舟としては打ってつけだが、燃料が入っていなさそうだった。

昇る太陽は厚い雲に隠れていた。気温が上がり、また雷がきそうな嫌な雰囲気が漂いはじめた。それでも、海辺のホテルからは数人のヴァカンス客が意を決したように姿を現わし、何としても太陽が顔を出すのを待つのだと腰を下ろした。フェイバーの見たところ、その期待は空振りに終わる公算が大だった。

浜辺に隠れるのがいいんじゃないか、と彼は思った。警察も鉄道駅もバスターミナルは調べるにしても、市内をくまなく捜すわけにはいかないだろう。ホテルやゲストハウスには聞き込みに行くかもしれないが、浜辺の客を一人一人あらためるところまではしないはずだ。彼はそう考えて、昼をデッキチェアでやり過ごすことにした。

売店で新聞を買い、デッキチェアを借りた。シャツを脱いでオーヴァーオールの上から着直し、ジャケットは脱いだままにした。

警官が近づいてきたら、すぐ目に入る場所を選んだ。そこなら、余裕を持って浜辺をあとにし、通りに潜り込める。

新聞を開くと、イタリア戦線で連合軍が新たな攻勢をかけはじめたという見出しが躍っていた。フェイバーは目を疑った。アンツィオで大激戦だって？　新聞は印刷が悪く、写真も載っていなかった。だが、警察がヘンリー・フェイバーなる、ロンドンでスティレットを凶器に二人を殺した犯人を捜しているという記事は、確かに載っていた。

水着姿の女性が、じっと彼を見て通り過ぎた。フェイバーは一瞬緊張したが、やがて、色目を使っただけなのだと気がついた。声をかけてみようかという誘惑が頭をかすめた。しばらく女ともご無沙汰だ……そして、その思いを振り払った。我慢しろ、辛抱するんだ。明日は故国じゃないか。

それは全長五、六十フィート、船内エンジンがついた胴広の小型漁船で、屋根のアンテナが強力な無線を装備していることを物語っていた。デッキはいくつものハッチに占領され、その下が狭い船倉になっていた。船尾のキャビンは操舵室と兼用で、男二人がやっと立っていられるだけの広さしかなかった。鎧張りの船体は水洩れを防ぐためのコーキングをされたばかりで、塗装も新しいようだった。

港にはほかにも同じような船が二艘あったが、フェイバーはクルーがこの船を繋留し、燃料を補給して帰っていくのを桟橋から見ていたのだった。

彼は数分間、クルーがすっかり遠ざかるのを待ち、船着き場の縁まで行って船に飛び乗った。《マリー二世》という名前だった。

舵輪は動かないように、鎖でつないであった。フェイバーは外から見えないよう狭いキャビンの床に坐り込み、十分かけて鎖を外した。依然として雲が空を覆っていたせいで、早くも闇が迫りはじめていた。

舵輪が自由になると、彼は小さな錨を上げ、桟橋に移ってもやい綱を解《ほど》いた。キャビンに戻り、ディーゼルエンジンに燃料を通してスターターを引く。モーターは何度か咳込み、やがて死んでしまった。彼はもう一度スターターを引いた。今度はエンジンがうなりを上げた。船はフェイバーの舵取りに従って、桟橋を離れはじめた。

桟橋に繋留された船を横目に見ていくうちに、ブイで示された外海への道が開けた。その道に従わなくてはならないのはもっと吃水の深い船だろうと思われたが、用心する分にはいくら用心してもいい。

外海に出たとたん、風が強くなった。頼むぞ。フェイバーは海に祈った。荒れてくれるなよ。波は驚くほど高く、小柄ながら頑丈な船が、木の葉のように翻弄された。フェイバーはスロットルを開き、計器盤上の羅針盤を睨んで針路を設定した。舵輪の下の物入れに、海図が何枚かあった。古かったが、ほとんど使われた形跡がなかった。船長は海図など必要としないほど、このあたりの水路を熟知しているに違いなかった。あの晩ストックウェルで頭に叩き込んだ地点を海図でチェックしながら、フェイバーはより正確な針路を選んで舵輪の把手を握りつづけた。

キャビンの窓が打ちつける水で霞んでいた。雨なのか波しぶきなのかもわからなかった。風が波頭を吹き飛ばしはじめていた。キャビンから顔を出すと、あっという間にびしょ濡れになった。

彼は無線のスイッチを入れた。無線機がうなりだし、やがて空電音に変わった。チューナーを回して電波を探るうちに、いくつかの交信を捉えることができた。無線は完璧に機能していた。彼はU＝ボートの周波数に合わせたが、すぐにスイッチを切った——連絡を取るには早すぎる。

外海へ出るにしたがって、波は大きさを増していった。いまや波がくるたびに、船は馬が後ろ足で立つかのように持ち上げられ、その上で一瞬ためらい、次の瞬間には真っ逆さまに波の谷間に墜落するという、気分の悪くなるような拷問を受けていた。フェイバーは死に物狂いで窓の向こうを睨みつけた。だが、夜の帳が下りた海は、一寸先も見えなかった。彼はわずかな船酔いを感じた。

今度のは大きくないはずだと自分にいい聞かせるたびに、波はその期待をあざ笑うかのように裏切って、さらに巨大な怪物が天へ向かって船を放り上げた。その間隔が次第に狭まりはじめ、ついには船尾が上を向いているか下を向いているかの状態しかなくなった。ある波の底にいるとき、稲妻に照らし出されて、あたりが真昼のようにくっきりと浮かび上がった。目の前で、灰緑色の大波が舳先に覆いかぶさり、デッキとキャビンへ一気に崩れ落ちてきた。その後でふたたび鋭い音が聞こえたが、それが雷鳴なのか船の肋材が折れた音なのか、彼にはよくわからなかった。あわててキャビンを探したが、救命胴衣は見つからなかった。

稲妻が続けざまに天を切り裂いていた。フェイバーはロックした舵輪にしがみつき、キャビンに背を預けて、何とか身体を支えていた。舵をとろうとしても意味はなかった――船は海のなすがままだった。

船というのはこれぐらいの夏の嵐には耐えられるように造ってあるのだと、彼は自分にいい聞かせつづけたが、その言葉を信じてはいなかった。おそらく経験を積んだ漁師なら、こういう嵐の兆候を見抜き、船が耐えられるかどうか、船を出すべきかそうでないかを、陸にいるうちに判断できるのだろう。

もう、自分がどこにいるかもわからなかった。アバディーンに押し戻されているのかもしれないし、ランデヴー地点の近くにいるのかもしれない。フェイバーはキャビンの床に坐って、無線のスイッチを入れた。猛烈な揺れと振動で、操作が思うにまかせなかった。ようやく機械が温まり、ダイヤルを調節してみたが、何も聞こえなかった。ヴォリュームを最大にしても、空電音さえ拾えなかった。

キャビンの上のアンテナ・マストが、付け根から折れているに違いなかった。

フェイバーは無線を《送信》にして「応答せよ」と繰り返し、《受信》に切り替えて返事を待った。それは文字どおり一縷の、しかし空しい望みだった。

彼はエンジンを切って、燃料の節約を図った。できることなら嵐を乗り切り、アンテナを修理するなり立て直すなりする方法を見つける必要があるが、燃料が切れたのでは話にならない。

そのとき、船が大きな横波にあおられた。やはりエンジンをかけて、船を波に正対させつづけなくてはならなかった。しかし、スターターを引いても、エンジンはうんともすんともいわない。フェイバーは何度か試みて、ついに諦めた。エンジンを切った自分に腹が立った。

船が激しく横に揺れて、フェイバーはよろめき、舵輪でしたたかに頭を打った。いつ転覆するのかとぼんやりした頭でひっくり返っていると、次の波が船体に衝突し、窓ガラスをぶち破ってキャビンになだれ込んだ。フェイバーはいきなり海水に封じ込められた。沈没だ、彼はもがくようにして立ち上がり、水面に出た。窓ガラスは一枚残らず吹っ飛ばされていたが、船はまだ浮いていた。彼はキャビンのドアを蹴り開け、なかの水を外に出すと、海に放り出されないようにしっかりと舵輪にしがみついた。

信じられないことに、海はさらに凶暴さを増そうとしていた。フェイバーの理性が最後に考えたことの一つは、この海がこんな嵐を見るのは、一世紀に一度あるかなしかだろうということだった。そのあと彼の意志と思考力は、舵輪につかまることにしか使えなかった。身体を舵輪に縛りつけておくのが一番だが、ロープを探すために手を離すのが怖かった。切り立った崖のような大波に弄ばれ、上下左右に振り回されているうちに、見当識がおかしくなっていった。激しい風と大量の波が、彼をさらっていこうとしていた。濡れた床に足を踏んばり、壁に背中を押しつけて舵輪を握り締めていると、とうとう全身の筋肉が悲鳴を上げはじめた。彼は息を詰め、顔が水から出たと思うときだけ大きく喘いだ。何度か失神しそうになりながら、ぼんやりとした意識のなかで、それでもキャビンの平屋根がなくなったことだけはわかった。

悪夢のような閃きがちらりと目に留まることがあったが、それはいつでも稲妻だった。波の攻撃は、常に奇襲だった。上から、下から、横から、あるいはまったく見えないところから、不意に盛り上がってきた。手の感覚がなくなっていることに愕然としたが、見ると、それは死後硬直を起こしたようになって舵輪を握り締めていた。耳は絶え間ない轟音につんざかれ、風も、海からのものなのか、あるいは雷のもたらすものなのか判然としなかった。

徐々に正常な思考力を失いつつあった。幻覚とはいわないまでも白昼夢のような状態で、いま彼の目の前には、浜辺で視線を送ってきた女性の姿があった。女はぴったりと水着を張りつかせ、激しく揺れる漁船のデッキを彼に向かって歩いていた。それはどこまでも近づき、しかし、決して届くことがなかった。すぐそこまできたら感覚のない手を舵輪から離して差し伸べようと思いながらも、フェイバーはいいつづけた。「まだだ、もう少し」女は微笑を浮かべ、腰を振ってさらに近づいてきた。舵輪から手を離して自分のほうから近づこうかという誘惑に駆られたが、頭の奥のほうで、何かが引き止めた——動いても、決して彼女のところには行き着けない。それで、ときどき笑顔で女を見つめるだけだったが、目をつぶっても彼女がそこにいるのがわかった。

いまやフェイバーは、意識と無意識の境界線上をさまよっていた。理性が漂い去って、まず海と船が消え、ついで女の姿が霞んでいき、大波に放り上げられては現実に引き戻されるということが繰り返された。まだそこに立ち、舵輪を握って生きていることが信じられなかった。それでしばらくは覚醒した状態がつづき、ふたたび疲労がそれに取って代わった。

最後に意識がはっきりしていたあるとき、波が一定方向から押し寄せて船を運んでいることに気がついた。また稲妻が閃き、その瞬間、船べりの向こうに巨大な黒いかたまりが見えた。信じられないほどの高波——いや、波じゃない、崖だ……。陸地が近いとわかると、今度はその崖にースターを引き、あわてて舵輪に手を戻した。だが、もう握力は残っていなかった。

新たな波が船を持ち上げ、玩具《おもちゃ》のように放り落とした。フェイバーは墜落する船のなかで、片手で舵輪を握ったまま、波の底にスティレットのように鋭く突き出した岩を見た。串刺しにされると思った瞬間、小型漁船は岩をかすめて、その向こうへ着水した。

小山のような波が砕けようとしていた。それは小型漁船の船体には大きすぎた。船はしたたかに波の底に叩きつけられ、激しい破裂音とともに船体が裂けた。ついに船の最期がきたのだ……。

波が引くと、船が壊れたのは浅瀬に打ちつけられたからだとわかった。呆然と前を見ていると、稲妻が浜辺を照らし出した。波が壊れた船を持ち上げてデッキを洗い、フェイバーはその勢いに足を取られて床に倒れた。だが、稲妻があたりを明るく照らした一瞬のうちに、彼はすべてを目に焼きつけていた。浜は狭く、波はまともに崖にぶつかっていた。しかし、右手に栈橋があり、そこから崖のてっぺんまでは橋のようなものが延びていた。船を捨てて浜に降りようとしたら、何トンもの波に崖に打ちつけられ、頭を潰されて死ぬことになるだろう。それでも、波と波の合間に栈橋へたどり着ければ、あの橋をよじ登って、波が届かない高みまで行けるかもしれない。

次の波がデッキを引き裂いた。年を経た木材は、バナナの皮ほどの強度もないかのようだった。足下で船体が崩壊し、気がつくと彼自身も波に引き戻されようとしていた。フェイバーは萎えた脚に力を込め、もがくようにして立ち上がると、しぶきを蹴散らしながら栈橋を目指して浅瀬を走りだした。その数ヤードが、かつてない苦行だった。その場にへたり込んでしまいたかった。そうすれば、水に浸かって死ぬことができる。だが、彼は屈しなかった。あの五千メートル走のときのように、死力を振り絞ってゴールへ飛び込んだ。桟橋の支柱に取りつくと、両手を伸ばして踏み板をつかみ、その手に感覚が戻るのを数秒待って、顎が上に出るまで上半身を引き上げた。それから、両足をかけてよじ登り、桟橋の上にごろりと転がった。

膝立ちになろうとしたとき、波が打ち寄せた。前のめりに押し倒されたフェイバーは、桟橋に打ちつけられ、そのまま数ヤード流された。したたかに水を飲み、目から星が飛んだ。背中から波の重しが取れたとき、もう一度全身の力を掻き集めて動きだそうとした。が、身体はいうことを聞かなかった。容赦なく後ろへ引きずられていくように感じながら、急に腹が立った。おめおめいいようにされてたまるか……ともかく、いまはそんなことを許すわけにはいかないんだ。くそったれめ。フェイバーは咆哮した。自分に逆らう嵐と、海と、イギリスと、パーシヴァル・ゴドリマンに向かって。そして立ち上がると、走りだした。海から離れ、坂道を駆け上った。目をつぶり、口を開け、狂人がわざと肺を破裂させ、全身をばらばらにしようとするかのように走りつづけた。行く先は自分でもわからなかったが、意識を失うまで足を止めるつもりはなかった。

坂道は長く険しかった。トレーニングを積み、休養も十分な、強靭な体力を持った男なら、てっぺんまで走り通せるかもしれない。オリンピック選手でも、疲れていれば半分しか走れないだろう。平均的な四十男なら、一ヤードか二ヤードがせいぜいだ。

フェイバーはてっぺんまで走り切った。

最後の一ヤードで、彼は軽い心臓発作に似た痛みを感じ、意識を失った。だが、足はさらに二歩前に進み、そこで濡れた芝生に倒れ込んだ。

どれぐらいそこでそうしていたのか、目を開けると、嵐はまだ猛っていたがすでに夜は明けていて、数ヤード向こうに人の住んでいそうな小さなコテッジが見えた。
フェイバーは膝をつくと、玄関まで、長く果てしない匍匐前進を始めた。

18

U＝505は強力なディーゼルエンジンの出力を落とし、灰色で歯のない鮫のような艦首で海水を掻き分けながら、ゆっくりと単調な旋回運動をつづけていた。艦長のヴェルナー・ヘーア少佐は、代用コーヒーを飲みながら何とかこれ以上煙草を吸うまいとしていた。すでに長い一日で、長い夜だった。彼はこの任務が気に入らなかった。自分は戦闘員だ、というのが彼の言い分だった。それなのに、戦いもせずひたすら潜っていろとはどういうことだ。それに、情報部《アプヴェーア》の無口な青い目の将校も不愉快でならなかった。こんな絵に描いたような陰険な目付きのやつを、どうしておれの艦に乗せなくちゃならないんだ。

　情報部のヴォール少佐は、艦長の向かいに坐っていた。その顔には疲れも苛立ちも表われていなかった。青い目であたりを見回し、状況を観察していたが、表情が変わることはなかった。不自由な海中生活だというのに制服には皺一つなく、きっちり二十分ごとに煙草に火をつけては、根元まで吸い切った。ヘーアは煙草をやめるつもりだった。そうすることで規則を守らせ、ヴォールの喫煙の楽しみを邪魔してやろうと考えたのだが、彼自身の重度のニコチン中毒が、それを許してくれなかった。

　ヘーアは昔から情報部の連中が嫌いだった。いつでも見張られているような気がしてならない。ただでさえそうなのだから、一緒に仕事をするなど論外だった。彼にいわせれば、この艦は戦闘用に造られたものであり、秘密工作員を拾い上げるために、こそこそとイギリスの沿岸で待機するためのものではない。そもそも、現われるかどうかも定かでない人間のために高価な戦闘艦と熟練のクルーを危険にさらすなど、狂気といわずして何というのか。

彼はコーヒーを飲み干して、顔をしかめた。「何というコーヒーだ。これでも味といえるのか」

ヴォールは無表情な目でちらりとヘーアを見、何もいわずに視線をそらした。

死ぬまでそうやって無愛想でいろ、とヘーアは思った。お前なんぞ知ったことじゃないんだ。彼は絶え間なく席で身じろぎしていた。水上艦の艦橋なら歩き回ってもいいのだろうが、潜水艦乗りは不必要な動きを避けることが身についていた。「きみが待っている男は現われないんじゃないのか。何しろこの天気だからな」ヘーアがついにいった。

ヴォールが時計を見た。「午前六時まで待つことになっている」彼はこともなげにいった。

それは命令ではなかった――ヴォールが艦長に命令することはできない。だが、あまりにあからさまな物言いは、この艦で上位に立つ者への侮辱となる。ヘーアはその旨をヴォールに告げた。

「われわれは命令に従うまでだ」ヴォールは引き下がらなかった。「この命令が最上層部から発せられたものであることは、艦長も知っているはずだ」

ヘーアは怒りを抑え込んだ。もちろんだとも、若造、命令には従うさ。だが、基地に帰ったら上官への不服従で告発してやるからな。だからどうなるというものでもないだろうがな。十五年も海軍にいれば、本部の連中が規則を屁とも思っていないことぐらいは知っている……。「その男が今夜みたいな天気に出かける度胸を持っているとしても、この荒海を切り抜けられるほどの経験はあるまい」

ヴォールは相変わらず無表情な目で応じただけで、黙っていた。

「ヴァイスマン、どうだ?」ヘーアは通信員に声をかけた。

「何もありません」

ヴォールがいった。「数時間前に聞こえたのが、彼からの通信ではなかったのかな」

「そうだとしたら、ランデヴー地点からとんでもなく遠くにいたことになります」と、通信員がいった。「私には雷のように聞こえました」

ヘーアがつけ加えた。「あれがその男でなければ、それでいい。あの男だとしても、もう溺れ死んでるだろう」

「艦長はあの男を知らないから、そういうことがいえるんだ」と、ヴォールがいい返した。今度は明らかに声が高ぶっていた。

ヘーアは答えなかった。エンジンの音がかすかに変化し、何かを引きずるような音が聞こえた。帰投中に音が大きくなるようなら、基地で確認しなくてはならないな、と彼は思った。いや、いずれにしても点検修理だ。そうすれば、話にならないヴォール少佐と航海に出ないですむ。

水兵が顔を出した。「コーヒーはいかがですか」

ヘーアが首を振った。「これ以上飲んだら、コーヒーの小便が出る」

ヴォールがいった。「もらおうか」そして、煙草を取り出した。

ヘーアはそれを見て、時計をあらためた。六時十分。抜け目のないヴォール少佐は、六時の煙草を遅らせることで、何分か余計にU=ボートを現場に留《とど》めたというわけだ。ヘーアが命じた。

「帰投する。基地へ針路を取れ」

「ちょっと待った」ヴォールがいった。「帰る前に浮上して、海面を調べるべきだ」

「馬鹿をいうな」六時を過ぎてしまえば、こっちのものだ。「上でどんなすさまじい嵐が荒れ狂っているか、きみはわかってるのか？　ハッチを開けることもできないし、潜望鏡だって数ヤード先が見えるかどうかだ」

「海中にいて、どうしてそんなことがわかるんだ」

「経験だよ」

「せめて基地と連絡を取り、彼が接触してこなかったことを告げるべきだ。ここに留まるよう命令があるかもしれない」

ヘーアは鼻息荒くいい返した。「この深度では、基地への無線連絡は不可能だ」

ヴォールがついにわれを失った。「ヘーア少佐、ここを去る前に、浮上して基地と無線連絡を取ることを強く進言する。われわれが合流することになっている人物は、決定的な情報を握っている。総統ご自身が、彼の報告を待っておられるのだ」

ヘーアは相手を見据えた。「ご意見はありがたく承った」そして、背を向けて命じた。「両舷全速前進」

左右のディーゼルエンジンがうなりを上げ、U＝ボートは速度を上げはじめた。

第四部

19

ルーシイが目を覚ましたとき、昨夜来の嵐は依然として衰えていなかった。彼女はベッドの縁に身を乗り出し、デイヴィッドを起こさないように用心して、床から腕時計を取り上げた。六時を過ぎたところだった。屋根のまわりで風が鳴っていた。デイヴィッドはこのまま眠らせておけばいいわ。この天気じゃ、仕事にならないもの。

屋根のスレートが飛ばされていないかが心配だった。調べる必要があったが、デイヴィッドが寝ているあいだにやるわけにはいかなかった。そんなことをしたら、なぜ自分に頼まなかったのかと腹を立てるに決まっている。

彼女はベッドを忍び出た。ひどく冷え込んでいた。この数日の好天は夏を装っていただけで、嵐を際立たせる役目にすぎなかったらしい。今日はまるで十一月の寒さだった。ルーシイはフランネルのナイトドレスを頭から脱ぐと、急いで下着をつけ、ズボンをはいて、セーターを着た。デイヴィッドが身じろぎした。その顔を見つめていると、彼はまた背中を向けたが、目は覚まさなかった。

狭い踊り場を横切って、ジョーの部屋を覗いた。ジョーは三歳になってベビーベッドを卒業し、一人前のベッドに引っ越していたが、転げ落ちたままでいることがよくあった。しかし、今朝はいるべき場所にきちんと納まって、仰向けに口を開けて眠っていた。それを見て、思わず口許が緩んだ。いつもながら、実にかわいらしい寝顔だった。

ルーシイはそうっと階段を降りながら考えた。なぜこんなに早く目が覚めたのかしら。ジョーが音でも立てたのか、それとも嵐のせいだろうか。

暖炉の前にひざまずくと、セーターの袖をまくり上げ、火をおこしにかかった。ラジオで聞き覚えた《イズ・ユウ・イズ・オア・イズ・ユウ・エイント・マイ・ベイビー》を口笛で吹きながら、火格子《ひごうし》を掃除し、冷えた灰を均《なら》して、一番大きな燃えさしを集めると、その上に乾いたワラビを載せて火種にし、さらに薪と石炭を載せた。薪だけのときもあったが、今日のような天気の日は石炭も使うほうがいい。彼女はしばらく新聞紙をかざして煙突へ空気の流れを誘導し、薪に火がついて石炭が赤くなると、明日のためにそれを畳んで、石炭バケツの下にしまった。

勢いよく燃え上がる炎が間もなく小さな家を暖めてくれるはずだが、熱い紅茶の助けも借りたかった。ルーシイはキッチンへ行くとやかんを電気コンロにかけ、カップを二つと、デイヴィッドの煙草と灰皿を盆に載せた。彼女はカップにお茶を注ぎ、盆を持って階段を上がろうとホールへ出た。

階段に足をかけたとき、何かを叩くような音が聞こえた。ルーシイは足を止めて眉根を寄せた。風か何かだろうと思い直して階段を上がろうとしたとき、もう一度音がした。誰かが玄関のドアをノックしているようだった。

変ね、と彼女は思った。あんなところをノックする人なんていないはずなのに。いるとしてもトムだけだけど、あの人は必ずキッチンから入ってくるし、ノックはしない。

またノックの音がした。

ルーシイは階段から引き返し、片手で盆を持ちながら、もう一方の手でドアを開けた。驚きのあまり、盆が手から滑り落ちた。男が覆いかぶさるようにして倒れ込んできたのだった。ルーシイは悲鳴を上げた。

しかし、彼女はすぐに気を取り直した。男はホールの床に俯せに倒れたきりで、危害を加える力など、どう見てもありそうになかった。着ているものは濡れそぼち、顔も手も、石のように真っ白だった。

ルーシイが立ち上がったところへ、デイヴィッドが階段をずり降りながら声をかけた。「どうした？　何があったんだ？」

「人が」ルーシイは男を指差した。

デイヴィッドはパジャマ姿で階段の下まで降りてくると、車椅子によじ登った。「悲鳴を上げるほどのことか？」彼は車椅子を近づけて男を覗き込んだ。

「ごめんなさい。いきなりだったからびっくりしたの」ルーシイは男の上腕を持ってリヴィングルームに引きずり込み、暖炉の前に横たえた。

デイヴィッドが意識のない男を見つめていった。「一体どこからきたんだ？」

「難破したんじゃないかしら……この嵐で……」

それにしては船乗りの服装じゃないわね。これは労働者の着るものよ。よく見ると、ずいぶん背が高くて――暖炉の前の六フィートの敷物より大きかった――首も肩もがっしりしている。顔だちもたくましく整っていて、額が広く顎はすらっとしている。こんな死人みたいな顔色でなかったら、ハンサムなのかもしれないわね。

男がかすかに身体を動かし、目を開けた。最初のうちこそ、見知らぬところで目覚めた子供のようにあからさまに怯えた表情を見せていたが、その顔はすぐに落ち着きを取り戻し、ルーシイ、デイヴィッド、窓、ドア、暖炉と、矢継ぎ早に鋭い目を走らせた。

ルーシイがいった。「着ているものを脱がせてあげなくちゃ。デイヴィッド、パジャマとローブを持ってきて」

デイヴィッドが車椅子を回して出ていくと、彼女は闖入者の横にひざまずき、ブーツと靴下を脱がせた。その様子を見ている男の目には、かすかにうれしそうな色が宿っているようだった。だが、その手がジャケットに伸びると、身を守ろうとでもするかのように両腕を胸の前で交叉させた。

「こんなものを着てたら、肺炎で死んでしまうわよ」ルーシイは心底労《いたわ》るようにいった。「さあ、わたしにまかせて」

男がいった。「私はあなたが誰かも知らないし、あなたも私がどういう男か知らないでしょう——つまり、自己紹介がすんでいないということです」

それが初めて聞く声だったが、確固として几帳面な口調と言葉遣いがあまりに外見と不釣り合いで、ルーシイは思わず声を上げて笑った。「恥ずかしいの?」

「いや、男は慎みを忘れるべきでないと考えているだけですよ」男は豊かな笑みを浮かべたが、すぐに痛みに目をつぶり、笑顔は崩れ去ってしまった。

デイヴィッドが夜着を腕にかけて戻ってきた。「早速仲よくなったってわけか?」

「あなたが脱がせてあげて。わたしじゃ嫌なんですって」

デイヴィッドが微妙な顔をした。

「いや、ご厚意はありがたいが、自分でできます」

「好きなようにすればいい」デイヴィッドが衣類を椅子の上に放って出ていった。

「お茶をいれ直すわ」ルーシイはそのあとを追い、リヴィングルームを出てドアを閉めた。

キッチンでは、デイヴィッドが火のついた煙草をくわえて、やかんに水を入れているところだった。ルーシイはホールで割れたカップを手早く片づけ、夫のところへ行った。

「五分前には生きているかどうかもわからなかった男が、いまは自分で服を脱いでいるとはな」

「仮病だったのかしら」ルーシイはティーポットを手にしていった。

「きみに裸にされると思ったら、急に回復が早まったのさ」

「そんなことで恥ずかしがる人がいるかしら」

「きみはその方面じゃ大胆だからな。しかし、人がみんなきみと同じだと思うと大間違いだ」

「今日は喧嘩はよしましょうよ、デイヴィッド――もっと面白いことができたんですもの。気分転換になるようなことがね」ルーシイは盆を捧げてリヴィングルームへ戻った。

男はパジャマのボタンを留めているところだったが、ルーシイが入っていくと背中を向けた。彼女は盆を置いてお茶を注いだ。振り返ると、彼はデイヴィッドのローブを羽織ろうとしていた。

「親切な人だ」男はまっすぐにルーシイを見つめていった。

全然恥ずかしがり屋には見えないけど、と彼女は思った。わたしよりはいくつか年上ね――四十歳ぐらいかしら。どんどん難破した人らしくなってくるけど、それも年齢のせいかもしれない。

「火のそばへどうぞ」ルーシイはカップを差し出した。

「ソーサーが持てるかな、指がうまく動かないんですよ」男はかじかんだ手で受け取ると、両掌で包むようにして、慎重に口へ運んだ。

デイヴィッドが入ってきて煙草を勧めた。男は断わった。

男がお茶を飲み干して訊いた。「ここはどこです？」

「ストーム・アイランドです」デイヴィッドが教えた。

男が安堵の色を浮かべた。「本土へ吹き戻されたんじゃないかと思っていました」

デイヴィッドは男がもっと温まるようにと、裸足の爪先を暖炉のほうへ向けてやった。

「たぶん、あの入江に流れ着いたんだ」と、彼はいった。「たいていのものがそうですからね。いろんなものが流れ着いて、あの砂浜ができたんです」

ジョーが寝ぼけ眼で、自分と同じぐらいの大きさの、片腕がもげたパンダを引きずって起きてきたが、見知らぬ男を見たとたん、ルーシイに駆け寄って顔を伏せた。

「お嬢ちゃんを怖がらせてしまったようですね」男が微笑した。

「男の子です。そろそろ髪を切ってやらなくちゃならないんですけどね」ルーシイは息子を膝に抱き上げた。

「これは失礼」男がまた目を閉じ、やがて坐ったまますうつらうつらしはじめた。

ルーシイが立ち上がり、ジョーをソファに下ろした。「ベッドに連れていってあげなくちゃ」

「ちょっと待ってくれ」デイヴィッドは男に近づいた。「ほかに生存者がいる可能性は？」

男が顔を上げた。「私だけです」とつぶやいたが、消耗しきっている様子だった。

「ねえ、デイヴィッド――」ルーシイがせかそうとした。

「もう一つ、予定航路は沿岸警備隊に連絡してあるんですか」

「どうしてそんなことが問題なの？」と、ルーシイ。

「なぜ問題かというとだ、予定航路を知らせていれば、彼らが危険を冒して彼を捜しているかもしれないじゃないか。だとしたら、無事を知らせてやらなくちゃならんだろう」

男がのろのろといった。「いや……知らせてない……」

「もういいでしょ」ルーシイはデイヴィッドをさえぎり、男の前に膝をついた。「階段を上がれる？」

男はうなずいて、よろよろと立ち上がった。

ルーシイはその肩に腕を回し、男を支えて歩きだした。「ジョーのベッドを使ってもらうわ」

二人は一段ずつ、休みながら階段を上っていった。一番上にたどり着いたとき、暖炉のぬくもりでいくらか赤みの差していた顔からはすっかり色が失われていた。ルーシイに抱えられるようにして狭いほうのベッドルームに入ったとたん、男はベッドに崩れ落ちた。

ルーシイは毛布で身体を覆ってやってから、部屋を出て、静かにドアを閉めた。


フェイバーの全身を安堵の波が包んだ。最後の数分は、自分を保つのに超人的な努力を必要とした。いまの彼は心身ともに疲れ果て、ほとんど病人だった。

玄関が開いたときになかへ倒れ込んだのも、しばらく動けなかったのも、それはやむをえない。危なかったのは、あの美人が服を脱がせにかかったときだ。すんでのところで、胸にフィルムの缶が留めてあることを思い出した。それからしばらくは、そのおかげで気を張っていることができた。救急車を呼ばれたりしたらまずかったが、それは誰も口にしなかった。たぶん、病院もない小島なのだろう。少なくとも、ここが本土でないことはわかった。いずれにしても、遭難者がいるという報告を妨げることはできないだろうが、亭主らしき男の口振りからして、いますぐということはなさそうだ。

それから先の問題については、もう考える余力がなかった。当面危険はないようだし、いまはそれで十分だった。暖かく、濡れてもいないし、ベッドも柔らかい。それに、生きている。

彼は寝返りを打ち、部屋の様子をあらためた。ドア、窓、煙突。死んでしまえば話は別だが、そのとき以外は、警戒を怠らないという習慣が真っ先によみがえる。壁はピンクだった。女の子を望んでいたのかもしれない。床には汽車の玩具《おもちゃ》と、絵本が山ほど積んであった。飼い慣らされた者たちの安全な場所——家庭。彼はその囲いのなかに入り込んだ狼だったが、瀕死の狼でもあった。

極度の疲労にもかかわらず、目を閉じてもなかなか緊張が解けなかった。それこそ一つずつ、筋肉をほぐしていかなくてはならなかった。ようやく頭のなかが空になったとき、彼は眠りに落ちた。

ルーシイはお粥《ポリッジ》の味見をし、塩を一つまみ加えた。それはもともとトムが作ってくれたスコットランド風のもので、最初は砂糖を入れない味になじめなかったが、いまはみんなの好物になっていた。配給が解除され、砂糖が潤沢に手に入るようになっても、ルーシイは甘いポリッジに戻る気になれなかった。人というのは不思議なもので、どうしてもそうしなくてはならないとなったら、たいていのことには慣れるのである——たとえそれが、黒パンとマーガリンと塩味のポリッジでも。

家族が食卓につき、彼女はそれを取り分けた。ジョーは大量のミルクで自分のポリッジを冷ました。デイヴィッドはここのところ驚くほどの食欲を見せていたが、それで太る様子もなかった。外で仕事をしているおかげだ。ルーシイは夫の手を見た。節くれだち、永久に褪《さ》めないほど陽に灼けて、まったく肉体労働者の手になっていた。彼女はあの男の手を思い出した——指が長く、血管が透き通るほど色白で、傷だらけだった。あれは船乗りの手じゃないわ。船乗りならもっとごつい手をしているはずだもの。

「今日はあまり仕事にならないわね」ルーシイはいった。「この嵐はしばらくつづきそうよ」

「関係ないさ。どんな天気だろうと、羊の世話はしてやらなくちゃならない」

「今日はどこへ行くの？」

「トムのほうだ。ジープで行く」

ジョーがいった。「ぼくも行っていい？」

「今日はだめよ。雨が降ってるし、寒いからね」

「だって、家にいたくないよ。あの男の人がいるんだもの」

ルーシイは微笑した。「馬鹿なことをいわないのよ。あの人は悪いことをしたりしないわ。病気でほとんど動けないの」

「誰なの？」

「名前は知らないけど、船が壊れてここに流れ着いたのよ。だから、元気になって本土へ帰るまでは世話をしてあげなくちゃ。とってもいい人よ」

「ぼくの叔父さん？」

「いいえ、よその人よ。さあ、食べてしまいなさい」

ジョーはがっかりした様子だった。彼は一度だけ叔父さんに会ったことがあり、その心のなかにある叔父さん像は、好きなキャンディと、使い道はないがお小遣いをくれる人だったのである。

デイヴィッドは食事を終えると、袖付きで裾広がりの貫頭衣とでもいったような防水外套《マッキントッシュ》を頭からかぶり――それで彼自身と車椅子を雨から守ることができた――後ろの鍔が長くて耳覆いのついた防水帽《サウエスター》の紐を顎の下で結んで、ジョーにキスをし、ルーシイに行ってくると声をかけた。
一、二分後にジープの始動する音が聞こえ、ルーシイは窓辺に立って夫が出かけるのを見送った。後輪がぬかるんだ道で横滑りしていた。気をつけてね、と彼女は祈った。
振り返ると、ジョーがいった。「犬だよ」彼はミルク入りポリッジを絵の具代わりにして、テーブルクロスの上に創作の真っ最中だった。

ルーシイはその手を叩いた。「何をしてるの！」ジョーが仏頂面をした。父親にそっくりね、と彼女は思った。二人に共通しているのは浅黒い肌と黒い髪だったが、衝突したときの引き下がり方までよく似ていた。ただ、ジョーはよく笑った――そこだけは、ありがたいことにルーシイの血を受け継いでいるようだった。

思いに耽る母親の目を怒っているのだと勘違いして、ジョーが謝った。「ごめんなさい」

彼女は流しで息子の手を洗ってやり、朝食の後片づけをしながら、二階にいる男のことを考えた。とりあえず危険な状態は脱して、死ぬ心配もなさそうだった。そうなると、今度は好奇心がむくむくと頭をもたげた。何者かしら？　どこからきたの？　あんな嵐の海で何をしていたの？　家族はいるのかしら？　労働者風の服を着ているのにデスクワークをしているような手で、ロンドン周辺のホーム・カウンティ（エセックス、ケント、サリーの諸州。ときにバークシャー、バッキンガムシャー、ハートフォード、イースト・サセックス、ウェスト・サセックスを含む）の言葉を話すのはどうして？　そういうことを考えるのは、なかなか刺激的だった。

どこか別のところに住んでいたら、と彼女は思った。不意の闖入者をこれほど快くは受け入れなかっただろう。ひょっとすると逃亡者かもしれないし、犯罪者ということだって、脱走捕虜の可能性だってあるかもしれない。でも、孤島に住んでいると、人は他人を警戒することを忘れ、むしろ懐かしく思うようになる。新しい顔を見るうれしさが勝って、人を疑うのが悪いことのように思われる。それとも、考えたくもないことだけど、わたしは大方の女性に較べて、魅力的な男性を受け入れたがる傾向が強いのかしら……いいえ、そんなはずはないわ。

馬鹿ね、あの人はとても疲れていて、具合が悪いのよ。誰かに危害を加えようにもできるわけがないでしょう。たとえ本土にいたって、びしょ濡れで意識不明の人を追い出したりできるものですか。いろいろ訊くのは回復してからでいいし、ここへきたいきさつが納得できなければ、トムのコテッジから無線で本土へ連絡することもできるじゃないの。

洗い物を終えると、ルーシイは男の様子をうかがいに、そっと二階へ上がった。彼はドアのほうを向いて眠っていたが、顔を覗き込まれたとたんに目を開けた。また、最初のときの恐怖の表情がよぎった。

「何でもないのよ」と、彼女はささやいた。「様子を見にきただけだから」

彼は何もいわずに目を閉じた。

ルーシイは階下《した》に降りると雨用の身支度をし、ジョーにもオイルスキンの防水服と防水ズボンを着せて、ウェリントン・ブーツをはかせた。外では、土砂降りの雨と強風が二人を待ち受けていた。ちらりと屋根を見上げると、案の定、スレートが数枚なくなっていた。彼女は背中を丸め、風に逆らいながら崖のてっぺんへ向かった。

ルーシイはジョーの手をしっかりと握った。そうしないと、息子が吹き飛ばされてしまう。二分もすると、出てくるんじゃなかったと後悔が兆した。雨具を着ていても首筋から雨が流れ込み、ブーツのなかも容赦なく水浸しになった。ジョーもびしょ濡れに違いなかったが、ここまで濡れてしまうと、あと何分か濡れていたところで同じだった。ルーシイの目的は浜に降りることだった。

しかし、崖の上の降り口にたどり着いてみると、それは明らかにできない相談だとわかった。板を渡した細道は雨で滑りやすくなっていたし、この風ではバランスを失って六十フィート下の浜へ真っ逆さまということにもなりかねなかった。見るだけで我慢せざるをえなかった。

圧倒的な眺めだった。

それぞれ小さな家ほどもあろうかという大波が、早い速度で、間を置かず、矢継ぎ早に打ち寄せていた。浜を越えてくる波はさらに高く、頂を疑問符の形に丸めて、崖の根元に怒りを叩きつけていた。そのしぶきが一枚のシーツのように崖の上に舞った。ルーシイはあわててあとずさり、ジョーは大喜びで声を上げた。その声が聞こえたのは、彼がルーシイの腕のなかにいて耳許に口があったからで、それ以上離れた物音は風と海の咆哮がすべて呑み込んでいた。

ルーシイはぞくぞくする思いで、その荒波と飛び散るしぶきを見、咆哮を聞いていた。崖の縁に近すぎるぐらい近く立ち、危険と安全をないまぜに感じながら、寒さに震え、恐怖の汗をにじませていた。それは確かにスリリングで、彼女の人生にはほとんどないものだった。

ジョーが風邪をひくのを気遣って引き返そうとしたとき、ボートが目に入った。

それは、もうボートとはいえなかった。ひどく衝撃的だった。残っているのはデッキとキールの太い肋材だけで、それらが一握りのマッチ棒を投げ散らかしたように、岩場の上に散乱していた。大きなボートじゃないの、とルーシイは思った。一人で操れたかもしれないけど、大変だったでしょうね。そのボートは海にすさまじいいたぶられ方をしたようで、形を留《とど》めている接合部は一つたりとなく、ばらばらに引きちぎられていた。

あの人、一体どうやってあそこから生きて出てきたのかしら。

この波と岩にかかったら人間の身体はどうなるのだろうと考えて、彼女は身震いした。母親の雰囲気が急に変わったことを察知して、ジョーが耳許でいった。「もう帰ろうよ」ルーシイは海に背を向けると、ぬかるんだ道をコテッジへと急いだ。

家に入ると、二人は濡れそぼったコートと帽子とブーツを脱ぎ、キッチンに吊した。ルーシイは二階へ上がり、男の様子を確かめた。今度は彼も目を開けず、穏やかに眠っているようだった。しかしルーシイは、実は彼が起きていて、階段を上がってくる足音を聞きつけ、ドアが開く前に目をつぶったような気がしてならなかった。

浴槽に熱い湯が満たされた。母親も息子も、服の下までぐっしょり濡れていた。ルーシイはジョーの服を脱がせてバスタブに浸けると、衝動的に自分も裸になり、息子と一緒に湯舟に入った。

至福のぬくもりだった。目を閉じて、身体の力を抜いた。これもいいわね、と彼女は思った。嵐が頑丈な石の壁を空しく打っているときに、暖かい家のなかにいるのも悪くない。

突然人生が面白くなった。一晩に嵐と難破船と謎めいた男が重なるなんて。三年の退屈な日々のあとで、ようやく……。早く起きてくればいいのに、とルーシイは願った。そうすればいろいろ訊けるのに。

しかし、そろそろ男たちのために昼食を作らなくてはならなかった。ラムの胸肉があったから、あれでシチュウを作ろう。彼女は浴槽を出ると、やさしく身体を拭いた。ジョーはまだ風呂のなかにいて、嚙み潰したゴムの猫で遊んでいた。ルーシイは鏡に映った自分を見た。妊娠線はだいぶ薄くなっていたが、完全に消えることはないようだった。全身を陽に灼けばわからなくなるかもしれないけど、と彼女は独り苦笑した。当てにしないほうがよさそうね。それに、わたしのお腹に関心を持ってくれる人がいる？　あなただけじゃないの。

ジョーがいった。「もうちょっとだけ遊んでてもいい？」〝もうちょっとだけ〟は彼の口癖で、ときとして半日を意味する。

「わたしが洋服を着てくるまでよ」と釘を刺して、ルーシイはタオルをフックにかけるとバスルームを出ようとした。

男がドアのところに立って、彼女を見つめていた。

二人は見つめ合った。あとで考えると奇妙だったが、怖いとはちっとも思わなかった。それは彼がそんなふうに彼女を見ていなかったからだった。その顔には、威嚇も、卑猥さも、作り笑いもなかった。股間でも、胸でもなく、顔を――目を見つめていた。ルーシイも彼を見つめ返した。

いくらかびっくりはしたものの、うろたえはしなかった。ただ、なぜ悲鳴を上げないのか、どうして両腕で身体を隠してドアを閉めないのかしらと、自分でも不思議だった。

男の目に、ついにある表情が宿った。それはルーシイが想像するところ、称賛と、ユーモアのきらめきと、哀しみの影だと思われた。彼は不意に視線を外すと、くるりときびすを返してベッドルームに戻り、ドアを閉めた。直後に、男がベッドに横たわったときのスプリングの軋む音が聞こえた。

ルーシイはなぜか、ひどい罪悪感に襲われた。

20

パーシヴァル・ゴドリマンは、できることはすべてやり終えていた。

イギリス全土の警察官は一人残らずフェイバーの写真のコピーを配布され、彼らのほぼ半数はその捜査に専従していた。市街地では、ホテルやゲストハウス、鉄道駅やバスターミナル、カフェやショッピングセンター、さらには橋やアーチや爆撃跡といった浮浪者の住み処《か》まで、徹底的に調べられた。そして田舎では、納屋、サイロ、人の住んでいないコテッジ、廃城、藪、森の開拓地、トウモロコシ畑といったところが、くまなく捜索の対象になった。彼らは駅の改札係、ガソリンスタンドの従業員、フェリー乗り場の係員、高速道路の料金徴収員に写真を見せて回り、空港や港を利用する客もすべてチェックしていた。パスポート・カウンターの陰には写真がピンで留めてあった。

その警察官たちは、自分の追っているのが単なる殺人犯だと信じていた。通りにいる警官にとって、写真の男はロンドンで起こった二件のナイフ殺人の犯人だった。その上になると、もう少し詳しいことを知っていた。一件目は性的な暴行が加えられていて、二件目は動機不明、三件目は――彼らの部下はその存在すら知らなかった――ユーストン―リヴァプール間の列車内で、理由はわからないが兵士が殺害されたということである。その兵士がMI5の臨時雇員であり、三件の殺人事件が何らかの形で国家機密と関わっていることを知っているのは、各州の警察長と、スコットランド・ヤードでも数人だけだった。

新聞も普通の殺人犯狩りだと信じていた。ゴドリマンが詳細を発表した翌日、ほとんどの新聞が遅版で記事にした。スコットランド、アルスター、北ウェールズ向けの早版には間に合わなかったため、その翌日に要約記事を載せることになった。ストックウェルの被害者は偽名を与えられて、ロンドン生まれの労働者という漠然とした経歴になっていた。ゴドリマンのマスコミ向け発表は、一九四〇年のミセス・ウーナ・ガーデン殺害事件との関連を匂わせていたが、本質はあいまいなままに伏せられて、凶器がスティレットであることだけが公表された。

リヴァプールの二紙は非常に早い時点で列車の死体のことを聞きつけ、ともに、ロンドンのナイフ殺人事件と同一犯ではないかと考えた。そして、決め手に欠けるままリヴァプール警察に問い合わせた。ところが両紙の編集長へ警察署長から電話があり、結局二紙とも記事にすることをやめたのだった。

フェイバーではないかという容疑で逮捕された長身で黒髪の男は、全部で百五十七人に上った。二十九人を除いては、みなアリバイが証明された。MI5の尋問官がその二十九人の事情聴取をした結果、二十七人は両親、親戚、隣人によって、彼らがイギリス生まれであり、フェイバーがドイツにいた二〇年代にはイギリスに住んでいたことが確認された。

残る二人はロンドンに連行されて、ゴドリマンじきじきの尋問を受けた。二人とも未婚で独り暮らし、親も親類もなく、あちこちを転々としているという。最初の男は堂々とした服装《みなり》のいい人物だったが、国じゅうを旅しながら臨時雇いの肉体労働をしているのだと、とうてい納得できないことを申し立てた。そこでゴドリマンは、自分が警察と違って、戦争期間中は一切の手続きを省略して誰でも投獄できる権限を与えられていること、微罪にはこれっぽっちの関心もないこと、ここ陸軍省で聞いた情報はすべて厳秘扱いだから絶対に外へ洩れる心配のないことを教えてやった。

男はそれを聞くとすぐに信用詐欺師であることを白状し、十九人の老女の住所まで明らかにして、過去三年間に彼女たちから宝石類を騙し取ったことを自ら認めた。ゴドリマンはその男を警察に引き渡した。

嘘を職業とする者にまで正直でなくてはならないとは、彼は思わなかった。

残る一人もゴドリマンの手管の敵ではなかった。その男は独身ではなく、ブライトンに妻がいた。それどころか、さらに、ソーリフル、バーミンガム、コルチェスター、ニューベリー、エクシターと、五カ所に五人の妻を持っていた。その日遅くなって、五人の妻全員から結婚証明書が届けられた。男は重婚罪で投獄され、裁判を待つことになった。

ゴドリマンは集中的なフェイバー追跡が始まってから、ずっとオフィスで寝泊まりしていた。

ブリストル、テンプル・ミーズ、鉄道駅。

「おはよう、お嬢さん。ちょっと、この写真を見てもらえないかな」

「ねえ、みんな、お巡りさんが写真を見せてくれるってよ！」

「おい、そんなに乱暴に扱わないでくれ。その男の顔を見たことがあるかどうか教えてくれればいいんだ」

「あーら、いい男じゃない？　わたしにもこういう男性《ひと》がいたらいいのにな」

「こいつが何者か知ったら、そんな気はなくなるさ。さあ、見てくれ」

「見たことないわね」

「わたしもよ」

「わたしもないわ」

「捕まえたら、ブリストルの若い美人に会いたくないかって訊いてくれる――？」

「お前たちときたら、まったく――ズボンをはいてポーターの仕事を始めたら、それで男みたいに振る舞ってもいいと思ってるのか……どうなってるんだ」


ウリッジ、フェリー乗り場。

「ひどい天気ですね」

「おはよう、船長。外海はもっと荒れてるんだろうな」

「何です？　川を渡りたいんですか？」

「ちょっと見てほしい顔があるんだよ」

「ちょっと待って、いま眼鏡をかけますから。いや、ご心配なく、船の運転ができる程度にはちゃんと見えますから。眼鏡がいるのは細かいものを詳しく見るときだけでね。さて……」

「心当たりがあるかな？」

「いや、申し訳ないが、とんと思い当たりませんね」

「見たら知らせてくれ」

「もちろんです」

「いい航海を祈ってるよ」

「どうなりますかね」


ロンドンE1、リーク・ストリート三五番地。

「あら、ライリー巡査部長――どういう風の吹き回し？」

「おしゃべりは抜きだ、メイベル。最近の客はどんな連中だ？」

「みなさん、立派な方ばかりよ。わたしのことはご存じでしょ」

「ああ、よくわかってる。だから、きたんじゃないか。その立派な方のなかに、居続けのやつはいないか？」

「いつから陸軍の徴募係を始めたの？」

「そうじゃないんだ、人を捜してるんだよ。ここにいるんなら、居続けじゃないかと思ってな」

「ねえ、ジャック――ここにいるのはわたしの知ってる人ばかりだといったら、もうまとわりつかないでくれる？」

「信用する根拠は？」

「一九三六年のことがあるじゃないの」

「あのころはもっと美人だったよな、メイベル」

「あなただって、他人《ひと》のことはいえないわ」

「わかった、負けたよ……この写真を見てくれないか。この男がきたら教えてくれ、いいな」

「約束するわ」

「すぐにだぞ」

「くどいわよ」

「メイベル……こいつはきみぐらいの年の女をナイフで刺し殺してるんだ。だから、ここに出入りするやつが気になるんだよ」


バグショット近郊、A三〇号線沿い、《ビルズ・カフェ》。

「お茶をくれ、ビル。砂糖は二つだ」

「おはようございます、ピアスン巡査。嫌な天気ですね」

「その皿にあるのは何だ？　ポーツマスの小石か？」

「バターを塗ったパンですよ、よくご存じのやつです」

「ああ、そうか。二つもらおう。ありがとう……。さて、諸君！　トラックを隅から隅まで調べられたいやつは、いますぐ出ていってくれても構わんぞ……誰も出ていかないのか？　そうだな、そのほうがいい。では、ちょっとこの写真を見てもらいたい」

「何を追っかけてるんです？——無灯火で自転車を運転してたやつとか？」

「冗談は後回しだ、ハリー——さあ、写真を回してくれ。誰かこいつを乗せてやった者はいないか？」

「おれは知らないな」

「おれもだ」

「悪いね」

「見たことがないな」

「ありがとう、手間を取らせたな。見たら知らせてくれ。じゃあな《チェリオ》」

「巡査？」

「何だ、ビル」

「パン代がまだです」


カーライル、スメスウィック・ガソリンスタンド。

「おはよう、奥さん。ちょっと手が空いたら……」

「すぐ行きます。このお客さんだけすませてしまうから……十二シリング六ペンスになります。ありがとうございました、お気をつけて……」

「景気はどうです？」

「相変わらずひどいもんですよ。それで、どんなご用かしら」

「ちょっとオフィスへ入れてもらえませんか」

「ええ、どうぞ……それで、何なんです？」

「この写真を見てほしいんですよ。最近この男がガソリンを入れにきませんでしたか」

「それならそんなに難しいことじゃないと思いますよ。このところお客がめっきり減ってるから、顔はわりに覚えてるんです……あら、この人ならきましたよ」

「いつ？」

「おとといの朝です」

「はっきり覚えてますか」

「そうですね……この写真よりは老けてたけど、まず間違いないと思います」

「どんな車に乗ってました?」

「灰色の車でした。わたし、車の種類はよくわからないんです。夫が詳しいんですけど、いまは海軍にいるので」

「型もわかりませんか」

「最近の型じゃありません。キャンヴァス地の幌がついた二人乗りで、スポーツカーみたいでしたね。ステップに予備タンクがついてて、それにもガソリンを入れました」

「男の服装はどうです?」

「どうだったかしら……労働者風だったと思いますけど」

「背は高かった?」

「ええ、あなたより大きかったわ」

「電話があったら貸してもらえますか……」


ウィリアム・ダンカンは二十五歳、身長は五フィート十インチで体重は百五十ポンド、余分な肉がついていない、第一級の健康体だった。その秘訣は戸外での生活を好み、煙草、酒、夜更かし、自堕落というものに一切関心を示さないことにあったが、一度も兵役の経験がなかった。

八歳までの彼は多少覚えが遅いきらいがあったものの、一見したところでは普通の子供と変わらなかった。しかし、それ以上進歩する能力を失ってしまったのである。精神的な傷を負うような何かがあったとは思えなかったし、物理的な被害を受けた形跡もなかったから、この突然の知能回路の遮断は誰にも説明がつかなかった。事実、人がその異変に気づいたのは、しばらくたってからだった。十歳のときには多少覚えが遅いと思われていただけだった。十二歳になったときも、少し鈍いんじゃないかという程度だった。だが十五になると明らかに馬鹿と見なされ、十八のときには低能《ダフト》のウィリーと呼ばれるようになっていた。

彼の両親は根本主義を標榜する、あまり知られていない宗教グループのメンバーで、そのグループは教派以外の人間との結婚を認めていなかった（ウィリーの知恵遅れはそれと関係があるかもしれないし、ないかもしれなかった）。もちろん二人は息子のために祈り、スターリングの専門家のところへも連れていった。年配の医師はいくつかの検査を行ない、金縁の半円形の眼鏡越しに、こう告げた——息子さんの精神年齢は八歳であり、これ以上成長する見込みはありません。両親は息子のために祈りつづけ、やがて、これは主が与えたもうた試練なのだと思い至った。だとすれば、必ずウィリーは救済される。二人は息子が栄光に包まれて快癒する日を心待ちにするようになった。とはいえ、ウィリーには仕事が必要だった。

八歳の知恵でも牛の世話はできるし、牛を飼うのは立派な仕事だ。というわけで、ダフト・ウィリーは牛飼いになった。彼がその車を見つけたのは、牛の番をしているときだった。

ウィリーはてっきり恋人同士が乗っているものと思い込んだ。

彼といえども、恋人のことぐらいは知っていた。つまり、恋人同士というものが存在し、藪の陰や映画館や車のなかといった暗がりで、口にするのは憚られるようなことをし合うということをである。それは黙っているべきことだった。彼は牛をせきたてて、その藪の脇を通り過ぎた。

そこに駐まっていたのは、一九二四型のモーリス・カウリー・ブルノーズのツー＝シーターだった（ウィリーもほかの八歳の子供と同じように、車には詳しかった）。なかを覗きたい誘惑に駆られたが、そこで行なわれている罪を目の当たりにしてはいけないと、懸命に目をそらした。ウィリーは小さな群れを乳搾りのために牛舎に追い込み、その道を通らないようにして家へ帰った。夕食を食べ、父親にレビ記の一章を丁寧に読んで聞かせてから、ベッドに入って恋人たちの夢を見た。

その車は翌日の夕方も、まだそこにあった。

ウィリーがいかに無邪気でも、恋人同士がどんなことをするにせよ、あれから二十四時間もぶっつづけですることはないはずだという見当はついた。それで、今度は車に近寄って、覗いてみた。誰もいなかった。エンジンの下の地面が、オイルでねばねばと黒くなっていた。ウィリーは新しい説明を思いついた――ドライヴァーが故障した車を乗り捨てていったんだ。しかし、なぜ藪に隠すように置いてあるのかという疑問は思い浮かばなかった。

牛舎に帰り着くと、彼は見たままを農場主に話した。「幹線道路の脇の小道に、故障した車が乗り捨ててありますよ」

大男の農場主は、例によって、太い砂色の眉をくっつけるようにして考えた。「あたりには誰もいなかったのか？」

「ええ――昨日もあそこにありました」

「それなら、どうして昨日いわなかった？」

ウィリーが真っ赤になった。「それはだって……きっと……恋人同士が……」

農場主は、ウィリーが照れているのではなく純粋に当惑しているのだと気がついて、肩をやさしく叩いた。「さあ、もういいから家に帰れ。あとはおれにまかせとけばいいからな」

乳搾りを終えると、農場主は自分の目で車を確かめに行った。もちろん彼には、なぜ隠すように置いてあるのかという疑問が浮かんだ。ロンドンでスティレット殺人があったことは耳に入っていたし、といってすぐにその犯人が乗り捨てたものだと決めつける気もなかったが、一方で、この車が犯罪か何かに絡んでいるのではないかという疑いは捨て切れなかった。それで、夕食のあと長男を馬で村へ走らせ、スターリングの警察に電話をさせた。

長男が村から戻ってくるより早く、警察が到着した。彼らは少なくとも十二、三人いて、ひっきりなしにお茶を飲んだ。農場主は妻と二人で、夜半までその世話に追われた。

もう一度話を聞くために、ダフト・ウィリーが呼ばれた。恋人同士が乗っていると思ったというくだりを話すときにはやはり顔を赤らめながら、彼は前日の夕方に車を見つけたときの様子を繰り返した。

概していえば、それは農場主夫婦やウィリーにとって、もっとも刺激的な戦時の一夜だった。

その夕刻、パーシヴァル・ゴドリマンは四日目のオフィスの夜を迎えるに当たって、一度帰宅していた。風呂に入り、服を替え、スーツケースに着替えを詰めて戻るつもりだった。

自宅はチェルシーの賄い付きのフラットで、狭いとはいっても独り暮らしには十分だった。きちんと掃除されて整頓も行き届いていたが、書斎だけは掃除婦が入ることを許されていなかったため、本や書類が散らかる結果になった。調度はもちろん戦前のものだが、いずれも選び抜かれて、しっくりとした雰囲気を醸し出していた。リヴィングルームには革張りのクラブチェアと蓄音機《グラモフォン》が、キッチンにはほとんど使われたことのない便利な道具が揃っていた。

浴槽に湯が満ちるまで、彼は煙草を吸い——最近はパイプが面倒になって、紙巻に転向していた——代々受け継がれて、一番大事にしているものを眺めた。それはヒエロニムス・ボッシュの手になると思われる、おどろおどろしくも幻想的な中世の風景画で、ゴドリマンはどんなに金がいるときでも、その絵だけは手放さなかった。

湯に浸かりながら、バーバラ・ディケンズと息子のピーターのことを考えた。彼女のことはまだ誰にもいっていなかった。ブロッグズには例の再婚の話をしたときに打ち明けようと思ったのだが、テリー大佐に邪魔をされてそれっきりになっていた。彼女は未亡人で、連れ合いは戦争のほんの初期に戦死していた。年を聞いたことはなかったが、四十歳ぐらいだろうとゴドリマンは思っていた。二十二の息子がいるわりには若かった。彼女は敵無線の暗号解読に従事していて、聡明で、明るく、魅力的で、それに金持ちだった。ゴドリマンは事態がこうなる前に三度ほど食事に誘い、惚れられているという手応えを感じていた。

彼女にいわれて、息子のピーターに会ったことがある。ゴドリマンは若き大尉を大いに気に入ったが、バーバラにも彼にもいえないことがあった。ピーターはD＝デイにフランスへ出撃することになっていたのである。

ドイツ軍がそこでピーターを待ち受けているかどうかは、ゴドリマンたちが《針《ディー・ナーデル》》を捕まえられるかどうかにかかっていた。

彼は浴槽を出ると、時間をかけて丹念に髭を剃りながら、自分に問いかけた。私は彼女を愛しているのだろうか。中年の恋がどういう気分のものなのか、彼にはよくわからなかった。ただ、若いときのように情熱が燃えたぎるという類いのものでないことは確かだった。愛情、称賛、やさしさ、不確かでささやかな欲望、そういったものか？　そういう気持ちを恋というなら、私は彼女に恋をしている。

それに、いまは人生を共有してくれる人が必要だった。長いあいだ彼は孤独と研究だけを望んできたが、ここへきて、陸軍情報部の仲間意識の虜になりつつあった。パーティ、大事が起こったときの徹夜の議論、献身的なアマチュアリズムの精神、予測できない死を常に身近に置いた人人の、見境のない享楽の追求――そういったものに感染していた。だが、それは戦争が終われば消えてしまう。そのあとも、勝利と失望を打ち明け、夜には身体に触れ、「ほら、見てごらん、すてきじゃないか」と話しかけることのできる、身近な相手には残っていてもらわなくてはならない。

戦争とは過酷で、人を圧迫し、苛立たせ、不快にさせるものだが、それでも友人という救いがあった。もし平和がまた孤独をもたらすのだとすれば、ゴドリマンは二度とそれと暮らすことはできなかった。

きれいな下着と糊のきいたシャツの肌触りは、いまの最高の贅沢だった。彼は新しい衣類をスーツケースに納めると、腰を下ろして、オフィスへ戻る前に一杯のウィスキーを楽しもうと考えた。外では軍の徴発したダイムラーと運転手が待っていたが、それぐらいは許されるだろう。

パイプを詰めているときに、電話が鳴った。ゴドリマンはパイプを置いて、紙巻に火をつけた。

その電話は陸軍省の交換台とつながっていた。交換手が、スターリングのダルキース警視正からだと教えてくれた。

　こちんと音がして、回線が切り換わった。「ゴドリマンだ」

「モーリス・カウリーが見つかりました」ダルキースがいきなり告げた。

「どこで？」

「スターリングのすぐ南の、A八〇号線沿いです」

「車だけですか」

「そうです、故障していました。少なくとも二十四時間は放置されていたようです。幹線道路から数ヤード脇の藪に隠してありました。知恵遅れの牛飼いの若者が見つけたんです」

「現場から歩いて行ける距離に、バスの停留所とか鉄道駅はありますか？」

「ありません」

「では、車を乗り捨てたら、徒歩かヒッチハイクしかないですね」

「はい」

「だとしたら、周辺で聞き込みを行なって――」

「やつを見かけた者がいないか、あるいは車に乗せてやった者がいないか、すでに周辺住民に当たって捜査を開始しています」

「結構。何かわかったら知らせてください……スコットランド・ヤードへは私から連絡しておきましょう。ありがとう、ダルキース」

「逐次連絡を入れます。それでは失礼します」

　ゴドリマンは受話器を置くと書斎へ行き、イギリス北部の道路地図を開いた。ロンドン、リヴアプール、カーライル、スターリング……フェイバーはスコットランド北東部を目指していた。

フェイバーがイギリスを抜け出そうとしているという仮説を見直すべきかどうか、ゴドリマンは思案した。脱出を企図しているのだとすれば、一番いい方法は、西へ向かって中立国のエールを経由することだ。しかし、スコットランドの東岸は軍事活動が活発だ。MI5の追跡を知りながら、敢えて偵察を続行しようというのか。あの男の度胸と根性を考えれば不思議はないが、その可能性は低いだろう。すでにあの男が握っている以上に重要な情報など、スコットランドには存在しないのだから。

ということは、東海岸経由で脱出しようとしているのだ。ゴドリマンはその脱出方法に思いを巡らせた。小型飛行機を人里離れた野原に着陸させるのか、船を盗んで独力で北海を横断するのか、あるいはブロッグズがいっていたように、沖合いにU=ボートを浮上させて合流するのか、それとも中立国経由でバルト海へ向かう商船に潜り込み、スウェーデンで降りて国境を越え、ドイツ占領下のノルウェイに入るのか……方法はいくらでもあった。

いずれにせよ、スコットランド・ヤードに最新の状況を知らせて、スターリング周辺でヒッチハイカーを乗せた人物を捜し出すように、スコットランドじゅうの警察に手配してもらわなくてはならない。リヴィングルームに戻って電話をかけようとしたとき、一瞬早く呼出音が鳴った。

「ゴドリマンだ」

「アバディーンのミスター・リチャード・ポーターという方からお電話です」

「違ったか」ブロッグズがカーライルから報告の電話をよこしたのではないかと期待したのだ。

「つないでくれ……もしもし、ゴドリマンですが」

「リチャード・ポーターといいます。地元の警防委員会の者です」

「どういうご用件でしょう」

「実際、その、われながら情けない話なんですが」

ゴドリマンは焦れる気持ちを抑え込んだ。「どうぞ、話してください」

「あなた方が捜しておいでの――ナイフ殺人をしでかした人物のことなんですが、どうやら私が乗せた男に間違いないようなんです」

ゴドリマンは思わず受話器を握り締めた。「いつのことですか」

「おとといの晩です。スターリングを出てすぐに、A八〇号線で車が故障したんです。それも夜中でした。困り果てているところへその男が歩いてきて、修理してくれたと、まあそういうわけです。それで、当然のこととして――」

「どこで降ろしました？」

「ここです、アバディーンで降ろしました。バンフへ行くんだといっていました。実は、きのうはほとんど一日じゅう寝ていたものですから、事の次第を知ったのが今日の午後というていたらくで――」

「まあ、そう自分を責めないことです、ミスター・ポーター。ご協力に感謝します」

「では、これで」

ゴドリマンは電話のフックを小刻みに叩いて、陸軍省の交換手を呼び戻した。

「ミスター・ブロッグズをつかまえてもらいたい。カーライルにいる」

「さっきからお待ちになっています」

「そうか！」

「もしもし、パーシイ。何かわかりましたか」

「やつの尻尾をつかまえ直したぞ、フレッド。カーライルのガソリンスタンドで給油し、スターリングの郊外でモーリスを乗り捨てて、アバディーンまでヒッチハイクしたところまで突き止めた」

「アバディーンですか！」

「東の出口から抜け出そうとしてるに違いない」

「やつがアバディーンへ着いたのはいつなんです？」

「たぶん、昨日の早朝だろう」

「だとしたら、よほど迅速にやらない限り、脱出する時間はなかったはずですよ。このあたりでは、人の記憶にないほどの嵐が荒れ狂ってますからね。ゆうべから始まって、まだ衰えてないんです。船も港で足止めを食ってるし、飛行機だって着陸できたものじゃないはずです」

「よし。できるだけ早くアバディーンへ行ってくれ。私は地元警察に協力を要請する。アバディーンに着いたら、連絡してくれ」

「すぐに出発します」

21

目が覚めたときは、ほとんど暗くなっていた。ベッドルームの窓を透かして見ると、夜に占領されかかったなかに、かろうじて灰色の夕刻の名残があった。嵐は衰えを知らなかった。雨はしたたかに屋根を打って樋からあふれ、風は飽くことなく窓を鳴らして吹き荒れていた。

フェイバーはベッド横の小さな明かりをつけた。それだけで疲れ果て、また枕にもたれ込んだ。ここまで弱っているのかと、不安に駆られた。力は正義だと信じる者は、いつも力がみなぎっていなくてはならない。フェイバーは十分に己を知っていたし、自らを律しているものが何であるかもわかっていた。恐怖がいつでも顔を出そうと、すぐそこで待ち構えていた。それはたぶん、長いこと敵の目を警戒して生き延びる生活をしてきたせいだ。安心することが慢性的にできなくなっていた。人は自分のもっとも基本的な部分を漠然と理解することがある。彼もまた、自分の不安はスパイを職業に選んだことに根ざしているのだと理解していた。少しでも脅威を感じさせる者をためらいなく殺すには、その生き方を選ぶしかなかったのである。自分が弱っているという恐怖は、異常なまでに単独で行動したがる性向、常に危険にさらされているのではないかという不安、軍上層部にたいする軽蔑とあいまって、一つの症候群を形成していた。

ピンクの壁のベッドルームで、子供のベッドに横になり、彼は自分の身体をあらためていった。至るところに切り傷はあるが、骨は折れていないようだ。熱がある感じもしない。船の上で濡れねずみの一夜を過ごしたにもかかわらず、彼の肉体は喉や肺への感染を拒否し通していた。問題は萎えた身体だった。疲労で片づけるにはひどすぎた。そのとき、ある瞬間――坂のてっぺんにたどり着いて、死ぬのではないかと考えた瞬間のことが思い出された。最後の上りで気を失うほどのダッシュをしたが、そのせいで致命的なダメージを受けたのではあるまいか。

それから、持ち物を調べた。ネガの缶は無事に胸に貼りついていた。スティレットも左腕に留めてあった。書類と金は、借りたパジャマの上衣のポケットに入っていた。

毛布を脇へどけ、足を床につけて、ベッドに起き上がってみた。ふらっとしたが、めまいはすぐに治まった。おもむろに立ち上がった。病人意識を振り払うことが大事だ。フェイバーはドレッシングガウンを羽織って、バスルームに入った。

戻ってみると、ベッドに彼の衣類が置いてあった。下着とオーヴァーオールとシャツ、すべて洗濯してアイロンが当ててあった。突然、午前中に一度目を覚まし、バスルームで裸の彼女を見た記憶がよみがえった。奇妙な光景で、彼にはその意味がよくわからなかった。ただ、彼女がとてもきれいだということは確かだった。

フェイバーはのろのろと服を着た。髭を剃りたかったが、バスルームの棚にある剃刀を使うには、やはり持ち主の許可を得たほうがよさそうだ。世の中には、剃刀を妻同様に独占したがる男がいる。だが、チェストの最上段の引き出しに入っていた子供用のベークライトの櫛は、無断借用させてもらうことにした。

鏡を覗いた。自信があるわけでも、自惚れているわけでもなかった。自分を魅力的だと思う女がいるのは知っていたが、そう思わない女が多いこともわかっていた。その点では人並みだと、彼は考えていた。たいていの男よりはたくさんの女を知っていたが、それは自分の性欲のせいで、容貌のおかげではないはずだ。鏡に映った姿は、何とか人前に出ても大丈夫だといっていた。それがわかれば十分だった。

フェイバーはベッドルームを出て、ゆっくりと階段を降りた。また力が萎えていくのが感じられた。ふたたび気力を奮い起こすと、手摺を握り締め、一段ずつ慎重に足を運んで、ついに一階に着いた。

リヴィングルームの入口で足を止めたが、物音がしないのでキッチンへ向かった。ノックをして入ると、若いカップルが夕食を終えようとしているところだった。

女性のほうが立ち上がった。「起きたんですか！　大丈夫？」

フェイバーは断わってから椅子に腰を下ろした。「ありがとう。しかし、あまり大事にしすぎると、本当の病人になってしまいます」

「あなた、自分がどんなひどい目に遭ったかわかっていないみたいね。何か食べます？」

「それはいくら何でも厚かましい――」

「そんなことあるもんですか。つまらない遠慮はなさらないで。ちゃんとあなたの分もあるんですから」

フェイバーはいった。「こんなに親切にしてもらってるのに、まだ名前もうかがっていませんでしたね」

「デイヴィッド・ローズとルーシイ・ローズです」と答えて、彼女は深皿にスープをよそい、彼の前に置いた。「デイヴィッド、パンを切ってあげてくれる？」

「私はヘンリー・ベイカーといいます」フェイバーはいった。なぜその名前を口にしたのか、自分でもわからなかった。そんな名前の身分証は持っていない。警察はヘンリー・フェイバーという名の男を追っているのだから、ジェイムズ・ベイカーの名前を使うべきだった。しかし、なぜかこの女性にヘンリーと呼んでもらいたかった。本名のハインリッヒに一番近い英語名を。

スープを一口すすったとたん、飢えに近い空腹感が襲ってきた。フェイバーは瞬く間に皿を空にし、パンを胃袋に納めた。食べ終わると、ルーシイが声を立てて笑った。大きく口を開けてきれいな白い歯を見せ、目尻に陽気な小皺を寄せて笑う顔が、とてもかわいかった。

「もっと食べます?」

「ええ、いただきます」

「そのほうがいいみたい。頬に赤みが差してきましたもの」

自分でも身体がよみがえるのがわかった。二皿目は逸《はや》る胃袋をたしなめながら、礼儀を損なわないようになるべくゆっくりスプーンを運んだが、実はまだいくらでも入りそうだった。

「どうしてあんな嵐のなかを海に出たりしたんですか」デイヴィッドが初めて口を開いた。

「あんまりしつこいのは失礼よ、デイヴィッド……」

「いや、いいんです」フェイバーはすぐに答えた。「私が馬鹿だったと、それだけです。初めての釣り休暇だったんですよ。戦争前から取ろうと思えば取れたんですが、それを断わりつづけて、やっと取ったと思ったら、嵐に台なしにされてしまいました。あなたは漁師ですか?」

デイヴィッドが首を振った。「羊飼いです」

「たくさん人を使っておられる?」

「トムという老人だけです」

「この島には、ほかにも羊を飼ってる人がいるんでしょうね」

「いや、こっち側に私、あっち側にトム、そのあいだにいるのは羊だけです」

フェイバーはうなずいた。いいぞ——願ったりだ。女と障害者と子供と年寄り……そう考えただけで、身体も気持ちも、ずいぶん回復したような気がした。

「本土との連絡はどうなってるんですか」

「二週間に一度、船がきます。今度の月曜がその日ですが、この嵐がつづいたら無理でしょう。トムのコテッジに無線送信機があるけれども、緊急時しか使ってはいけないことになっているんです。救助隊があなたを捜してる可能性があったり、あなたがすぐにも医者の手当てを受けなくてはいけないようなら無線を使ってもいいんですが、どうやらその必要はなさそうだ。もっとも、連絡したところでこの嵐だ、すぐにはあなたを連れにこられない。それに嵐がやんだら、いずれにしても定期船がきますからね」

「おっしゃるとおりです」フェイバーは躍り上がりたい気分を押し隠した。さっきまで、どうやって月曜にU＝ボートと連絡を取ろうかと悩んでいたのだ。リヴィングルームに普通の無線セットがあったから、やむをえない場合は、それを送信機とつなげようかと考えていた。しかし、トムという年寄りが本格無線を持っているのなら、事ははるかに簡単だ……「トム老人は何のために無線送信機を持っているんですか？」

「彼はイギリス防空監視隊員なんです。一九四〇年の七月にアバディーンが爆撃されて五十名の被害を出したんですが、空襲警報が鳴らなかったんですよ。それで、トムに声がかかったというわけです。ともかく、彼の耳が目より確かなのはいいことです」

「ノルウェイから来襲したんでしょうね」

「たぶんね」

ルーシイが立ち上がった。「場所を変えましょうよ」

二人は彼女のあとに従った。フェイバーは、めまいも、脱力感も感じなくなっていた。デイヴィッドのためにドアを押さえていてやると、彼は車椅子を操って暖炉の前へ行った。ルーシイがブランディを勧めた。フェイバーが断わると、彼女は自分と夫の分をグラスに満たした。

フェイバーは椅子にもたれて、二人を観察した。実際、ルーシイは美人だった。卵形の顔に大きな目、滅多にお目にかからない、猫のような琥珀色の瞳、そして豊かな栗色の髪。男っぽいフィッシャーマンズ・セーターと緩めのズボンの下から、美しく豊かな肉体が輪郭をうかがわせていた。シルクのストッキングをはいて、そう、カクテルドレス風の衣をまとえば、恐ろしく魅惑的になるのではあるまいか。デイヴィッドもハンサムだ。髭の剃り痕さえなければ、かわいいといってもいいほどだ。髪は漆黒に近く、肌の色は地中海人種を思わせる。腕の長さから考えると、両脚が無事なら背も高いだろう。あの腕はかなり力がありそうだな、とフェイバーは思った。何年も車椅子を操ってきた筋肉だからな。

魅力的なカップルには違いないが、どことなく不自然なところがあった。フェイバーは夫婦というものを詳しく知っているわけではなかったが、尋問技術を訓練したおかげで、身体から発せられる沈黙の言葉を読み取ることができた。ほんのわずかな動きから、怯え、自信、隠し事、嘘などを見破るのである。この二人はほとんど目を合わせず、身体に触れ合うこともなかった。むしろフェイバーに向かって話していた。まるで数フィートの地面で、互いに先を争いながら堂々巡りをしている七面鳥のようだった。二人のあいだには、厳しい緊張があった。より深い敵意を押し殺し、やむをえず一時的に肩を並べて戦っている、チャーチルとスターリンを彷彿させるものがあった。よそよそしさの裏にはどんな心の傷があるのだろう、とフェイバーはいぶかった。このこぢんまりとした家のなかには、いまにも爆発しそうな雰囲気が充満している。敷物も、明るい塗装も、花柄のアームチェアも、赤々と燃える暖炉も、額に入った水彩画も、それを和らげることはできないのだ。ともにいるのは年寄りと子供だけ、そして二人のあいだの緊張……フェイバーはロンドンで観た、テネシーなにがしというアメリカの劇作家の芝居を思い出した――。

デイヴィッドが不意にブランディを飲み干した。「そろそろ寝なくちゃ。腰が痛くなってきた」

フェイバーも立ち上がった。「申し訳ない――私のせいでつまらない夜更かしをさせてしまったようです」

デイヴィッドが手で制した。「とんでもない。あなたはずっと寝てたんだから、まだ眠くはないでしょう。ルーシイもきっとまだ話したいはずだ。私の場合は腰に負担がかかりすぎるんですよ。腰というのは、両脚と負荷を分け合うようにできているんです」

ルーシイがいった。「それなら、今夜は二錠にしたほうがいいわね」彼女は本棚の一番上から瓶を取ると、錠剤を二つ掌に出して夫に渡した。

デイヴィッドは水も飲まずにそれを嚥下した。「では、ごゆっくり」車椅子が出ていった。

「おやすみなさい、デイヴィッド」

「おやすみなさい、ミスター・ローズ」

すぐに、デイヴィッドが階段をずり上がる音が聞こえた。どういうふうに上るのか、それがフェイバーには不思議だった。

その音を聞こえなくするかのように、ルーシイが口を開いた。「お住いはどちらなんですか、ミスター・ベイカー」

「ヘンリーと呼んでください。ロンドンに住んでいます」

「ロンドンにもご無沙汰だわ。まるっきり様変わりしてるんでしょうね」

「ええ、でもあなたが思ってるほどじゃないかもしれませんよ。最後はいつ？」

「一九四〇年です」ルーシイがまたブランディを注いだ。「ここへきてからは、一度しか島を出たことがないんです。それも出産のためにね。最近じゃ旅行もしにくいんでしょうね」

「どうしてここへ？」

「それは――」彼女は腰を下ろし、ブランディをすすって暖炉の炎を見つめた。

「悪いことを訊いたようですね――」

「いいえ、いいんです。わたしたち、結婚した日に事故に遭ったんです。デイヴィッドの脚がなくなったのは、そのせいなんですよ。戦闘機のパイロットになる訓練を受けてたのに……きっと、二人とも逃げ出したかったんでしょう。いまは間違いだったと思うけど、よくいわれるように、そのときはいい考えのような気がしたんです」

「健康な男が恨みがましくなるには、それなりの理由があるものですからね」

ルーシイがはっと顔を上げた。「鋭いのね」

「あれだけあからさまだと、わかるなというほうが無理ですよ」と、彼はささやくようにいった。

「あなたが幸せでないこともね」

　ルーシイが神経質に瞬きをした。「それは深読みのしすぎだわ」

「難しいことじゃない。うまくいってないのなら、無理につづけなければいいんだ」

「あなたにどういえばいいのかわからないんだけど」――自分にもどういっていいのかわからなかった。彼にたいしてだけでなく、自分にたいしても、心のうちをあるがままに見せるわけにはいかなかった。「常套句風でいいかしら。昔の彼の姿が忘れられないし……結婚したときの誓いもある……子供もいるし……それに戦争のさなかですもの。もう一つ答えがあるのかもしれないけど、適当な言葉が見つからないの」

「ひょっとすると、もう一つの答えは罪悪感かもしれないな」と、フェイバーがいった。「でも、彼と別れたいと思っている、そうでしょう」

　ルーシイはじっと相手を見ていたが、やがてゆっくりと首を振った。「どうしてそんなことまでわかるの？」

「この島で暮らした四年のあいだに、あなたが本心を隠すすべを忘れたからですよ。それに、こういうことは、はたで見ているほうがはるかによくわかるものなんです」

「あなた、結婚したことがあるの？」

「いや。だから、よくわかるんですよ」

「どうして……なぜ結婚しないんですか？」

　今度はフェイバーが暖炉の火を見つめる番だった。なぜだろう。自分のためにはスパイだからという答えが用意してあったが、まさか彼女にそう告げるわけにはいかない。それでは策がなさすぎる。「そこまで人を愛する自信がないんでしょう」深く考えたわけでもない言葉が口をついた。フェイバーは自分でもその言葉に驚き、まさか本心じゃないだろうなと考えた。そして、ルーシイはどうやっておれの警戒心をかいくぐったのだろうといぶかしんだ。彼女の心を武装解除しようとしていたのは、おれのほうだったはずなのに。

二人のあいだに沈黙が訪れた。暖炉は消えかかっていた。ときどき雨滴が煙突から迷い込み、残り火の上に落ちてじゅうと音を立てた。嵐がひどくなる様子はなかった。気がつくと、フェイバーはいつの間にか最後の女のことを考えていた。何という名前だったかな。ゲルトルートだ。七年も前のことだったが、か細い暖炉の火のなかに、はっきりとその姿を浮かび上がらせることができた。丸いドイツ的な顔、金髪、緑の目、きれいな胸と豊かすぎるほどの腰、太い腿と不細工な足。そして、ノンストップの猛烈なセックスと、疲れを知らない欲望……。おれの知性を羨み（実際にそういった）、その肉体をあがめて（それはいう必要もなかった）、おれにおもねった。彼女は感傷的な歌謡曲の作詞をしていて、ベルリンの貧しい地下のアパートでそれを読んで聞かせてくれたが、儲かる商売とはいえなかった。いまフェイバーのまぶたには、散らかったベッドルームが浮かんでいた。彼女が一糸まとわぬ姿で横たわり、よりエロティックで、より変態的な行為をせがんでいた――わたしをぶって、あなたのそれに触らせて、わたしがセックスしているあいだ、じっと動かないでいて……。フェイバーはわずかに頭を振って、その記憶を払いのけた。彼女と別れてから、そんなことを思い出したのは初めてだが、鬱陶しいとしか思えなかった。彼はルーシイを見た。

「ずいぶん遠くへ行ってたみたいね」

「昔のことをちょっとね。愛の話なんかしたものだから……」

「つまらない話をしちゃったわね」

「あなたのせいじゃない」

「いい思い出？」

「とてもいい思い出ですよ。あなたは？　あなたも考え事をしていたようだけど」

ルーシイがまた微笑んだ。「わたしは過去じゃなくて、未来へ行ってたの」

「そこには何があったのかな」

彼女は答えようとして、思いとどまった。今夜、二度目だった。その目に、かすかに緊張が宿った。

「別の男を見つけたんだ」といいながら、フェイバーは、おれはなぜこんなことをいうんだろうと考えた。「彼はデイヴィッドより弱いし、ハンサムでもない。だけど、あなたがその男を好きになった理由のなかには、少なくともいくぶんかは、その弱さが含まれている。彼は頭がいいけれども金持ちではない。そして、感傷とは違う同情を寄せてくれる。それはやさしさと愛――」

ルーシイの手のなかで、ブランディグラスが割れた。破片が膝に落ち、床に散らばったが、彼女は見向きもしなかった。フェイバーは彼女の前に膝をついた。親指から血が出ていた。彼はその手を取った。

「怪我をしているじゃないか」

ルーシイが顔を上げた。彼女は泣いていた。

「悪かった」

傷は浅かった。彼女はズボンのポケットからハンカチを出して、傷口を押さえた。フェイバーは飛び散った破片を拾いはじめたが、キスをする絶好のチャンスを逃したことを後悔していた。彼は拾い集めた破片を炉棚の上に置いた。

「あなたを動揺させるつもりはなかったんだけど」(本当か?)

ルーシイがハンカチを外して指を見た。まだ出血していた(いや、動揺させようとした。そして、まんまと成功したじゃないか)。

「包帯は?」

「キッチンにあるわ」

フェイバーは包帯と鋏と安全ピンを探し出すと、ボウルに湯を汲んでリヴィングルームへ引き返した。

戻ってみると、ルーシイはどうにか涙の痕を消していた。フェイバーが怪我をした親指を湯で洗い、乾かして、細くした包帯を傷に巻くあいだ、彼女は頼りなげに坐って、その手ではなく、顔を見つめていた。しかし、表情から何かを読み取ることはできなかった。

彼は手当てを終えるといきなり立ち上がり、急いであとずさった。何をあわてている、と彼は自分をあざけった。チャンスはとうになくなってるんだぞ。さあ、潮時だ。「私もそろそろ失礼したほうがいいようですね」

ルーシイがうなずいた。

「申し訳ないことをしました――」

「やめて。謝るなんて、あなたには似合わないわ」

ぶっきらぼうな口調だった。彼女もチャンスが手から滑り落ちたと感じているようだな、とフェイバーは推測した。

「まだ起きてますか」

ルーシイが首を横に振った。

「そう……」フェイバーはルーシイのあとについてホールへ出、階段を上った。見上げると、彼女の腰がゆっくりと揺れていた。

階段を上り切り、狭い踊り場に着くと、ルーシイが振り返ってささやいた。「おやすみなさい」

「おやすみ、ルーシイ」

ちょっとのあいだ、彼女はフェイバーを見つめていた。彼が手を取ろうとすると、ルーシイはくるりと背を向けてベッドルームへ入り、後ろも見ずにドアを閉めた。彼は取り残されて、彼女の胸のうちを測りかね、それ以上に自分の胸のうちを測りかねていた。

22

ブロッグズは危険もかえりみず夜の道をすっ飛ばした。徴発したサンビーム・タルボットは、エンジンに手が加えられた力持ちだった。ただでさえ坂が多く曲がりくねったスコットランドの道が、いまは雨で滑りやすくなっていた。その上、低くなったところには二、三インチも水が溜まっていた。降りしきる雨が、一枚の幕のようになって風防ガラスを叩きつづけた。さえぎるもののない丘の頂では、車がまともに横風を食らい、道路脇のびしょ濡れの芝へとあおられそうになった。ブロッグズは一マイルごとに身体を前にせり出し、ワイパーがかろうじて作ってくれる狭い視界を覗き込むようにして、雨を相手に苦闘するヘッドライトが照らす路面に目を凝らした。エディンバラのすぐ北で、彼は三匹のウサギを轢き殺した。タイヤが小動物を踏み潰すときの、嫌な感触が伝わってきた。それでもアクセルを緩めなかったが、しばらくあとで、果たしてウサギは夜行性だったかという疑問が湧いてきた。

緊張のせいで頭痛がし、坐りつづけているために腰が痛かった。それに、空腹だった。窓を開け、冷たい風を入れて眠気を覚まそうとしても、したたかに雨に吹き込まれて、すぐに閉めなくてはならなかった。彼は《針《ディー・ナーデル》》――いまは何と自称しているか知らないが――つまり、フェイバーのことを考えた。ランニングパンツ姿でトロフィーを抱く、笑顔の若者。確かに、いまはフェイバーが先行していた。四十八時間のリードを保ち、しかもコースを知っているのは彼だけけ金が高すぎた。ブロッグズにしても本来なら相手に不足はないところだが、それを楽しむには、あまりに賭だ。

一対一で向かい合ったらどうする、と彼は考えた。即座に撃ち殺せ。さもないと、こっちがやられるぞ。フェイバーはプロだ。そういうタイプを相手にぐずぐずしていてはだめだ。スパイというのはたいていがアマチュアで、左翼あるいは右翼の革命家崩れ、スパイという言葉に惹かれてありもしない魅力にとり憑かれた連中、金に目が眩《くら》んで引きずり込まれた男、甘い言葉をささやかれて誘い込まれた女、脅迫されてやむをえずそうなった者と、だいたい相場は決まっている。本物のプロはほとんどいないが、あいつらは非常に危険だ。慈悲という言葉を知らない。

夜明けの一、二時間前に、ブロッグズはアバディーンの街へ飛び込んだ。灯火管制のために遮光マスクがかけられて薄暗いとはいえ、かつてこれほど街灯をありがたいと思ったことはなかった。警察の所在を知らず、道を教えてくれる通行人もいなかったから、彼は闇雲に車を走らせた。そして、ついに見慣れた青いランプにたどり着いた（それも薄暗かった）。

ブロッグズは車を駐め、雨のなかを建物に走り込んだ。案の定、ゴドリマンはすでに電話で連絡を入れていた。ブロッグズはいまや非常に高い地位にあった。オフィスに通され、そこで五十代半ばと思われる、アラン・キンケイド警部の出迎えを受けた。部屋にはほかに三人の警官がいて、ブロッグズは全員と握手をしながら、しかし聞いたそばから名前を忘れた。

キンケイドがいった。「カーライルからにしては、ずいぶん早かったたな」

「命懸けですっ飛ばしてきましたからね」と答えて、ブロッグズは腰を下ろした。「サンドウィッチか何かあるとありがたいんですが……」

「もちろんだ」キンケイドがドアのほうへ身体を伸ばすようにして、何事か怒鳴った。「すぐにくる」

オフィスは壁がオフホワイトで床は板張り、調度といえば機能一点張りで、机と椅子が数脚、ファイリング・キャビネットが一つあるきりだった。絵や装飾品、個人的な趣味をうかがわせる息抜きの類いは何一つ置いてなかった。汚いカップを載せた盆が床に置いてあり、空気はよどんで煙草の臭いが充満していた。男が徹夜で仕事をしていた場所の臭いだ。

キンケイドは鼻の下に小さな髭を蓄え、大きな知的な顔に眼鏡をかけて、灰色の髪は薄くなっていた。ワイシャツ姿でサスペンダーをあらわにし、地元の訛りで話すところを見ると、彼もブロッグズ同様叩き上げらしかった。ただ年齢からすると、昇進については明らかにブロッグズより時間がかかっていた。

ブロッグズはいった。「今度のことに関して、どの程度までご存じですか」

「多くは知らない」と、キンケイドは答えた。「ただ、きみの上司のミスター・ゴドリマンが、ロンドンの殺人事件はその男のもっとも軽微な犯罪だといっていたし、きみたちがどういう部局に所属しているかは、われわれも知っている。その二つを足して考えれば、フェイバーという人物の正体は見当がつくよ……」

「これまでにわかったことを教えてください」

キンケイドが両足を机に載せた。「やつは二日前にここへきた、そうだな？　われわれの捜査も、ちょうどそのころから始まっているんだ。やつの顔写真が届けられたからな――たぶん国じゅうの警察に配布されたんだろう」

「そうです」

「ホテル、下宿屋、駅、バスターミナルは徹底的に洗った。もっとも、その時点では、やつがここへきていたことはわかっていなかった。そして、いう必要もないと思うが、結果は空振りだった。再度捜索を行なっているが、私見では、やつはすぐにアバディーンを出ている」

女性の巡査が、紅茶と分厚いチーズ・サンドウィッチを持って入ってきた。ブロッグズは彼女に、見るだに食欲をそそるサンドウィッチの礼をいった。

キンケイドが話をつづけた。「われわれは朝一番の列車が出る前に、駅に人を配置した。バスターミナルについても同様だ。だから、やつがこの町を出たとすれば、車を盗んだか、ヒッチハイクをしたか、どちらかだろう。車を盗まれたという届けは出ていないから、ヒッチハイクではないかと——」

「海という手は考えられませんか」ブロッグズはパンを口に入れたままでいった。

「あの日出港した小型船に関しては、なかに潜んでいられるほど大きなものは一艘もない。それ以降はこの嵐だからね、港を出た船はない」

「船の盗難届は?」

「出ていない」

ブロッグズは肩をすくめた。「しかし、船を出す見込みがなければ、所有者も港へは行かないでしょう。だとしたら、嵐が収まるまで、船を盗まれてもわからないんじゃないですか」

部屋にいた警官の一人がいった。「その点は考えませんでしたね」

「そうだな」と、キンケイド。

「港長《ハーバーマスター》なら、定期繋留船を全部調べられるんじゃないかな」ブロッグズは示唆した。

「なるほど」キンケイドは早くも電話に取りつき、送話口に向かっていった。「キャプテン・ダグラス？　キンケイドだ。ああ、文明人なら寝てる時間だってことはわかってる。いや、もっと非文明的な話を聞いてもらわなくちゃならんのだ。つまり、この雨のなかを歩き回ってほしいってことだ。ああ、そのとおりだ……」送話口を押さえていった。「海の男はひどい言葉を使うというが、あれは本当だな」彼は電話に戻った。「定期繋留船を見回って、いつもの場所にもやってない船があったら、それを記録してくれ。きちんと手続きに則って港を出たとわかっている船は無視してくれて構わん。そして、そこにない船の所有者の名前と住所、できれば電話番号を教えてくれ。わかってるさ……ダブルにしよう。仕方がない、奮発してボトル一本にするよ。ああ、朝の挨拶がまだだったな、おはよう、業突張《ごうつく》りめ」彼は受話器を置いた。

「一筋縄ではいかない相手ですか」ブロッグズはにやりとした。

「尻《けつ》に警棒を突っ込めなんて、とんでもないことをいうんだ。そんなことをしたら、二度と坐れなくなっちまう」キンケイドが真顔に戻った。「彼も三十分ぐらいかかるはずだし、そのあと全部の住所に当たるのに二時間ぐらいは見なくちゃならんだろうが、やってみよう。依然、ヒッチハイクの可能性が高いとしてもな」

「そうですね」と、ブロッグズは応じた。

ドアが開いて、中年の私服の男が入ってきた。キンケイドと三人の警官が立ち上がったのを見て、ブロッグズもそれにならった。

キンケイドがいった。「おはようございます。こちらはミスター・ブロッグズです。ミスター・ブロッグズ、リチャード・ポーターです」

二人は握手を交わした。ポーターは赤ら顔で、丁寧に手入れをした髭を蓄え、ダブルのキャメルカラーのオーヴァーコートを着ていた。「はじめまして。私があの悪党をアバディーンまで乗せてきた馬鹿者です。まったく、お恥ずかしい限りで——」

「はじめまして」一見したところ、まさしくスパイを車に乗せて、そうと気づかずに国土の半分がところ運んでやる間抜けのようだ。しかし、とブロッグズは思い直した。無知な好人物風の下に鋭い洞察力が隠されているのかもしれないぞ。彼は寛容になろうとした——おれだって、つい数時間前に恥ずかしい過ちを犯したじゃないか。

「乗り捨てられたモーリスの話はうかがいました。私はまさにその場所であの男を乗せたんです」

「写真は見ましたか？」

「ええ。ずっと闇のなかを走っていましたから、十分に顔が見えたとはいえませんが、ボンネットを覗き込んだときに懐中電灯の明かりで見ていますし、アバディーンに入ったときはもう夜明けでしたからね、顔を見分けるぐらいはできます。それでも写真を見ただけなら、この男のはずだという程度でしょうが、私が乗せた場所がそのモーリスとそんなに近いとわかったんですからね、あの男だったと断言できます」

「なるほど」と答えて、ブロッグズはちょっと考えた。この男から役に立つ情報を引き出せるとしたら、どんなことだろうか。「フェイバーの印象を聞かせてください」

ポーターが即座に口を開いた。「強く感じた順にいうと、疲れて、神経質で、決然としていたということです。それから、あの男はスコットランド人ではありません」

「どこの訛りでした?」

「どこの訛りでもありません。ホーム・カウンティの小さなパブリックスクールの言葉というところでしょうか。それが服装と釣り合わないといえば、そうでしたね。オーヴァーオールを着ていたんです。もっとも、あとになって気づいたことですが」

キンケイドが全員からお茶の注文を取った。一人の警官がそれを伝えに出ていった。

「どんな話をしました?」

「それが、それほど話していないんです」

「しかし、何時間も一緒にいたんでしょう——」

「そのあいだ、あの男はほとんど眠っていました。ただ、車を直してくれたあと——といっても、外れていたプラグを差し込んだだけなんですが、あいにく私は機械に弱いものでしてね——自分の車がエディンバラで故障したことと、バンフへ行く途中だということは聞きました。立入制限区域の通行証を持っていないから、アバディーンは通りたくないともいっていましたね。ところが、私が……途中で止められても、保証人になってやるなどとつまらないことをいってしまったんです。人が聞いたらとんでもない馬鹿者だと思うでしょうが、車を直してもらった借りがあったんです。窮地を救ってもらったわけですから」

「誰もあなたを責める気はありませんよ」と、キンケイドがいった。

ブロッグズはそうは思わなかったが、それは胸にしまって、次の質問をした。「フェイバーを見た人は非常に少なく、どういう人物かを説明できる人もほとんどいないんです。あなたがその男に違いないと考えている人物がどんなふうだったか、とにかくどんなことでも思い出してもらえませんか」

「そういえば、兵士のような目の覚まし方をしました。それから、丁重で、知的で、力強い握手でした。私は握手の仕方に注意する癖があるんです」

「ほかには？」

「確か目を覚ましたときに……」ポーターが眉間に皺を寄せて考えた。「右手が左の前腕に伸びたはずです。ちょうどこんなふうに」彼はその動作を真似てみせた。

「それは重要なことです」ブロッグズはいった。「そこにナイフが隠してあるんですよ。袖に鞘を仕込んでね」

「残念ながら、ほかには思い出せませんな」

「やつがバンフへ行くといったということは、実際には行かないということです。やつが行く先をいう前に、あなたのほうが自分の行き先を教えたでしょう」

「ええ、そうだったと思います」ポーターがうなずいた。「間違いありません」

「ということは、アバディーンが最終目的地だったか、ここで降ろしてもらったあと南へ向かったか、そのどちらかです。北へ行くといったのなら、北へは行かないはずですからね」

「そういうふうに後知恵で考えると、取り逃がしてしまうおそれがありますよ」キンケイドがいった。

「ときには、そういうこともあります」――キンケイドは明らかに馬鹿ではなかった――「ところで、自分が治安判事だということをやつに教えましたか」

「ええ」

「それで殺されずにすんだんですよ」

「何ですって？　どういうことですか！」

「あなたが行方不明になったら、すぐにわかってしまうからですよ」

ドアが開き、男が入ってきた。「お待ち兼ねのものを持ってきたぞ。糞《ファツキング》の役にでも立ってくれるといいんだがな」

ブロッグズの頬が緩んだ。これがかのハーバーマスターに違いない。白髪を短く刈り、大きなパイプをふかして真鍮ボタンのブレザーを着た、背の低い男だった。

キンケイドがいった。「さあ、こっちへきてくれ、キャプテン。何でそんなに濡れてるんだ？雨の日は外へ出ないんじゃなかったのか？」

「やかましい」キャプテンは部屋にいる者に向かって愉快そうな顔をしてみせた。

ポーターがいった。「おはよう、キャプテン」

「これはこれは、判事閣下」

キンケイドがいった。「さっそく教えてもらおう」

ハーバーマスターは帽子を脱いで、雨滴を振り払った。「《マリー二世》がいなくなってるな。嵐が始まった日の午後に戻ってきたのは知ってるが、出ていくのは見ていない。あの日は、もう海には出ないはずだったんだがな。それでも、どうやら行っちまったらしい」

「所有者は？」

「タム・ハーフペニーだ。電話をしたら、あの日繋留して以来、見に行っていないそうだ」

「どんな種類の船ですか」ブロッグズは訊いた。

「漁船だよ。幅広で、全長六十フィート。小さいが、船内エンジンのついた頑丈なやつだ。どこといって特徴はないな。このあたりの漁師は船を造るときに見本帳なんか見ないからな」

「一つ教えてください」ブロッグズは重ねて訊いた。「その船なら、この嵐を乗り切れたでしょうか」

キャプテンはしばらく黙ってパイプに火をつけていた。「とてつもなく腕のいい船乗りが舵をとっていれば——ひょっとすると乗り切ったかもしれんし、そうでないかもしれん」

「嵐が始まるまでに、どのへんまで行けたでしょう」

「遠くへは行けないな。数マイルというところだろう。《マリー二世》が帰ってきたのは夕方だからな」

ブロッグズは立ち上がると、ぐるっと椅子を回ってまた腰を下ろした。「それで、やつは、いまどこにいるんだ」

「まず間違いなく、海の底だな。大馬鹿者だ」キャプテンが素っ気なくいった。

死んだらしいというのでは、ブロッグズは満足するわけにはいかなかった。あまりに不確定要素が多すぎる。満たされない思いが全身に広がり、不安で身の置きどころがないような感じがして、やりきれなかった。思わず顎を掻くと——無精髭が伸びていた。「この目で見るまで信じるわけにはいかないな」

「そりゃ無理だ」

「頼むから、当て推量で物をいわないでください」ブロッグズは強い声でいった。「われわれが必要としているのは、あなたの情報であって、悲観的な意見ではないんです」それによって、急にほかの面々は、年こそ若いが彼がこの部屋の指揮官だということを思い出した。「よかったら、可能性の検討に入りましょう。一つ目、《マリー二世》を盗んだのが別人で、やつが陸路アバディーンを出た場合。それなら、やつはいまごろ目的地に着いているはずです。しかし、この嵐のせいで、イギリスを出ることは叶わないでいるでしょう。すでに全警察に捜索を手配してありますから、われわれにできることはもうないわけです。

二つ目、やつがまだアバディーンにいる場合。これも一つ目と同じく、警察の捜査を待つということです。

三つ目、やつが海路を使ってアバディーンを出た場合。この可能性が一番強いことは、異議のないところだと思います。この可能性を分類してみましょう。A、どこかにかくまわれているか、むりやり押し入っていることが考えられます――本土かもしれないし、島かもしれません。B、死んだ可能性もなくはありません」ブロッグズはCに言及しなかった。つまり、嵐が始まる前に別の移動手段に乗り換えた可能性である。おそらくそんな時間はなかったはずだが、ありえないことではない。乗り換えるとしたらたぶんU＝ボートだろうが、そうだとすれば、すでにわれわれの負けだ。わざわざいうこともない。

「かくまわれているとしたら」ブロッグズはいった。「あるいは難破したとしたら、いずれは証拠が見つかるでしょう。《マリー二世》か、あるいはその残骸が出てくるはずです。すぐに海岸を捜索しましょう。それから、天候の回復と同時に飛行機を飛ばして、海上の捜索も開始します。やつが海の藻屑と消えたのなら、船の破片が浮いているかもしれません。

というわけで、われわれは三つの捜索方法を採ります。すでに開始している捜査は続行し、アバディーンの海岸の南北両方への捜査を加えます。それから、天候がよくなり次第開始できるよう、海と空からの捜索の準備をします」

ブロッグズは話すうちに室内を歩き回っていたが、ようやく足を止めていった。「意見はありますか」

徹夜の作業が全員の生気を奪いはじめていたが、いきなり勢いを取り戻したブロッグズに引きずられるように、ほかの者もまた立ち直りを見せていた。ある者は身を乗り出し、ある者は靴紐を結び、ある者は上衣を着直した。みんな仕事にかかろうとしていた。意見も、質問もなかった。

23

フェイバーは目を覚ましていた。一日ベッドにいても、まだ身体は睡眠を欲しているようだったが、頭は恐ろしく冴え渡って、様々な可能性を様々な角度から見直し、いろんな筋書きを書き……女たちのことや、故郷のことまで考えていた。

脱出を目前にして、故国の思い出は痛切なほど甘いものになった。思いは一口大に切り分けた太いソーセージから、右側通行の道路を走る車や見上げるような木々へ、そして力強さと正確さを併せ持つ、母国の言葉へと飛んだ。くっきりした子音と純粋な母音、文末にくるべき動詞。それが最後にあるからこそ、同じことをいっても、きっぱりとした意味を与えることができるのだ。

ふたたびゲルトルートのことを思い出したとき、追想は最高潮に達した。彼の下に、キスに洗われて化粧の落ちた丸い顔があった。彼女は歓喜に目をつぶり、またうれしそうに彼を覗き込み、永久に息ができないとでもいうように口を開けて、あえぎながら言葉を洩らした。「いい《ヤー》わ、あ《リー》なた《プリンク》、いい《ヤー》わ」

愚かしいことではあった。自分が七年のあいだ修道士のような生活を送ってきたからといって、彼女も同じだという理由はない。あれから、十人を下らない男とつきあっていたとしても不思議はない。イギリス空軍の爆撃で死んでいるかもしれないし、鼻が半インチ長いという理由で変質者に殺されているかもしれない。灯火管制下の交通事故という可能性もある。いずれにしても、おれのことなど忘れているだろう。再会はまずありえない。だが、いまはそこにいてもらわなくては困る……おれの胸のなかにあるものの代わりを務めてもらわなくてはならない。

彼はこれまで、感傷に耽ることを厳しく自分に戒め、自分のなかにある本質的に非常に冷たい部分を研ぎ澄ましてきた。それが身を守ってくれたのである。しかし、いまや成功は指呼の間にあり、彼は自由を感じていた。警戒を解いてはならないが、多少思いに耽るぐらいは許されるはずだ、と彼は考えた。

嵐がつづく限りは安全だ。月曜にトムの無線でU゠ボートと連絡を取るだけでいい。天候がよくなり次第、艦長が浜にディンギーを着けてくれるだろう。ただ、月曜になる前に嵐がやんだら、多少の面倒は覚悟しなくてはならない。定期船がやってくれば、デイヴィッドもルーシイも、当然おれがそれで本土へ帰ると思うはずだからだ。

いよいよ思いのなかにルーシイが登場した。生き生きとしたフルカラーのその姿を見ると、フェイバーは自分を抑えられなかった。親指に包帯をしてやっているときに自分を見た、琥珀色の目。階段を上がるときに目の前で揺れた、身体の線。男物を着ていても、それは十分に見て取れた。裸でバスルームに立っていたときの、豊かな丸い胸。場面はついに幻想の世界へ入っていった。ルーシイは身を屈め、彼の口にキスをすると、階段の上で振り向いて彼を抱擁し、バスルームから出てきて彼の手を自分の胸に置いた。

フェイバーは狭いベッドで輾転反側し、こんな夢に誘い込む想像力を呪った。最後にこういう経験をしたのはずいぶん昔、まだ子供のころだった。当時、まだ本当のセックスを知らなかったおれは、身近にいる年配の女性を相手に、せっせと性的な夢を紡ぎつづけた。一人は厳格な寮母、もう一人は色黒で痩せていて知的なプロフェッサー・ナーゲルの奥さん、三人目は真っ赤な口紅をつけ、亭主を小馬鹿にしたような口をきく、村の小売り店の女店主。その三人が、一度に興奮の舞台に登場することもあった。十五歳のときには、古典的にも薄暗い西プロイセンの森に女中の娘を誘い出したが、それを境に、想像上ですら興奮しなくなってしまった。現実は想像よりもはるかにつまらなかった。若かったおれはひどく失望し、深い迷路に迷い込んだ。めくるめくエクスタシーなんて、どこにあるんだ。鳥が風を切るようなときめきはどうなったんだ。二つの肉体が神秘的に溶け合うなんて、嘘ばっかりじゃないか。そして、夢想はそれを現実にしようとしたときの失敗を思い出すことになり、辛いばかりで楽しくも何ともなくなってしまった。もちろん、のちには現実も改善され、おれ自身もエクスタシーとは男性が女性のなかで歓びを味わうものではなく、お互いがお互いの歓びのなかで味わうものだとわかるに至った。おれはそれを一大発見のように兄に告げたが、兄は何をいまさらという顔をして、そんなことは自明の理で発見でも何でもないといわんばかりだった。自分はとうの昔からそんなふうだとわかっていた、と。

ついに、彼は優秀な恋人になった。セックスについて、肉体的な歓び以外にも関心を持つようになった。征服の歓びは彼の望むものではなかったから、すごい女たらしというわけでは決してなかったが、性的な満足を与え、受け取ることにかけては鮮やかな手並みを見せたし、そういう者にありがちな、テクニックがすべてだという幻想を持つこともなかった。何人かの女性にとって彼は欲望をそそる男であり、それを自覚していないことが、彼の魅力をさらに輝かせた。

フェイバーは、これまでに何人の女性と関係を持ったかを思い出そうとした。アンナ、グレッチェン、イングリト、アメリカの娘、シュッツットガルトの娼婦が二人……思い出すには多すぎたが、二十人を超えてはいないはずだ。そして、もちろんゲルトルート。

そのなかにルーシイをしのぐ美人はいなかったと思いながらも、彼は苛立たしげにため息をついた。長いあいだ用心に用心を重ねて、故国が目の前にあるというのに、なぜ彼女をその気にさせてしまったのだ。だらしがないぞ、と彼は自分に腹を立てた。任務が完了するまで気を抜いてはならない。そして、任務はまだ完了していない。ようやく緒についたかどうかというところだ。

定期船の問題が残っていた。あれに乗らないようにする方策を考えなくては。いくつか案は浮かんだが、おそらく一番間違いないのは、この島の住人を無力化して、自分一人で船を出迎え、でたらめな話をして追い返してしまうことだった。別の船でローズ夫妻を訪ねてきた親戚とでもバード＝ウォッチャーとでも、話はいくらでもでっち上げられる。いますぐに全精力を傾注しなくてはならないような大問題ではない。このあと、もし天気がよくなるようなら、そのときに考えればいいことだ。

事実、深刻な問題は存在しなかった。本土から遠く離れた孤島、住民はわずかに四人――理想の隠れ処だった。ここまでくれば脱出はベビーサークルを押し破るも同然で、くぐり抜けてきた危機を思い、国土防衛軍の五人とヨークシャー出身のガキと、それからアプヴェーアの使い走りを殺したことを考えると、いまは安穏といっても過言ではなかった。

年寄りと、障害者と、女と子供……殺すのは赤子の手をひねるようなものだ。

ルーシイも眠れないでいた。彼女は横になったまま、耳を澄ましていた。聴くものは山ほどあった。嵐はオーケストラだった。屋根を叩く雨は太鼓で、コテッジの軒を鳴らす風はフルート、浜に打ち寄せる波はグリッサンドを奏でていた。古い家も、嵐にしたたかに打ちのめされ、つなぎ目を軋らせながら、話しかけてきた。部屋のなかにも音はあった。いびきになりそうでならない、デイヴィッドのゆっくりと規則的な寝息。彼は二錠の睡眠薬の力を借りて、普段の二倍、深い眠りに落ちていた。そして、ジョーの浅い寝息。彼は壁際に置いた折畳みベッドで、大の字になっていた。

わたしが眠れないのはそういう音のせいなのよと考えて、彼女はすぐにそれを打ち消した——あなた、自分まで騙してどうするの？　眠れないのはヘンリーのせい——わたしの裸を見、親指に包帯を巻きながらそうっとわたしの手に触り、いまは向かいの部屋で眠っている男のせいよ。きっと、あっという間に眠ってしまったんでしょうね。

そういえば、とルーシイは気がついた。あの人は自分のことをほとんどしゃべってないわ。聞いたのは、結婚していないということだけ。どこで生まれたかも知らない。訛りはそれを知る手掛かりにならなかった。どんな仕事をしているのかも、推測のきっかけになるようなことすら明かさなかった。それでも、ルーシイは歯医者か軍人ではないかと想像した。事務弁護士にしては鈍感だし、ジャーナリストにしては知的すぎる。医者なら五分とそのことを黙っていられないだろうし、法廷弁護士ほど裕福でもなさそうだ。俳優にしては控えめすぎる。やっぱり軍人だろう。

独り暮らしだろうか、それとも母親と一緒か。あるいは女性と同棲しているのか。釣りでないときには、どんな服装をしているのだろう。車は……あるに決まっている。それも、滅多にお目にかかれないようなのが。きっと、猛スピードで走らせるに違いない。

そう思ったとたん、デイヴィッドのツー＝シーターのことがよみがえり、ルーシイは固く目をつぶって悪夢を遮断した。ほかのことを、何かそれ以外のことを考えなくちゃ。

結局、またヘンリーのことだった。そして、真実に気がつき——それを受け入れた。わたしは彼と愛し合いたいんだわ。

ルーシイの考え方では、それは女ではなく、男が身を焼くはずの願望に属していた。仮に短時間のうちにある男性に魅かれ、もっとその人をよく知りたいと願い、恋心を感じるようになったとしても、女はそんなに早く肉体的な欲望を感じるものではないと、彼女はそう思っていた。もしそんなことになったら……それは異常なのだ、と。

これは馬鹿げた、あるはずのないことだと、彼女は自分にいい聞かせた。自分に必要なのは夫と愛を交わすことであって、いかにその男性が好ましいからといって、出くわしたばかりで野合同然のセックスをむさぼることではない。わたしはそんな女じゃない。

とはいえ、想像に耽るのはやはり楽しかった。デイヴィッドもジョーもすぐに寝入ってしまったから、ベッドを忍び出て踊り場を横切り、彼の部屋へ行ってベッドに滑り込んだとしても、妨げる者はいない……。

ただ、彼女の性格と、血筋と、育ちのよさがそこに立ちふさがっていた。

しかし、もしそういうことをするとしたら、ヘンリーのような男以外に考えられなかった。彼は親切で、やさしくて、思慮深い。たとえソーホーの街娼のようにいい寄っても、彼なら軽蔑したりしないだろう。

ルーシイは寝返りを打って、苦笑した。馬鹿ね、あの人が軽蔑しないとどうしてわかるの？同じ屋根の下にいたのはたった一日、しかも、あの人はほとんど眠ってたのよ。

それでも、もう一度見てほしかった。あのいくらかうれしそうなものが混じった称賛の目で見られたら、どんなにかいい気分だろう。あの手で触ってもらったら、彼の身体を触ったら、彼の肌のぬくもりを感じたら、どんなに心地いいだろう。

身体が想像に反応しようとしていた。ルーシイは自分で慰めたい衝動に駆られ、それに抵抗した。この四年間そうしてきたのだ。ともかく、と彼女は思った。お婆さんみたいに干上がってはいないわ。

両脚を動かすと、ため息が洩れた。柔らかな興奮が全身に広がった。理性が失われようとしていた。眠るのよ、と彼女は自分をたしなめた。ヘンリーだろうと誰だろうと、今夜はセックスなんてできないのよ。

だが、頭とは裏腹に、足はベッドを出てドアのほうへ向かっていた。


フェイバーは踊り場に足音を聞き、自動的に反応した。

ぼんやりしていた頭が一瞬のうちに明晰さを取り戻し、みだらな想像はどこかへ消し飛んだ。身体が流れるように動いて両足を床に下ろし、彼は上掛けの下から滑り出た。音を立てないように窓際へ行くと、隅の暗がりに隠れた。すでに、右手にはスティレットが握られていた。

ドアの開く音がし、足音が部屋に入り、ドアの閉まる音が聞こえた。そのとき、理性が反射運動を抑えた。誰かが襲ってきたのだとすれば、ドアを開けたままにして逃げ道を確保するはずだ。それに、どう考えても、ここにいることは突き止められるはずがない。

フェイバーはその希望的な観測を打ち捨てた――万に一つの場合を用心したからこそ、生き延びてこられたのだ。一瞬空気が乱れ、息を吸う音とかすかな喘ぎが聞こえてきた。ベッドの横だった。相手の居場所を突き止めて、彼は行動に移った。

相手を俯せにベッドに押しつけ、首にスティレットをあてがって、片膝で腰を押さえ込んだ。相手が女だとわかったとたん、その正体も明らかになった。彼は手を緩め、その手をベッドサイド・テーブルに伸ばして明かりをつけた。

薄暗いランプの光の下で、彼女の顔は真っ青だった。

フェイバーは見られる前にスティレットを鞘に納め、彼女から離れた。「申し訳ない」と、彼は謝った。「てっきり――」

ルーシイが仰向けになり、後ろから押さえ込まれたときの驚きをそのまま顔に残して、フェイバーを見上げた。ひどく乱暴な扱いを受けたにもかかわらず、なぜかその不意討ちに、かつてないほど興奮していた。ルーシイはくすくすと笑いを洩らしはじめた。

「てっきり強盗だと思ったんです」フェイバーはわれながら下手な弁解を試みた。

「強盗なんてどこからくるのかしら、教えてくださる?」彼女の頬に瞬く間に赤みが差した。

昔風の恐ろしくゆったりしたフランネルのナイトガウンが、ルーシイの喉から足首までを覆っていた。栗色の髪がフェイバーの枕の上で乱れていた。目が大きく見え、唇が濡れていた。

「きれいだ」フェイバーはささやいた。

ルーシイが目を閉じた。

フェイバーは彼女に覆いかぶさると、キスをした。すぐに唇が割れ、キスが返ってきた。指先が、彼女の肩から首、そして耳へと這い上った。ルーシイが彼の下で身じろぎした。

このままずっと彼女の口を探り、味わっていたかったが、ルーシイのほうにそんな悠長なことをしている余裕はないようだった。彼女はフェイバーのパジャマのズボンに手を差し入れると、彼自身を握り締めた。その口からかすかにうめきが洩れ、息遣いが荒くなった。

フェイバーはキスをしたまま手を伸ばして明かりを消し、いったんルーシイから身を離すと、パジャマの上衣を脱ぎ捨てた。それから、怪しまれないように、胸に貼りつけた缶を素早く引き剝がした。テープが肌を引っぱったが、痛みに構っている暇はなかった。缶をベッドの下に押し込むと、今度は左の前腕につけた鞘を外して、同じようにした。

そして、ルーシイのナイトガウンの裾を腰までまくり上げた。

「早く」彼女がせがんだ。「早く」

フェイバーは彼女の上に身を沈めた。

終わってからも、後ろめたさは微塵も感じなかった。ルーシイはひたすら、豊かで充ち足りた思いに浸っていた。あれほど思い焦がれていたものを、ついに手に入れることができた。彼女は目を閉じて横たわり、彼の首筋の剛《こわ》い毛を撫でて、ちくちくする感触を掌で楽しんでいた。

しばらくして、彼女はいった。「とってもよかったわ……」

「まだ終わってないよ」

ルーシイは暗闇のなかであっけに取られた。「あなた、終わってないの?……」わたしはずっとめくるめく世界にいたのに。

「ああ、ぼくは終わってない。きみだってほとんど終わっちゃいない」

ルーシイが微笑した。「嘘でしょ」

フェイバーが明かりをつけて、ルーシイを見た。「いまにわかる」

彼はルーシイの腿のあいだに身体を入れたまま、腹に唇を這わせながら、足のほうへずり下がった。舌が臍をつついた。いい気持ち。ルーシイはうっとりした。頭はさらに下りていった。まさか、あんなところにキスしたりはしないわよね。ところが、そのまさかだった。そして、それはキス以上だった。唇が柔らかな襞《ひだ》を引っぱり、舌が裂け目を探りはじめた。ルーシイがそのショックで痺《しび》れていると、指が唇を割って深々と差し込まれ……呵責のない舌がついに小さな感じやすい部分を探り当てた。あまりに小さくて、彼女はそんなものがあることさえ知らなかったが、とても敏感で、最初に触れられたときはほとんど痛いと感じたほどだった。ショックが消えると、経験したことのない、貫くような感覚が圧倒した。ルーシイはじっとしていることができずに、腰を上下させはじめた。その動きは次第に勢いを増して、濡れて滑りやすくなった肌が、彼の口、顎、鼻、さらには額をこすり、快感のすべてを吸収していった。その快感は自己増殖をつづけ、ついには全身を占領したかのようだった。思わず喜悦の声を上げそうになったとき、彼の手が口をふさいだ。声は喉のなかで炸裂し、ルーシイは何度も絶頂を極めた。ようやく何かが爆発して終わったと感じたときには、二度と起き上がれないと思うほどくたくたになっていた。

しばらくは頭のなかが真っ白だった。彼がまだ股間に顔を伏せて、やさしく、いとおしげに動いているのが、ぼんやりとわかった。頬に伸びた髭が、太腿に当たっていた。

ルーシイがようやく声を出した。「わたし、やっとロレンスのいっていたことがわかったわ」

彼が顔を上げた。「何のことだい」

彼女はため息をついた。「こんなふうになれるなんて知らなかった。すてきだったわ」

「だった？」

「まあ、わたし、もうへとへとよ……」

フェイバーは身体の位置を変え、彼女の胸をまたいで膝をついた。彼の望みを知り、ルーシイは二度目のショックを受けた——そんな、いくら何でも大きすぎる……。しかし、急にそれをしたくなった。彼を口に含まないではいられなかった。ルーシイは頭を上げると、それを唇で包んだ。彼が低く歓びの声を洩らした。

彼はルーシイの頭を両手で抱え、小さくうめきながら、前後に動いていた。目を上げると、彼女のしていることをじっと見下ろし、その眺めに見惚れている顔があった。絶頂に達したら、このまま射精するつもりかしら……いいわ、ほかのことだってみんな素晴らしかったんだもの、彼とならそれも楽しいはずよ。

だが、そういうことにはならなかった。もうすぐだわと思ったとたん、彼は動くのをやめて腰を引き、彼女の上に覆いかぶさって、なかに入ってきた。そして、浜に打ち寄せる波のようなリズムで、ゆっくりと動きだした。やがて、腰の下に手が差し込まれた。尻をつかまれて彼を見ると、その顔が、いまにも彼女のなかにすべての抑制を解き放つといっていた。それが何よりもルーシイを興奮させた。彼がついに背中を反らし、苦痛に似た表情で深いうめきを洩らした。その瞬間、彼女もその腰に脚を絡ませてエクスタシーに身を委ねた。しばらくして、D・H・ロレンスが約束したとおり、トランペットが吹き鳴らされ、シンバルの音がとどろいた。

二人はそのまま、長いこと動かなかった。ルーシイは全身の火照《ほて》りを感じていた。身体の芯から発せられるような、初めて経験するぬくもりだった。二人の息が鎮まると、外の嵐が聞こえた。ヘンリーがのしかかっていたが、どいてほしくなかった。その重さと、かすかに汗ばんだ白い肌が心地よかった。ときどき、唇が頬を撫でていった。

相手として、これ以上の男性はいなかった。わたしの身体をわたしよりよく知っていた。それに、彼の身体はとても美しかった……筋肉の盛り上がった広い肩、細い胴と引き締まった腰、長くたくましく、毛深い脚。傷もあるような気がしたが、よくわからなかった。強くて、やさしくて、ハンサム。いうことなしだった。でも、とルーシイは思った。この人に恋したりはしない、手に手を取って逃げはしないし、結婚することもありえない。彼のなかには氷のように冷たくて硬いものがある。ある部分は何かほかのものにのめり込んでいる。わたしが部屋へ入ったときの反応も言い訳も、普通ではなかった……でも、深く穿鑿はしないでおこう。彼は中毒性のある薬物のようなもので、つきあうにしても一定の距離を置いて慎重にやる必要がある。

もっとも、あと一日かそこらで出ていってしまうのだから、中毒になる時間があるはずもない。

ルーシイが身体を動かすと、彼はすぐにどいて、隣に仰向けになった。彼女は片肘をついて上体を起こし、彼の裸体を見た。やはり、傷があった。胸に長く一本。そして、火傷《やけど》かもしれないが、星のような形をしたのが腰に一つ。彼女は掌でその胸を撫でた。

「ちゃんとした女のすることじゃないとは思うけど」ルーシイはいった。「お礼をいいたいわ」

彼が手を伸ばしてルーシイの頬を撫でた。「きみはちゃんとした女だよ」

「あなた、わたしに何をしたか知ってる？　あなたはね――」

彼がその唇に指を置いた。「知ってるよ」

ルーシイはそれに歯を立て、彼の手を自分の胸に導いた。指が乳首をまさぐった。彼女はいった。「お願い。もう一回して」

「できるかな」

しかし、彼はやった。


彼女が部屋を出ていったのは、夜明けの二時間ほどあとだった。向かいの寝室の小さな物音で、初めて同じ屋根の下に夫と息子がいることを思い出したかのようだった。いいじゃないか、とフェイバーはいいたかった。二人とも、デイヴィッドが何を知ろうと何を考えようと、これっぽっちも気にする理由はないんだ。しかし、黙って彼女を解放してやった。ルーシイはもう一度むさぼるようにキスをし、立ち上がってナイトガウンの皺を伸ばしてから、部屋をあとにした。

フェイバーはその後ろ姿をやさしく見送った。とてつもない上物だな。彼は仰向けになって天井を眺めた。ひどくうぶで、経験もないに等しいくせに、とてもいい。下手をしたら、惚れてしまいそうだ。

彼は起き上がると、ベッドの下から、フィルムの缶と鞘に納めたスティレットを取った。身につけておくべきだろうか。今日のうちにまた彼女と寝たくなるかもしれないが……。結局、スティレットは持っていることにした。それがないと、裸でいるような気がする。缶は隠すことにした。彼はそれをチェストの最上段の引き出しに入れ、その上に身分証と財布を載せた。こういうことをしてはいけないのは重々承知の上だ。しかし、この島を抜け出してしまえば任務は完了する。女を楽しむぐらいの資格はあるはずだ。それに、彼女なり夫なりが写真を見たところで、何を意味するものかわかるはずはないだろうし、よしんばわかったとしても何もできはしない。

フェイバーはそう思ってベッドに横になったが、やがて考え直して起き上がった。長年の習性が、そういう危険を冒すのを許さなかった。彼は身分証と缶をジャケットのポケットにしまった。やはり、そのほうがよほど気楽だった。

子供の声がし、ルーシイが階段を降りる足音につづいて、床を擦る音が聞こえた。デイヴィッドがバスルームへ行こうとしているのだ。起きてしまうと、家族と朝食をとることになりそうだが、それでもいいじゃないかとフェイバーは思った。いずれにしても、もう寝ていたくはない。

彼は雨の伝う窓辺に立ち、相変わらず怒り狂う天気を眺めた。バスルームのドアが開く音がした。少し待ってから、パジャマの上衣を着て、髭を剃りに行った。そして、デイヴィッドの許可を得ないまま剃刀を使った。

もう気にする必要を感じなかった。

24

エルヴィン・ロンメルはハインツ・グーデリアンと口論になると最初からわかっていた。

グーデリアン将軍は典型的なプロイセン貴族出の軍人で、ロンメルはその類いが大嫌いだった。二人は古くからの知り合いで、若いころはともにゴスラー・イェーガー大隊長を務め、ポーランド侵攻作戦中に再会した。ロンメルはアフリカを去るに際して、後任にグーデリアンを推薦した。負けることがわかっていたからである。しかしその目論見は、ヒトラーがグーデリアンを気に入らなかったために即座に拒否されて、失敗に終わっていた。

ロンメルの印象では、グーデリアンは女人禁制のクラブで飲むときでも、ズボンに染みがつくのを気にして膝にシルクのハンカチを広げるタイプだった。要するに父親が将校で、祖父が金持ちだったから、自分も将校になったのである。一方のロンメルは、教師の息子でありながら、四年という短期間で中佐から元帥まで昇進の階段を駆け上がっていた。そういう彼は、決して自分が加わることのできない軍のカースト制度を、心底軽蔑していた。

いま彼が見据えているテーブルの向かいでは、グーデリアンがフランスのロスチャイルド家から徴発したブランディをなめていた。彼がフォン・ガイル将軍を伴って北フランスのラ・ロシュ・ギュイヨンにあるロンメルの司令部にきたのは、軍の展開を彼に指示するためだった。ロンメルはそういう客に、忍耐から激怒まで様々な反応で対応した。彼の考えでは、参謀幕僚とは、信頼できる情報を提供し、安定的に物資を供給するために存在するものでなくてはならなかった。だが、彼のアフリカでの経験からすると、彼らはそのどちらの任務に関しても無能だった。

グーデリアンは淡い色の髭をきれいに刈り込み、目尻には深い皺が刻まれていた。ロンメルにはそれがいつもにやにや笑っているように見えた。その美貌と長身は、背の低い禿の醜男《ぶおとこ》に好かれるものとはいえなかった。ロンメルは自分を後者と見なしていた。グーデリアンのやつ、とロンメルは思った。ずいぶんリラックスしてるようじゃないか。戦争がこの段階に至ってリラックスしているドイツの将軍がいたとしたら、そいつは紛れもない大馬鹿者だ。食事――地元の仔牛肉ともっと南のワイン――を終えたばかりというのは理由にならない。

ロンメルは窓を見やり、ライムの木から中庭へ雨滴が垂れるのを眺めて、グーデリアンが話しはじめるのを待った。ようやく口を開いたとき、彼が要点にたどり着く最良の道を考え抜き、結局脇道からのアプローチを選択したことが明らかになった。

「トルコでは」と、グーデリアンは始めた。「イギリスの第九および第一〇軍が、トルコ軍と連携しながらギリシャ国境へ集結しつつある。ユーゴスラヴィアでも、パルチザンが結集しようとしている。アルジェリアのフランス軍はリヴィエラへの侵攻準備にかかった。ソ連は海陸両面からのスウェーデン侵攻を目論んでいるようだ。イタリアでは、連合軍が着々とローマを目指している。さらに、小さな兆候もある。たとえばクレタでは将軍が誘拐され、リヨンでは情報将校が殺された。ロードス島ではレーダー哨が攻撃され、アテネでは飛行機が潤滑油で離陸を妨害された上に、破壊された。サグヴァーグでは突撃隊の奇襲を受けたし、ブローニュ＝シュール＝セーヌでは酸素工場が爆発した。アルデンヌでは列車が転覆させられ、ブーサンではタンクローリーが炎上した……数え上げれば切りがない。この意味するところは明らかだ。われわれが占領した地域では破壊工作と裏切りがとめどなく増えつづけ、国境では至るところで敵が侵攻の準備を進めている。この夏に連合軍が大規模な攻勢をかけてくることは、われわれの誰一人として疑っていない。したがって、いま述べた鍔迫り合いの意味は、侵攻地点についてわれわれを混乱させようとするものであるということだ」

グーデリアンはそこで一呼吸入れた。教師が講義しているような演説にじりじりしていたロンメルに、ようやく口をはさむチャンスが訪れた。「だから、参謀幕僚が存在しているんだろう。情報を要約し、敵の動きを評価して、敵の出方を読む、それがきみたちの役目ではないか」

グーデリアンが寛大な笑みを浮かべた。「いかに優れた能力を持つ者であろうと、おのずから限界はある。それはお互いにわかっていなくてはなるまい。きみはきみなりに、敵の侵攻地点を予測しているはずだ。そして、それはわれわれも同じだ。だが、戦略を構築する場合には、われわれの推測が間違っているという可能性を加えなくてはならない」

すでにロンメルには、この持って回った話の行き着く先が見えていた。彼は断わると怒鳴りたい衝動を抑えて、グーデリアンに先をつづけさせた。

「きみの指揮下には四個の機甲師団がある。アミアンに第二師団、ルーアンに第一一六師団、カンに第二一師団、トゥールーズに第二親衛隊師団だ。すでにフォン・ガイル将軍から、全軍を海岸線から撤退させ、いついかなるときでも迅速に反撃できる態勢をととのえるよう、申し入れがあったはずだ。事実、この戦略は国防軍最高司令部の根本方針なのだ。にもかかわらず、きみはフォン・ガイル将軍の申し入れに抵抗したのみならず、実際に第二一師団を大西洋岸に移動させてしまった――」
「残る三個師団も、可及的速やかに海岸へ移動させなくてはならないんだ」と、ロンメルが吼えた。「きみたちはいつになったらわかるんだ。制空権は連合軍にあるんだぞ。敵の侵攻が始まったら、もはや機甲部隊の大規模移動など不可能だ。機動作戦は使えない。きみの虎の子の機甲師団をパリに置いておいたら、連合軍が海岸に上陸したときも、そこに釘付けにされるんだ――イギリス空軍の攻撃でな。敵がサン＝ミッシェル大通りを行進するまで、そこで指をくわえていることになるんだぞ。私にはわかるんだ。なぜなら、二度もそういう目に遭っているからだ」ロンメルはそこまで一気にまくしたてて、息を継いだ。「わが機甲師団を予備機動部隊にしたら、もうそれで使い物にならなくしたのと同じなんだ。反撃などありえない。敵がもっとも無防備なとき、すなわち水際で迎え撃ち、海へ追い落とすしかないんだ」

ロンメルは冷静さを取り戻して、自分の防衛戦略の説明を始めた。「私はすでに海中に障害物を敷設して、大西洋の壁を強化した。さらに地雷を埋設し、敵が後方へ着陸する場合に備えて、そういう可能性のある牧草地に杭を打ち込んだ。わが部隊は訓練中を除いて、常に全員が塹壕掘りに精を出している。

わが機甲師団は、絶対に海岸へ移動させなくてはならない。それから、国防軍最高司令部の予備部隊を、もう一度フランスへ配置し直すんだ。第九および第一〇親衛隊師団を東部戦線から呼び戻す必要がある。ともかく、断じて連合軍に橋頭堡を確保させてはならない。いったん確保されたら、その戦闘は負けだ……たぶん、戦争にも負けることになる」

グーデリアンが怒りを含んだ薄笑いを浮かべて身を乗り出した。「きみはヨーロッパの全海岸線を防衛しろというのか。ノルウェイのトロムセーからイベリア半島を含めてローマまで、全海岸線に軍を配置しろというのかね。そんな大軍をどこから連れてくるんだ」

「その質問は一九三八年にするべきだったんだ」と、ロンメルはつぶやいた。

それを聞いて、グーデリアンとフォン・ガイルが気まずそうに押し黙った。政治嫌いで有名なロンメルの口から出た言葉だけに、その言葉には一層の効果があった。

フォン・ガイルが緊張を破った。「では、元師は攻撃地点をどことお考えですか」

ロンメルはこれを待っていた。「このあいだまでは、パ・ドゥ・カレー説に与《くみ》していた。しかし、この前の総統のノルマンディ説は、さらに説得力があった。総統の勘には侮りがたいものがあるし、実際、恐ろしいほど的中している。したがって、ノルマンディ周辺の海岸沿いに機甲師団を配置すべきだと考えている。それから、ソンムの河口にも一個師団を置くべきだろうな。この師団については、わがグループ外の部隊に支援させるんだ」

グーデリアンが首を振った。「だめだ、だめだ。それは話にならない。リスクが大きすぎる」

「私の口から総統に提案してもいいんだぞ」と、ロンメルが威嚇した。

「そうするしかあるまいな」グーデリアンがいった。「私はきみの説にはとうてい賛成できない。したがって、私からその説を進言することはありえない。ただ――」

「ただ――？」驚いたことに、グーデリアンは条件を持ち出そうとしていた。

グーデリアンが坐ったまま身じろぎした。頑固で、しかも自分を嫌っているロンメルのごとき男に譲歩してやらなくてはならないのか。「知っているかもしれんが、総統はイングランドにいる並外れた工作員からの報告を待っておられる」

「知っている」と、ロンメル。「《針《ディー・ナーデル》》だな」

「そうだ。彼が、イングランド東部に集結している、パットンのアメリカ第一軍の戦力評価を送ってくることになっているんだ。もし彼が——私はそうに違いないと確信しているが——その部隊が大規模かつ強力で、すでに出動準備をととのえているといってきたら、私はきみに反対しつづける。しかし、それが目眩《くらま》しで、侵攻部隊と見せかけるだけのものだと報告してきた場合には、きみが正しいと認めて、きみの部隊はきみにまかせる。これでどうだ？」

ロンメルがうなずき、大きな頭が同意を示した。「これで、《針《ディー・ナーデル》》次第ということになったわけだ」

第五部

25

この家はずいぶん狭いのね、ルーシイは唐突にそう気がついた。朝、いつものように暖炉に火を入れ、ポリッジを作り、身繕いをして、ジョーに着替えをさせているとき、今日に限って壁が迫ってくるような圧迫感があった。考えてみれば、細い廊下と階段で四つの部屋がつながっているだけなのだから、誰かに出くわさないわけがない。じっと立って耳を澄ませば、誰が何をしているかもすぐにわかる。いま、ヘンリーは洗面台で水を使っているし、デイヴィッドは階段をずり降りようとしている。ジョーはリヴィングルームでテディ・ベアをいじめている。本来なら、これはありがたい時間のはずだった。そのあいだに、ゆうべのことを記憶のなかにしまい、思いを胸の奥深く封じ込めて、努力を顔に表わすことなく普段どおりに振る舞う準備をととのえられるはずだった。

でも、わたしは嘘をつくのが下手みたい。もともと持っている資質ではないし、経験もなかった。身近な人を騙したことがあったかしらと記憶を手操ってみたが、思い出すことができなかった。高尚な主義でそうしてこなかったのではなく、嘘をつかなくてはならない状況に立ち至ったことがないからだ。というわけで、彼女は人を欺くすべを知らなかった。

デイヴィッドとジョーがキッチンにやってきて、朝食に取りかかった。デイヴィッドは黙っていたが、ジョーは言葉を覚えたことがうれしいらしく、ひっきりなしにしゃべっていた。ルーシイは食欲がなかった。

「食べないのかい」デイヴィッドが軽い調子で訊いた。

「さっき少し食べたの」とうとう初めての嘘をつくことになったが、まんざら捨てたものでもなさそうだ。

閉所恐怖症を悪化させそうな嵐だった。キッチンの窓からすぐそこに見えるはずの納屋が隠れてしまうほどの豪雨。扉や窓を開けるのが大仕事で、それが閉塞感をさらに募らせた。低く垂れこめた鈍色《にび》の空と一面の霧のせいで、永久に黄昏がつづくような感じだった。庭では、ジャガイモの畝《うね》のあいだを川のように雨が流れ、ハーブ畑は浅い池といった様相を呈していた。いまは使われていない屋外便所の屋根の巣を雨に押し流されて、ツバメたちが狂ったように軒を出入りしていた。

階段を降りるヘンリーの足音を聞いて、ルーシイはいくらか気が楽になった。なぜか、彼なら上手に嘘をついてくれるだろうという確信めいたものがあった。

「おはようございます」と、快活な声が挨拶した。車椅子のままテーブルに向かっていたデイヴィッドが顔を上げ、機嫌よくうなずいた。ルーシイはコンロの前を離れなかった。

後ろめたさが顔じゅうに表われているじゃないかと、フェイバーは内心舌打ちした。しかし、夫のほうはその表情に気づいていないらしかった。この男はそうとう鈍感なようだと、フェイバーはそんな気がしはじめた……少なくとも、妻にたいしては……。

ルーシイがいった。「かけて、食事をどうぞ」

「ありがとうございます」

デイヴィッドがいった。「申し訳ないが、教会へお連れするわけにはいきません。ラジオの賛美歌で我慢してください」

それを聞いて、フェイバーは初めて日曜だということに気がついた。「教会へ行くんですか？」

「いや」と、デイヴィッド。「あなたは？」

「私も行きません」

「農民には、日曜も平日も同じですからね」と、デイヴィッドがつづけた。「ところで、島の向こうへ羊を見に行きますが、気が向いたら一緒にどうですか」

「ぜひ」と、フェイバーは応じた。偵察のチャンスだ。無線のあるコテッジへ行く道を知る必要がある。「私が運転しましょうか？」

デイヴィッドが鋭く彼を見返した。「結構。自分でできます」一瞬、緊張の沈黙があった。

「この天気では、記憶を頼りに道をたどるしかない。私が運転したほうが、はるかに安全です」

「ごもっとも」フェイバーは食事に取りかかった。

「私はどっちでもいいんですよ」と、デイヴィッドがいい募った。「無理に誘っているわけではありません――」

「いや、ぜひご一緒させてください」

「よく眠れましたか。もう疲れは取れた様子だが、ゆうべは遅くまでルーシイにつきあわされたんじゃありませんか」

フェイバーは意図してルーシイを見ないようにしたが、それでも目の端で彼女が赤くなるのがわかった。「昨日一日、ずっと眠っていましたからね」彼は何とかデイヴィッドの目を自分に向けさせておこうとした。

無駄だった。デイヴィッドは妻を見ていた。知っているのだ。ルーシイがくるりと背を向けた。デイヴィッドが敵意を持っていることはまず間違いない。そして、敵意は疑いへ発展するおそれがある。以前考えて結論したとおり、危険はないだろうが、煩《わずら》わしいことになる可能性はある。デイヴィッドは素早く動揺から立ち直った様子だった。テーブルを押して車椅子を遠ざけると、裏口へ向かった。「納屋からジープを出そう」彼は独り言のようにいうと、フックからマッキントッシュを外して頭からかぶり、ドアを開けて雨のなかへ出ていった。

ドアが開いていたのはわずかのあいだだったが、嵐は容赦なく吹き込んで、狭いキッチンの床を濡らした。ドアが閉まると、ルーシイが身震いしながらタイルの床を拭きはじめた。

フェイバーが彼女の腕を取った。

「やめて」ルーシイがジョーのほうを顎で示した。

「もっとうまくやらなくちゃだめだ」

「気づかれたみたいね」

「だけど、ちょっと考えてみればわかるだろう。彼に悟られようと悟られまいと、どうでもいいことじゃないのか」

「そうはいかないわよ」

フェイバーが肩をすくめた。外で、焦れたようにジープがクラクションを鳴らした。ルーシイがマッキントッシュとウェリントン・ブーツを手渡した。

「余計なことはいわないでね」と、ルーシイが釘を刺した。

フェイバーは雨具をまとうと、玄関へ向かった。ルーシイがその後を追い、ジョーを残してキッチンのドアを閉めた。

掛け金に手をかけたところで、フェイバーが振り返ってキスをした。ルーシイも思いの丈《たけ》を込めてキスを返した。そして背を向け、キッチンへ戻っていった。

フェイバーは雨に逆らい、泥の海を突っ切って、ジープの助手席に飛び乗った。すぐにデイヴィッドが車を出した。

ジープは脚のない男が運転できるように改良されていた。アクセルは手動式で、ギヤはオートマティック、ハンドルには片手で操れるように把手がついていた。車椅子は折り畳んで、運転席後ろの特製コンパートメントにしまってあった。風防ガラスの上の棚に、ショットガンが一挺載っていた。

デイヴィッドは何のためらいもなく車を走らせた。掌《たなごころ》を指すように道を知っていた。道といっても、かつてヒースが生えていたところをジープのタイヤが踏み潰して地面を露出させた、二本の帯といった程度のものにすぎなかった。轍が深いところには雨が溜まっていた。ジープはぬかるみにタイヤを取られて横滑りしたが、デイヴィッドはそれを楽しんでいる様子だった。煙草をくわえて、そんな状況でもないのに妙に高ぶっていた。たぶんこれが、とフェイバーは思った。空を飛ぶことの代償行為なのだろう。

「釣りをしてないときは何を?」と、デイヴィッドがくわえ煙草で訊いた。

「公務員ですよ」

「どういう関係の?」

「財務関係です。下っ端ですがね」

「大蔵省？」

「まあ、そんなところです」

「仕事は面白い？」

「そこそこね」フェイバーは全精力を注いで身の上話を創作した。「主に工学関係なんですが、その分野のものの開発にどれぐらいのコストがかかるかを多少知ってるものでね。それで、納税者に過剰な負担がかからないようにするのが、私の仕事なんです」

「工学関係とは？」

「ペーパークリップから航空機のエンジンまで、すべてです」

「いやはや、そういうことも戦争努力のうちってわけか」

その言葉には意図的な悪意が込められていた。デイヴィッドは相手が挑発に乗ってくるものと思っていたが、案に相違して穏やかな返事が返ってきた。

「戦場へ出るには年を取りすぎていますからね」

「この前の大戦は？」

「若すぎました」

「運のいいことだ」

「まったくです」

道はほとんど崖っぷちを通っていたが、デイヴィッドはスピードを落とす気配を見せなかった。まさかもろともにおれを殺そうというんじゃないだろうな。フェイバーは一瞬不安になり、思わずハンドルの把手を押さえようとした。

「速すぎるかな?」と、デイヴィッドが訊いた。

「道はよく知っておられるようだが……」

「やっぱり怖いと見える」

フェイバーはその言葉を無視した。デイヴィッドが少しスピードを落とした。どうやら、多少は気が晴れたようだ。

見たところ、島は荒涼として、ほぼ平坦だった。わずかな起伏はあるものの、小高い場所もここまでは見当たらなかった。生えているのはほとんどが草で、シダと低木の茂みは散見されるものの樹木と呼べるようなものはなく、まったくの吹きさらしといってもいいほどだ。デイヴィッド・ローズの羊はよほど頑健にできているに違いない、とフェイバーは思った。

「結婚は?」デイヴィッドが唐突に訊いた。

「いや」

「賢明だ」

「さあ、それはどうだか」

「ロンドンじゃいい目を見てるんだろうから、もちろん――」

フェイバーは女を小馬鹿にしたような物言いを、決して認めることができなかった。彼は鋭い口調でさえぎった。「あなたにはあんなにいい奥さんがいるじゃないですか。滅多にない幸運だと感謝するべきでしょう」

「そうかな」

「そうです」

「だけど、変化には乏しいんじゃないか？」

「いずれにしても、私には妻を持つことのよさを知る機会がありませんでしたからね」フェイバーはその話を打ち切ろうとした。これ以上は何をいっても、火に油を注ぐことになりそうだ。デイヴィッドは明らかに苛立ちはじめていた。

「あんた、本当に財務関係の役人か？　絶対にそうは見えないがな。こうもり傘と山高帽はどこにあるんだ？」

　フェイバーは何とか薄い笑みを浮かべた。

「それに、事務屋にしてはいい身体をしている」

「自転車に乗っているんでね」

「あの嵐のなかで遭難して生きてるんだから、恐ろしくタフなんだろうな」

「どうも」

「それに、兵隊に行けないほどの年にも見えない」

　フェイバーがデイヴィッドを見た。「つまり、何がいいたいんです《ホワット・アー・ユー・ドライヴィング・アット》？」

「ほら、あそこだ」と、デイヴィッドがいった。

風防ガラスの向こうに、石の壁にスレート葺きの屋根、そして小さな窓のついた、ルーシイの家と瓜二つのコテッジが見えた。それはフェイバーが島で初めて見る、丘ともいえないほどの丘の頂に建ち、飛び上がる前の準備をしているかのように腰を落としていた。ジープは丘を上りながら、松とモミの小さな群落のそばを通り過ぎた。なぜ木立の陰に建てないのかと、フェイバーはいぶかった。

コテッジの脇に一本のサンザシの木があり、花が雨に濡れそぼっていた。デイヴィッドがジープを止めた。彼が車椅子を広げて運転席から乗り移るのを、フェイバーはわざと手を貸さないで黙って眺めていた。

二人は鍵のついていない厚板のドアを開けて、なかに入った。玄関ホールで白黒の小さなコリーが出迎えたが、頭の大きなその犬は、尻尾を振るだけで、うんともすんともいわなかった。間取りはルーシイのところと同じだが、雰囲気はまったく違っていた。ここは寒々と陰気で、きれいという言葉を使うところがなかった。

デイヴィッドを先頭にキッチンへ行くと、羊飼いのトム老人が、薪を焚く昔風のコンロのそばに坐って手を温めていた。

「トム・マキャヴィティだ」デイヴィッドが二人を見て立ち上がったトムを紹介した。

「お目にかかれて光栄です」トムが形式張った挨拶をした。

フェイバーが握手の手を差し出した。トムはがっちりとして背が低く、帽子をかぶって、馬鹿でかいブライヤーの蓋付きパイプをくわえていた。顔は古いなめし革のスーツケースのような色つやで、真ん中に大きな鼻が坐っていた。握手は力強く、掌はサンドペーパーのような感触だった。一生懸命聞いていないと、フェイバーには彼のいっていることが理解できなかった。ものすごいスコットランド訛りだった。

「お邪魔でなければいいんですが」と、フェイバーはいった。「ついでに乗せてもらってきただけなので」

デイヴィッドが車椅子を操って、テーブルのところへ行った。「今朝は大してすることもなさそうだが、トム、見回りだけはしておこう」

「わかりました。でも、お茶を一杯飲んでからにしましょう」

トムは三つのマグに濃いお茶を注ぎ、それぞれにウィスキーを加えた。三人は黙ってお茶をすすり、デイヴィッドは紙巻を、トムはゆっくりと大きなパイプをくゆらした。この二人は、とフェイバーは思った。こんなふうに黙って煙草を吸い、手を温めながら、一緒に長い時間を過ごしてきたに違いない。

お茶を飲み終わると、トムが浅い石の流しにマグを置き、三人はジープに向かった。フェイバーは後部座席に坐った。今度はデイヴィッドもゆっくり車を走らせ、その横をあの犬が――ボブと呼ばれていた――楽々とついてきた。デイヴィッドは明らかに地形を熟知していた。湿地帯のようになった草原で、彼は一度もぬかるみにはまることなく車を走らせた。羊たちは実に哀れなありさまで、びしょ濡れの身体を窪地に寄せ合い、またイバラの藪にへばりつき、あるいは風下の傾斜地に固まって、草を食《は》む気力も失っていた。仔羊もおとなしく母親の身体の下に身を寄せていた。

犬が足を止めて一瞬聞き耳を立て、急に方向を変えて走りだした。

トムがいった。「ボブが何か見つけたようですね」

ジープは四分の一マイルほど犬のあとを追った。車が止まったとき、フェイバーの耳に海の音が聞こえた。島の北端のすぐそばにいるということだ。犬は細い雨裂《ガリー》の縁に立っていた。車を降りると、犬が聞いた音が彼らにも聞こえた。苦しげな羊の鳴き声だった。三人はその縁へ行って覗いた。

羊は二十フィートほど下の急な土手に、不安定な恰好で横になっていた。片方の前脚が不自然な角度に曲がっているのがわかった。トムが用心深くそこまで降りて、脚の具合を調べた。

「晩飯は羊の肉です」と、彼が下から声をかけた。

デイヴィッドがジープからショットガンを持ってきて、トムのほうへ滑り落とした。トムが羊を苦痛から救ってやった。

「ロープで引っぱり上げるほうがいいかな」と、デイヴィッドが訊いた。

「ええ——お客さんが手を貸してくれれば別ですがね」

「いいとも」フェイバーはトムのところへ降りていった。二人でそれぞれ死んだ羊の片脚を持って、坂を上りはじめた。マッキントッシュがイバラの藪に引っかかって危うく転落しそうになったが、雨具が破れてくれたおかげで難を逃れた。

ジープは羊の死体を乗せて走りだした。フェイバーがずぶ濡れの肩を調べてみると、マッキントッシュの後ろ側がほとんどちぎれてなくなっていた。

「申し訳ない、雨具をだめにしてしまった」

「何事にも、そうなる運命というものがあるんです」トムが慰めた。

ジープは間もなくトムのコテッジに帰り着いた。フェイバーは破れた防水外套と濡れたドンキージャケットを脱ぎ、ジャケットをコンロの上に吊して、火の前に腰を下ろした。

トムはコンロにやかんをかけると、新しいウィスキーを取りに二階へ上がった。フェイバーとデイヴィッドは濡れた手を温めた。

そのとき、二人は銃声を聞いて飛び上がった。フェイバーは玄関ホールへ飛び出して、階段を駆け上がった。デイヴィッドも車椅子で階段の下へ急いだ。

トムはがらんとした狭い部屋にいて、窓から身を乗り出し、空に向かって拳を振り回していた。

「撃ち損ねた」と、彼はいった。

「撃ち損ねたって、何をです」フェイバーは訊いた。

「ワシだよ」

階段の下で、デイヴィッドが声を上げて笑った。

トムはショットガンを段ボール箱の脇に置き、封を切ってないウィスキーを一本取り出して、階段を降りた。

デイヴィッドはすでにキッチンに戻り、コンロの前に坐っていた。「今年初めての被害か」と、彼は死んだ羊のことを口にした。

「そうですね」とトム。

「夏になったら、あの雨裂の縁にも柵を作ろう」

「ええ」

フェイバーは雰囲気が変わったことを察知した。さっきまでとは違っていた。同じように煙草を吸い、酒を飲んでいたが、デイヴィッドだけは落ち着かない様子だった。フェイバーはさっきから二度、彼の視線を捉えていた。

ついにデイヴィッドがいった。「羊はさばいておいてくれ」

「わかりました」

デイヴィッドとフェイバーは部屋をあとにした。トムは立たなかったが、犬が二人を玄関まで見送った。

ジープを出す前に、デイヴィッドは風防ガラスの上の棚からショットガンを下ろし、弾丸《たま》を込め直してから元の場所に戻した。帰る途中で、また雰囲気が変わった。驚いたことに、デイヴィッドはおしゃべりをする気になったらしかった。「昔はスピットファイアに乗っていたんだ。あれは名機《ラヴリー・カイト》だ。両翼に四挺ずつ機銃を積んでいる。アメリカのブローニング社製で、一分間に千二百六十発を発射できる優れものだ。ドイツは機関砲のほうが好きだがね。連中のMe109は、二門しか機関砲を積んでいない。確かに機関砲のほうが破壊力はあるが、ブローニングは発射速度が速いし、命中精度が高いんだ」

「なるほど」フェイバーは丁重に合いの手を入れた。

「後にはわがハリケーンも機関砲を搭載したが、バトル・オヴ・ブリテンの勝利はスピットファイアのおかげだ」

フェイバーはデイヴィッドの大口に苛々しはじめている自分に気がついた。「あなたは何機撃墜したんです?」

「実戦に出る前に脚がなくなってしまったんだ」

フェイバーはちらりと相手の顔をうかがった。無表情だったが、その内側では、皮膚が裂けるのではないかというぐらいに何かが膨らんでいる様子だった。

「そうとも、私はドイツ人を一人も殺しちゃいない」と、デイヴィッドがいった。

フェイバーの警戒心は極限に達した。どう推理したのか、あるいは何を見つけたのか知らないが、この男は何かが企まれていることにうすうす勘づいている。ただ、それは妻を寝盗られたことではない。フェイバーはわずかにデイヴィッドのほうへ顔を向け、両足を床のギヤボックスに踏んばると、右手を軽く左の前腕に置いて相手の出方を待ち受けた。

「飛行機に関心は？」と、デイヴィッドが訊いた。

「いや」

「いまや飛行機の観察が国民的娯楽になっているそうじゃないか。バード＝ウォッチングも顔負けだ。みんな本まで買って機種当てごっこに血道を上げ、日が暮れるまで寝転がって双眼鏡で空を見てると聞いたぞ。あんたもその一人じゃないのか」

「どうして？」

「何だって？」

「どうして私がその一人だと思うのか、と訊いたんです」

「さあね」デイヴィッドはジープを止めて煙草に火をつけた。二人は島の中間地点、トムのコテッジからも自宅からも五マイルのところにいた。デイヴィッドがマッチを床に捨てた。「あのフィルムを見たからかもしれんな。あんたのジャケットのポケットに入っていたやつだよ――」

そういいざま、デイヴィッドは火のついた煙草をフェイバーの顔に投げつけ、風防ガラスの上のショットガンに手を伸ばした。

26

シド・クリップスは窓の外を見て、小声で悪態をついた。牧草地が、アメリカ軍の少なくとも八十輛はいようかという戦車の大軍に占領されていたのである。いまは戦争中だし、いろいろと事情があることも承知しているが、それにしても一言いってくれれば、もっと豊かでない牧草地を提供したものを。いまごろは、最高の牧草がキャタピラでずたずたにされているに違いない。

彼はブーツをはいて外へ出た。牧草地には、アメリカ兵の姿が何人か見えた。あいつら、牛がいることを知ってるんだろうな、とクリップスは心配になった。彼は踏み段まで行って足を止め、頭を掻いた。どうも様子がおかしい。

牧草には何事もなく、キャタピラの轍もついていなかった。そして、アメリカ兵が砕土機のようなものを使って、せっせと轍をこしらえていた。

どういうことかと思案しているとき、一頭の牛が戦車に気づき、しばらくそれを見つめたあと、猛然と地面を蹴って突進しはじめた。

「馬鹿、頭が割れるぞ」クリップスはつぶやいた。

兵士も牛を眺めていたが、ひどく面白がっている様子だった。

牛は頭から戦車に突っ込み、角が横腹の装甲を貫通した。クリップスはそのありさまを見て、イギリスの戦車がアメリカのそれよりも頑丈であることを、心から願った。

牛は鼻息も荒く角を引き抜いた。戦車は風船の空気が抜けるようにぺしゃんこになってしまった。アメリカ兵はお互いに折り重なるようにして、腹を抱えて笑い転げていた。何から何まで、奇妙きてれつな光景だった。

パーシヴァル・ゴドリマンはこうもり傘をさして、足早にパーラメント・スクウェアを渡った。レインコートの下はストライプの黒いスーツというでたちで、黒い靴は——少なくとも雨のなかに出るまでは——塵一つなく磨き上げられていた。ミスター・チャーチルと個人的に会見するなど、毎日どころか、年に一度すらあることではなかった。

これほど悪い知らせを携えて国軍の最高司令官に会うのだから、本職の軍人なら神経質になるなというほうが無理だろうが、ゴドリマンはそうではなかった。ちゃんとした歴史家であれば、と彼は自分にいい聞かせた。相手がよほど過激な歴史観を持っていない限り、軍人や政治家を恐れる理由は何もない。だが、神経質とは別種の、心の重さがあった。彼ははっきりと心苦しさを感じていた。

東アングリアには本物そっくりのアメリカ第一軍が作り上げられていたが、彼はそのために費やされた努力と、知恵と、配慮と、金と、労働力を思っていたのである。四百隻に及ぶ上陸用の艦艇を足場材とキャンヴァスで作り、ドラム缶の浮きをつけて、港や河口に群れをなして浮かべた。戦車、高射砲、トラック、装甲車、弾薬輸送車まで巨大なゴムで作り、風船のように膨らませた。地元の新聞の読者投稿欄に、何千人ものアメリカ兵がやってきてからというもの、風紀の乱れがひどくなったという不満を掲載しつづけた。ドーヴァーには、イギリスでもっとも名高い建築家が設計し、映画スタジオから動員された大道具係が段ボールと古い下水管で作った、偽の石油ドックが完成した。二十人委員会が寝返らせたドイツ工作員が、慎重に練り上げられた偽報告をハンブルクに送りつづけた。そして、ドイツの聴音哨が歓びそうな話をプロの小説家に書かせ、ひっきりなしにラジオで放送した。たとえばこういう内容である――《第五分の一砲兵連隊は、おそらく無許可と思われる民間人女性を多数拘束した。さて、われわれは彼女たちをどうするか。カレーへ連れていこうか》

その大半は疑いもなく成功した。ドイツがそれを信じたことは、いくつもの兆候が示していた。そしていま、その苦心の偽装工作が危殆に瀕していた。それも、たった一人の――ゴドリマンが捕まえられずにいる――スパイのせいで。もちろん、それが今日の会見の理由だった。

ゴドリマンは例の鳥のような足取りでウェストミンスターの歩道を歩き、グレート・ジョージ・ストリート二番地の狭い入口にたどり着いた。土嚢の脇に立っていた武装警備兵が通行証をあらため、手振りで通行許可を与えた。ゴドリマンはロビーを横切り、階段を降りて、地下にあるチャーチルの司令本部へ向かった。

まるで戦艦のなかを歩いているようだった。天井は爆撃に備えて厚さ四フィートの鉄筋コンクリートで造られ、戦闘司令所そのものは、鋼鉄の扉と天井を支える古い柱が目を惹いた。ゴドリマンがマップルームへ入っていくと、奥の会議室から若い一団が難しい顔をして退出してきた。そのあとに出てきた副官が、ゴドリマンに気がついた。

「時間どおりですね。閣下がお待ちです」

ゴドリマンは小振りの、居心地のよさそうな会議室へ入った。絨緞が敷かれ、壁に王の肖像がかけられて、扇風機が煙草の煙を掻き回していた。チャーチルが、鏡のように磨き上げられた年代物のテーブルの上座に坐っていた。その中央にはローマ神話のファウヌスの小像が置いてある。それはチャーチル自身の偽装会社《ロンドン・コントローリング・セクション》のエンブレムだった。

ゴドリマンは敬礼をしないことにした。

チャーチルがいった。「かけたまえ、教授」

ゴドリマンはふと気づいたのだが、チャーチルは決して大男ではなかった。しかし、肩をそびやかして肘を腕木に置き、顎を引いて両脚を広げ、いかにも大男然と坐っていた。黒の短いジャケットにグレイのストライプのズボンと事務弁護士風のいでたちで、輝くような白いシャツにブルーのボウタイがアクセントをつけていた。腹の突き出た、ずんぐりした体形にもかかわらず、万年筆を握っている指は細く繊細で、頬は赤ん坊のように赤かった。もう一方の手には葉巻があり、テーブルの書類の横には、ウィスキーらしき液体の入ったグラスがあった。

彼はタイプ打ちされた報告書の余白に何事か書きつけながら、ときどきつぶやいていた。ゴドリマンはこの偉大な男に畏敬の念を感じなかった。平時の政治家としてはとんでもない屑だというのが、彼の見方だった。しかし、この人物は戦士の首領としては図抜けた資質を有しており、その点については、ゴドリマンも大いに尊敬するにやぶさかではなかった（チャーチル本人は、自分が大英帝国の獅子《ブリティッシュ・ライオン》と呼ばれるなどおこがましい、単に吼える権利を与えてもらっているだけだと謙遜していたが、ゴドリマンの目から見ても、それはほぼ正確な自己評価だった）。

そのチャーチルが、いきなり顔を上げた。「あのスパイづれがわれわれの企てを見抜いたことは、どうやら間違いないようだな」

「はい、間違いありません」

「やつは逃げ切ったと思うか？」

「アバディーンまでの足取りはつかんでいます。二日前に小型漁船を盗んでそこを出たことも、ほぼ間違いありません。北海で、救出船と合流するつもりだったと推定されます。しかし、猛烈な嵐が吹き荒れていましたから、港からそう遠くまでは行けなかったはずです。嵐が始まる前にU＝ボートと合流できた可能性もなくはありませんが、その確率は非常に低いと思われます。溺死の可能性がもっとも高いと考えますが、残念ながらいまのところこれ以上の報告は届いていません――」

「まったく残念至極だ」チャーチルがいきなり腹を立てた。が、その対象はゴドリマンではなかった。彼は席を立つと壁の時計のところへ行き、《労働省、ヴィクトリア王立研究所、一八八九》という文字を呆然と見ていたが、やがて、ゴドリマンがそこにいることを忘れたかのように、うろうろとテーブルのまわりを歩きながら、何事かをつぶやきはじめた。ゴドリマンはその言葉を聞き取って仰天した。大人物は、こんなことをいっていたのだった――《このやや猫背でずんぐりむっくりの男は、部屋のなかをうろつきながら、いきなり目の前にあるものをすべて忘れて思いに耽り……》まるでハリウッドのシナリオライターが自ら演じながら脚本の推敲を重ねているようだった。

彼は始まったときと同様に、突然その演技を打ち切った。それはあたかも自分がどんなに奇矯な振る舞いをしていたかを知らぬげであり、あるいは知っていたとしても素振りには微塵も表われていなかった。彼はゴドリマンに一枚の紙片を渡した。「先週のドイツ軍の戦力配置だ」
そこにはこう記されていた。

ロシア戦線：歩兵師団　一二二
　　　　　　機甲師団　二五
　　　　　　その他　一七
イタリアおよびバルカン：歩兵師団　三七
　　　　　　機甲師団　九
　　　　　　その他　四
西部戦線：歩兵師団　六四
　　　　　機甲師団　一二
　　　　　その他　一二
ドイツ国内：歩兵師団　三
　　　　　機甲師団　一
　　　　　その他　四

「西部戦線の十二個師団のうち、ノルマンディ海岸に配置されているのはわずか一個師団にすぎん。かの精強をもって鳴る親衛隊師団《帝国》《ダス・ライヒ》と《アドルフ・ヒトラー》も、トゥールーズとブリュッセルに居坐ったまま動く気配がない。これはどういうことだと思う、教授？」

「われわれの偽装工作がうまくいっているということではないでしょうか」と答えて、チャーチルは自分を信頼してくれているのだと気がついた。いまのいままで、テリー大佐はもとより誰の口からも、彼にたいして《ノルマンディ》という言葉は発せられたことがなかったからである。もっとも模造軍団がカレーを狙っていることから推測して、彼にもノルマンディではないかとある程度の予測はついていた。しかし進攻開始の日――D＝デイ――については、もちろん知る由もなかった。

「そのとおりだ、完璧といっていい」チャーチルが応じた。「敵は混乱し、迷い、考えたあげくに、それでもまだとんでもない方向を向いている。しかし」――彼はそこで間を置き、後半部分を強調しようとした――「にもかかわらず……」テーブルから別の紙片を取り、読み上げた。「われわれが橋頭堡を確保する確率は、とりわけドイツが迎撃態勢をととのえていた場合、わずか五十パーセントにすぎない」

チャーチルは葉巻を置き、声を和らげた。「ローマ帝国以来の文明を誇る全英語圏の軍事的および産業的能力を結集し、四年という長い年月を費やしてきた結果が、確率五十パーセントだ。そのスパイが脱出に成功すれば、その確率は下がるどころかゼロになってしまう。すなわち、戦争に負けるということだ」

彼は一瞬ゴドリマンを見つめ、ほっそりと白い指でペンを取った。「今度くるときは、教授、可能性を携えてくるのではなく、《針《ディー・ナーデル》》を連れてきてくれたまえ」

チャーチルは顔を伏せてペンを走らせはじめた。ゴドリマンは立ち上がって、静かに部屋をあとにした。

27

紙巻煙草の温度は摂氏八百度に達するが、普通その火先は薄く灰に包まれている。したがって、火傷させるためには、一秒近くそれを皮膚に押しつけていなくてはならない。ちょっと触れたぐらいでは、ほとんど熱いとも感じない。目を狙ったとしても同じことだ。とっさの場合、人体のもっとも速い防御反応は瞬きだからである。だから、煙草を投げつけるのは素人だけがすることだ。そして、デイヴィッド・ローズは素人――それも欲求不満で、事を起こしたくてうずうずしている類いの素人――で、プロの敵ではない。

フェイバーはデイヴィッド・ローズが投げつけた煙草を無視した。その選択は正しかった。それは額をかすめて、ジープの金属の床に落ちていった。フェイバーはデイヴィッドの持っているショットガンをもぎ取ろうとした。しかし、その選択は間違っていた。直後に気づいたのだが、スティレットを抜いて、刺し殺してしまうべきだった。すぐに引鉄を引かれれば勝ち目はないが、デイヴィッドはこれまで人間に銃を向けたことも、まして殺したこともないのだから、まず間違いなくためらうはずだった。どうしてその隙をつかなかったのか、フェイバーは後悔した。最近ふやけたことを考えているからこういう許しがたい過ちを犯すんだ、と彼は自分を叱咤した。二度とこんな過ちを繰り返してはならない。

デイヴィッドはすでにショットガンを手にしていた。右手で銃身を、左手で台尻の付け根を握られた銃は、置いてあった場所から六インチほど引き下ろされていた。そのとき、フェイバーが片手で銃口をつかんだ。デイヴィッドは自分に引き寄せようとしたが、フェイバーにつかまれたせいで、一瞬、銃口が風防ガラスのほうへそれた。

フェイバーも腕力には自信があったが、デイヴィッドのそれは桁外れだった。肩も、腕も、手首も、四年間主人の体重を乗せた車椅子を操りつづけたために、筋肉が異常に発達していた。加えて、彼は両手で、身体の前で銃身を握っており、一方のフェイバーは片手で、しかも力を入れにくい角度で銃口をつかんでいるにすぎなかった。デイヴィッドが今度こそと、さらに力を込めてショットガンを手繰った。ついにフェイバーの手から銃口が抜け落ちた。

とたんに、銃口がフェイバーの腹を向いた。デイヴィッドの指が引鉄にかかっていた。フェイバーは死をすぐそこに感じた。

彼は渾身の力で真上に飛び上がった。頭がキャンヴァスの天井にぶつかると同時に、ショットガンの轟音が耳をつんざいて、目の奥に痛みを走らせた。助手席の窓が粉々になり、猛然と雨が吹き込んできた。フェイバーは空中で身体をひねると、元いた場所でなく、デイヴィッドのほうへ落ちかかり、次の瞬間には首に両手を巻きつけて親指に力を込めていた。

デイヴィッドはショットガンを二人の身体のあいだに差し込んで、もう一方の銃口を使おうとした。しかし、それには銃が大きすぎた。フェイバーはデイヴィッドの目を覗き込んだ。そこには……なぜか高揚が宿っていた。デイヴィッドにしてみれば当然のことだった——ようやく国のために戦うチャンスが訪れたのだ。しかし、その表情はやがて苦痛に変わった。身体が酸素の不足を訴え、彼は息をしようともがきはじめた。

デイヴィッドはショットガンを離すと、できるだけ両肘を下げて、相手の肋《あばら》に強烈な左右のジャブを見舞った。

痛みに顔を歪めながらも、フェイバーは相手の喉を絞め上げつづけた。相手が息を止めていられる時間より、自分が痛みに耐えられる時間のほうが長いはずだ。

デイヴィッドも同じことを考えたに違いなかった。彼は両腕を身体のあいだに差し込んで交叉させ、フェイバーを押し上げた。数インチの隙間ができた瞬間、交叉させた腕を突き上げるように左右に開きながら、相手の腕の内側に叩きつけた。フェイバーの腕はその圧力に抗し切れず、両手が喉から外れた。つづいて、固く握られた右の拳がすさまじい勢いで、しかし闇雲に振り下ろされた。強烈なパンチが頬骨に命中し、フェイバーの目に涙が浮かんだ。

フェイバーはつづけざまに腹にジャブを叩き込んで応酬した。デイヴィッドの攻撃は相変わらず顔に集中していた。距離が近すぎて、お互い決定的なダメージを与えられないでいたが、次第にデイヴィッドのほうが力において勝っていることがわかってきた。

デイヴィッドはフェイバーが感心するぐらい、実に的確に戦いの時と場所を設定し、不意討ちと銃、そして狭い空間を味方につけていた。そういう場所ではデイヴィッドの筋肉が物をいい、フェイバーの敏捷さと身ごなしはあまり役に立たなかった。たった一つ大きな間違いを犯したとすれば、図に乗って――その気持ちはわからないでもないが――フィルムの缶を見つけたことを明らかにし、フェイバーに警戒心を抱かせたことだった。

フェイバーがわずかに体重を移動させたとき、尻がレヴァーを前に押して、ギヤを〈前進〉に入れた。エンジンがかかったままのジープが、いきなり前に飛び出した。彼がバランスを失った瞬間、デイヴィッドがその隙をついてストレートを繰り出した。それは――狙ったというよりはむしろ運よく――フェイバーの顎を捉えた。吹っ飛ばされて支柱に頭をぶつけたとき、肩がドアのハンドルに当たり、弾みでドアが開いた。フェイバーは後ろへでんぐり返って車から飛び出し、顔から泥に突っ込んだ。

一瞬、脳震盪を起こしたようになって動けなかった。目を開けても、一面ぼんやりと赤く霞み、青い稲妻が走るのが見えるばかりだった。やがて、ジープのエンジン音が聞こえた。フェイバーは頭を振って目の前で飛び散っている火花を振り払おうとし、もがくようにして四つん這いになった。ジープの音はいったん遠のき、また近づいてきた。音のほうを振り返ると、赤い霞が次第に色褪せ消えていくなかに、自分に向かって疾駆してくるジープの姿が現われた。

あの野郎、おれを轢き殺すつもりだな。

横ざまに身を躍らせた瞬間、わずか一ヤード足らずの鼻先を、風を巻き上げてフロントバンパーがかすめていった。ジープはまだ宙にあった片足を泥除けで弾いて、水を含んだ草地を切り裂きながら、泥を蹴散らして走り去った。フェイバーは濡れた草の上で二回転し、ようやく立ち上がった。ぶつかったほうの脚は、無事ではすまなかったようだ。ジープは急角度でターンすると、ふたたび彼めがけて襲いかかってきた。

風防ガラスの向こうにデイヴィッドの顔が見えた。ハンドルに覆いかぶさるように身を乗り出し、歯を剝き出して、狂人のように酷薄な笑みを浮かべていた。どうやら挫折したこの戦士は、ジープの運転席をスピットファイアのコックピットになぞらえ、八挺のブローニング機銃で一分間に千二百六十発の弾丸を浴びせながら、太陽を背に、愛機を駆って敵機へ突っ込んでいるつもりのようだ。

フェイバーは崖の縁のほうへ移動した。ジープはさらに加速していた。走りだそうとした瞬間、激痛が脚を貫いた。走るのは無理だった。下を覗くと、垂直に切り立った岩の壁が、百フィート下の怒りの海へ吸い込まれていた。ジープは崖の縁を一直線に獲物を目指していた。岩棚を探して、崖に目を走らせた。だが、足をかける張り出しすらなかった。

ジープはもう四、五ヤード近くまで迫っていた。時速四十マイルぐらいか。車輪から崖の縁まではニフィート足らずだった。フェイバーは俯せになると、両腕で体重を支えながら、下半身を崖の向こうへ投げ出した。

タイヤが文字どおり目の前をかすめ去った。数ヤード行き過ぎたところでスリップし、タイヤが一本崖の向こうへ飛び出した。そのまま海へ墜落してしまうのではないかとフェイバーは期待したが、残る三輪が何とか転落をこらえた。

フェイバーの腕の下で地面がぐらついた。ジープの振動で地盤が緩んだのだ。ほんのわずか、身体が下へずれるのがわかった。百フィート下では、海が沸き立ち、岩が顔を覗かせていた。フェイバーは片腕を精一杯伸ばして、柔らかな地面に指を食い込ませた。爪が裂けたようだが、そんなことを心配している場合ではなかった。もう一方の腕で同じことを繰り返し、二本の腕が大地を捉えたことを確かめてから、身体を引き上げにかかった。もどかしいほどのろさで、しかし、ついに手があるところまで頭を進めることができた。しっかりした地面まで腰を引きずり上げると、身体を縁に平行にして、転がりながらそこから遠ざかった。

ジープがふたたび向きを変えようとしていた。フェイバーはその方向へと走りだした。脚の痛みはひどかったが、折れてはいないようだ。ジープが加速した。フェイバーは向きを変え、ジープにたいして直角に走った。デイヴィッドはそのあとを追うために、やむをえず減速した。

こんなことはそう長くつづけられない。こっちが先に消耗するのは火を見るよりも明らかだ。絶対に、今度で片をつけなくては。

フェイバーは足を速めた。デイヴィッドは先回りして、行く手をさえぎるつもりらしい。フェイバーは身をひるがえして逆走し、ジープはジグザグ走行を余儀なくされた。もう二者は指呼の間にいた。フェイバーは一気に全力疾走に入り、ぐいと進路を変えた。デイヴィッドはふたたび急角度でターンした。ジープの速度が落ち、フェイバーは距離を詰めていった。そのあいだがわずか数ヤードになったとき、デイヴィッドはフェイバーの企みに気がついた。鋭くハンドルを切ったが、もう遅かった。フェイバーはジープの横に並びかけると、躍り上がるようにしてキャンヴァスの屋根にへばりついた。

少しのあいだ、彼はそのままの姿勢で息をととのえた。傷ついたほうの脚は焼け火箸を突っ込まれたように痛み、肺はいまにも火を噴かんばかりだった。

ジープは依然走りつづけていた。フェイバーは袖の奥の鞘からスティレットを抜くと、キャンヴァスの屋根を切り裂いた。布地が垂れ下がり、デイヴィッドの後頭部が見えた。

デイヴィッドが後方を振り仰いだ。その顔に驚愕が走った。フェイバーはスティレットを振りかざした……。

その瞬間、デイヴィッドがいきなりスロットルを開いた。ジープはもがくように飛び出し、片方の車輪を浮かせて、悲鳴を上げながら急カーヴを描いた。フェイバーは必死で屋根にしがみついた。さらにスピードが上がった。浮いていた車輪が地面を打ったと思うと、また宙に浮いた。ジープは不安定な姿勢で数ヤード蛇行し、ついにびしょ濡れの地面に足を滑らせて、したたかに横転した。

フェイバーは宙を飛んで、ぶざまに地面に叩きつけられた。衝撃で息が詰まり、しばらく動けなかった。

狂ったように走っていたせいで、ジープはまた危険な崖っぷちにいた。

数ヤード先に放り出されていたスティレットを拾って、フェイバーはジープへ引き返した。

どういうふうにしたのか、デイヴィッドは切り裂かれたジープの屋根から車椅子を出して乗り移り、崖の縁に沿って移動しつつあった。フェイバーは追いかけながら、彼の度胸に舌を巻いた。

デイヴィッドには走ってくる足音が聞こえていたに違いない。彼は追いつかれる寸前で車椅子を止めると、くるりと向きを変えた。手には大きなレンチが握られていた。フェイバーの目がちらりとそれを捉えた。

そのとたん、車椅子に激突した。もろともに転倒しながら、デイヴィッドと車椅子の道連れになり、海へ突っ込んで一巻の終わりではないかと思った瞬間、フェイバーはレンチの一撃を食らって昏倒した。

気がついたとき、車椅子は脇に転がっていたが、デイヴィッドの姿が見えなかった。フェイバーはぼんやりした頭でいぶかしみながら、立ち上がった。

「ここだ」

声の出どころは崖の下だった。デイヴィッドは衝突の勢いで車椅子から放り出されそうになりながらも、かろうじて一撃を見舞ったのかもしれない。フェイバーは崖の縁へ這っていき、下を覗いた。

デイヴィッドはすぐそこにいた。片手で低木の幹を握り、もう一方の手で細い岩の裂け目にしがみついて、さっきのフェイバーのように崖にぶら下がっていた。高揚はどこかへ消し飛んでいた。

「引っぱり上げてくれ、頼む」デイヴィッドがかすれた声でいった。

フェイバーはさらに身を乗り出した。「どうしてフィルムのことがわかった？」

「お願いだから助けてくれ」

「フィルムの話が先だ」

「くそ」デイヴィッドは死に物狂いだ。「トムのキッチンにいたとき、ジャケットを干して外の便所へ行っただろう。トムがウィスキーを取りに二階へ上がった隙を狙って、ジャケットのポケットを探ったんだ。そうしたら、ネガが出てきた――」

「それだけで、おれを殺そうとしたのか？」

「まだある。お前は他人《ひと》の家で他人の女房に何をした……イギリス人なら絶対にあんな真似はしない――」

これが笑わずにいられるか。何だかんだいっても、所詮はガキじゃないか。「ネガはどこだ」

「おれのポケットだ……」

「そいつをよこせ。そうしたら引き上げてやる」

「自分で取ってくれ――手を離すわけにいかないんだ。早く……」

フェイバーはべたりと腹這いになると、ぐっと手を伸ばし、デイヴィッドのマッキントッシュの下の、ジャケットの胸ポケットを探った。指がフィルムの缶に触れるとほっと安堵の息を洩らし、慎重に抜き取った。蓋を開けて全部揃っているらしきことを確かめ、ジャケットのポケットにしまってフラップのボタンを留めた。そして、デイヴィッドのほうへ手を伸ばした。もうしくじらないぞ。

フェイバーはデイヴィッドが握り締めている低木をつかむと、力まかせに引き抜いた。

「やめろ！」デイヴィッドが絶叫した。その手は手掛かりを求めて宙をもがき、もう一方の手もずるずると岩の裂け目から後退していった。

「汚いぞ！」デイヴィッドは叫んだが、とうとう最後の頼みの綱も岩の裂け目から抜け落ちた。

彼は一瞬宙に浮いたようになり、やがて落下していった。途中で二度、崖にぶつかって跳ね、ついに水しぶきを上げて海に突っ込んだ。

フェイバーはしばらくそこを見つめて、デイヴィッドが浮かび上がってこないことを確認した。

「汚い？　そりゃ何のことだ。いまは戦争の真っ最中なんだぞ」

もうしばらく海面を眺めていると、一瞬黄色いマッキントッシュが浮かび上がったように思われたが、それは焦点を合わせる前にまた消えてしまい、あとには海と岩があるばかりだった。

突然激しい疲労が襲ってきた。怪我の痛みが一つずつ意識を貫いていった——ジープに弾かれた脚、レンチで殴られた後頭部、傷だらけの顔。デイヴィッド・ローズ、馬鹿で大口叩きで哀れな夫。最後は慈悲を乞いながら死んでいった男。しかし、勇敢な男でもあった。彼は国のために、自分なりの務めを果たして死んだのだ。

自分の死も、せめてこれぐらいの価値を認めてもらえるだろうか。
フェイバーは崖を離れると、転倒したジープへ引き返した。

28

パーシヴァル・ゴドリマンは晴れやかな充実した気分で、珍しいことに高揚感すら覚えていた。考えてみれば、ばつの悪いことではあった。士気を鼓舞する演説は兵士のためにあるもので、自分たちがそういうものに心を動かされることはありえないと、知識人は考えていたからである。しかし、それが慎重に練り上げられ、交響曲のように強弱が計算されたものだとわかっていても、チャーチルのパフォーマンスはゴドリマンを感動させた。自分がクリケット・チームのキャプテンで、試合前に監督から発破をかけられているときのような気分だった。

早くオフィスへ戻って仕事をしたいと、心は逸《はや》り立っていた。

彼はこうもり傘を傘立てに入れ、濡れたレインコートをかけると、食器戸棚の扉の内側についている鏡を見た。スパイ・キャッチャーになってから、顔に変化が生じていた。先日、一九三七年にオックスフォードのセミナーで学生たちと撮った写真を見る機会があったが、あのころはもっと年寄りくさかった。青白い顔をして髪もお構いなし、ところどころに髭の剃り残しがあって、だらしない服装——まるっきりの世捨て人だった。いまはぼさぼさの髪もてっぺんがなくなり、僧侶の髪形のようにまわりを取り囲んでいるにすぎなかった。服装も教師風ではなく会社の重役風になっていた。そして、これは本人の思い込みかもしれないが、顎が締まって目に輝きが増したようだった。髭も丁寧に剃るようになった。

ゴドリマンは机について、煙草に火をつけた。紙巻は確かに手軽だが、決して歓迎されるべきものではない。咳が出るようになってやめようと決心したときには、中毒が許してくれなかった。しかし、戦時のイギリスでは、ほとんどの男が煙草を吸っていた。女のなかにも喫煙者がいるありさまだった。もっとも、男に代わって男の仕事をしているのだから、男の悪徳を見習ったとしても致し方ないのかもしれない。ゴドリマンは煙にむせ、灰皿代わりに使っているブリキの蓋で煙草を揉み消した（陶器はほとんど姿を消していた）。

しかし、とゴドリマンは考えた。どんなにやる気を鼓舞されても、実際に何をすればいいかという手掛かりを与えてくれるわけではないからな。そのとき、大学で論文を書いたときのことを思い出した。《トリーのトーマス》という中世の無名僧侶の旅を論じたものである。ゴドリマンはその僧侶の五年にわたる足取りをたどるという、地味で困難な作業を自らに課した。そのトーマスがパリかカンタベリーにいたとき、不可解な八ヵ月の空白があった。解明は非常に難しそうだったが、その部分がないと論文全体の価値をひどく下げる。史料を漁っても、その時期については記述がなかった。記録が残っていなければ、どこにいたかは調べようがなく、論文はそこで放棄せざるをえない。しかしゴドリマンは若く、それゆえに前向きだった。彼は史料が存在しないはずはないと考えた。そして、トーマスがその八ヵ月をどう過ごしたかという記録がどこかにあると仮定して、作業を進めていった——有名な中世の大事件でさえ、記録されていないことが多いというのにである。もしトーマスがパリにもカンタベリーにもいなかったとすれば、その中間に滞在していたに違いないと、彼は推理した。その結果、アムステルダムの博物館にあった航海記録のなかに、トーマスがドーヴァーを目指して船に乗り、嵐に遭遇して、最終的にはアイルランドの海岸へ流れ着いたという記述を見つけたのである。この歴史調査の見本のような仕事が認められて、ゴドリマンは教授の地位を得た。

この考え方は、フェイバーの問題にも適用できるかもしれない。

もっとも可能性が高いのは溺死だった。また、溺れ死んでいないとすれば、いまごろはドイツ国内にたどり着いているはずだった。この二つのうちのどちらかであれば、もはやどうこうできるものではなく、したがって度外視しても差し支えない。ゴドリマンとしては、フェイバーが生きてどこかの陸地にたどり着いたという前提に立たなくてはならなかった。

彼はオフィスを出て、一階下のマップルームへ行った。叔父のテリー大佐が、くわえ煙草でヨーロッパの地図の前に立っていた。最近の陸軍省ではなじみの光景だった。上級将校がひんぴんと訪れては、われを忘れて地図に見入り、押し黙って戦争の帰趨に思いを馳せていた。それは彼らが計画の立案を終了し、一大作戦の準備を完了して、なすべき重大な決定もなし終えてしまったからだろうとゴドリマンは想像していた。あとはそれが正しかったかどうか、結果を待つ以外にないのだ。

テリーがゴドリマンに気づいていった。「偉大な男との会見はどうだった?」

「彼はウィスキーを飲んでいましたよ」

「いつものことだ。だが、彼は酒を飲んでも変わらないようだな。それで、やっこさん、どんな話をしたんだ?」

「《針》の首を大皿に載せて持ってきてほしいそうです」ゴドリマンは壁に貼ったイギリスの地図の前へ行き、アバディーンを示した。「U＝ボートを派遣して、逃げてきたスパイを拾い上げるとしたら、海岸に一番近くて、しかも安全な地点はどこだと考えますか」

テリーがゴドリマンの隣に立った。「三マイル以内には近づきたくないな。なるべくなら、十マイルより外にとどまりたい」

「なるほど」と、ゴドリマンは海岸線からそれぞれ三マイルと十マイルのところに、鉛筆で平行に線を引いた。「あなたが船の素人で、小型漁船でアバディーンを出たとしたら、どのあたりで不安になりますかね」

「つまり、そういう船で行ける距離としては、どのあたりが妥当かということか？」

「はい」

「それは海軍に訊いてくれ。まあ、私なら十五から二十マイルだろうな」

「そんなところでしょうね」ゴドリマンがアバディーンを中心に、半径二十マイルの弧を描いた。「さて——もしフェイバーが生きていれば、本土に戻ったか、あるいはこの範囲内のどこかにいるはずです」と、彼は二本の平行線と一本の曲線によって囲まれた部分を示した。

「その海域に島はないぞ」

「もっと大きな地図はありませんか」

テリーが引き出しを開けて、スコットランドの大縮尺地図を取り出した。チェストの上に広げられたその地図に、ゴドリマンがさっきと同じように線を書き入れた。

それでも、その範囲に島はなかった。

「でも、これを見てください」と、ゴドリマンがいった。十マイルの限界線の東側をほんのわずか外れたところに、細長い島があった。

テリーが目を近づけた。「ストーム・アイランド」彼は島の名前を読み取った。「ここなら条件にぴったりだな」

ゴドリマンが指を鳴らした。「可能性はありますね……」

「誰か派遣できるか？」

「嵐が収まり次第、ブロッグズを遣ります。いまアバディーンにいますから、飛行機を手配して、天候が回復したらすぐ離陸できるようにします」といって、ゴドリマンは出口へ向かった。

「幸運を祈る」テリーがその背中へ声をかけた。

ゴドリマンは階段を二段ずつ上がって、オフィスへ戻った。「アバディーンのミスター・ブロッグズを頼む」と、受話器を取っていった。

電話がつながるのを待つあいだ、ゴドリマンは吸取紙にその島をなぞってみた。ステッキの上半分のような形で、西の端が握りの曲がった部分に当たっていた。全長は十マイル、幅は一マイルほどだろうか。一体どんなところなのか――不毛の岩のかたまりか、あるいは地味豊かな農民の天国か。フェイバーがそこにいるとしたら、依然U＝ボートと接触する可能性は残っている。ブロッグズには、何としてもU＝ボートより先に島に着いてもらわなくてはならない。

「ミスター・ブロッグズがお出になりました」と、交換嬢が告げた。

「フレッドか」

「どうしました」

「やつはストーム・アイランドという島にいそうなんだ」

「いいや、そこにはいませんよ」ブロッグズがいった。「たったいま、逮捕したんです」（彼はそう

あってほしいと願っていた）

そのスティレットは長さ九インチ、彫刻を施した柄《つか》と、ずんぐりした鍔の役目をするものがついていた。切っ先が恐ろしいほど鋭利だった。人を殺すには打ってつけの道具だな、とブロッグズは思った。それは最近磨かれた形跡があった。

ブロッグズとキンケイド警部はスティレットを眺めて立っていたが、お互い手に取ってみる気にはならなかった。

「やっこさん、エディンバラ行きのバスに乗るつもりだったようだ」キンケイドがいった。「切符売り場でうちの巡査に身分証の呈示を求められたとたん、スーツケースを放り出して逃走を図ったんだ。ところが、女車掌に券売機で頭を殴られて一巻の終わりだよ。息を吹き返すのに十分もかかったそうだ」

「顔を見てみましょうか」と、ブロッグズ。

二人は留置場へ行った。「ここだ」キンケイドが独房の一つを示した。

ブロッグズが覗き穴からうかがうと、その男は奥の隅で椅子に坐り、脚を組んで目を閉じ、両手をポケットに突っ込んで壁に背中を預けていた。「こういうところは初めてじゃなさそうだな」と、ブロッグズがいった。長身で面長、黒い髪のハンサムな男だった。写真の男のようでもあったが、断言するのは難しかった。

「入るか？」キンケイドが訊いた。

「ちょっと待ってください。スティレット以外に、スーツケースには何が入っていました？」

「押し込み強盗の商売道具、大量の小額紙幣、拳銃と弾丸、黒装束に滑り止めの靴。ラッキーストライクが二百本」

「写真かネガは？」

キンケイドが首を横に振った。

「くそ」ブロッグズは胸の内を吐き出した。

「身分証によると、ミドルセックス州ウェンブリーのピーター・フレデリクスとなっている。本人は失業中の工具職人で、仕事を探しているところだといっているがね」

「工具職人？」ブロッグズが疑わしげな声を出した。「四年前から、イギリスには失業中の工具職人なんていないぞ。スパイならそれぐらい知ってるはずだ。やっぱり……」

「尋問はどうする？　とりあえず私がやろうか。それともきみがやるか」

「お願いします」

キンケイドが独房に入り、ブロッグズもあとにつづいた。男は立とうともせず、面白くもなさそうに目を開けた。

キンケイドが、小さな名ばかりのテーブルに腰を下ろした。ブロッグズは壁に寄りかかった。

キンケイドがいった。「名前は？　本名だぞ」

「ピーター・フレデリクス」

「こんなところまできて、何をしている？」

「職探し」

「なぜ兵役に就かない？」

「心臓に問題がある」

「この数日はどこにいた？」

「アバディーン。その前はダンディ、その前はパース」

「アバディーンにきたのはいつだ？」

「おととい」

キンケイドが一瞥すると、ブロッグズがうなずいた。「いい加減なことをいうな」キンケイドが強腰に出た。「工具職人に職探しの必要はない。国じゅうどこでも足りなくて困っているんだ。そろそろ本当のことをいったほうが身のためだぞ」

「全部本当のことだ」

ブロッグズはポケットの小銭を掻き集めてハンカチにくるむと、右手で結び目を持ってゆらゆらさせながら、二人を見つめた。

「フィルムはどこだ」キンケイドが追及した。フィルムについてはある程度までブロッグズから聞いていたが、それの持つ意味は知らなかった。

男は相変わらず無表情だった。「何のことだ」

キンケイドは肩をすくめると、またブロッグズをうかがった。

ブロッグズがいった。「立て」

「は？」

「立てといってるんだ！」

男がぞろりと立ち上がった。

「前へ出ろ」

男が二歩テーブルに近づいた。

「名前は？」

「ピーター・フレデリクス」

ブロッグズは壁を離れ、重り入りの包みを男の顔に叩きつけた。その一撃は狙いたがわず鼻柱に命中した。男は悲鳴を上げて、顔を押さえた。

「ちゃんと立て」ブロッグズは命じた。「名前は？」

男が背筋を伸ばし、両手を脇に揃えて立った。「ピーター・フレデリクスです」

ブロッグズはもう一度、正確に同じ場所を殴りつけた。男が片膝をつき、涙を浮かべた。

「フィルムはどこだ？」

男は首を横に振った。

ブロッグズは男を引きずり起こし、股間に膝蹴りを食わせて、腹に拳を叩き込んだ。「ネガはどうした？」

男は床に崩れ落ち、嘔吐した。ブロッグズの蹴りが顔に入り、硬い音を立てた。「U＝ボートはどうした？　合流地点はどこだ？　合図は何だ？　答えろ――」

キンケイドが背後からブロッグズを押さえた。「もういいだろう。ここは私の署だ。だからここまで見て見ぬ振りをしてやれたが、そろそろ限界だ」

ブロッグズが食ってかかった。「われわれはそこらのけちな強盗を捜してるんじゃないんだ。私はＭＩ５だ、あんたの署だろうとどこだろうと、好きなようにやらせてもらいます。もしこいつが死んだら、その責任は私が取ります」そして、倒れている男に向き直った。男は彼とキンケイドを見つめていた。血に汚れた顔が状況を測りかねていた。「何の話なんです？」男が弱々しい声で訊いた。「どういうことですか」

ブロッグズはまた男を引き起こした。「お前はハインリッヒ・ルドルフ・ハンス・フォン・ミュラー＝ギュダーだ。一九〇〇年五月二十六日、オルン生まれ。別名ヘンリー・フェイバー、ドイツ情報部中佐。いいか、スパイは三カ月以内に絞首刑だ。そうなりたくなければ、殺さないほうが役に立つということを証明するんだ。さあ、どうする、ミュラー＝ギュダー中佐？」

「違う」男が必死の声を上げた。「違う、違う！　おれはただの泥棒だ。スパイなんかじゃない。信じてくれ、お願いだ！」彼はブロッグズがかざした拳から顔をそむけながら、なおもいった。「そのことは証明できる――」

ブロッグズは容赦なく拳を振り下ろし、キンケイドがふたたび割って入る。「待ちなさい……よし、フレデリクス――とりあえず、そういうことにしておこう――泥棒だということを証明しろ」

「先週のジュビリー・クレセントの三軒は、おれがやったんです」彼は喘ぎ喘ぎいった。「一軒目からは五百ポンド、二軒目からはダイヤモンドの指輪とか真珠とか宝石類を頂戴して、三軒目は犬がいたから何も盗らなかった……これで本当だとわかるでしょう。盗難届が出てるはずだ。それにしても――」

キンケイドがブロッグズを見ていった。「全部、実際にあったものだ」

「新聞を読めばわかるんじゃないですか」

「三軒目は届けが出ていない。だから、新聞にも載らない」

「それなら、たぶんこいつがやったんでしょう。しかし、それでもスパイじゃないということにはならない。スパイだって盗みぐらいできる」ブロッグズはそういいながら嫌になってきた。

「しかし、先週のことだぞ——きみが追ってる男は、まだロンドンにいたんじゃないのか？」

ブロッグズは一瞬言葉に詰まり、やがて吐き捨てた。「くそ」そして、独房を出ていった。

ピーター・フレデリクスが血まみれの顔でキンケイドを見た。「何者ですか、ゲシュタポ顔負けだ」

キンケイドが彼を睨みつけた。「黙って、人違いだったことを喜べ」

「どうだった？」ゴドリマンは訊いた。

「人違いです」長距離電話のせいで、ブロッグズの声が雑音混じりにひずんでいた。「取るに足りない押し込みでした。たまたまスティレットを持ち、やつに似ていたというだけです……」

「では、振り出しに戻ろう」

「島がどうとかいってましたよね」

「ああ、ストーム・アイランドだ。アバディーンの真東、十マイルの沖合いにある。大縮尺の地図なら見つかるはずだ」

「やつがそこにいるという根拠は何ですか」

「確たる証拠があるわけではないんだ。依然としてほかの可能性も当たる必要はある。町とか海岸とか、あらゆるところをな。しかし、やつがその船を——何という名前だったかな……」

「マリー二世です」

「そうだった。やつがその船を盗んだのなら、たぶんその島の周辺で合流するつもりだったと思われる。この仮定が正しければ、やつは溺死しているか、その島に流れ着いたかのどちらかだろうと——」

「わかりました。それなら理屈に合います」

「そっちの天気はどうだ？」

「相変わらずです」

「大きな船ならあの島へ行けないかな」

「この嵐を乗り切るとしたらよほど大きな船でしょうが、その島にそんな船が着けられるような港があるんですか？」

「確かめてみてくれ。たぶん、きみのいうとおりだろうが、念のためだ。それから……エディンバラの近くに空軍の戦闘機基地がある。そこへ急行してくれ。きみが着くまでに、水陸両用機を待機させておく。嵐が収まる様子を見せたら、すぐに離陸するんだ。それから、地元の沿岸警備隊にも、要請があり次第出動できるように態勢をととのえさせてくれ。私にはどっちが早いかよくわからないんだ——」

「しかし、U＝ボートが嵐が過ぎるのを待ってたら、一番早いのはそいつですよ」

「それはそうだな」ゴドリマンは何かいい案はないかと考えた。「そうだ、海軍のコルヴェット艦に島の沿岸を周回パトロールさせて、フェイバーの無線信号を傍受させよう。嵐が収まったら、その艦からボートを下ろして、島に上陸できるだろう」

「戦闘機も飛ばしたらどうでしょう」

「そうしよう。ただし、それもきみ同様、天候回復までは待機せざるをえんだろうな」

「いくら何でも、そろそろ収まるでしょう」

「スコットランドの天気予報は何といってるんだ?」

「少なくともあと一日、ということです。ですが、われわれが地上にいるあいだは、やつも閉じ込められてるわけですからね」

「あの島にいればだろ」

「そうです」

「わかった」ゴドリマンは総括した。「コルヴェット艦、沿岸警備隊、戦闘機、水陸両用機は手配する。きみはすぐにローサイスへ発つんだ。着いたら連絡をくれ。気をつけてな」

「諒解」

ゴドリマンは受話器を置いた。煙草が灰皿に放置されたまま、短い燃えさしになっていた。

29

屈強なはずのジープが、傷ついた象のようになすすべもなく横たわっていた。エンジンもいつの間にか止まっていた。フェイバーは渾身の力を振り絞って、それを立ち上がらせた。ジープは四つの車輪を大地につけて、元の威厳を取り戻した。キャンヴァスの屋根はスティレットで端から端まで切り裂かれていたが、荒っぽい立ち回りのわりに傷は浅かった。被害は車の右側に集中し、地面をえぐるようにしてジープを止めたためにフェンダーがねじ曲がり、ヘッドライトが割れ、窓ガラスはその前のショットガンの一撃で砕け散っていた。風防ガラスは奇跡的に無傷だった。

フェイバーは運転席に坐るとギヤをニュートラルにして、エンジンを試した。一度目は始動してすぐに止まり、二度目で生き返った。助かった。フェイバーはほっとした。歩くはめになったらどうしようかとひやひやしていたのだった。

彼はしばらくそこに坐って、怪我を調べた。恐る恐る触ってみると、右の足首は腫れ上がっていた。骨にひびが入っているかもしれない。しかし、幸いにもジープは脚のない男のために設計されていたから、ブレーキペダルを踏む必要がなかった。後頭部のこぶはゴルフボールほどもあろうかという大きさで、ぬるりと血の手触りがあった。バックミラーに顔を映すと、試合に負けたボクサーさながらで、至るところ切り傷や擦過傷、打撲の痕だらけだった。

破れたマッキントッシュをトムのコテッジに捨ててきたため、ジャケットもオーヴァーオールもずぶ濡れで、泥だらけだった。一刻も早く身体を温め、乾かさなくてはならない。

車を出そうとハンドルを握った瞬間、片方の手に焼けるような痛みが走った。爪がはがれたことを忘れていた。見ると、いまあるなかで一番ひどい怪我だった。片手で運転するしかなさそうだ。

彼はそろそろと車を出し、自分が道だと思うところをたどった。この島で迷うおそれはない――とにかく崖沿いに行けば、いずれはルーシイのコテッジへたどり着く。

デイヴィッドのことについて、ルーシイにどういう嘘をつくかを考えなくてはならなかった。ショットガンの銃声は届かない。もちろん、ありのままを話す手もないではない。真実がわかったからといって、彼女にはどうすることもできないだろう。ただ、万一妙な気を起こされたら、殺さざるをえなくなる。それだけは避けたかった。降りしきる雨と吹きつける風のなかをゆっくりと走りながら、彼は初めてそういうためらいを覚えている自分に驚いた。人を殺したくないと思うなど、これまでにないことだった。それは彼が道徳的な基準を持たないからではなく、その逆だった。自分が行なう殺人は戦場で敵を殺すのと同じレヴェルだという考えが固まっていたから、感情に左右されることはなかったのである。殺人のあとで嘔吐するという肉体的な反応までは抑えられなかったが、それは理解不可能な何かであり、理解できないものは無視することにしていた。

それなのに、なぜルーシイを殺すことだけがためらわれるのか。

きっとそれは、とフェイバーは結論した。セント・ポール大聖堂爆撃に向かうルフトヴァッフェに誤った方向を指示しろと駆りたてられたときと同じ、美しいものを守りたいという逃れがたい思いのせいだ。ルーシイは美と精妙さを兼ね備えた、どんな芸術作品にも劣らない創造物だった。自分は人を殺して生きているが、聖像破壊者ではない。それはおかしなことかもしれない。だが、スパイとは、所詮奇妙で風変わりな人間なのだ。

自分と同時期にアプヴェーアに採用されたスパイのことが思い出された。北欧の巨人オットーは、日本の折紙を上手に折るくせに、女嫌いだった。数学の天才フリードリヒは、ひょうきんなくせに暗がりを好み、チェスに負けると五日も落ち込んだ。アメリカの奴隷制に関する本を読み漁っていたヘルムートは、ためらいもなく親衛隊へ行ってしまった。全員がそれぞれに異なっていたし、変わり者だった。もっと細かい点では共通する部分があったのかもしれないが、フェイバーにはわからなかった。

どんどんスピードが落ちているようだった。雨と霧がさらに見通しを悪くしていた。左側の崖の縁が気になりはじめた。やけに身体が熱く感じられ、ときどき震えの発作がきた。どうやら、オットーやフリードリヒやヘルムートのことも、思い浮かべていただけではなく声に出していたらしかった。熱に浮かされはじめているのだ。フェイバーは何も考えないようにして、ひたすらジープをまっすぐ走らせることに集中した。風の音が一定のリズムを刻み、催眠剤の働きをした。一度、はっと気づくとジープが止まっていて、自分が海を見つめていたことがあった。どれくらいの時間そうしていたのかもはっきりしなかった。

何時間もたったような気がしはじめたころ、ルーシイのコテッジが見えた。彼はその方向へハンドルを切りながら、壁にぶつかる前にブレーキを踏むのを忘れるなと自分にいい聞かせた。入口に人影があった。それは降りしきる雨を通して、ジープを見つめていた。彼女をうまく騙しおおすまでは、絶対に気を緩めてはならない。いいか、気を失ったりするんじゃないぞ、と彼は自分を叱咤しつづけた。

ジープが戻ってきたのは、午後も遅くなってからだった。ルーシイは二人に何かあったのではないかと心配し、同時に、せっかく昼食を準備したのに帰ってこないことに腹を立てた。あたりが暗さを増しはじめると、窓辺へ行って外を覗く回数が増えていった。

ジープは緩い坂をコテッジへ向かっていたが、明らかに様子がおかしかった。のろのろと蛇行し、乗っているのも一人だった。近づくにつれて、車の前がねじれ、ヘッドライトが割れているのがわかった。

「大変」

コテッジの前で、ジープががくんと止まった。なかにいるのはヘンリーだったが、降りてくる気配がなかった。ルーシイは雨のなかに飛び出し、運転席のドアを開けた。

彼は力なく天井を向いて、半ば目を閉じていた。手はブレーキを握り、顔は血まみれで傷だらけだった。

「どうしたの？　いったい何があったの？」

彼の手がブレーキから離れ、ジープが前に進みはじめた。ルーシイは彼の前に身を乗り出し、ギヤをニュートラルに入れた。

「デイヴィッドはトムのところに残った……途中でジープをぶつけて……」話すのも辛そうだ。

事情がわかって、ルーシイの動揺も収まった。「さあ、なかへ入って」と、彼女は強い口調でせきたてた。切迫した声を聞いて、彼はようやくルーシイのほうへ向き直った。しかし、ステップに足を下ろしたとたん地面に崩れ落ちた。ルーシイはヘンリーの足首が風船のように腫れ上がっていることに気がついた。

彼女は両脇を支えて、彼を立ち上がらせた。「体重を反対の脚にかけて、わたしに寄りかかって」そして、右腕で首を抱き、半ば抱え上げるようにして家へ運んだ。

ルーシイはヘンリーをリヴィングルームに連れていき、ソファに横たえた。ジョーが目を丸くして、その様子を見つめていた。ヘンリーは目を閉じたままだった。着ているものも、濡れそぼって泥だらけだった。

ルーシイがいった。「ジョー、いい子だから、二階へ行ってパジャマに着替えなさい」

「でも、まだお話がすんでないよ。ねえ、その人、死んじゃったの?」

「いいえ、車がぶつかっただけよ。さあ、今日はもうお話はできないから、上へ行きなさい」

ジョーは不満の声を上げたが、ルーシイに睨みつけられて、すごすごとベッドルームへ向かった。

ルーシイは裁縫籠から大きな鋏を取り、ヘンリーの衣類を切り裂いていった。まずジャケット、ついでオーヴァーオール、そしてシャツ。左腕に、鞘に納めたナイフのようなものが留めてあった。ルーシイは何だろうと眉を寄せたが、魚をさばくようなときに使う特殊な道具に違いないと推測した。鞘を外そうとしたとき、彼がその手を押しのけた。ルーシイは肩をすくめて、ブーツに移った。左は靴下も簡単に脱がすことができたが、右足は触れたとたんに悲鳴が上がった。

「脱がなきゃだめよ」彼女はいった。「ちょっと我慢して」

彼が奇妙な笑みを浮かべてうなずいた。ルーシイは靴紐を切り、両手をブーツにかけると、そうっと、しかし断固とした手つきで引っぱった。今度は、彼も声を上げなかった。靴下は、ゴムの部分を切って脱がせた。

ジョーが入ってきた。「パンツ一丁じゃないか!」

「洋服がみんな濡れてたのよ」と、ルーシイは息子におやすみのキスをした。「先に寝てなさい。あとで行ってあげるから」

「じゃ、この熊《テディ》にもキスしてやってよ」

「おやすみ、熊《テディ》さん」

ジョーが出ていくと、ルーシイはヘンリーに向き直った。彼は目を開けて、にやにやしていた。

「じゃ、ヘンリーにもキスしてやってよ」

彼女は覆いかぶさるようにして、傷だらけの顔にキスをした。そして、用心深くパンツを切り裂いた。

暖炉の熱が、すぐに濡れた身体を乾かしてくれるはずだ。ルーシイはキッチンでボウルにお湯を満たし、消毒剤を混ぜた。それから脱脂綿を見つけて、リヴィングルームへ戻った。

「同じ人が、二度も半死半生でたどり着くかしらね」ルーシイが消毒の準備をしながらいった。

「通常信号だ」不意にヘンリーがいった。

「え?」

「カレー向けは偽装部隊……」

「ヘンリー、あなた、何をいってるの？」

「毎週金曜と月曜……」

ルーシイはようやく譫言《うわごと》だと気がついた。「しゃべっちゃだめ」彼女はヘンリーの頭をそっと持ち上げ、こぶのまわりを消毒して、血を拭き取ってやった。

突然ヘンリーが起き上がり、険しい目でルーシイに訊いた。「今日は何曜日だ？」

「日曜日よ。さあ楽にして」

「わかった」

そのあとは一言も発せず、ナイフのようなものも外されるにまかせていた。ルーシイは顔を拭き、爪のはがれた指に包帯を巻いて、足首の手当てをした。終わると、しばらくそこに立って、ヘンリーを見下ろした。眠っているようだった。彼女は胸の長い傷痕を撫で、腰の星形に触れた。この星は生まれつきの痣《あざ》なんだわ、と彼女は思った。

ずたずたの衣類を捨てる前に、ポケットをあらためた。小銭が少々と身分証の類い、革の財布とフィルムの缶。それだけだった。ルーシイはそれを暖炉の上にまとめて、脇にナイフを置いた。デイヴィッドの服を着てもらうしかなかった。

ヘンリーを寝かせておいて、彼女は二階へ上がった。ジョーはテディ・ベアを抱えて俯せに眠っていた。柔らかな頬にキスをし、上掛けをかけてやると、外へ出てジープを納屋に入れた。

キッチンで飲み物を作り、腰を下ろしてヘンリーを見つめた。目を覚まして、また愛してくれないかしら。

目を覚ましたのは夜半に近かった。彼は目を開けると、いまはなじみになった表情を見せた——まず恐怖が浮かび、次にあたりを探るように見回して、ようやくリラックスする。ルーシイは思わず訊いてしまった。「何に怯えてるの、ヘンリー？」

「何のことだ？」

「目を覚ますと、必ず怯えた顔をするじゃないの」

「さあね」彼は肩をすくめた。それで傷が痛んだようだ。「くそ、身体じゅうぼろぼろだ」

「今日、何があったか教えてくれる？」

「ああ。ブランディを一杯くれたらね」

ルーシイは食器棚からブランディを出した。「服はデイヴィッドのでいいかしら？」

「いや……きみさえ迷惑でなければ、しばらくこのままでいい」

彼女はブランディのグラスを渡しながら、笑みを浮かべた。「悪いけど、楽しませてもらってるわ」

「ぼくの服はどうした？」

「切って脱がせるしかなかったのよ。もう捨てちゃったわ」

「身分証までは捨ててないだろうね」彼は微笑したが、そのすぐ下には何か別の表情があった。

「暖炉の上よ」ルーシイが指さした。「あのナイフは、魚をさばくとかそういうときに使うの？」

フェイバーは鞘をつけていた左腕に右手を伸ばした。「そんなところだな」一瞬自分でも落ち着きを失ったような気がしたが、すぐに取り繕ってブランディをすすった。「うまい」

ルーシイが間髪を容れずに催促した。「それで？」

「何が?」

「どうやって夫と別々になり、どうやってジープをぶつけたかよ」

「デイヴィッドは今夜、トムのところに泊まることにしたんだ。羊が何頭か、ガリーでまずいことになってて――」

「そこなら知ってるわ」

「――そのうち六、七頭が怪我をしていたんだよ。そいつらをトムのキッチンへ連れていったんだが、手当てをするのが大変なんだ。それで、ともかくぼくがここへ戻って、彼が泊まると伝えることになったというわけさ。ジープをぶつけたことについては、自分でもよくわからないんだ。慣れない車だったし、道ともいえないような道だったからね。何かにぶつかったと思ったときには、もう横滑りして横転していたんだ。詳しいことは何とも……」彼は肩をすくめた。

「飛ばしてたんでしょう。ここへ着いたときのあなたったら、ひどいありさまだったんだから」

「どうやら車のなかで振り回されたらしい。頭は打つし、足首はひねるし……」

「爪ははがすし、顔はあちこちぶつけるし、肺炎にはなりかけるし。よっぽど事故に遭いやすい人なのね」

彼は両足を床に下ろすと、立ち上がって暖炉へ向かった。

「すごい回復力ね。信じられないわ」

彼がナイフを腕につけながらいった。「海の男は頑健なんだ。ところで、服はどうなってるのかな?」

「どうして洋服が必要なの?　もう寝る時間でしょ」ルーシイが彼に歩み寄った。

彼はルーシイを引き寄せると、ぴったりと自分の裸体に抱き締め、荒々しいキスをした。彼女の手が、彼の太腿を撫でた。

彼はしばらくして身体を離すと、暖炉の上のものを取り、ルーシイの手を引いて、足を引きずりながら二階のベッドルームへ誘《いざな》った。

30

　バイエルンの渓谷を縫うように、広いアウトバーンが山へ向かって白く蛇行していた。公用車のメルセデスの後部では、力ない様子のゲルト・フォン・ルントシュテット元帥が、革張りのシートに身じろぎもせずに沈み込んでいた。六十九歳の元帥は、自ら認めるとおり大のシャンペン好きで、大のヒトラー嫌いだった。ほっそりした顔には、誰よりも長くヒトラーの気紛れにつきあわされた悲哀が刻まれていた。彼は数え切れないほど何度もヒトラーの不興を買って罷免され、そのたびに総統本人の要請で復職してきた。

　メルセデスは十六世紀からつづくベルヒテスガーデンの村を走っていた。自分はなぜヒトラーが許すというたびに唯々諾々と従ったのだろうか、と彼は考えた。金は彼にとって意味のないものだった。彼はすでに昇進しうる最高の地位についていた。勲章は第三帝国では価値がなかった。それに彼の見るところ、この戦争で栄誉を勝ち取ることは不可能だった。

　ヒトラーを最初に《ボヘミアの伍長》呼ばわりしたのは、ルントシュテットだった。あの小男はドイツ国軍の伝統も知らなければ、ときには閃きを見せるにしても、戦略の何たるかも知らない。多少でもそういうことを知っていれば、こんな勝てるはずのない戦争は始めなかったはずだ。一方、ルントシュテットはドイツ最高の兵士であり、そのことはポーランド、フランス、ソヴィエトで証明されていた。だが、彼は勝てるとは思っていなかった。

それでも、ヒトラー暗殺を企てる少数の将軍たちの輪には入らなかった。その企てを知ってはいたが、見て見ぬ振りをしつづけていた。ドイツ軍人としての軍旗への誓い《ファーネナイト》が、そういう陰謀に加担することを許さなかった。それが、第三帝国に尽くしつづけている理由かもしれない。自分の国が危機的な状況にあるときは、正義がわがほうにあろうとなかろうと祖国を防衛するというのが、彼の唯一無二の選択肢だった。私は昔気質の騎兵なのだ、と彼は考えた。こんなときに家でのうのうとしているなど、恥ずかしくてできるはずがない。

彼はいま西部戦線で五つの軍団を率い、百五十万の兵士を麾下《きか》においていたが、そのすべてが額面どおりの精鋭であるかどうかは怪しかった。師団のなかにはロシア戦線の傷病兵の療養所と大差ないところや装備が不足しているところ、ドイツ人でない召集兵が大量に交じっているところなどがあった。それでもルントシュテットには、部隊の配置を周到に行なえば、連合軍にヨーロッパの土を踏ませない自信があった。

これからヒトラーと議論しなくてはならないのが、その部隊の展開についてだった。

メルセデスはケールシュタイン通りを突っ切り、突き当たりの、ケールシュタイン山の山腹にある巨大な青銅の扉の前で止まった。警備をしている親衛隊員がボタンを押すと、その扉が静かなうなりとともに開いて、青銅のランタンのともる大理石の長いトンネルへとメルセデスを導いた。運転手が突き当たりで車を止め、ルントシュテットはエレヴェーターに乗り換えて、革張りのシートに腰を下ろした。それで四百フィート上昇したところが《鷲の巣《アードラーホルスト》》だった。

ルントシュテットは控えの間で金髪のラッテンフーバーに拳銃を預けると、ヒトラーの陶像を眺めるともなく眺めながら、自分がいうべきことを反芻した。

間もなくラッテンフーバーが戻ってきて、会議室へ案内した。

そこは、十八世紀の宮殿を彷彿させた。四方の壁には油彩画とタペストリーがかかり、ワグナーの胸像と、青銅の鷲を頂いた大きな時計が置いてあった。大きな窓からは、目をみはる景色を望むことができた。ザルツブルクの連山と、神聖ローマ皇帝フリードリヒ一世が祖国《ファーターラント》を救うために墓からよみがえるという伝説のある、ウンターベルクの頂がそこにあった。会議室では、ヒトラーと三人の参謀——海軍西部方面司令官のテオドール・クランケ提督、国防軍最高司令部作戦部長のアルフレート・ヨードル将軍、そしてヒトラーの副官カール・イェスコ・フォン・プットカマー提督——が、一風変わった田舎風の椅子に腰を下ろしていた。

ルントシュテットが敬礼すると、手振りで着席が命じられた。従僕がキャビアのサンドウィッチとシャンペンを運んできた。ヒトラーは大きな窓に向かって、手を後ろに組んで立っていたが、振り返りもせずに唐突にいった。「ルントシュテットは考えが変わったそうだ。いまはロンメルに同調して、連合軍の上陸地点はノルマンディだと予想している。そして、ノルマンディは、私の本能がいいつづけてきた地点でもある。しかし、クランケは依然としてカレー説を譲らない。ルントシュテット、きみがいかにしていまの結論に至ったかを、クランケに話してやってくれ」

ルントシュテットはあわてて口のなかのものを嚥《の》み下し、片手で口許を押さえて、一度咳をした。「私が考えを変えたについては、二つの理由があります。一つは新しい情報、もう一つは新しい推論です」と、彼は口を開いた。「まずその情報でありますが、連合軍のフランス爆撃に関する最新の情報概要を見る限り、彼らがセーヌにかかるすべての橋を最重点目標にしていることは疑う余地がありません。ところが、彼らがカレーに上陸した場合、セーヌは位置的にいって、まったく戦闘と関係がありません。しかし、ノルマンディに上陸した場合、わが予備部隊が戦闘区域に入るには、どうしてもセーヌを渡らなくてはならないのです。

二つ目の理由に挙げた推論とは、こういうことです。私は自分が連合軍の司令官であったら、どうやってフランスへ進攻するかと考え、これから述べる結論に達しました。最初に達成すべきは、兵員および物資を速やかに集中できる橋頭堡の確保です。だとすれば、第一次攻撃地点は必然的に、大規模な港のある広い地域を選択せざるをえません。この場合、港はいうまでもなくシェルブールです。というわけで、爆撃状況と戦略的要請をかんがみると、答えはノルマンディしかないことになります」ルントシュテットは説明を終え、シャンペンを干した。従僕が進み出て、グラスを満たした。

ヨードルがいった。「わが情報部に集まる情報は、すべてカレーを示唆しているが――」

「だから、アプヴェーアの部長を裏切り者として処分したのだ」ヒトラーがさえぎった。「クランケ、これで納得がいったたか」

「いえ」クランケは引き下がらなかった。「私も同様に、敵の立場で上陸軍を指揮する場合のことを考えてみたのです。しかも私の場合は、ルントシュテットがおそらくは持ちえないであろう海洋的な知識を、推理の材料に含めることができるわけです。彼らは間違いなく夜陰に乗じて攻撃してきます。しかし、ノルマンディには、ロンメルの敷設した海中障害物や崖、岩がちの海、速い潮流と、不利な材料が揃っています。それらを乗り切るためには、せめて月明かりは必要で、しかも満潮の時間でなくてはなりません。ですから、絶対にノルマンディではないと考えます」

そうではないのだと、ヒトラーが首を振った。

ヨードルがいった。「もう一つ、看過《みのが》すべきでないと思われる情報があります。近衛機甲師団が、イングランド北部から、南東部沿岸のホーヴへ移動しました。パットンのアメリカ第一軍に合流するためです。これは無線傍受で得た情報ですが――移動途中に荷物の混乱があり、ある部隊が別の部隊の銀器を持っていったので、担当者同士が無線でやり合ったという馬鹿な話なのです。ただ、この師団はサー・アレン・ヘンリー・シャフト・アデア将軍が率いる名門で、なおかつ精強ときています。そういうことから考えると、上陸作戦が始まったとき、この師団が戦闘の中心からそう遠くないところにいることは間違いないように思われます」

ヒトラーの手が苛立たしげにあちこちへ動き、顔は結論を出せないもどかしさにひきつった。「きみたちのやっていることは何だ!」ついに彼が吼えた。「相反する情報を持ってくるか、何もいってこないかのどちらかではないか。すべて私が指示しなくてはならんのか――」

ルントシュテットは持ち前の大胆さで割り込んだ。「総統、あなたは四個の精鋭機甲師団を無為にドイツ国内に留《とど》めておられますが、このまま敵の上陸作戦が開始されれば、彼らは戦場へ間に合わないのではないでしょうか。どうか、彼らをフランスへ移動させ、ロンメルの指揮下に入れていただきたい。そうしておけば、仮に私の予測が外れてカレーで上陸作戦が始まったとしても、少なくとも初期の段階で戦いに参加することができます――」

「わからん――わからんのだ!」ヒトラーが目を剝き、ルントシュテットはまたも舌禍を惹き起こしたかと思った。

プットカマーが初めて口を開いた。「総統、今日は日曜ですが――」

「だから何だ」

「明晩には、U＝ボートが彼を拾うかもしれません。例の《針《ディー・ナーデル》》です」

「ああ、そうだった。あの男なら信頼できる」

「もとより、無線ならいつでも報告できるのですが、それには危険が伴いすぎるので――」

ルントシュテットは異議を唱えた。「これ以上、決定を先送りする余裕はありません。空襲と破壊工作が、飛躍的に数を増しているのです。いつ侵攻が始まっても不思議はありません」

「そんなことはあるまい」クランケがいった。「六月上旬までは気象条件がととのわないだろう――」

「それにしても、そんなに先のことではない――」

「もういい！」ヒトラーが怒鳴った。「決めたぞ。わが機甲師団はとりあえずドイツに留め置く。《針》の報告を聞いてから、火曜日にそれらの部隊の配置を再検討する。彼の情報がノルマンディを指していれば――私はそう信じているが――機甲師団は移動させる」

ルントシュテットは小声で訊いた。「もし報告がなければ、どうしますか」

「その場合も、同様に再検討する」

ルントシュテットは納得してうなずいた。「それでは、私は部隊へ戻りたいと考えます」

「ご苦労だった」

ルントシュテットは立ち上がると、軍隊式の敬礼をして退出した。銅張りのエレヴェーターが、四百フィート下の地下ガレージへと降下していった。彼は吐き気を催したが、その原因が速すぎる降下速度にあるのか、祖国の運命が所在の知れない一人のスパイの手に握られているという思いのせいなのかは、よくわからなかった。

第六部

31

ルーシイはゆっくりと目覚めていった。何もない深い眠りの底に沈んでいた意識が、一枚ずつ薄皮をはがすようにして、徐々に、気怠く覚醒していき、ばらばらの断片が一つの世界をなそうと寄り集まってきた。まず引き締まった男性の身体のぬくもりを横に感じ、ついでヘンリーのベッドの違和感を感じた。そして、おとといから衰えを知らずに猛り狂う嵐の音が聞こえ、男の体臭がかすかに鼻をくすぐった。彼女は相手を逃すまいとするかのように、片腕を胸にかけ、片脚を彼の脚に絡ませて、脇腹に乳房を押しつけていた。昼の明るさがまぶたの裏までしみ通り、規則正しい、軽い息遣いが、彼女の顔をやさしく撫でた。やがて、一気にパズルが解けるように現実の世界が形をなした——自分は破廉恥にも、四十八時間しか知らない男と二度目の不貞を働き、裸でベッドにいる。しかも夫の家で。

目を開けると、そこにジョーの姿があった。なんてこと……寝過ごしてしまったんだわ。

息子は寝乱れた頭のまま、皺くちゃのパジャマ姿でぼろぼろの人形を小脇に抱え、親指をしゃぶりながらベッドの横に立っていた。真ん丸い目が、母と父でない男がベッドで寄り添う姿を見つめていた。表情からは、その内側を読み取ることができなかった。というのも、この時間のジョーは、まるで朝になるたびに世界が新しく素晴らしくなるかのように、たいていのものを目を丸くして見る癖があったからである。ルーシイは絶句したまま、ジョーを見つめ返した。

そのとき、ヘンリーのバリトンが響いた。「おはよう」

ジョーが口から親指を抜いていった。「おはよう」そして、くるりと背を向けて出ていった。

「どうしよう、大変だわ」ルーシイがうろたえた。

ヘンリーがベッドのなかで身体をずらし、彼女にキスをした。その手が伸びて、わがもの顔で太腿のあいだに潜り込んだ。

「お願い、やめて」ルーシイが押しのけた。

「どうして」

「ジョーに見られちゃったわ」

「だから、どうなんだい」

「あの子はもうしゃべれるのよ。いずれデイヴィッドに話すでしょう。そうしたら、わたしはどうすればいいの?」

「どうもしなくたっていいさ。そんなに問題か?」

「もちろんでしょ、大問題よ」

「なぜ? 彼ときみとのありようを見てると、きみが罪の意識にさいなまれる必要はないと思うけどな」

この人は、とルーシイは不意に気がついた。夫婦というものが貞節と義務が複雑に絡まり合って成り立っていることをまるっきり知らないのだ。どんな夫婦でもそうだけど、わたしたちの場合はまた格別なのよ。「そんなに簡単なものじゃないのよ」と、彼女はいった。

ルーシイは自分のベッドルームへ戻り、パンティをつけ、ズボンをはいて、セーターをかぶった。そうだ、あの人の洋服は全部切り裂いちゃったから、デイヴィッドのを貸してあげなくちゃ。下着と靴下とニットのシャツ、それにVネックのプルオーヴァーを揃えると、最後にトランクをひっ掻き回して、裾を切り落としてないズボンを見つけ出した。その一部始終を、ジョーが黙って見つめていた。

ヘンリーのベッドルームへ引き返すと、彼はバスルームで髭を剃っていた。「洋服はベッドの上に置いたわ」彼女はドア越しに声をかけた。

一階へ降り、キッチンのコンロに火をつけると、深鍋に湯を沸かした。朝食はゆで卵にするつもりだった。それから流しでジョーの顔を洗い、髪をとかして、手早く着替えをさせた。「今朝はずいぶんおとなしいじゃないの」彼女は努めて明るい声を出した。返事はなかった。

ヘンリーが降りてきて、何年も前から毎朝そうしているかのような、自然な様子でテーブルについた。服装はデイヴィッドで中身はヘンリーだなんて。ルーシイは妙な気分で彼の前にパンの籠を置き、ゆでた卵を渡した。

突然、ジョーがいった。「パパは死んじゃったの?」

ヘンリーは少年を見たが、何もいわなかった。

「馬鹿いわないの。ちゃんとトムのところにいるわよ」

ジョーは母を無視して、ヘンリーに話しかけた。「パパの服を着てるし、ママと一緒に寝てたよね。これからは、おじさんがぼくのパパになるの?」

ルーシイはつぶやいた。「小さい子供だからって、侮れないわね……」

「ゆうべ、おじさんの洋服がどんなふうだったか、知ってるだろ?」

ジョーがうなずいた。

「それなら、お父さんの洋服を借りなくちゃならないわけはわかるだろう。自分の洋服を買ったら、これはお父さんに返すよ」

「ママも返してくれる？」

「もちろんだ」

ルーシイはいった。「さあ食べてしまいなさい、ジョー」

ジョーが納得した様子で、ゆで卵にかじりついた。ルーシイはキッチンの窓から外をうかがった。「これだと、定期船はきそうもないわね」

「うれしいのかな？」ヘンリーが訊いた。

ルーシイは彼を睨みつけた。「知らないわ」

彼女は食欲がなく、二人が食事をしているあいだに、お茶を一杯飲んだだけだった。朝食がすむと、ジョーは二階で一人遊びを始め、ヘンリーはテーブルを片づけた。皿やカップを流しに積みながら、彼がいった。「デイヴィッドに殴られるとか、そういうことを恐れてるのか？」

ルーシイは首を振った。「そうじゃないわ」

「デイヴィッドのことは忘れたほうがいい。いずれにしても、彼とは別れるつもりだったんじゃないか。知られようと知られまいと、気にすることはないだろう」

「あの人はわたしの夫なの。それが重要なことなのよ。どんな夫であったにせよ……そこまで……恥をかかせる権利はわたしにはないわ」

「彼が恥をかくかどうかまで心配することはあるまい。それぐらいの権利はあるんじゃないか」

「理屈で片がつく問題じゃないの。気持ちの問題なのよ」

ヘンリーがついに諦めて、肩をすくめた。「では、トムの家まで一走りして、その夫が帰りたがってるかどうか確かめてくるとしよう。ブーツを出してくれないか」

「リヴィングルームにあるわ。ジャケットを持ってくるわね」ルーシイは二階へ上がり、ワードローブからデイヴィッドの古いスポーツジャケットを引っぱり出した。それは上品な色合いのグレイ＝グリーンのツイードで、ウェストを絞り、ポケットのフラップを斜めにカットした、しゃれた仕立てだった。その両肘にルーシイが革のパッチをつけ、世界に二つとないジャケットになっていた。それを持ってリヴィングルームへ戻ると、ヘンリーはブーツをはいているところだった。左足はすでに紐を結び終え、怪我をした右足を恐る恐る突っ込もうとしていた。ルーシイはひざまずいて、手を貸した。

「腫れは引いたわね」

「でも、痛みは残ってる」

右足も何とかブーツに納まった。紐は結ばずに抜き取る。ヘンリーが立ち上がって、具合を確かめた。「大丈夫だ」

ルーシイがジャケットを着せてやると、肩のあたりが少し窮屈だった。「雨具がないんだけど」と、彼女はいった。

「濡れていくさ」ヘンリーが彼女を引き寄せ、激しいキスをした。ルーシイも彼に両腕を回し、一瞬ぎゅっと抱き締めた。

「今日は用心するのよ」

ヘンリーが笑みを浮かべてうなずき、もう一度、今度は短いキスをして出ていった。ルーシイは足を引きずりながら納屋へ向かう後ろ姿を見送り、窓辺からジープが動きだすのを見つめた。やがて車は緩やかな坂を上り切り、姿を消した。彼が行ってしまうと、安堵と寂しさが同時に襲ってきた。

家事にかかったが、不安だった。ベッドを作り直し、皿を洗い、洗濯をし、掃除をしていても、ちっとも身が入らなかった。自分自身の人生をどうするかを悩みはじめると、昔からのさまざまな相反する思いがそれぞれに堂々巡りを繰り返し、それ以外のことをまったく考えられなくなった。コテッジの狭さに、あらためて閉塞感を覚えた。この向こうには大きな世界がある。戦争とヒロイズムの世界、鮮やかに彩られた、何百万もの人がいる世界が存在している。そのど真ん中に身を置いて、新しい考えや、新しい街の雰囲気や、新しい音楽に触れたかった。ルーシイはラジオをつけて、うんざり顔をした――ニュースは延々とつづいた――ニュースはいやよ、孤独が募ることはあっても、和らぐことはないんですもの。ニュースは延々とつづいた――イタリアでの戦況、食糧の配給制が多少緩やかになったこと、ロンドンのスティレット殺人犯が依然逃走中であること、ローズヴェルトが演説をしたこと、サンディ・マクファーソンがシアター・オルガンの演奏を始めたこと。ルーシイはスイッチを切った。何の感慨も湧かなかった。みんな、外の世界の出来事だった。

大声で叫びたかった。

天気がどうあろうと、とにかくこの家の外に出なくては。それが脱出の真似事にすぎないことはわかっていた……結局のところ、自分が閉じ込められているのはコテッジの石の壁ではないのだから。しかし、たとえ真似事でも、何もしないよりはましだった。彼女は二階に上がると、嫌がるジョーをむりやりおもちゃの兵隊から引き剝がして、防水雨具を着せた。

「どうして？　何しに行くの？」

「定期船がこないか、見に行くのよ」

「今日はこないって、さっきいってたじゃない」

「万一ということがあるでしょ」

二人は鮮やかな黄色のサウエスターをかぶり、顎の下で紐を結んで、外へ出た。

文字どおり風に殴りつけられ、ルーシイはバランスを崩してたたらを踏んだ。あっという間に、顔がびしょ濡れになった。洗面器に顔を突っ込んでいるのと変わらなかった。帽子の下からはみ出した髪が、しずくを垂らしながら頰やマッキントッシュの肩にへばりついた。ジョーが大はしゃぎで水溜まりに飛び込んだ。

二人は崖に沿って歩き、入江の上にたどり着いた。下を覗くと、北海の巨大な波が、崖にぶつかり、浜に押し寄せては砕け散っていた。嵐は海中深いところに育つ植物までも根こそぎにし、そのかたまりを砂浜と岩場に打ち上げていた。母も子も、波が無限に描きつづける壮大な模様に息を吞んだ。いつかも同じことがあった。海には催眠作用があるらしく、あのときどれぐらい海を見つめていたのか、ルーシイは思い出そうとしても思い出せなかった。

今日その呪縛から解放されたのは、あるものを目にしたからだった。最初は色のついたものが波間にちらちらしているにすぎず、動きが激しいために色も見分けられなかった。遠くに小さく見えたような気がしたが、すぐにそれも怪しくなった。あたりを探しても、二度と現われなかった。入江から小さな桟橋へと視線を引いていった。ルーシイとジョーは、嵐が去って天気が回復した最初の日に、よくそこへ行って宝探しをした。不思議な色の石、元は何だったかもわからない木切れ、大きな貝殻、ねじれて錆びた鉄の破片など、さまざまなものが打ち上げられて、次の大波に引き戻されるのを待っていた。

ふたたび、色が瞬いた。今度はもっと近くで、しばらくのあいだ姿を現わしていた。鮮やかな黄色、彼らのマッキントッシュの色だった。ルーシイは視界をさえぎる雨の向こうに懸命に目を凝らしたが、形がわかる前にまた消えてしまった。いま、それは潮の流れに乗ってふたたび近づいていた。潮流はいつも、まるで人がズボンのポケットのものをテーブルに投げ出すときのようにして、あらゆるものを浜に放り出していくのだった。

やはりマッキントッシュだった。黄色いものが波の頂に姿を現わしたとき、ルーシイは三度目でついに正体を突き止めた。きのう帰ってきたときヘンリーはマッキントッシュを着ていなかったが、それがどうして海にあるのだろう。波が桟橋を飛び越し、坂道の濡れた踏み板にマッキントッシュを放り上げた。ヘンリーのものではなかった。なぜなら、持ち主がまだそのなかにいたからである。ルーシイはそれを見て恐怖の喘ぎを洩らしたが、その声は強風に吹き払われて耳に届かなかった。あれは誰なの？　どこからきたの？　誰かがまた難破したのかしら。

まだ生きているかもしれない、と彼女は思った。確かめに行かなくちゃ。身を屈めて、ジョーの耳許で声を張り上げた。「ここにいて――じっとしてるのよ――動いちゃだめよ」そして、坂道を駆け降りた。

半ばまで降りたところで、後ろに足音がした。ジョーがついてきていた。細い坂は滑りやすく、とても危険だった。ルーシイは足を止めて、息子を両腕に抱き上げた。「どうしていうことが聞けないの、待っていなさいといったでしょう！」下のマッキントッシュを見、安全な崖の上を見て、どっちへ行こうか一瞬迷った。だが、いつ波がマッキントッシュをさらっていくかわからない。彼女はジョーを抱いたまま、下へ向かった。

小さめの波がマッキントッシュを洗った。水が引いたとき、ルーシイはそれが男だとわかるところまで近づいていた。顔が膨れ、歪んでいるところからして、長いこと海に浸かっていたらしく、つまりそれは、彼が死んでいることを意味していた。もうなすすべはないし、死人のために自分と息子の命を危険にさらすわけにはいかなかった。引き返そうとした瞬間、膨れ上がった顔のどこかに見覚えがあるような気がした。それが何かよくわからないまま、彼女は顔を見つめて、記憶にある顔をその顔に当てはめようとした。やがて、まったく突然に、一つの顔が浮かんだ。彼女は全身が麻痺し、心臓が止まるような激しい恐怖にとらわれて、思わずささやいた。「デイヴィッド、だめよ、デイヴィッド！」

波にさらわれる危険も忘れて、ルーシイは死体に近づいた。小さな波が膝のあたりまで打ち寄せて、ウェリントン・ブーツを塩水で満たした。しかし、彼女は気づかなかった。ジョーが腕のなかで身をよじり、前を向こうとした。「見ちゃだめ！」ルーシイは息子の耳許で絶叫し、その顔を肩に押しつけた。ジョーが泣きだした。

彼女は死体の横に膝をつくと、おぞましい顔に手を当てた。間違いなくデイヴィッドだった。それも、死んでしばらくたったデイヴィッドだった。決定的な証拠を見ずには納得できないという衝動に突き動かされて、マッキントッシュの裾を持ち上げた。下肢を切断された腿が見えた。

この死を事実として受け入れるのは困難だった。確かに心のどこかで彼の死を願いつづけていたことは否定できなかったが、その罪の意識と、不貞が露見するのではないかという不安もあって、いまの気持ちは自分でもよくわからなかった。悲しみ、恐怖、安堵——それが心のなかで鳥のように飛び回り、一つとして落ち着く気配を見せなかった。

大波が押し寄せてこなければ、ルーシイはそこに留《とど》まっていただろう。しかし、彼女はその大波に打ち倒され、したたかに水を飲んだ。何とかジョーを連れて、坂道にしがみついた。波が引くと、一目散に波の魔手の届かない安全地帯へと坂道を駆けた。

崖の上にたどり着くまで、ルーシイは一度も振り返らなかった。コテッジを視界に捉えたとき、外にジープが駐まっているのが見えた。ヘンリーが帰っていた。

彼女はジョーを抱いたまま、よろよろと走りだした。何としても、この痛みをヘンリーに分かち合ってほしかった。しっかりと抱いて、慰めてもらいたかった。荒い息遣いはやがてすすり泣きに変わり、顔を打つ雨に涙が混じって視野が霞んだ。ついにコテッジの裏へたどり着くと、キッチンへ飛び込んで、ジョーを荒っぽく床に下ろした。

ヘンリーがさりげなくいった。「デイヴィッドはもう一晩、トムのところに泊まるそうだよ」

ルーシイは耳を疑い、信じられずに呆然と彼を見つめた。そして、信じられないままに悟った。

デイヴィッドはヘンリーに殺されたんだわ。

結論が先にあった。腹に一撃を食らったときのような息苦しさが襲いかかってきた。直後に、それを裏づける理由が続々と姿を現わした。難破、肌身離さず持ち歩いている奇妙な形のナイフ、ジープの衝突事故、ロンドンのスティレット殺人犯の逃走を告げるニュース。すべてがそこへ収斂していった。放り上げられたジグソウパズルの断片が、落ちてきたときには完全に組み上がっているというぐらいの、信じられないほど完璧なつじつまの合い方だった。

「そんなに驚いた顔をしないでくれよ」ヘンリーが笑顔でいった。「まだ向こうでやることが残ってるそうだ。もっとも、ぼくが敢えて連れて帰ろうとしなかったことは認めるがね」

そうよ、トムだわ。彼のところへ行かなくちゃ。彼なら何とかしてくれるわ。彼なら警察がくるまでジョーとわたしを守ってくれるはずよ。銃を持っているし、犬だっているんだから。

恐怖はいきなり悲しみに変わった。自分が信じ、ほとんど愛してさえいたヘンリーは、まるっきり存在していなかった。自分の想像の産物にすぎなかったのだ。いまルーシイの前にいるのは、強く、温かく、やさしい男ではなかった。代わりに怪物がそこに坐って、笑みを浮かべ、自分が殺した夫のメッセージをでっち上げて、そ知らぬ顔で彼女を騙そうとしていた。

ルーシイは必死で身震いをこらえ、ジョーの手を引いてキッチンを出ると、ホールを通って玄関から外へ出た。そしてジープに乗り込み、ジョーを助手席に抱き上げてエンジンをかけた。

しかし、ヘンリーもそこにいた。彼はデイヴィッドのショットガンを持って、ジープのステップに片足をかけた。「どこへ行くんだ?」

いま逃げたら、撃たれるかもしれない。一か八か賭けようにも、ジョーを危険にさらすわけにはいかない。それにしても、銃を家のなかに持ち込んでいるなんて、どんな警戒本能を持っているんだろう。「ジープをしまうだけよ」ルーシイはいった。

「そんなことにジョーの助けがいるのか?」

「この子は車に乗るのが好きなのよ。つまらない質問はしないでちょうだい!」

彼は肩をすくめて、後ろへ下がった。

デイヴィッドのスポーツジャケットを着、慣れた様子でデイヴィッドのショットガンを持つ男を一瞥したとき、彼女はふと思った。本当に、逃げ出したら撃つ気かしら。でも、この男には最初から奥に冷たいものが感じられた。それに冷酷非情な殺人犯なのだから、何をやっても不思議はないわ。

ルーシイはほとんど力が萎えそうになる自分を叱咤すると、ジープをバックさせて納屋に入れ、エンジンを切ってジョーと一緒にコテッジに戻った。ヘンリーとどんな話をするのか、彼の前でどう振る舞うか、まだばれていないとすれば、自分が知っていることをどうやって気取《けど》られないようにするか、見当もつかなかった。

そもそもこんな場合を想定していなかったから、準備などあるわけがない。

それでも、納屋の扉は開けたままにしておいた。

32

「あの島だ」艦長が望遠鏡を下げた。

副長が雨と波しぶきの向こうを覗いていった。「休暇で遊びに行くようなところじゃ絶対にありませんね。荒涼とは、まさにあの島のためにある言葉ですよ」

「まったくだ」と応じた艦長は、第一次大戦でドイツと戦ったという、半白の髭を生やした昔気質の海軍士官だった。副長は至って軍人らしくない軟弱な話し方をするが、彼はそれを大目に見るようになっていた。というのも、見事に予想を裏切って、この若造が完璧に近い軍艦乗りだとわかったからである。

この《若造》——といっても三十を過ぎて、この戦争の基準からいうと古参の部類に入ったが——は、艦長の寛大な配慮を知る様子もなく、手摺にしがみついていた。コルヴェット艦は急な波の背に乗って天を仰ぎ、頂で平衡を取り戻したと思うと、波の底へ真っ逆さまにダイヴするということを繰り返していた。「ここへきたのはいいとして、これからどうするんです?」

「あの島を周回パトロールする」

「結構なことです」

「そして、目を凝らしてU゠ボートを探すんだ」

「こんな天気ですよ、このあたりで浮上するやつなんかいそうもありませんがね。仮にいたとしても、唾がかかるくらいまで近づかなきゃ見えませんよ」

「この嵐も、今夜にはやむだろう。長くとも明日までだ」艦長はパイプに煙草を詰めはじめた。

「そうかな」

「間違いない」

「海の男の勘ってやつですか」

「天気予報だ」

岬を回ると、小さな入江に桟橋が見えた。そこから切り立つ崖の上では、小さな四角いコテッジが、風に身を縮めていた。

艦長はきっぱりといった。「可及的速やかに、上陸部隊を差し向ける」

副長がうなずいた。「そうですね。しかし、それはそうするとしても……」

「何だ？」

「この島を一周するには、たぶん一時間ほどかかるでしょう」

「だから、何だ」

「よっぽど運よく、どんぴしゃの時間にどんぴしゃの場所にいない限りは……」

「U＝ボートが浮上して客を乗せ、また潜航してしまう。われわれには、その泡も見ることができない」と、艦長があとを引き取った。

「そういうことです」

艦長は慣れた手つきでパイプに火をつけた。荒れる海で長年鍛えた技術だった。彼は何度かふかしたあと、深々と吸い込んだ。「われらの任務は理由を尋ねることにあらず、だ」彼は鼻から紫煙を吐いた。

「その引用はまずいんじゃないですか」

「どうして？」

「それはかの悪名高きライト旅団の、無謀な突撃についていわれた言葉ですよ」

「そいつは知らなかったな」艦長はふたたびパイプをふかした。「無教養な者の強みということにでもしておくか」

島の東端にも、同じようなコテッジがあった。艦長は望遠鏡を覗いて、そのコテッジに本格的な大型無線アンテナが立っていることを発見した。「通信員、あのコテッジを呼んでみろ。防空監視隊の周波数でやるんだ」

コテッジが見えなくなると、通信員がいった。「応答はありません」

「わかった」艦長は応じた。「もういい。重要な役目を持っているものではなかったんだろう」


アバディーン港の沿岸警備艇では、乗員たちが半ペニーを賭けてブラックジャックに興じながら、偉いさんはどうしていつもこう優柔不断に見えるんだろうなと考えていた。

「いんちきじゃないのか？」名前よりもはるかにスコットランド人らしいジャック・スミスがぼやいた。

故郷を遠く離れたでぶのロンドンっ子、アルバート・《痩せっぽち《スリム》》・パリッシュが、彼にジャックを一枚配った。

「ドボンだ」スミスがまた渋い声を出した。

スリムが賭け金を掻き集めた。「ささやかな金とはいえ」彼はわざとらしく不安げな振りをした。「これを使うまで生きていられるといいんだがな」

スミスが露で曇った舷窓を拭き、港で波にあおられている船を覗いた。「艇長のあわてぶりからすると、おれたちの行き先はストーム・アイランドじゃなくて、ベルリンなんじゃないか」

「知らなかったのか？　進攻が始まったら、おれたちゃ連合軍の先頭に立つことになってるんだぜ」スリムが10をめくり、自分にキングを配った。「よし、いただきだ」

スミスがいった。「ところで、その男は何者なんだ——脱走兵か？　それならおれたちじゃなくて憲兵の仕事じゃないのか？」

スリムがカードを切りながらいった。「教えてやろうか——脱走捕虜だよ」

何をいってるんだ、と全員があざけりの声を上げた。

「そうかい、まあ笑ってるがいいさ。取っ捕まえたら、訛りをよく聞いてみることだな」と、彼はカードを置いた。「いいか、ストーム・アイランドへはどんな船が行ってる？」

「雑貨屋の定期船だけだ」誰かがいった。

「だとしたら、そいつが本土へ戻るには、その雑貨屋の船に乗るしかないわけだ。憲兵はそのチャーリーの定期船が島から戻るのを待っていて、船から降りたところをふんじばればすむ。おれたちがこんなところへ閉じ込められて、天気がよくなり次第あの島へ突っ走るために待機してなくちゃならない理由はないことになる。ただし……」彼はそこで大仰に間を置いた。「やつがあの島を抜け出す別の手段を持ってるとしたら、話は別だ」

「手段って、どんな手段だ？」

「たとえば、U＝ボートさ」

「そりゃ大変だ」スミスがいった。ほかの者は笑って取り合わなかった。

スリムがカードを配った。スミスは勝ったが、ほかの者は全員負けた。「よしよし、こうでなくちゃな」と、スリムがいった。「この調子で稼いだら、退役したときにゃ、デヴォンにかわいいコテッジが建ちそうだな。ともかく、おれたちはあいつを捕まえられないよ」

「脱走兵のことか？」

「捕虜だっていってるだろう」

「どうして捕まえられないんだ？」

スリムが指で頭を叩いた。「ここを使って考えてみろ。嵐が収まったとき、おれたちはまだここにいるんだぞ。ところが、U＝ボートはあの島の入江の底にいるんだ。どっちが早く着くかっていえば、U＝ボートだろうよ」

「それなら、おれたちは何でそんな無駄骨を折らなくちゃならないんだ？」

「それはだな、命令を出すお方はお前ほど頭がよくないからさ。どうだ、おかしいだろう」スリムがカードを配った。「さあ、賭け金を出せ。まあ、いずれおれが正しいとわかるさ。そりゃ何だ、スミシー、一ペニーか。ゴーブリメイ、そう怒るなよ。ところで、おれたちが手ぶらでストーム・アイランドから帰るほうに五対一でどうだ？　乗るやつはいないか？　それなら、十対一でどうだ？　え？　十対一だぞ」

「誰が乗るか」と、スミスがいった。「さあ、カードを配れ」

スリムはカードを配りはじめた。

ピーターキン・ブレンキンソップ中隊長——彼はピーターキンをピーターと縮める努力をつづけていたが、部下はなぜか必ず正式な名前を知っていた——は、背筋を伸ばして地図の前に立ち、ブリーフィングを行なっていた。「今回は三機編隊だ。最初の三機は、天候がよくなり次第離陸する。目標は」彼は指示棒で地図の一点を示した。「ここ、ストーム・アイランドだ。到着と同時に、二十分間、低空旋回をつづけてU＝ボートを探す。二十分たったら基地へ引き返す」彼はそこで間を置いた。「論理的な頭脳を持つ諸君のことだから、もう予測はついているかもしれんが、次の三機編隊は、哨戒の空白を作らないために、最初の編隊が出てからきっちり二十分後に離陸する。以下、同様にこれを繰り返す。質問はあるか」

ロングマン中尉が手を挙げた。「中隊長」

「何だ、ロングマン」

「U＝ボートを発見したら、どうしますか」

「もちろん機銃掃射を行ない、手榴弾を何発か投下して、思うように動けなくしてやるんだ」

「しかし、われわれが乗っているのは戦闘機です。U＝ボートを阻止する手立てはほとんど持っていません。それは水上艦の仕事ではないでしょうか」

ブレンキンソップはため息をついた。「いつもいっているように、戦争に勝つためのよりよい方法を考えられる者は、私にいうのではなく、ミスター・ウィンストン・チャーチルに直接手紙でそういってくれ。住所は、ロンドン、サウス＝ウェスト1、ダウニング街十番地だ。さて、もう質問はないか。くだらない批評でないやつを頼むぞ」

手を挙げる者はいなかった。

ブロッグズはスクランブルルームのストーヴの前でソフトチェアに身を沈め、屋根を叩く雨の音を聞きながら、うとうとしていた。そこにいるパイロットたちは、戦争の前半に較べると別種の趣を感じさせた。バトル・オヴ・ブリテンのころのパイロットは度しがたいほど陽気で、学生用語を濫発しながら始終酒を飲み、いつ火だるまになって死ぬかもしれない日々の真っただなかにありながら、そんな素振りなどどちらりとも見せない剛胆さを備えていた。戦いの場が祖国の空から遠くなるにつれ、また年月がたつにつれて、青くさいヒロイズムは姿を消し、作戦においても、派手な一対一の空中戦から退屈で機械的な爆撃へと重点が移っていった。酒を飲み仲間内の言葉で話すのは変わらなかったが、彼らは老成し、したたかに、冷笑的になっていた。『トム・ブラウンの学校生活』（トマス・ヒューズ作の学校小説。一八五七年発表）は、もう彼らのなかに存在しなかった。おれだって、とブロッグズは思った。アバディーンの警察の独房でけちな押し込み強盗を相手に、昔じゃ考えられないような荒っぽいことをしてるんだからな。人は誰でも変わるんだ。

いまここにいるパイロットは、みんな寡黙だった。全員がそこらに腰を下ろして、ブロッグズのようにうたた寝をしたり、チェスをしたり、本を読んだりし、隅のほうでは眼鏡をかけたナヴィゲーターがロシア語を勉強していた。

半ばふさがりかかった目で室内を眺めていると、一人のパイロットが部屋に入ってきた。すれっからしではないようだな、とブロッグズは直感した。彼は週に一度の髭剃りも必要としないような若い顔に、かつてのパイロットの豊かな笑みをたたえていた。そして、飛行ジャケットの前を開け、ヘルメットを持って、まっすぐブロッグズのほうへやってきた。

「ブロッグズ警部補？」

「そうだ」

「よかった。あなたのパイロットのチャールズ・コールダーです」

「よろしく」と、ブロッグズは握手をした。

「機《カイト》の準備はできています。エンジンも絶好調ですよ。ご存じと思いますが、水陸両用です」

「知ってるよ」

「よかった。着水したら、岸へ十ヤードぐらいのところまでタキシングします。そこからはディンギーを下ろしますから、それで行ってください」

「待っていてくれるんだろ？」

「もちろんです。あとは天候待ちですね」

「そうだな。すまないが、チャールズ、私は六日のあいだ国じゅうを駆け巡り、寝ないでやつを追っかけてきたんだ。だから、眠れるときに眠っておきたいんだよ。構わんかな？」

「もちろんです！」コールダーが腰を下ろし、ジャケットの下から分厚い『戦争と平和』を取り出した。「勉強しなくちゃ」

「立派な心がけだ」ブロッグズは目を閉じた。

パーシヴァル・ゴドマリンと叔父のテリー大佐はマップルームに肩を並べて坐り、コーヒーを飲みながら、二人のあいだに置かれた消火バケツに煙草の灰を落としつづけていた。ゴドリマンはひっきりなしに煙草を灰にしていた。

「やり残したことはないはずです」と、彼はいった。

「そうだといいがな」

「コルヴェット艦はすでに現場に到着したし、戦闘機も間もなく離陸する。潜水艦は浮上したとたん、飛んで火にいる夏の虫というわけです」

「見つけることができればだ」

「コルヴェット艦はできるだけ早く上陸部隊を出すことになっていますし、ブロッグズもそう遅れずに到着するでしょう。沿岸警備隊もあとにつづくはずです」

「だが、間に合う保証はどこにもない」

「わかってます」ゴドリマンは力なく答えた。「できることはすべてやったということと、それで十分だということとは、また別問題ですからね」

テリーが煙草に火をつけた。「島の住人についてはどうなんだ？」

「家は二軒しかありません。一軒には牧羊を営む夫婦と子供が一人、もう一軒には、彼らに雇われた羊飼いが住んでいます。羊飼いのほうは防空監視隊員で無線を持っているんですが、呼んでも応答がないんですよ……スイッチが〈送信〉に入ったままなんじゃないでしょうか。年寄りなんですよ」

「夫婦者のほうは使い物になるんじゃないか？」と、テリー。「亭主が機転をきかせて、スパイを逃がさないようにするかもしれん」

ゴドリマンが首を振った。「残念ながら、車椅子の身なんです」

「いやはや、運はわれらの味方ではないというわけか」

「そうですね。どうやら、《針》が買い占めてしまったようです」

33

ルーシイは冷静さを取り戻しつつあった。麻酔が全身に効いていくように徐々に波立つ感情が鎮まり、それにつれて理性が研ぎ澄まされた。殺人犯と同じ屋根の下にいるのだとおののく回数も次第に減っていき、自分でも驚くほど冷静な観察眼が備わってきた。

家事の途中、彼が小説を読んでいるリヴィングルームを掃除しながら、この人はわたしの雰囲気の変化をどの程度察知しているのだろうかと考えた。とても鋭い観察力を持った男だから、たいていのことは見落とすはずがないし、ジープでのやりとりから、はっきりした疑いを持ったとはいわないまでも、明らかに何かがあると勘づいたことは間違いない。わたしが動揺していたことは、わかったはずだ。でも、二人でベッドにいるところをジョーに見られてわたしがうろたえたのを知っているから……様子がおかしいのはそのせいだと考えているかもしれない。

ルーシイはそれでも、彼が何もかも見通していながらそ知らぬ振りをしているのではないかという疑いを、何よりも強く感じていた。

彼女はキッチンに洗濯物を干しながらいった。「こんなものを見せてごめんなさいね。でも、雨がやむのを待ってられないのよ」

「別に構わないよ」彼は無関心な目を衣類に向け、リヴィングルームへ戻っていった。

そこに干した洗濯物のなかには、ルーシイの濡れていない衣類が一揃い、紛れ込ませてあった。

彼女は代用食のレシピを見て野菜のパイを作り、昼食のテーブルに並べて、ジョーとヘンリーを呼んだ。

デイヴィッドの銃が、キッチンの隅に立てかけてあった。「弾丸《たま》を込めたままの銃が家のなかにあるのは好きじゃないわ」と、彼女はいった。

「あとで外へ出しておくよ。このパイもなかなかいけるじゃないか」

「ぼくは嫌いだな」ジョーがいった。

ルーシイがショットガンをドレッサーの上に置いた。「ジョーの手の届かないところならいいわ」

ジョーがいった。「大きくなったら、ドイツ兵を撃ち殺すんだ」

「今日はちゃんとお昼寝をするのよ」と、ルーシイは息子に命じた。リヴィングルームへ行き、食器戸棚からデイヴィッドの睡眠薬の瓶を出す。二錠で体重百六十ポンドの大人が熟睡できるのだから、五十ポンドのジョーに昼寝をさせるには、四分の一錠もあれば十分だろう。彼女は一錠をキッチンの俎《まないた》に載せると、まず半分に、それをまた半分に割った。四分の一になった錠剤をスプーンに載せ、別のスプーンの背で砕いて粉にした。それを入れてよくかき混ぜたミルクのグラスを、ジョーに差し出す。「一滴残らず飲み干すのよ」

ヘンリーが何もいわずに、一部始終を眺めていた。

昼食がすむと、ルーシイは一抱えの本と一緒にジョーをソファに連れていった。ジョーはまだ文字が読めないが、何度も読んでもらっているうちにすっかり覚え込んでしまい、いまでは絵を見て、ページをめくりながら暗誦するようになっていた。

「コーヒーはどう?」ルーシイはヘンリーに訊いた。

「本物のコーヒーがあるのか」彼が驚いた。

「少しだけ、取っておいたのがあるの」

「ぜひ頂戴しよう」

コーヒーをいれるところをじっと見られて、ルーシイは思った――睡眠薬でも入れられるんじゃないかと見張ってるのかしら。隣の部屋からジョーの声が聞こえてきた。


「家に誰かいるの?」プーはとっても大きな声で訊きました。

「いませんよ!」と、声がしました……。


――そして、心底おかしそうな笑い声を上げた。ジョーはいつもそこで笑うのだ。ああ、神さま、どうぞあの子を傷つけないでください……。

ルーシイはコーヒーを注いで、ヘンリーの向かいに腰を下ろした。テーブルの向こうから手が伸びて、彼女の手を取った。それからしばらく、二人は黙ってコーヒーを飲みながら、雨とジョーの声を聞いていた。


「どれぐらいで痩せられますか」プーは心配そうに訊きました。

「一週間ぐらいかね」

「でも、一週間もここにはいられませんよ!」

声が眠そうになり、やがて聞こえなくなった。ルーシイはそばへ行って毛布をかけてやると、息子の手から滑り落ちた本を拾い上げた。元は彼女のもので、やはり子供のころ暗記したお話だった。見返しに、母の美しい文字が刻まれていた――《ルーシイへ　四歳の記念に　父と母から愛を込めて》ルーシイはその本を、サイドボードに置いた。

彼女はキッチンに戻った。「眠ったわ」

「ということは……」彼が手を差し出した。ルーシイは自分を励まして、その手を取った。彼は立ち上がると、彼女を先にして階段を上った。ルーシイはベッドルームのドアを閉め、セーターを脱いだ。

ヘンリーは彼女の胸を見つめていたが、やがて自分も服を脱ぎはじめた。

ルーシイはベッドに入った。ここからが自信のない部分だった――恐怖と極度の嫌悪と罪悪感しか感じていないときに、彼の身体を楽しんでいる振りができるだろうか。

彼がベッドに入ってきて、ルーシイを抱き締めた。

演技をする必要などないことに、ルーシイは間もなく気がついた。

ルーシイはちょっとのあいだ、男の隣で、腕に抱かれるようにして横たわっていた。男というのは、人を殺すことも、こんなふうに女を愛することも、同じようにできるものなのかしら、と彼女は不思議に思った。

しかし、彼女はまったく別のことをいった。「お茶でもいかが？」

「いや、結構だ」

「そう、それならわたしだけね」ルーシイは男の腕を逃れ、起き上がった。彼が動こうとすると、彼女は相手の引き締まった腹に手を置いた。「だめ、あなたはここにいて。お茶はここへ持ってくるの。わたし、まだ終わってないんだもの」

彼がにやりとした。「よほど四年間の空白を埋めたいと見える」

ベッドルームを出たとたん、それまでの笑顔が仮面のようにはがれ落ちた。ルーシイはどきどきしながら、急いで階段を降りた。キッチンに飛び込むと、大きな音を立ててコンロにやかんをかけ、がちゃがちゃいわせながらカップを出し、濡れた洗濯物のなかに隠しておいた衣服を身につけはじめた。ひどく手が震えて、ズボンのボタンがなかなか留まらない。

二階でベッドが軋んだ。ルーシイはぴたりと動きを止めて、耳を澄ました。そこにいてよ！どうやら、身体の位置を変えただけのようだった。

準備はととのった。彼女はリヴィングルームへ行った。ジョーは歯ぎしりをしながら、ぐっすり寝入っていた。どうか、目を覚まさないで。抱き上げると、童話の主人公のクリストファー・ロビンがどうしたとか寝言をつぶやいた。ルーシイはぎゅっと目をつぶって、息子が静かにしていてくれることを祈った。

ジョーをしっかり毛布でくるむと、キッチンへ引き返して、ドレッサーの上に置いたショットガンを取ろうとした。その銃が手から滑り落ち、棚にぶつかって、皿を一枚とカップを二つ割った。轟音が響き渡ったような気がして、彼女はその場に立ちすくんだ。

「どうした？」二階から声がした。

「カップを落としちゃったの」と叫び返したが、震える声はそのままだった。

ふたたびベッドが軋み、今度は床に足を下ろす音が聞こえた。もう引き返すには遅すぎた。ルーシイは銃を拾うと裏口のドアを開け、ジョーを抱いて一目散に納屋へ走った。

途中で、一瞬パニックに襲われた——キイはジープに差したままだったかしら。大丈夫、と彼女は気を取り直した。いつもそうしてるじゃないの。

ぬかるんだ地面に足を取られて両膝をついたとき、ルーシイはついに泣きだした。このままここにいようかしら、いっそあの男に捕まって、デイヴィッドと同じように殺されてしまおうかしら。それでもいいような気がしたが、腕のなかにいるジョーのことを思い出してすぐに弱気を振り捨て、立ち上がって走りだした。

納屋に飛び込むと、助手席のドアを開けてジョーを押し込んだ。彼は横倒しになってしまった。

「お願いよ!」ルーシイはすすり泣きながら、ジョーをまっすぐに坐らせようとした。今度はうまくいった。彼女は大急ぎで運転席に乗り、両脚のあいだにショットガンを置いた。

スターターをひねった。

エンジンは咳をしただけで、目を覚まさなかった。

「お願い、かかって。お願いよ!」

彼女はもう一度スターターを回した。

ジープは轟音とともに目を覚ました。

ヘンリーが裏口から飛び出してきた。

ルーシイはエンジンをふかし、ギヤを〈前進〉に入れた。ジープが納屋を飛び出すような気がした。彼女は闇雲にスロットルを開いた。

タイヤは泥のなかで空転したが、すぐにしっかりと地面を嚙んだ。ジープがいやいやをするようにもがきながら動きだした。ルーシイはヘンリーから遠ざかるようにハンドルを切ったが、それでも彼は裸足で追いすがった。

追いつかれそうだった。

ルーシイは力を振り絞って、折れよとばかりに細いレヴァーを押した。もどかしさのあまり、絶叫しそうになった。彼はわずか一ヤードかそこら後ろを、並びかけんばかりの勢いで疾走していた。頰を染め、胸を弾ませてはいたが、ピストンのように腕を振りながら裸足で地面を蹴る姿は、陸上選手さながらだった。

エンジンが悲鳴を上げた。オートマティックのギヤが切り換わり、やがてスピードが増した。ルーシイはもう一度横を見た。彼も引き離されそうだと気づいたらしく、瞬間、ジープに躍りかかった。左手がドアの把手をつかみ、さらに右手が伸びた。ヘンリーがジープに引きずられながら、宙を飛ぶようにして脇を走っていた。ルーシイは間近に彼を見た。その顔は真っ赤になって苦痛に歪み、たくましい首に、伸び切った腱が浮き上がっていた。

とっさに、なすべきことが頭に浮かんだ。

彼女はハンドルから片手を離すと、開いている窓越しに、爪の長い人指し指を相手の片方の目に突き立てた。

ヘンリーがたまらず振り落とされ、両手で顔を覆った。

彼我の距離があっという間に広がった。

ルーシイは自分が赤ん坊のように泣いていることに気がついた。

コテッジから二マイル走ったところで、車椅子が見つかった。

それは記念碑のように崖の縁に立ち、金属のフレームと大きなゴムタイヤが、いつやむとも知れない雨を弾きつづけていた。ルーシイは徐々に坂を下りながら、車椅子に近づいた。鈍色《にび》の空と沸き立つ海を背景に、黒い輪郭が見えた。それはまるで木が引き抜かれたあとに残った穴か、窓の破れた家のように寒々として、そこに坐っていた主人はむりやり引きずり降ろされたのだとでもいいたげに、傷心の姿をさらしていた。

ルーシイはその車椅子を初めて病院で見たときのことを思い出した。それはデイヴィッドのベッドの脇にいて、まだ新しく、輝いていた。彼は慣れた様子で乗り移り、これ見よがしにベッドのあいだを行ったりきたりした。「羽のように軽いんだぜ。何しろ、航空機用の合金でできてるんだ」と彼はいったが、それも所詮は虚勢だった。ベッドのあいだを縫って走りだした彼は、突き当たりで、背を向けたまま止まってしまった。駆け寄ってみると泣いているのがわかったけれど、前に回って手を握っているのが精一杯だった。

でも、彼を慰めてあげられたのは、あのときが最後だったわね。

崖の上で雨と潮風にいたぶられていたのでは、自慢の合金もいずれは錆びてぼろぼろになり、ゴムは朽ち果てて、革のシートも腐ってしまうだろう。

ルーシイはスピードを緩めずに、車椅子をやり過ごした。

さらに三マイル走って二つのコテッジの中間まできたとき、燃料が切れた。

ルーシイは必死でパニックと戦いながら、懸命に冷静さを保とうとした。人は一時間に四マイル歩くということを、どこかで読んだ記憶があった。ヘンリーは並外れた脚力を持っているけど、足首を痛めている。ずいぶん早く回復しているようだったが、さっきジープを追っかけたせいでまた痛めたに違いない。きっと一時間の開きはできているはずだ、とルーシイは推定した。

（絶対に追ってくる、と彼女は確信していた。なぜなら、彼もトムのコテッジに無線機があることを知っているからである）

時間は十分にあった。ジープの後部には、半ガロンの予備燃料が積んである。ルーシイはジープを降り、後部から予備燃料の入った缶を持ち出すと、燃料タンクのキャップを外した。

そこでもう一度考えたとき、自分でも驚くほど残忍な計画が閃いた。

彼女は燃料タンクのキャップを閉めると、車の前へ回った。そして、イグニションが切れていることを確認して、ボンネットを開けた。メカニズムに関する知識はなかったが、ディストリビューター・キャップを見つけ、エンジンまで導線をたどることぐらいはできた。彼女はエンジンブロックの横に燃料缶をしっかりと据えつけ、そのキャップを外した。

工具箱に、スパークプラグ用のレンチがあった。それを使ってプラグを外すと、もう一度イグニションが切れていることを確かめた。そして、プラグを燃料缶の口に差し込み、テープで固定して、ボンネットを閉めた。

ヘンリーがきたら、必ずジープを動かそうとスイッチを入れるはずだ。当然スターターが始動し、プラグが発火する。そこで、半ガロンのガソリンが爆発するという仕掛けだった。

それがどの程度の威力を発揮するかはわからなかったが、まったく役に立たないことはないという確信はあった。

一時間後、ルーシイはあの罠を思いついたことを後悔しはじめていた。濡れねずみになりながら、眠った子供の体重をまともに肩に受けてどろどろの道を歩いていると、この場で倒れて死ぬほうがましではないかとさえ思われた。よくよく考えると、あのブービイ・トラップは当てにならないような気がしてきた。ガソリンというのは、爆発するのではなくて、燃えるだけなのではないか。あの缶のなかの酸素が十分でなかったら、発火すらしないのではないか。最悪なのは、ヘンリーが罠が仕掛けられているかもしれないと疑ってかかり、ボンネットを開けることだ。そうなったら、彼は爆弾を取り外して燃料を補給し、ジープでわたしを追いかけることができる。

立ち止まって休憩しようかと考え、ほとんど実行しそうになりながらも、ルーシイはその誘惑を振り切りつづけた。腰を下ろしたら、二度と立ち上がれないかもしれない。

そろそろトムのコテッジが見えてもいいころだった。道に迷うことはまず考えられなかった。この島の大きさでは、たとえ歩き慣れていなくても迷子になることはありえない。まして、彼女は十回ではきかないほどこの道を歩いていた。

ようやく、ある低木の茂みに気がついた。いつか、ジョーと狐を見たところだ。だとすると、トムの家までは一マイルほど、雨が降っていなければコテッジが視界に入っているはずだ。

ルーシイはジョーを反対の肩に移し、ショットガンを持ち替えて、一歩ずつ足を前に踏み出しつづけた。

ついに雨の幕を通してコテッジが姿を現わしたとき、彼女は安堵のあまり泣きだしたくなった。思ったより近くまできていた。たぶん、あと四分の一マイル。

急にジョーが軽くなったように思われ、最後の道のりはこの島で唯一の丘の上りだったにもかかわらず、あっという間に上り切ったような気がした。

「トム！」ルーシイは玄関へ着く前から老人を呼んでいた。「トム、トム！」

その声に応えて、犬が吠えた。

彼女は玄関からなかに入った。「トム、早くして！」ボブが興奮した様子で激しく吠え立てながら、ルーシイの足にまつわりついた。トムも近くにいるはずだ――きっと外のトイレにでも行ってるんだろう。ルーシイは二階へ上がって、ジョーをトムのベッドに横たえた。

無線はそのベッドルームにあったが、導線が入り組み、ダイヤルとノブが並んだ、複雑そうな機械だった。モールス信号のキイらしきものも見えた。試しに叩いてみると、甲高い音がした。女学生を主人公にした冒険小説の、遠い記憶がよみがえった。モールス信号のSOSは、とルーシイはもう一度キイを叩いた――三回短く、三回長く、もう一度三回短く。

トムはどこにいるのかしら。

物音を聞きつけて、彼女は窓へ走った。

ジープが丘を上って、このコテッジに向かっていた。

恐れていたとおり、ヘンリーはブービイ・トラップを見破って、予備燃料をタンクに注いだのだ。

トム、どこにいるの？

ルーシイは外のトイレのドアを叩いてみようとベッドルームを飛び出したが、階段の上で立ち止まった。ボブが使われていないベッドルームの、開け放しの入口に立っていた。

「いらっしゃい、ボブ」ルーシイが呼んでも、犬は吠えるばかりで動こうとしなかった。彼女は歩いていって、ボブを抱き上げようと身を屈めた。

そのとき、トムが見えた。

彼はがらんとした部屋の剝き出しの床に、仰向けに倒れていた。目はうつろに天井を見据え、帽子が頭の向こうでひっくり返っていた。ジャケットの前が開いていて、シャツの胸に小さな血の染みが見えた。手の近くにウィスキーの箱があった。こんなにお酒飲みだったの、と彼女は場違いなことを考えた。

脈を取った。

トムは死んでいた。

考えなさい、考えるのよ。

昨日、ヘンリーは無残なありさまでコテッジに帰ってきた。喧嘩でもしたみたいだった。きっと、デイヴィッドを殺したのはあのときだ。そして今日、彼は〝デイヴィッドを連れ戻す〟といって、トムのコテッジにきた。当然デイヴィッドがここにいないことは知っていた。では、なぜここにきたのか？　もちろん、トムを殺すためだ。

いまや、ルーシイはまったくの孤立無援だった。

彼女はボブの首輪をつかみ、引きずるようにして主人から遠ざけた。そして衝動的に死体のところへ取って返し、ジャケットのボタンをかけて、致命傷となったスティレットの小さな傷を隠した。そのあと正面のベッドルームへ戻って、窓の外を覗いた。

家の前でジープが止まり、ヘンリーが降りてきた。

34

ルーシイの救難信号はコルヴェット艦に傍受された。

「艦長」通信員が声をかけた。「たったいま、あの島からのSOSを傍受しました」

艦長が眉根を寄せた。「ボートを下ろせるようになるまでは、どうにもならんな。ほかに何かいってないか」

「はい、何も。信号も一回きりで、繰り返しもありません」

「ともかく、いまはどうしようもない」と、艦長は繰り返した。「本土に報告して、傍受をつづけろ」

「わかりました」

スコットランドの山頂にあるMI8の聴音哨も、その信号をキャッチしていた。受信したのは腹部を負傷し、傷病兵扱いで空軍を除隊した若い無線電信操作員だったが、ノルウェイからのドイツ海軍の無線傍受に当たっているときで、とりあえずそのSOSは無視された。しかし、五分後に非番になったとき、一応隊長に報告した。

「一回きりの送信でした。たぶん、スコットランド沿岸にいる漁船か何かから発信されたものと思われます——こんな天気ですから、小型船が危なくなる可能性は十分にあります」

「あとはおれが処置する」隊長は応えた。「海軍とホワイトホールにも連絡したほうがいいだろうな。一応、そうすることになってるからな」

「よろしくお願いします」


防空監視隊の基地は、パニックに陥ることになった。もとよりSOSは敵機を発見したときに発すべき信号ではないが、トムは年寄りで、興奮したらどんな信号を送るかわからない。というわけで空襲警報が鳴らされ、すべての聴音哨が警戒態勢を敷き、高射砲がスコットランドの東海岸に向けられて、無線操作員が狂ったようにトムを呼び出す騒動になった。

しかし、もちろん爆撃機は一機も飛来せず、陸軍省は空に数羽の濡れそぼった野鴨しかいないときになぜ完全非常態勢がとられたか、その理由を知りたがった。

そして、信号についての説明がなされた。


沿岸警備隊もその信号を捉えた。

信号が正規の周波数で送られ、発信地点を特定でき、その位置が守備範囲内であれば、彼らもそれに反応したはずだった。

しかし、周波数が防空監視隊のものであり、発信者がトム老人であることから、彼らはそうい、い、うことであれば、どんな状況かわからなくても、これ以上のことをする必要はないと判断して待機をつづけた。

そのニュースがアバディーン港の警備艇に届き、艇内でカードに興じている乗員に知らされると、スリムがブラックジャックをつづけながらいった。「なるほど。老いぼれトムが捕虜をひっ捕まえ、そいつの上にふんぞり返って、軍がやつを連行するのを待ち構えてると、つまりはこういうことだな」

「そりゃ大変だ」スミスが今度は全面的な同意を込めていった。


U＝505も、偶然それを耳にしていた。

そのとき、艦はまだストーム・アイランドから三十海里をわずかに過ぎたところにいて、ヴァイスマンが淡い期待を抱きながら、イギリスの米軍放送でグレン・ミラーが聴けるのではないかとダイヤルをいじっていた。そのとき、たまたまタイミングと周波数がうまく重なったのである。

彼はその情報をヘーア少佐に伝えた。「われわれの客の周波数ではありませんでした」

ヴォール少佐は相変わらず苛立っていた。「では、その信号は意味のないものだ」

ヘーアがここぞとばかりに訂正した。「意味はある。浮上したとき、海面で何らかの活動が行なわれているかもしれないという意味がな」

「しかし、可能性は低いだろう」

「ほとんどないといっていいだろうな」ヘーアが同意した。

「では、やはり無意味だ」

「断定はできん」

二人の議論は、ストーム・アイランドへ引き返すあいだ、ずっとつづいた。

そういうわけで、ルーシイが試しに打った信号は、発信から五分とたたないうちに、海軍、防空監視隊、MI8、そして沿岸警備隊がたてつづけにゴドリマンに電話を入れ、そのSOSに関する情報を提供するという結果をもたらした。

ゴドリマンはすぐブロッグズに連絡した。彼はスクランブルルームのストーヴの前で本格的に眠り込んでいたが、けたたましい電話のベルに叩き起こされ、いよいよ離陸かと立ち上がった。

一人のパイロットが電話を取った。「はい……はい」と応えて、彼は受話器をブロッグズに渡した。「ミスター・ゴドリマンからです」

「もしもし」

「フレッド、あの島からSOSを発信した者がいるぞ」

ブロッグズは頭を振って、完全に眠気を追い払った。「誰ですか」

「わからん。一回きりで、繰り返されなかったそうだ。それ以外は何も受信されていない」

「それでも、ほとんど疑いの余地はありませんね」

「そうだ。そっちの準備はいいか？」

「天気以外は、いつでも大丈夫です」

「幸運を祈る」

「ありがとうございます」

ブロッグズは受話器を戻すと、『戦争と平和』に読み耽っている若いパイロットを振り返った。

「いい知らせだ。あの野郎は間違いなく島にいるぞ」

「よかった」

35

フェイバーはジープのドアを閉めると、恐ろしくゆっくりとした足取りでコテッジに向かってきた。デイヴィッドのスポーツジャケットを着て、ズボンにはジープから振り落とされたときの泥が一面にこびりつき、濡れた髪は頭蓋に張りついて、かすかに右足を引きずっていた。

ルーシイは窓からあとずさるとベッドルームを飛び出し、一気に階段を駆け降りた。ショットガンはホールの床に置いたままだった。彼女はそれを拾い上げた。急に重たくなったような気がした。実際に撃ったことは一度もなかったから、装塡されているかどうか確かめる方法も知らなかった。時間があればいろいろ試してみるのだが、その時間はなかった。

彼女は大きく息を吸って、玄関を開けた。「止まりなさい！」その声は意図したよりも甲高くなり、うわずってヒステリックに聞こえた。

フェイバーは愉快そうに笑みを浮かべ、歩きつづけた。

ルーシイは左手で銃身を、右手で台尻を握り、指を引鉄にかけて、彼のほうへ銃口を向けた。

「撃つわよ！」

「馬鹿はよせ、ルーシイ」ヘンリーが穏やかな声でいった。「きみにぼくが撃てるもんか。考えてみろよ、二人で何をした？　ぼくたちは多少なりと、愛し合っていたんじゃないのか……？」

そのとおりよ。あなたを愛しちゃいけないと自分をたしなめつづけてきたことも事実だけど、あなたに何かを感じていたことも確かだわ。愛でないとしても、愛にとてもよく似た何かだった。「今日の午後、きみはぼくのことを勘づいた」彼は三十ヤードまで近づいていた。「でも、そのあとだって、何も変わらなかっただろ?」

一部分は真実だった。彼にまたがり、乳房に伸びた彼の手を握っている自分の姿が、一瞬生々しくまぶたによみがえった。が、すぐに彼の意図に気づいてわれに返った——。

「ルーシイ、ぼくたちはうまくいくよ。まだお互いを思い合って——」ルーシイは引鉄を引いた。

轟音が耳をつんざき、手のなかでショットガンが跳ねた。反動で、台尻がしたたかに腰を打った。危うく銃を取り落としそうになった。銃を撃つのがこんな感じだとは、想像もしていなかった。一瞬、何も聞こえなくなった。

弾丸《たま》ははるか頭上をそれていったが、フェイバーはそれでも頭を下げ、ジープに向かってジグザグに走りだした。ルーシイはもう一回撃ちたい衝動に駆られたが、かろうじてそれを抑えた。二本の銃身が空になったことを知れば、彼はまたこっちへ向かってくる。そうなったら、もう止めるすべはない。

彼はジープのドアを開けて運転席に飛び乗り、一目散に丘を下っていった。

だが、引き返してくることはわかりきっていた。

しかし、そうだとわかっていても、晴れ晴れとした浮き立つような気分だった。第一ラウンドは勝った——ともあれ、追い払うことができたのだ……。

でも、彼は必ず戻ってくる。

それでも、まだルーシイのほうに分があった。屋内にいて、銃も、そして準備する時間もある。

そう、彼を迎え撃つ準備をしなくてはならなかった。この次は彼ももっと巧妙なやり方で、何らかの形で不意を討とうとするに違いない。

彼は暗くなるのを待つんじゃないかしら。ルーシイは希望的な観測をした。そうしてくれれば、時間ができるんだけど……。

ともかく、ショットガンに弾丸《たま》を込める必要があった。

彼女はキッチンへ行った。トムは何でもかんでも――食糧、石炭、工具、貯蔵品――キッチンに置いていたし、デイヴィッドのとよく似たショットガンを持っていた。二つの銃が同じであることは、デイヴィッドがトムのを使ってみて、それとそっくりなものを送らせたことで想像がついた。あのころ、二人はいつまでも、楽しそうに銃について語り合っていた。ルーシイはトムのショットガンと弾薬箱を見つけ出し、二挺の銃と弾薬箱をキッチンのテーブルに置いた。

構造は単純だった。女が機械の類いを前にしてうろたえるのは、頭が悪いからじゃなくて不安だからなのね、と彼女は納得した。

彼女は銃口を向こうに向けたままデイヴィッドの銃をいじくり回し、ついに台尻の付け根の部分を開けることに成功した。それから、自分がどうやって開けたかを思い出しながら、二度ほど練習した。

驚くほど簡単だった。

ルーシイは両方のショットガンに弾丸《たま》を込めると、抜かりがないかどうかを確かめるために、壁に向かってトムの銃の引鉄を引いた。

石膏が飛び散り、ボブが狂ったように吠えた。ふたたび台尻で腰を強打し、耳が聞こえなくなった。だが、これで武器はととのった。

そっと引鉄を引くことを覚えておく必要があった。さもないと、反動で狙いが外れてしまう。きっと、男はこういうことを軍隊で覚えるのだろう。

次は……ヘンリーが家のなかへ入ってくるのを防ぐ手立てを講じなくてはならない。

玄関にも裏口にも、もちろん鍵はついていない。この島で押し込みを働けば、必然的に犯人はもう一軒の住人だとわかってしまうからだ。道具箱の底で、手斧がぎらりと鋭い刃を光らせていた。ルーシイはそれを手に階段に立ち、手摺を叩き切りはじめた。

腕が痛くなったが、五分後には、堅く乾いた、六本の短い樫材ができあがった。彼女はハンマーと釘を探してきて、玄関と裏口にそれぞれ樫の棒を三本ずつ、おのおの四カ所を、新しい釘で打ちつけた。その作業が終わったときには手首が痛くなり、ハンマーが鉛のように重く感じられた。だが、まだそれでおしまいではなかった。

ルーシイは四インチの釘を一握り取ると、家じゅうの窓を釘付けにし、開かないようにして回った。その最中、男が釘を口に含む理由にはたと気がついた。両手は作業に使う必要があるし、ポケットに入れると身体に刺さるおそれがあるからだ。

釘付け作業が完了したときには、もう暗くなっていた。だが、明かりはつけなかった。

これで完全に侵入を阻止できるわけではないだろうが、少なくとも音を立てずに入ってくることは不可能になった。どこかを打ち破らなくてはならず、そのときの音が警報の役目をし、ショットガンで迎え撃つ準備をととのえるための時間を与えてくれるはずだった。

彼女は二挺のショットガンを携えて二階へ上がり、ジョーの様子をうかがった。彼はトムのベッドで毛布にくるまり、まだ眠っていた。ルーシイはマッチをすり、その明かりで寝顔を確かめた。睡眠薬がよく効いているようだが、顔色はふだんと変わらず、熱もなさそうで、息遣いも軽く規則正しかった。「いい子だから、しばらくそのままでいてね」彼女はささやいた。不意にやさしさを思い出したことが、かえってヘンリーへの荒々しい怒りを掻きたてた。ルーシイは休みなく家じゅうをパトロールし、ひっきりなしに窓から暗闇を覗いた。どこへ行くときも、必ずボブがついてきた。ショットガンは一挺を持ち、一挺を階段の上に置いて、ズボンのベルトには手斧を挿した。

無線のことを思い出して、さらに何度かSOSとキイを叩いた。だが、誰かが聞いているかどうかもわからなかったし、無線が作動しているという確信もなかった。それに、SOS以外の打ち方を知らなかったから、それ以上のことを打電しようもなかった。

トムだって全部知っていたわけじゃないかもしれない、とルーシイはふと気がついた。どこかに教本のようなものがあるんじゃないかしら。ここで何が起こっているかを知らせることさえできたら……彼女は何十本もマッチをすり、一本ともすたびに、その明かりが階下の窓から洩れるのではないかとおののきながら家じゅうを探したが、結局それらしいものは見つからなかった。

仕方がない、彼女は諦めた。きっとトムはモールス信号を熟知していたのだ。

でも、どうしてもなくちゃいけないものだったのかしら。彼は敵機が接近中だということを本土に伝えるだけでよかったのだから、その情報が信号でなく……デイヴィッドの言葉を借りると……そのまま生で《オ・クレール》伝えられていけない理由はないんじゃないかしら。

ルーシイはベッドルームへ戻って、無線機を調べ直した。本体の片側に——最初にざっと見たときにはわからなかったが——マイクロフォンが隠れていた。

向こうへ話しかけられるということは、向こうからも話しかけられるということだ。

急に、何をおいても別の人間の声が聞きたくなった。健全でまともな人の声を、本土の人の声を、聞かずにはいられない衝動にとらわれた。

ルーシイはマイクロフォンを取り、あちこちスイッチをいじってみた。

そのとき、ボブが低くうなった。

彼女はマイクロフォンを置き、闇のなかで犬のほうへ手を伸ばした。「どうしたの、ボブ?」

ボブがまたうなった。彼女の手に触れていた耳が、ぴんと立つのがわかった。とてつもない不安が襲ってきた。ショットガンでヘンリーを退散させ、弾丸《たま》の込め方を覚え、入口を封鎖し、窓を釘付けにしたことで得た自信は、犬がたった一度警戒のうなり声を上げただけで跡形もなく消し飛んだ。

「階下《した》よ」彼女はささやいた。「静かにね」

ルーシイはボブの首輪をつかみ、そのあとについて階段を降りていった。バリケード材にするために取り払ったことを忘れ、あるはずのない手摺に闇のなかで手を伸ばして、危うくバランスを失いかけた。かろうじて体勢を立て直すと、とげの刺さった指を吸った。

ボブはホールでためらっていたが、うなり声を高くして、彼女をキッチンのほうへ引っぱろうとした。ルーシイはボブを抱き上げ、鼻面を押さえて黙らせてから、キッチンの入口をゆっくりとくぐり抜けた。

窓のほうを見たが、目の前には深い闇があるばかりだった。

耳を澄ました。窓が軋んだ。最初はほとんど聞こえないほどかすかに、次は大きく。ヘンリーが押し入ろうとしているのだった。ボブが威嚇するように深く喉を鳴らしたが、ぐいと鼻面を押さえられて、その意味を理解したようだった。

夜が次第に静かになりはじめていた。ほとんどわからないほどではあるが、嵐は弱まりつつあった。ヘンリーはキッチンの窓を諦めたらしい。ルーシイはリヴィングルームへ移動した。

さっきと同じ音がした。古い木材が圧力に逆らって軋んでいた。ヘンリーの決意がいくぶん強さを増したようだった。三度、窓枠を掌の付け根で叩くような、鋭い音がした。

ルーシイは犬を降ろして、ショットガンを構えた。そんな気がするだけかもしれないが、うつろな闇のなかに、窓の形が灰色に浮かんで見えた。窓が開いたら、とたんに引鉄を引いてやる。

打撃音がさらに大きくなった。ボブが一度だけ、われを忘れて声高に吠えた。外で、足を引きずる音がした。

声が聞こえた。

「ルーシイ？」

彼女は唇を嚙んだ。

「ルーシイ？」

彼はベッドで使うときの、深く、穏やかで、親密な声色を使っていた。

「ルーシイ、聞こえてるか？　怖がることなんてないんだ。きみを傷つけようなんて思っちゃいない。お願いだから、何とかいってくれ」

二つ並んだ引鉄を一度に引いて、あのおぞましい声を黙らせ、その声がよみがえらせる思い出を破壊したいという衝動と、ルーシイは懸命に闘った。

「ルーシイ、ダーリン……」押し殺したすすり泣きが聞こえたような気がした。「ルーシイ、彼のほうから襲いかかってきたんだ。それで、やむをえず殺すことになってしまったんだよ……祖国のためにやったことなんだ。だから、そのことでぼくを嫌っちゃいけないんだ――」

何をいってるの……? まるで狂人の言葉じゃないの。でも、そんなはずはない。二日ものあいだ、狂気を押し隠してあんなに親密に過ごせるわけはない。事実、彼はどんな人より正気のように見えた。でも、あのときはもう、何人もの人を殺したあとだったのよ……だけど、そのときの状況がわからないわ……やめなさい……やさしくなってどうするの、それこそあの男の思う壺じゃないの。

ある考えが浮かんだ。

「ルーシイ、頼むから何とかいってくれ……」

ルーシイは忍び足でキッチンへ向かった。それにつれてヘンリーの声も遠くなったが、何か動きを見せるようなら、絶対にボブが知らせてくれるはずだ。彼女はトムの道具箱をまさぐってプライヤーを取ると、キッチンの窓のところへ行き、さっき打ちつけた三本の釘の頭を指で探り当てた。そして慎重に、なるべく音を立てないようにして、釘を引き抜いた。渾身の力を込めなくてはならなかった。

それが終わると、リヴィングルームに戻って聴き耳を立てた。

「……ぼくを困らせないでくれ。そうしたら、きみには指一本触れないから……」

ルーシイはできるだけ静かにキッチンの窓を開けると、リヴィングルームへ引き返し、ボブを抱き上げてキッチンへ取って返した。

「……きみを傷つけるなんて、この世で一番したくないことなんだ……」

彼女は一度、二度ボブを撫でて、つぶやいた。「好きでこんなことをさせるわけじゃないのよ」

そして、犬を窓から押し出した。

すぐに窓を閉め、釘を見つけて、前とは別の場所に三回で叩き込んだ。

ルーシイはハンマーを捨ててショットガンを取り、前の部屋へ駆け込んで、窓際の壁にぴたりと背中をつけた。

「……きみに最後のチャンスをあげよう――！」

ボブの跳ね回る音が聞こえ、相手を威嚇するすさまじい一声が上がった。牧羊犬のこんな恐ろしい声を、ルーシイは初めて聞いた。足を引きずる音につづいて、男の倒れる音がした。ヘンリーが喘ぎ、うめく、その息遣いを聞き取ることができた。すぐにボブが風を切って飛びつく音がし、苦痛の叫びが上がった。外国語の悪態が聞こえ、またボブがすさまじい声で吠えた。

音は次第にくぐもり、遠くなっていき、不意にやんだ。ルーシイは窓のそばで壁に背を押しつけたまま、懸命に耳を澄ました。二階へ上がってジョーの様子を確かめ、もう一度無線を試し、咳をしたかった。だが、動けなかった。ボブに痛めつけられたヘンリーの姿が脳裏に去来し、玄関でボブが鼻を鳴らすのを聞きたくてたまらなかった。

ルーシイは窓を見た……そして、事実、窓が見えていることに気がついた。それは単なる灰白色の四角ではなく、木の枠と格子で縁どられた本当の窓だった。夜はもう瀬戸際のところにいた。

外を見れば、かろうじて感じられる程度ではあるが空が白みはじめて、漆黒の闇を追いやろうとしているのがわかるはずだ。夜明けは近い。間もなく部屋の調度が見えるようになる。そして、ヘンリーは闇を味方に不意討ちを食わせることができなくなる――。

すぐ鼻先でガラスの割れる音がして、ルーシイは思わず飛び上がった。小さな鋭い痛みを感じて触ってみると、飛び散った破片で頬が切れていた。彼女はショットガンを構え直し、ヘンリーが窓をくぐって姿を現わすのを待ち受けた。しかし、何も起こらなかった。一分、あるいは二分たっただろうか、彼女は何が窓を破ったのだろうと不審に思いはじめた。

床を透かし見ると、ガラスの破片のなかに、大きな黒いかたまりがあった。まっすぐよりは斜に見るほうがよくわかるだろうと考えて、そうしたとたんに正体がわかった。見慣れた犬の輪郭がそこにあった。

ルーシイは思わず目をつぶり、顔をそむけた。感覚はまったく麻痺していた。これまでに遭遇し、直面した恐怖と死のせいで、心は完全に萎え果てていた。まずデイヴィッドの死に出会い、ついでトムの死に出くわした。そして、夜を徹しての籠城戦……感じるのは空腹だけだった。昨日は気が気でなかったせいで、朝から何も喉を通らなかった。つまり、三十六時間、何も腹に入っていないということだ。いま彼女は、奇妙で場違いなことに、チーズ・サンドウィッチが食べたくてたまらなかった。

何かが窓をくぐろうとしていた。

ルーシイはそれを目の端で捉え、そのほうを見た。

ヘンリーの手が覗いていた。

ルーシイは催眠術にかかったようになって、呆然とそれを見つめていた。爪を切り揃え、人差し指にバンドエイドを巻いた手。白い肌が泥に汚れてはいるが、ほっそりとした、指輪をしていない手。彼女の身体を隅々まで探り、自在に操った手。そして、年老いた羊飼いの心臓をナイフで刺し貫いた手。

その手がガラスの破片を取り除いて窓の穴を広げていき、ついに肘を突っ込んでくると、掛け金を外そうと窓台を探りはじめた。

絶対に音を立てないように、息苦しいほどゆっくりと、ルーシイはショットガンを左手に持ち替えた。そしてベルトに挿した手斧を右手で抜くと、高々と振り上げ、ヘンリーの手をめがけて力いっぱい振り下ろした。

気配を感じ取ったのか、それとも斧が風を切る音を聞きつけたのか、あるいは窓の向こうにぼんやりと動く影を見たのか、ヘンリーは命中寸前に、さっと手を引っ込めた。

手斧は窓台を直撃し、そこに突き刺さった。一瞬、彼女は仕損じたのだと思った。が、すぐに外で悲鳴が聞こえ、ワニス塗りの窓台に打ち込まれた手斧の刃の横に、毛虫のようなものが並んでいるのが目に入った。断ち落とされた二本の指だった。

足音が走り去った。

ルーシイは嘔吐した。

やがて、どっと疲れがのしかかり、ほとんど同時に、自分が哀れでたまらなくなった。自分はもう十分に苦しんできたのに、神さまはまだ足りないといわれるのか。世の中で、こういうことに対処する役目を担っているのは、警察と軍隊だ。そこらの主婦や母親が、いつまでも殺人犯を撃退しつづけるなどできるはずもないし、期待してはいけない。いまここで諦めたって、誰も責めたりはできないはずだ。自分ならもっと機転をきかせて、もう少し長く持ちこたえてみせたなどといえる者がいるはずはない。

わたしはもう限界を超えている。警官でも兵士でも、ともかく無線のつながる外の世界の誰かと交代してもらわなくては……わたしにはこれ以上は無理だ……。

ルーシイは窓台の上のグロテスクなかたまりから何とか目をそらし、力なく階段を上った。階段の上で二挺目のショットガンを拾い、両方の銃を抱えてベッドルームへ入った。

ありがたいことに、ジョーはまだ眠っていた。一晩じゅうほとんど身動きせずに、黙示録的世界が自分のまわりで繰り広げられていたことも知らずに、安らかな寝息を立てていた。だがルーシイには、息子の眠りがもうそれほど深くなく、間もなく目を覚まして朝食をせがむことが、表情と息遣いからわかった。

あれほどつまらないと思っていた、決まりきった日々が恋しかった。朝起きて朝食を作り、ジョーに着替えをさせ、洗い物と洗濯をし、庭のハーブを摘んでお茶をいれる……単純で単調で退屈な、しかし何の危険もなかった日々……。デイヴィッドの素っ気なさ、うんざりするような長い夜、決して変わることのない草とヒースと雨の景色……そういったことに不満を抱いていた自分が信じられなかった。

あの生活は二度と戻らない。

かつては都会に、音楽に、人に、理想にあこがれていた。そういうものへの欲望がすべて消え去ったいま、あんなものを欲しがった自分が理解できなかった。人は平安だけを希求すべきだ、そう思われた。

ルーシイは無線機の前に坐り、いろいろなスイッチとダイヤルを観察した。ともかくこれだけはやって、あとはどうにでもなれという気分だった。彼女は最後の気力と体力を振り絞って、あと少しのあいだ分析的な思考力を維持しようと集中した。スイッチとダイヤルの組み合わせは、そうたくさんはなさそうだ。彼女は目盛りが二つしかないノブを見つけてそれを回し、モールス信号のキイを叩いてみた。音がしなかった。ということは、マイクロフォンの回路がつながっているということではないだろうか。

ルーシイはマイクロフォンを引き寄せた。「もしもし、誰か聞いてますか、もしもし？」

上に〈送信〉、下に〈受信〉と記されたスイッチがあった。いまは〈送信〉になっている。返事が返ってくるのであれば、それを〈受信〉に切り換えなくてはならないはずだ。

「もしもし、誰か聞いていませんか」といって、彼女はすぐにスイッチを〈受信〉に切り換えた。

返事はなかった。

そのときだった。「ストーム・アイランド、どうぞ。感度は良好、大きく、はっきりと聞こえてる」

男の声だった。若くて力強く、自信と優秀さを感じさせる、生き生きとしたまともな声だった。

「どうぞ、ストーム・アイランド。ゆうべからずっと呼び出してたんだぞ……一体どこへ行ってたんだ？」

ルーシイはスイッチを〈送信〉に切り換えて、話そうとした。とたんに、涙が噴き出した。

36

パーシヴァル・ゴドリマンは、煙草の吸いすぎと睡眠不足で頭痛がしていた。オフィスで過ごす長い不安な夜の助けになればとウィスキーを少し飲んだのも間違いだった。天候、オフィス、仕事、戦争、すべてが彼を圧迫していた。ふと気がつくと、この仕事に入って以来初めて、埃っぽい図書館と、判読の難しい写本と、中世ラテン語を懐かしく思っていた。

テリー大佐がお茶のカップを二つ、盆に載せて運んできた。「ここじゃ誰も寝ないと見える」彼は陽気な声でいい「《シップ》のビスケットだ」と、ゴドリマンに一枚差し出した。

ゴドリマンはそれを断わって、お茶をすすった。とりあえずは人心地がついた。

「たったいま、かの偉大な男から電話があった」と、テリーが告げた。「やっこさんも、われわれに負けじと寝ずの番ってわけさ」

「どうしてそんなことを」ゴドリマンは苦々しげにいった。

「心配なのさ」

電話が鳴った。

「ゴドリマンだ」

「アバディーンの防空監視隊からお電話です」

「つないでくれ」

電話の向こうが若い男の声に変わった。「アバディーンの防空監視隊です」

「うん」

「ミスター・ゴドリマンですか？」

「そうだ」軍隊式は時間を食っていけない、ゴドリマンは焦れた。

「ついにストーム・アイランドとの交信に成功しました……ただ、正規の監視員ではなくて、実をいうと女なんですが――」

「彼女は何といってるんだ？」

「いまのところ、何もいっていません」

「何もいっていないとはどういうことだ？」ゴドリマンは苛立ちと腹立ちを抑えるのに苦労しなくてはならなかった。

「その……泣きっぱなしなんです」

ゴドリマンはためらった。「彼女と話せるかな」

「はい、ちょっとお待ちください」電気的な低いうなりと、かちかちいう音がしばらくつづき、やがて女の泣き声が聞こえた。

ゴドリマンは呼びかけた。「もしもし、聞こえますか？」

依然として泣き声だった。

若い男の声が戻ってきた。「彼女のほうで〈受信〉に切り換えない限り、あなたの声は聞こえないんです――ああ、いま切り換わりました。どうぞつづけてください」

ゴドリマンはいった。「もしもし、お嬢さん。私が話し終わったら、どうぞといいます。そうしたら、スイッチを〈送信〉に切り換えて、話してください。話し終えたら、どうぞといってください。わかりましたか？　どうぞ」

女の声が返ってきた。「よかった、やっとまともな人が出てきてくれたわ。はい、わかりました、どうぞ」

「では」ゴドリマンはやさしい声でつづけた。「そこでどんなことが起きているのか、それを教えてください。どうぞ」

「男性が一人、二日——いえ、三日前に流れ着いたんです。ロンドンのスティレット殺人犯じゃないでしょうか。彼は夫を殺し、うちの羊飼いも殺してしまいました。いま、彼はこの家の外にいて、わたしは子供を連れているんです……一度ショットガンで撃退してから、窓を釘付けにし、ドアに横木を打ちつけて犬をけしかけたんですけど、犬も殺されてしまいました。そのあと、窓から侵入しようとしたので手斧を叩きつけてやりました。でも、もうこれ以上は無理です。お願いです、早く誰かきてください。どうぞ」

ゴドリマンは思わず送話口を手でふさいだ。顔が真っ青だった。「なんてことだ……」しかし、ふたたび彼女に話しはじめたときには、きびきびした元気のいい声に切り換えていた。「頑張って、何としても持ちこたえるんです。もう少しですからね。海軍と沿岸警備隊、それから警察、みんながあなたのところへ向かおうと待ち構えているんですが、嵐が収まらないと上陸できないんです……ところで、あなたにやってもらいたいことがあります。この話を盗聴している者がいるかもしれないので理由はいえませんが、どうしてもやってもらわなくてはなりません。それほど重要なことなんです……聞こえていますか？　どうぞ」

「はい、聞こえています。どうぞ」

「その無線を破壊してください。どうぞ」

「何ですって？　そんなこと……」

「やるんです」ゴドリマンはそういったあとで、彼女がまだ送信中であることに気がついた。

「できません……無理です……」そして、悲鳴が上がった。

ゴドリマンが呼びかけた。「もしもし、アバディーン、どうした？」

若い男の声が答えた。「無線機は送信中になったままですが、彼女は話していません。何も聞こえません」

「悲鳴を上げたぞ」

「それは聞こえました」

ゴドリマンは一瞬ためらった。「そっちの天気はどうだ？」

「雨ですが」若い声がけげんそうに返ってきた。

「そういうことじゃない」ゴドリマンは怒鳴った。「嵐の収まる兆候が少しでもあるかと訊いているんだ」

「さっきから、少しおとなしくなったようですね」

「よし。彼女が無線に戻ってきたら、すぐ私につないでくれ」

「わかりました」

ゴドリマンはテリーにいった。「彼女がどんな目に遭っているかは、神のみぞ知るところですね――」彼は電話のフックを叩いた。

テリー大佐が脚を組んだ。「彼女が無線機を破壊してくれさえすれば――」

「殺されても構わない?」

「おれはそんなことといってないぞ」

ゴドリマンは送話口に向かっていった。「ローサイスのブロッグズを頼む」


ブロッグズははっと目を覚まし、耳を澄ました。夜が明けはじめていた。スクランブルルームの全員が聴き耳を立てていた。何も聞こえない。彼らは静けさに耳を澄ましているのだった。

屋根を叩く雨の音がやんでいた。

ブロッグズは窓辺へ行った。灰色の空に、東の地平線が白く細い帯を伸ばし、風は何の前触れもなくやんで、雨も霧雨に変わっていた。

パイロットたちが飛行ジャケットを着、ヘルメットをかぶり、ブーツの紐を締め直して、出発前の煙草に火をつけていた。

サイレンが鳴り、飛行場に声がとどろいた。「緊急発進! 緊急発進!」

電話が鳴った。パイロットたちはそれを無視し雪崩《なだれ》を打って部屋を出ていった。ブロッグズは受話器を取った。「もしもし」

「パーシイだ、フレッド。たったいま、島と連絡が取れたぞ。男が二人、あいつに殺された。いまのところ、女が一人でやつと対峙してるが、そう長くは持ちこたえられないだろう――」

「雨がやみました。これから離陸します」

「急いでくれ、フレッド。頼んだぞ」

ブロッグズは受話器を置き、自分のパイロットを捜した。チャールズ・コールダーは『戦争と平和』の上に突っ伏して、眠り込んでいた。ブロッグズは乱暴に彼を揺り起こした。「起きろ、寝坊助《ねぼすけ》。雨はやんだぞ、出発だ」

コールダーが目を開けた。

ブロッグズはひっぱたいてやろうかと思った。「さあ、起きるんだ。行くぞ、嵐がやんだ!」

コールダーが勢いよく立ち上がった。「よかった」

部屋を飛び出した彼のあとを、ブロッグズは頭を振りながら追った。

救命艇は大きな音とともに、V字形に激しい水しぶきを上げて海面に着水した。穏やかというにはほど遠い海だったが、入江はいくぶん波が低く、頑丈なボートと熟練の水兵をもってすれば危険はなかった。

艦長が命じた。「出発」

命じられた副長は拳銃を防水ホルスターに納め、三人の水兵とともに舷側の手摺につかまっていた。「行くぞ」彼は部下に声をかけた。

四人は縄梯子を伝って救命艇に乗り込んだ。副長が艇尾に腰を下ろすと、三人がオールを握って漕ぎだした。

艦長は着々と桟橋へ向かっていくボートを見送っていたが、間もなく艦橋へ引き返し、コルヴェット艦に島の周回を続行するよう命令した。

沿岸警備艇では、甲高いベルの音が、カードに興じていた乗員の耳をつんざいた。

スリムがいった。「どうも様子が変だと思ったぜ。あまり上下に揺れてないだろう。ほとんど動いてないといっていいぐらいだ。こんなに静かじゃ船酔いになっちまう」

誰も聞いていなかった。彼らはみな持ち場へ急ごうとし、ライフジャケットを着る者もいた。

機関がうなりを上げ、艇はかすかに身震いを始めた。

スミスは甲板に上がると、一日と一晩ぶりに、新鮮な空気と顔を撫でる潮風を満喫した。

艇が港を離れると、スリムがやってきた。

「さあ、また仕事だ」スリムがやる気を見せた。

「おれは、あのときベルが鳴るってわかってたんだ」スミスがいった。「なぜだと思う?」

「なぜだい」

「手札にエースとキングがあったからさ。親の二十一だぞ」

ヴェルナー・ヘーア少佐は時計を見た。「三十分だぞ」

ヴォール少佐がうなずいた。「天候はどうなんだ?」

「嵐は収まってる」ヘーアは不承不承教えてやった。彼は情報を明らかにするのを好まない性質《たち》なのだ。

「では、浮上しよう」

「きみの待っている男が上にいたら、合図を送ってくるはずだろう」

「戦争は仮定では勝てない」と、ヴォールがいった。「私は断固として浮上を要求する」

Ｕ＝ボートがドックに入っているとき、ヘーアの上役とヴォールの上役のあいだで火を噴くようなやりとりがあった。その結果、この次からヴォールの断固たる要請を無視する場合には十分な理由がなくてはならないと、ヘーアはきっぱりと告げられたのだった。

「六時ちょうどに浮上する」彼はいった。

ヴォールがもう一度うなずいて、顔をそむけた。

37

ガラスが割れ、焼夷弾が爆発するような音がそれにつづいた。

ぼん……。

ルーシイはマイクロフォンを取り落とした。階下《した》だ、階下で何かが起こったのだ。彼女はショットガンをひっつかんで、階段を駆け降りた。

リヴィングルームで火の手が上がっていた。割れて床に転がっている広口瓶が火元だった。ヘンリーがジープのガソリンで火炎瓶を作ったのだ。炎は擦り切れた絨緞に広がり、古い三点セットのソファのゆったりとしたカヴァーを這い上って、羽毛のクッションにもちろちろと舌を伸ばしながら、虎視眈々と天井を狙っていた。

ルーシイはそのクッションを破れた窓から放り出した。手がひりひりしたが、火傷ともいえない程度だった。彼女は急いでコートを脱ぎ、絨緞の上に投げて火を踏み消すと、拾い上げて花柄のソファカヴァーを覆った。

またガラスの割れる音がした。

今度は二階だ。

「ジョー！」ルーシイは絶叫した。

彼女はコートを投げ捨て、階段を駆け上がって、正面のベッドルームに飛び込んだ。

ヘンリーがジョーを膝に抱いていた。息子は目を覚まし、いつものように真ん丸い目をして、親指をしゃぶっていた。ヘンリーの手が、少年のぼさぼさ頭を撫でていた。

「銃をベッドへ放るんだ、ルーシイ」

ルーシイは肩を落として、いわれたとおりにした。「壁をよじ登って、窓から入り込んだのね」彼女はうつろにつぶやいた。

ヘンリーがジョーを膝から下ろした。「お母さんのところへ行きなさい」

彼女は駆け寄ってきた息子を抱き上げた。

ヘンリーは二挺のショットガンを取り上げると、無線機の前へ行った。右手は左腋にかいこまれたままで、ジャケットに大きな赤い血の染みができていた。「ずいぶん痛い目に遭わせてくれたね」彼は腰を下ろし、無線機を見た。

そのとき、いきなり声が飛び出した。「ストーム・アイランド、どうぞ」

ヘンリーがマイクロフォンを取った。「もしもし」

「そのまま待機してください」

ややあって、別の声が戻ってきた。無線機を壊せといったロンドンの男性の声だわ、とルーシイは気がついた。あの人、わたしに失望することになるわ。「もしもし、さっきのゴドリマンです。聞こえますか？　どうぞ」と、その声がいった。

ヘンリーが応えた。「ええ、聞こえますよ、教授。最近の聖堂巡りの成果はどうですか？」

「何だって？……ひょっとしてその声は――」

「そうです」ヘンリーが微笑した。「ご無沙汰でした」その顔から、不意に笑顔が消えた。お遊びは終わりだといわんばかりだった。彼は無線の周波数ダイヤルを調整しはじめた。ルーシイはそれに背を向けると、部屋を出た。終わったのだ。彼女はもの憂く階段を降りて、キッチンに入った。もうなすべきことはなく、あとは殺されるのを待つばかりだ。逃げることもできなかった。もはやその力は残っていないし、それは彼もわかっているに違いない。

窓の外を見ると、嵐はやんでいた。うなりを上げていた風は穏やかな微風になり、雨も上がっていた。東の空が太陽を約束して、輝いていた。そして、海は――。

ルーシイは眉根を寄せ、もう一度目を凝らした。

そうよ、間違いなく潜水艦だわ。

無線を破壊してください、あの人はそういった。

ゆうべ、ヘンリーは外国語で悪態をついていたし……その前は「祖国のためにやったことじゃないか」とも弁解していた。

それに譫言《うわごと》で、カレーを向いているのは偽の軍隊だとか何とかいっていた……。

なぜ無線機を壊さなくてはいけないのか。

釣り休暇に、なぜ写真のネガの缶を持っているのか。

そうよ、やっぱり彼は狂人なんかじゃなかったのよ。

あの潜水艦はドイツのU=ボートで、ヘンリーはドイツの放った工作員……スパイ……で、いままさにあのU=ボートと連絡を取ろうとしているのだ。そうよ、そうに違いない。

だから、無線機を壊さなくてはならなかったのだ。

事の次第がわかったからには諦めてはならなかったし、諦めることもできなかった。そのための手段も、いま思いついた。ジョーをどこか、現場が見えないところへ移したい。これから感じるだろう痛みよりも、そのことのほうが気になった。しかし、時間がなかった。ヘンリーはもうすぐ周波数を探り当てるに違いなく、それでは手遅れになるおそれがある——。

無線機は何としても破壊しなくてはならないが、その無線機は二階にあり、そこにはヘンリーが陣取っていた。さらに、彼はショットガンを二挺持っている。のこのこ出ていったら、殺されて終わりだ。

方法は一つしかない。

ルーシイは椅子を部屋の真ん中に据え、その上に乗って手を伸ばした。電球を外すと、椅子を下りてドアのところへ行き、スイッチを入れた。

「電球を替えるの？」と、ジョーが訊いた。

彼女はまた椅子に上がり、わずかにためらったあと、電源の入っているソケットに指を三本突っ込んだ。

ばしっと破裂音がした。激痛が鋭く全身を貫き、彼女は失神した。

その破裂音はフェイバーの耳にも届いた。彼はついに周波数を探し当て、スイッチを〈送信〉に切り替えて、マイクロフォンを手にしていた。口を開こうとした瞬間にその音が聞こえ、直後に、無線機のダイヤルの明かりがすべて消えた。

フェイバーの顔に怒りがたぎった。このコテッジ全体に電気を供給している回路をショートさせたのか。あの女にそんな知恵が働くとは、おれも迂闊だった。

もっと早く殺しておかなくてはならなかったんだ。どうしてこんな過ちを犯した？　あの女に会うまで、人を殺すのをためらったことなどなかったのに。

フェイバーはショットガンを一挺取ると、階段を降りた。

ジョーが泣いていた。ルーシイはキッチンのドアのところに昏倒していた。電球を外したソケットの下に、椅子が置いてあった。フェイバーは顔をしかめた。驚いた上に、呆れてもいた。手を使ったのか。

「いやはや」フェイバーは思わずつぶやいた。

ルーシイが目を開けた。

全身が痛んだ。

ヘンリーが両手で銃を持って見下ろしていた。「どうして手なんか使ったんだ、ドライヴァーがあるだろうに」

「ドライヴァーでショートさせられるなんて、知らなかったのよ」

ヘンリーが首を振った。「まったく、度しがたい女だな」彼はショットガンを上げてルーシイに狙いをつけ、ふたたび下げて吐き捨てた。「くそ」

ヘンリーが視線を窓のほうへ向け、とたんに動揺した。

「あれを見たのか」

ルーシイがうなずいた。

ヘンリーは一瞬身を硬くして立ち尽くしたが、すぐに出口へ向かった。横木が打ちつけてあるのを見ると、ショットガンの台尻で窓を叩き割り、そこから這い出した。

ルーシイが立ち上がるのを見て、ジョーが脚にしがみついた。抱き上げる力もなさそうな気がして、彼女はそのまま窓辺へよろめいていった。

ヘンリーは崖を目指して走っていた。U=ボートは依然として、半マイルほど沖合いに停泊していた。彼は縁にたどり着くと、足を崖のほうに向けて俯せになり、徐々に向こうへずり下がっていった。崖を下って、潜水艦まで泳いで行くつもりらしい。

止めなくては、とルーシイは思った。

神さま、まだやらなくてはならないのですか……。

彼女は破れた窓をくぐって外に出ると、息子の泣き声を置き去りにして、彼のあとを追った。

崖の縁にくると、ルーシイは腹這いになって下を覗いた。ヘンリーは半分ほど崖を降りていた。彼は上を見てルーシイの顔に気づき、一瞬動きを止めたが、すぐに動きだした。その前に較べて、降りる速度が危険なほど速くなっていた。

まず考えたのは、あとを追って崖を降りることだった。しかし、それからどうするのか。たとえ追いついたとしても、阻止することはまず不可能だろう。

そのとき、身体の下の地面がかすかに動いた。ルーシイはあわてて後退した。ここが崩れたら、崖の下へ真っ逆さまだ。

それがヒントを与えてくれた。

岩でできた地面を拳で叩いてみた。岩はさらに少し動いたらしく、亀裂ができた。彼女は片手を崖の向こうへ伸ばし、もう一方の手を亀裂に差し込んだ。西瓜《すいか》ぐらいの大きさの泥灰質《チョーク》の岩が外れて、手に残った。

ルーシイは身を乗り出して、ヘンリーの姿を見つけた。

そして、慎重に狙いをつけて、その岩を落とした。

それはひどくのろのろと落ちていくように感じられた。ヘンリーが気づいて、片腕で頭をかばった。ルーシイには、狙いが外れたように見えた。

岩は頭を数インチ外れ、左の肩に命中した。左手一本で崖にへばりついていたヘンリーは、その衝撃で手が緩んだらしく、一瞬バランスを崩した。傷ついた右手が、手掛かりを求めて宙をもがいた。やがて、彼は岩肌から大きくのけぞる恰好になり、風車のように両腕を振り回していたが、とうとう小さな張り出しから両足が離れた。つかの間身体が宙に浮いて静止したと思うと、ついに、下の岩場めがけて石ころのように墜落していった。

声一つ上がらなかった。

彼は海面に突き出した平たい岩場に落ちた。人の身体が岩に衝突する音を聞いて、ルーシイは気分が悪くなった。ヘンリーは両腕を広げ、曲がるはずのない角度に頭を曲げてあおむけに横たわっていた。

体内から何かがにじみ出して岩に広がり、ルーシイは思わず顔をそむけた。

その直後、すべてが一度に起こったかのようだった。

空に爆音がとどろいたと思うと、翼にイギリス空軍のマークを描いた戦闘機が三機、雲を突き破って急降下しながら、U＝ボートに機銃掃射を浴びせた。

四人の水兵がコテッジへと、駆け足で丘を上っていた。一人が「左＝右＝左＝右＝左＝右」と歩調を取っていた。

水上機が着水し、ディンギーが下ろされて、ライフジャケットを着けた男が崖へと漕ぎだした。一隻の小型艦が岬の向こうに姿を現わし、波を蹴立ててU＝ボートへ向かっていた。U＝ボートが潜航しつつあった。

ディンギーが崖の付け根の岩場に取りつき、男が降りて、ヘンリーの死体をあらためはじめた。さらに、沿岸警備艇までやってきた。

水兵の一人が、ルーシイのところへきて声をかけた。「大丈夫ですか？　小さな女の子が、コテッジでお母さんを呼んで泣いているんですが――」

「男の子です」ルーシイは訂正した。「髪を切ってやらなくちゃ」

ブロッグズは崖の付け根にある死体へとディンギーを向けた。ボートは岩にぶつかり、彼は危うく平たい岩場に這い上がった。

岩に激突したせいで、《針《ディー・ナーデル》》の頭蓋はガラスのゴブレットのように粉砕されていた。さらに観察すると、墜落する前から、この男の身体がかなり傷んでいたことがわかった。右手の指が切り落とされ、足首の様子もおかしかった。

ブロッグズは死体を探った。スティレットは予想どおりの場所、つまり、左の前腕に留めた鞘に納められていた。大きな血の染みが浮いた高そうなジャケットの内ポケットからは、財布と身分証、それに三十五ミリのネガの入った小さな缶が出てきた。彼はそれを、力を増しはじめた明かりに透かしてみた。フェイバーがポルトガル大使館に送った封筒内の、写真のネガに間違いない。

水兵たちが崖の上からロープを投げた。ブロッグズはフェイバーの所持品を自分のポケットにしまうと、死体にロープをくくりつけた。死体が引き上げられ、今度はブロッグズを引っぱり上げるためのロープが投げられた。

崖の上に立つと、海軍中尉が自己紹介をした。二人は丘の上のコテッジへと歩きだした。

「証拠を損なうといけないので、どこにも手をつけていません」中尉が報告した。

「そう気を遣わなくてもいいですよ」ブロッグズは応じた。「裁判になったりはしないんですから」

彼らは破れた窓からキッチンに潜り込んだ。かの女性が子供を膝に抱いて、テーブルを前に坐っていた。ブロッグズは彼女に微笑みかけた。かける言葉が思い浮かばなかったのである。

彼はざっとコテッジを見渡した。戦場さながらだった。釘付けにされた窓、横木を打ちつけたドア、火事の跡、喉を掻き切られた犬、二挺のショットガン、打ち壊された手摺、窓台に食い込んだ手斧と、その横には切断された指が二本。

ここにいるのはどういう女性なんだ、とブロッグズは考えた。

彼に命じられて、四人の水兵が仕事にかかった。一人は家のなかを片づけ、二人目はドアの横木を外して窓に打ちつけられた釘を抜き、三人目はヒューズを直し、四人目はお茶をいれる用意を始めた。

ブロッグズはテーブルの向かい側に腰を下ろし、彼女を見た。服はだぶだぶの男物で、髪は濡れ、顔は泥で汚れていた。にもかかわらず、すてきな琥珀色の目と卵形の顔の、とびきりの美人だった。

ブロッグズは子供に笑顔を見せてから、静かに彼女に話しかけた。「あなたは大変に重要なことをなさったんです。それについては追々説明しますが、ともあれ、いまは二つの質問に答えてもらわなくてはなりません。よろしいですか？」

彼を見る目が焦点を結び、彼女がうなずいた。

「フェイバーはU＝ボートとの無線交信に成功したのですか？」

彼女がきょとんとした。

ブロッグズはポケットを探って、トフィーキャンディを取り出した。「お菓子だけど、いいですか？　この子はおなかが空いてるようだ」

「ありがとうございます」彼女が答えた。

「それで、フェイバーはU＝ボートと交信したのですか？」

「彼はヘンリー・ベイカーじゃないんですか？」

「ああ、いや、それはともかく、成功したんでしょうか」

「いいえ。わたしが電気の回路をショートさせましたから」

「それはうまいことを考えたもんだ」ブロッグズは感心した。「どうやってショートさせたんですか」

彼女が二人の頭上の、電球を外したソケットを指さした。

「ドライヴァーで？」

「いいえ、そんなことは考えつきもしませんでした。指でやったんです」

ブロッグズはぞっとし、まさかと疑い、それを顔に表わして彼女を見た。そんなことをわざとするなんて……彼は身震いし、その図を頭から追い払おうとしながら、どういう女なんだろう、とふたたび考えた。「あの男が崖を降りるところを、U＝ボートが見たと思いますか？」

彼女が懸命に集中しようとしていることが、表情からうかがえた。「ハッチを開けて出てきた者はいなかったはずです。間違いありません。潜望鏡で覗いた可能性があるかしら」

「いいや、それはありません。それはいい知らせだ。実にいい知らせです。つまり、敵はあの男が……無力化されたのを知らないということですからね。ともかく……」ブロッグズは急いで話題を変えた。「あなたは前線の兵士に匹敵する大仕事をやってのけたのですよ。いや、それ以上だな。あなたとお子さんを本土の病院へ運びましょう」

「はい」

ブロッグズは中尉を見た。「何か輸送手段はありますか」

「ええ――あの木立の下にジープがありました」

「結構。二人を桟橋まで乗せていって、あなたの艦に移乗させてくれますか」

「もちろんです」

ブロッグズは彼女に目を戻した。称賛の入り交じった愛情が、大波となって彼を包み込んだ。この女性ははかなくか弱げに見えるが、美しいのと同じぐらい勇敢で、英雄的だ。彼女を驚かせ、また彼自身もびっくりしたことに、ブロッグズは思わず彼女の手を取った。「入院して一日か二日は、ふさぎの虫に取りつかれるでしょう。でも、それはあなたがよくなっている印です。医者から私のほうへ連絡をしてくるはずですし、私としてもこれっきりで放っておくつもりはありません。まだ話したいことはあるんですが、それはあなたがその気になってからにします。いいですね？」

とうとう、彼女が笑顔でブロッグズを見た。彼は胸がどきどきした。「どうもご親切に」彼女がいった。

「親切だって？」ブロッグズは胸の内でつぶやいた。「違うだろう。まったく、なんて女だ」

彼は二階へ上がり、無線を防空監視隊の周波数に合わせた。

「こちらストーム・アイランド、応答願います。どうぞ」

「どうぞ、ストーム・アイランド」

「ロンドンへつないでくれ」

「待機してください」長く待たされたあとで、耳になじんだ声が聞こえた。「ゴドリマンだ」

「パーシイ、ついに……密輸犯を捕まえました。もっとも、死んでいますがね」

「やったな、すごいもんだ」ゴドリマンが手放しで勝利を誇った。「やつは相棒と連絡が取れたのか？」

「その可能性はまずありません」

「よくやった、最高の決着じゃないか！」

「褒める相手を間違ってますよ、私じゃありません。私が着いたときには、もう事はすんでたんです。そろそろ店仕舞いってところでした」

「では、誰が……」

「あの女性です」

「それは驚きだな。それで、どんな女性なんだ？」

ブロッグズはにやりとした。「英雄《ヒーロー》です」

ゴドリマンも電話の反対側で微笑し、その意味を理解した。

38

ヒトラーは紫灰色《ダヴ゠グレイ》の制服姿で壮大な景色を一望できる窓の前に立ち、山の連なりを見つめていた。顔は鬱々として、疲れの色が表われていた。ゆうべは医者を呼んでいた。

プットカマー提督が敬礼し、朝の挨拶を述べた。

ヒトラーは振り返って、副官を見つめた。そのきらきらした小さな目で見られると、いつでもプットカマーは気持ちがくじけた。「《針《ディー・ナーデル》》は拾い上げたのか?」と、ヒトラーが訊いた。

「いえ。ランデヴー地点に障害がありました。イギリスの警察が密輸犯を追いかけていたのです。ただ、いずれにせよ、《針》はそこにいなかった模様です。数分前に、彼から無電による送信がありました」プットカマーは一枚の紙片を手渡した。

ヒトラーは紙片を受け取ると眼鏡をかけ、電文に目を通した。

《間抜けなことに、ランデヴーの機密が洩れていた。そのため、私は負傷して、左手一本で送信せざるをえなくなった。東アングリアに集結しているパットンのアメリカ第一軍の戦力は以下のとおり――歩兵師団二十一、機甲師団五、航空機約五千、さらに、ウォッシュ湾には徴発された輸送船団が停泊中。アメリカ第一軍の攻撃は六月十五日、目標地点はカレー。ヴィリーによろしく》

ヒトラーはメッセージをプットカマーに返し、ため息をついた。「やはり、カレーということだな」

「この男は信頼できるのですか?」

「絶対だ」ヒトラーは椅子のところへ歩いていった。どこかに痛みがあるような、ぎこちない足取りだった。「彼は完璧なドイツ人だ。私は彼を知っているし、彼の家族も知っている――」

「しかし、総統の勘では――」

「いや……私はあの男の報告を信頼するといった。だからそうするつもりだ」彼は手振りで、プットカマーに退室を命じた。「ロンメルとルントシュテットは、機甲師団を持つことはできない。二人にそう伝えろ。それから、あの藪医者を呼べ」

プットカマーはふたたび敬礼をして、命令を伝えるために出ていった。

エピローグ

一九七〇年、サッカー・ワールドカップの準々決勝でイングランドが西ドイツに敗退すると、おじいちゃんは怒り狂った。

彼はカラーテレビの前に陣取り、試合を分析している画面の専門家たちに、髭のなかから教えてやった。「巧妙さだ。巧妙さと隠密性、それが糞ドイツを叩きのめす方法なんだ」

その怒りは孫がやってきて、ようやく収まった。ジョーの白いジャガーが、三部屋のベッドルームを持つ控えめなたたずまいの家の車道に止まり、スエードのジャケットを着て景気のよさそうなジョーが、妻のアンと子供たちを伴って入ってきた。

「最低だ、いいようにやられちまった」引退して以来、彼には時間の余裕ができ、スポーツへの興味が一層強くなっていた。

「西ドイツのほうが上手《うわて》だったのさ」ジョーがいった。「あいつらはいいサッカーをするからね。なかなか勝てないよ――」

「私の前でドイツ野郎を持ち上げるんじゃない。巧妙さと隠密性、これさえあれば勝てるんだ」

彼は孫を呼んで膝に抱いた。「イギリスはそうやって、あいつらとの戦争に勝ったんだぞ、デイヴィー――うまく引っかけてな」

「どんなふうに引っかけたの？」デイヴィーが訊いた。

「そうだな、やつらに考えさせたのさ――」その声が思わせぶりに低くなり、小さなデイヴィーは待ち切れずにくすくす笑いだした。「カレーを攻撃すると思わせておいて――」

「あそこはフランスだよ、ドイツじゃない――」

アンが息子をたしなめた。「おじいちゃんのお話の邪魔をしないの」

「ともかく」と、おじいちゃんはつづけた。「カレーを攻撃すると思わせたんだ。それでやつらは、まんまと戦車や兵隊を全部そっちへ連れていった」彼はクッションをフランスに、灰皿をドイツ軍に、ペンナイフを連合軍に見立てた。「だが、おじいちゃんたちが攻撃したのはノルマンディだったんだ。そこにはほとんど敵がいなかった。老いぼれロンメルと役にも立たない銃が少しあっただけさ――」

「敵はその罠を見破れなかったの？」デイヴィッドが訊いた。

「いや、ほとんど見破りかけていた。実際、本当に見破ったスパイが、一人いたんだ」

「その人はどうなったの？」

「そのことを敵に知らせる前に殺したよ」

「おじいちゃんがやったの？」

「いや、おばあちゃんだ」

そのとき、おばあちゃんがティーポットを持って入ってきた。「フレッド・ブロッグズ、子供たちを怖がらせちゃだめじゃないの」

「本当のことを教えて何が悪い」おじいちゃんがいい返した。「おばあちゃんは勲章をもらったんだぞ。でも、どこにあるか教えてくれないんだ。おじいちゃんがお客さんに見せびらかすから嫌なんだとさ」

おばあちゃんがお茶を注ぎながらいった。「もう昔のことよ。忘れるのが一番だわ」そして、カップをソーサーに載せて夫に渡した。

フレッド・ブロッグズがその手を取り、彼女を抱き寄せた。「昔なんてことがあるもんか」声が急にやさしくなった。

一瞬、二人の目が合った。彼女の美しかった髪は白髪が交じって丸く結われ、昔より体重が増えていた。だが、目は変わることなく大きく、琥珀色で、とびきり美しかった。その目が彼を見つめ返して、二人は追想に耽った。

そのとき、デイヴィッドがおじいちゃんの膝から飛び降り、カップが床に転がって、静かなひとときも終わりを告げた。

いまどきこんな面白い冒険小説、そうそうない

茶木則雄

一九七八年に刊行され、アメリカ探偵作家クラブ（MWA）最優秀長編賞を受賞したケン・フォレット『針の眼』が日本で出版されたのは一九八〇年。フォレット名義のデビュー作にあたる『針の眼』は（フォレットはそれまでいくつかのペンネームで作品を書いていたが、二十九歳のときに発表した本書がベストセラーとなり、以後はケン・フォレット名義で通している）、翻訳されるやたちまち高い評価を得た。冒険小説のジャンルに多くの有望な新人作家が輩出した七〇年代後半から八〇年代前半を「冒険小説の時代」と呼び、当時「小説推理」に時評「ミステリー・レーダー」を掲載していた評論家の北上次郎氏は、その年に刊行された冒険活劇小説のベストナインの三番手に本書を挙げ、年末恒例の週刊文春「傑作ミステリー・ベスト10」では第六位に選ばれた。もっとも、当時の週刊文春「ミステリー・ベスト10」は過渡期にあり、国内と海外、両方併せてベスト10を組んでいた。ほか海外ミステリーでランクインしたのは三位になったフレデリック・フォーサイス『悪魔の選択』のみだから、実質的には二位ということになる。宝島社の『このミステリーがすごい！』が出版されるのは一九八七年度版からだが、当時もし『このミ

ス』が存在したら、間違いなくベストテン上位に食い込んだことだろう。

それまで数十年間にわたり国内で刊行された約一千冊の冒険・スパイ小説のなかからベストを選ぶ「ミステリマガジン」のアンケート結果が、いみじくもそれを証明していると思う。アンケートをもとに一九九二年に刊行された『冒険・スパイ小説ハンドブック』において、『針の眼』は冒険小説ジャンルの第九位に選ばれているのだ。ちなみに一位はジャック・ヒギンズ『鷲は舞い降りた』、二位はギャビン・ライアル『深夜プラス1』、三位はルシアン・ネイハム『シャドー81』である。以下、デズモンド・バグリイ『高い砦』、アリステア・マクリーン『ナヴァロンの要塞』、ディック・フランシス『興奮』、ロバート・ラドラム『暗殺者』、ディック・フランシス『利腕』と続き、十位はボブ・ラングレー『北壁の死闘』といった具合だ。錚々たるラインナップである。おそらく、今アンケートを行っても、順位にあまり変化はないだろう。九〇年代以降、このジャンルにめぼしい作品がないこともあるが、それくらいの名作、傑作揃いである。

東西冷戦が終結し、ソ連邦が崩壊するとともに、冒険小説は徐々に冬の時代を迎え、一時の隆盛は完全に影を潜めた。しかし、本当に素晴らしい傑作は、時代の波に揉まれつつも色褪せることなく、書店の棚を彩り続けている。ラドラムの『暗殺者』が映画化で生き返り、昨年ハヤカワ文庫の名作復活でネイハム『シャドー81』が新たに収録された。そして今回、『針の眼』が三度目の文庫化を果たし（一九八三年ハヤカワ文庫、一九九六年新潮文庫収録）、先に挙げた冒険小説ベスト10のほとんどが揃ったことになる。ファンの一人として、多いに寿《ことほ》ぎたい。

さて、『針の眼』である。

冒険小説のジャンルに、史実を巧みに取り入れ、歴史のifのあわやを描いた《大戦秘話物》とでも呼びたい作品群がある。代表的なのはヒギンズの『鷲は舞い降りた』だろう。イギリス本土に落下傘で降下し、時のイギリス首相チャーチルを誘拐せよ、とのヒトラーの密命を受けたドイツ人将校、クルト・シュタイナー中佐と仲間たちの死闘を描いたこの作品が、いまだに高く評価されるのはなぜか。そういう作戦そのものが存在したのは事実であるが、チャーチルが誘拐されなかったのは史実である。つまり、結果は最初から分かっている。にもかかわらず、読者が手に汗握るのは、この作戦が「あわや」成功する寸前までいくからだ。しかも、作戦が寸前で失敗し、シュタイナーたちが窮地に陥る最大の原因は、彼らの騎士道精神にあった。戦争だから敵は抹殺するが、人道にもとる行為は絶対にしない、というシュタイナーたちだからこそ、読者は感情移入し、応援したくなるのだ。勝敗の行く末は分かっている。いかに勝つかではなく、いかに負けるか、の敗者の美学を、いつの時代も読者は求めているのかもしれない。

それはさておき、この『鷲は舞い降りた』を東の横綱だとすれば、西の横綱は本書『針の眼』だろう。実際、佐々木譲はこの両横綱へのオマージュとして、『ベルリン飛行指令』と『エトロフ発緊急電』を書いているくらいである。

一九四四年六月六日未明、連合軍によるノルマンディ上陸作戦は開始された。アメリカ・イギリス・カナダ軍十七万六千、車輌二万台、輸送と支援のための艦船・舟艇五千三百隻、爆撃機千二百機。この「史上最大の作戦」が見事、成功を収めたことは歴史の事実だ。さらにDデイ（ノルマンディ上陸作戦）の秘密を守るため、フォーティテュード《不屈の精神》作戦と呼ばれる大規模な偽装作戦が展開されたことも、事実である。さらにまた、この偽装作戦を完璧なものとするため、英国情報部はすでに入手していたドイツ軍の暗号機「エニグマ」を活用し、ドイツ国防軍情報部がイギリスに送り込んだスパイの大半を摘発、二重スパイとして指揮下に置いていた。レナード・モズレー著『総統のスパイ』（時事通信社）によれば、当時のイギリス情報部員は「彼らを全員逮捕したことは、九九・九パーセント間違いない」と主張しているという。しかし一人だけ、摘発を逃れ、終戦まで情報を送り続けて行方をくらました優秀なスパイがいた。その名はグウィン・エバンズ、暗号名ドナルド。ドナルドは連合軍のDデイ欺瞞作戦を見抜くが、その情報は寝返った二重スパイたちに妨害され、ヒトラーのもとには届かなかったという。こうした史実と冒険小説の関連は、井家上隆幸著『20世紀冒険小説読本【海外篇】』（早川書房）に詳しく、興味のある方には一読をお薦めしたい。

すでに本書を読了された読者はお分かりのように、主人公のドイツ人スパイ、暗号名ディー・ナーデル《針》のモデルは、このドナルドであろうと想像される。本書の「序章」で書かれている通り、そういうスパイがいたことは、紛うかたなき事実なのである。

実在のスパイ、ドナルドは裏切り者たちに妨害されたが、本書の主人公であるディー・ナーデルは、なにゆえ任務を遂行できなかったのか。あるいは、任務は遂行したが、その情報が何らかの事情で信用されなかったのか。未読の読者の興を殺《そ》ぐわけにはいかないので詳しく書かないけれど、大きな役割を果たすのが、北海の孤島に暮らすローズ一家だ。

デイヴィッド・ローズは元イギリス空軍中尉で、戦闘機乗りとして軍務に勤しむ直前、交通事故で両足を失ってしまう。それは悪しくも、新婚旅行の最中に起きた事故だった。事故の傷痕と心の傷を癒すため、デイヴィッドは新妻ルーシイとともに父親の所有していた孤島の家に移り住むが、挫折感と自己嫌悪、憐憫への反発から鬱屈の度合いを増し、ことあるごとにルーシイに当たるようになる。夫婦関係は冷め切り、生まれたばかりの赤ん坊にも愛情を見せない夫に対し、妻は何とか関係を修復しようと努力するが、まったく愛を感じさせない夫に、やがて疲れ、ときに離婚さえ考えるようになった。

フォレットが上手いのは、ルーシイの視点でこの夫婦関係を、最初からじっくり描いていることだ。緊迫感溢れる防諜戦と活劇、絶海の孤島で静かに崩壊していく夫婦関係の微妙な心理の綾。この両者が巧みに相俟って、クライマックスへとなだれ込んでいくのである。静と動が交叉した瞬間、ローズ一家が触媒となって化学反応を起こし、大戦の命運を賭けた情報戦は激しく沸騰する。荒涼たる絶海の孤島で展開するこのクライマックス・シーンは、まさに圧巻の一語だ。

登場人物を丹念に描いていくフォレットの小説作法は、実質的デビュー作である本書でも遺憾なく発揮されている。《針》を追跡するイギリス側の主要人物、フレデリック・ブロッグズをなぜあれほど深く描く必要があるのか。読者は最初、疑問に思われるかもしれない。妻をドイツ軍の空襲で亡くした警察官である彼の人物像は、後日談で思わず読者をニヤリとさせる重要な伏線となっているのだ。ローズ一家が移り住む前から孤島で一人暮らす羊飼いの老人、トムの人物描写もまた然りである。老婆心ながら彼がローズ一家に説明する発電機の仕組み（直流式ではなく、安全性を考えた交流式）が、のちに見事な伏線として活きてくる。このあたりの上手さは、まったくもって唸るほかかない。

主人公である《針》の冷徹なプロ意識と酷薄さはむろん特筆すべきだが、キャラクターとして最も印象深いのは、もう一人の主人公、ルーシイの造型だろう。

来日した際のインタビューでフォレットはヒロインの魅力と力強さについてこう答えている。

「登場人物となる女性には、自ら行動を起こし、勇気を奮うことのできる芯の強さが必要となります。困難に巻き込まれるということは、衝動的でなければなりません。そして、その困難を自力で切り抜けることのできる勇気と機知が必要です。（中略）もし誰かが彼女に思いを寄せたとしても、躊躇してしまうようなよそよそしさが必要です。そうすれば、彼女に恋するうえでの障害が生じます。こうした登場人物の女性のほうが、小説においてはずっと魅力的なのです」（「ミステリマガジン」二〇〇一年三月号）

ルーシイが「よそよそしい」かどうかについては、議論があると思うけれど、勇気と機智、そして衝動性については、まったく異論ないところだろう。フォレットはインタビューの続きで、こういう女性こそ、自分自身が思いをいだいてきた女性である、と告白しているが、なるほどフォレット作品のヒロインは概ね、こうしたタイプばかりである。

フォレットの小説は、ヒロインに固執するあまりかロマンス色が次第に濃くなり、のちに「ハーレクイン冒険小説」と呼ばれたこともあるが、少なくとも本書においては、甘ったるさを感じさせるところは微塵もない。冒険小説としても第一級なら、恋愛小説としても充分に読ませどころのある小説だと思うが、どうだろう。

ともあれ、冒険小説の名作がここに復活したことは、慶賀に堪えない。若い世代の未読の読者は、冒険小説史上に燦然と輝くこの傑作を、どうか存分に堪能していただきたい。と同時に、かつてこの『針の眼』に触れたおじさん世代の読者にも、是非この機会に手にとっていただきたいものだ。もの忘れが激しくなり、クライマックスは絶海の孤島、くらいしか覚えていない私のような読者は、まるで新作のようにこの傑作を堪能できることだろう。

いまどきこんな面白い冒険小説、そうそうない。

検印
廃止

訳者紹介　1954年島根県生まれ。早稲田大学卒業。英米文学翻訳家。訳書にフォルサム「皇帝の血脈」，ミード「雪の狼」，フォレット「ホーネット、飛翔せよ」，フリーマントル「ネームドロッパー」等がある。

針《はり》の眼《め》

2009年2月27日　初版

著者　ケン・フォレット

訳者　戸《と》田《だ》裕《ひろ》之《ゆき》

発行所　(株)東京創元社
代表者　長谷川晋一

162-0814/東京都新宿区新小川町1-5
電話　03・3268・8231-営業部
　　　03・3268・8204-編集部
URL　http://www.tsogen.co.jp
振替　00160―9―1565
暁印刷・本間製本

ISBN978-4-488-12903-3　C0197